Kyss by rowohlt POLARIS

Kelly Moran

REDWOOD Dreams

ES BEGINNT MIT EINEM Lächeln

ROMAN

Aus dem Englischen von
Anita Nirschl

Kyss

Die Originalausgabe erschien 2019
unter dem Titel «Residual Burn».

2. Auflage Dezember 2019
Deutsche Erstausgabe
Veröffentlicht im Rowohlt Taschenbuch Verlag, Hamburg, Dezember 2019

Covergestaltung FAVORITBUERO, München
Coverabbildung Shutterstock, itsskin/iStock
Satz aus der Dolly
Gesamtherstellung CPI books GmbH, Leck, Germany
ISBN 978-3-499-00128-4

Für Kevin, der mich nicht nur (bis zum Gehtnichtmehr) gedrängt hat, nach einem Jahr Auszeit wieder mit dem Schreiben anzufangen, sondern mir auch immer wieder Mut gemacht hat, indem er mich daran erinnerte, dass Schreiben einfach ein Teil von mir ist. Danke, dass du mich liebst. Und danke an seine Katze Biscuit, die mir Anekdoten für die «Lieber Jason»-Nachrichten geliefert hat. Ja, hübsches Kätzchen, du bist zum Anbeten. Lang lebe die Königin!

Ein gewaltiges Dankeschön möchte ich Anne, der Lektorin der deutschen Übersetzung, widmen, dafür, dass sie an mich und diese Reihe glaubt. Ohne ihre Geduld und ihr Verständnis wäre diese Fortsetzung der Redwood-Reihe nicht möglich gewesen. Und riesigen Dank an meine deutschen Leser, die mir mit all den wunderbaren Dingen, die sie über die Geschichten gesagt haben, durch eine sehr dunkle Zeit geholfen haben. Ihr seid die Besten!

• 1 •

Das kann doch nicht dein Ernst sein.» Die Hände in die Hüften gestemmt schaute Jason Burkwell nach oben und schüttelte den Kopf, dann sah er sich um, weil er damit rechnete, verarscht zu werden. Vielleicht hatte man die Sendung Punk'd nur für ihn wiederaufleben lassen.

Keine Kameras. Keine lachende Hyänenmeute. Keine Hinweise, dass er das Opfer eines dämlichen Streichs wurde.

Sonnenlicht fiel durch die Baumkronen auf den Gehweg und die angrenzende Asphaltstraße, und ein leichter Frühlingswind trug einen Hauch von Schnee und Kiefern von den Klamath Mountains in der Ferne herüber. Neben den Jungs seiner Einheit standen auch ein paar Anwohner auf der Straße, die sich die Action nicht entgehen lassen wollten. Aber alles in allem ließ sich nichts Ungewöhnliches entdecken. Das malerische kleine Städtchen bot denselben Postkartenanblick wie sonst auch.

«Ich meine es immer ernst.» Lou verschränkte die kräftigen Arme vor seinem Wanst, sein grauer Schnurrbart zuckte. Das Rascheln seiner beige-gelben Feuerwehrausrüstung war über der ersterbenden Sirene des Einsatzfahrzeugs zu hören, als er sich zu Jason umdrehte. «Ein Notruf ist ein Notruf.»

Ähm, na ja. Zehn Jahre als Feuerwehrmann in Redwoods einziger Feuerwache, drei davon als Lieutenant, unzählige Notrufe, die von Waldbränden bis hin zu eingeklemmten Leuten in Fahrzeugen alles abdeckten, aber kein einziges Mal war Jason ausgerückt, um ...

«Das ist eine Katze auf einem Baum, Lou.» Er spähte hoch zu dem weißen Fellknäuel, das auf einem Ast kauerte. Das Ding war winzig und wohl erst wenige Wochen alt. Wie zum Teufel war es nur da raufgekommen? «Das ist so ein Klischee, dass es verboten gehört.»

Die zwei anderen Idioten in voller Montur lachten an den Feuerwehrwagen gelehnt.

«Worauf wartest du? Willst du die Muschi da nicht runterholen?» Mrs. Fieldstone, die inzwischen so etwa zweihundert Jahre alt sein musste, sah ihn durch fingerdicke Brillengläser mit ernster Miene an.

Bei ihren – mit Sicherheit unbeabsichtigt – zweideutigen Worten lachten die Idioten noch heftiger.

Er warf ihnen einen eindeutigen Klappe-sonst-Kloppe-Blick zu, bevor er sich seiner ehemaligen Grundschuldirektorin zuwandte. Mit ihren knapp ein Meter zwanzig war sie immer noch genauso furchteinflößend wie damals, als er als kleiner Junge unzählige Male wegen allem möglichen Blödsinn in ihrem Büro gesessen hatte. «Natürlich. Einer von uns wird sich sofort darum kümmern.»

«Diesmal bist du dran», brummte Lou. «Ich hab den letzten Notruf übernommen.»

Jason kniff sich in den Nasenrücken. «Ach, komm schon. Nenn mir nur einen Einsatz, bei dem wir ausgerückt sind, um …» Er wies mit der Hand auf einen der vielen Ahornbäume, die die Kleinstadtstraße säumten, und verkniff sich die Worte, die er gesagt hätte, wenn die furchterregende Mrs. Fieldstone nicht neben ihm gestanden hätte. «… ein Tier in Not zu retten.»

«Letzte Woche.» Lou schnaubte. «Der Cockerspaniel der Sundrys hatte Gertrude Millers preisgekrönte Rosensträucher ausgebuddelt. Wieder mal. Ich musste mir dreißig Minuten lang ihr Gejammer anhören. Ich wiederhole, diesmal bist du dran.»

Okay, na schön. Zugegeben, der Großteil seines Jobs waren keine Notfälle. Bei fünfzehnhundert Einwohnern in einer idyllischen Kleinstadt in Oregon war es nicht so, dass er erwarten konnte, Bomben entschärfen zu müssen. Die Hälfte der Zeit verbrachte er seine Schicht damit, auf der Wache Poker zu spielen oder ausgeartete Küchenbrände zu löschen. Aber trotzdem. Eine Katze in einem Baum? Das war peinlich.

Parker Maloney fuhr in einem blauen Polizeiwagen vor und stieg aus dem Wagen. Als Sheriff musste er keine Standarduniform tragen, stattdessen hatte er ein weißes T-Shirt, eine offene Lederjacke und Jeans an. Gewohnheitsmäßig legte er die Hand an das Holster an seiner Taille, als er neben Jason an die Bordsteinkante trat.

«Was ist hier los?» Parker nahm die Sonnenbrille ab, was grüne Augen enthüllte, denen selten etwas entging, und fuhr sich mit den Fingern durchs schwarze Haar. «Alles okay?»

Jason schnaubte und wies mit dem Kinn zu dem Ast über ihren Köpfen.

Parkers Brauen schnellten nach oben, und seine Lippen zuckten. «Wenn das nicht das abgedroschenste Klischee ist, das ich je gesehen habe.» Er lehnte sich näher zu ihm und raunte aus dem Mundwinkel: «Ich bin sicher, dass sich hier irgendwo ein Pussy-Witz versteckt.»

Was für ein Komiker. Mit schmalen Augen sah Jason seinen besten Freund seit Kindestagen an, auch wenn er eben noch dasselbe gedacht hatte. «Wayne, hol mir die kurze Leiter, ja? Bringen wir's hinter uns.» Im Shooters wartete ein Bier mit seinem

Namen drauf auf ihn. Hoffentlich zusammen mit einer heißen Frau, um den Abend wirklich zu retten.

«Klar, Boss.»

«Mrs. Fieldstone, Sie sehen hübsch aus wie immer.» Parker lehnte sich an Jason vorbei und zwinkerte ihr zu.

«Pah.» Errötend winkte sie ab. «So ein lieber Junge. Warum du dich immer noch mit diesem Satansbraten herumtreibst, ist mir ein Rätsel.» Finster zeigte sie mit dem Daumen auf Jason. «Der macht nichts als Ärger.»

«Das stimmt, Ma'am. Ich behalte ihn im Auge.»

«Mach nur so weiter, dann verrate ich ihr, wer damals in der siebten Klasse wirklich das Schulmaskottchenkostüm geklaut und am Fahnenmast gehisst hat.» Jason fuhr sich mit der Zunge über die Zähne und nahm die Leiter von Wayne entgegen.

Nachdem er sie an den Baum gelehnt hatte, kletterte er mehrere Sprossen hoch, bis er auf Schulterhöhe mit dem Ast war. Das weiße Fellknäuel zitterte und starrte ihn mit großen blauen Augen an. Okay. Irgendwie war es ganz niedlich. Er streckte die Hand danach aus, aber es kauerte sich zusammen und kroch noch weiter weg.

Miau.

«Ich weiß gar nicht, worüber du dich beschwerst. Du bist schließlich nicht derjenige, der hier vor Publikum seine Männlichkeit und Selbstachtung verliert.» Er knöpfte die starre Feuerwehrjacke auf und ließ sie von den Schultern gleiten und zu Boden fallen.

Von der anderen Straßenseite erklang ein anzüglicher Pfiff. «Zieh dich ganz aus, Jason!»

«Siehst du?», murmelte er dem Fellknäuel zu, dann drehte er

den Kopf. «Na, na, Mrs. Rutherland. Was würde denn Ihr Mann dazu sagen?»

Miau.

«Ich komm ja schon, ich komm ja schon.» Er streckte seinen Arm den Ast entlang und hielt dann die Hand still, damit die Katze daran schnuppern konnte. Nach einem Moment kroch das Fellknäuel langsam näher und rieb sich an seinen Fingern. «Na bitte.» Sanft pflückte er das Ding von der Stelle, an der es seine Krallen in die Rinde gegraben hatte, und drückte es an seine Brust. Es schmiegte sich in sein T-Shirt, knetete mit den Pfoten und schlief prompt ein. «Gern geschehen.»

Als er hinunterkletterte, das schnurrende Kätzchen im Arm, erklang Jubel, als habe er eine Gruppe Kinder aus einer Sprengstofffabrik gerettet oder so was. Er verdrehte die Augen und verbeugte sich, während Wayne die Leiter wieder am Truck befestigte.

«Das war's, Leute.» Lou zwängte sich hinters Lenkrad des Wagens, und der Rest der Idioten sprang hinten rein. «Schönes Wochenende noch», rief er aus dem Fenster.

«Moment mal.» Jason knirschte mit den Zähnen. «Wo wollt ihr denn hin? Ihr könnt mich doch nicht hierlassen.»

«Es ist jetzt genau», Lou warf einen Blick auf sein Handgelenk, an dem sich gar keine Uhr befand, «Punkt Feierabend. Dieses Fellknäuel kommt mir nicht in meinen Truck. Parker wird dich zurück zur Feuerwache fahren, nachdem du rausgefunden hast, wohin mit deiner neuen Freundin.»

Wütend blickte Jason dem Feuerwehrwagen hinterher, bis er um die Ecke verschwand, dann starrte er die Katze finster an. «Gewöhn dich nicht zu sehr an mich. Ich halte nichts von Beziehungen.» Die Nachbarn begannen, sich wieder in ihre Häuser zu zerstreuen, und er wandte sich zu Mrs. Fieldstone um. «Hier, bitte schön. Eine gerettete Katze.»

«Das ist nicht meine.» Mit einer Behändigkeit, auf die Luke Skywalker stolz gewesen wäre, schwang sie ihren Gehstock und schüttelte den Kopf. «Du denkst wohl, nur weil ich eine alte Frau bin und allein lebe, habe ich eine Horde Katzen rumschleichen? Nun, hab ich nicht. Ich hasse Katzen.» Sie sah Parker an. «Verhafte ihn wegen Schubladendenkens.» Mit diesen Worten machte sie auf dem Absatz kehrt und humpelte den Weg zu ihrem Haus zurück.

Jason stand noch gute fünf Sekunden lang bewegungslos da, nachdem sie die Tür zugeknallt hatte. Dann schüttelte er den Kopf. «Ganz egal, wie alt ich werde, sie ist und bleibt eine furchteinflößende alte Schachtel.»

Parker lachte, der Arsch. «Du hast das Recht zu schweigen. Ich bin mir allerdings nicht sicher, ob Schubladendenken wirklich ein Verbrechen ist. Da muss ich im Gesetzbuch nachsehen.»

«Ja, ja. Lach nur.» Jason seufzte und schaute hinunter. Fellknäuel hatte es sich an seinen Brustmuskeln bequem gemacht, das Schnurren konnte er als leichte Vibration spüren. «Und was jetzt?»

«Komm. Ich fahr dich rüber zur Tierklinik. Die O'Gradys werden wissen, was zu tun ist.» Parker hob Jasons Jacke vom Boden auf und ging zum Auto. Er warf sie auf den Rücksitz und hielt Jason die hintere Tür auf. «Delinquenten sitzen hinten.»

Mit schmalen Augen ließ Jason sich vorne auf den Beifahrersitz fallen und griff nach dem Sicherheitsgurt. «Erklär mir noch mal, warum ich mich eigentlich mit dir abgebe», sagte er, als Parker sich hinters Steuer setzte.

«Um dich aus Strafzetteln rauszuschwatzen?»

Gutes Argument.

Sie schwiegen, während sie die Einfamilienhäuser hinter sich ließen und auf die Main Street im Ortskern fuhren. Hier bremste Parker ab und rollte nur noch im Schneckentempo an Laternen und den Markisen der Ladenfassaden vorbei, für den Fall, dass einer der vielen Stadtbewohner, ohne aufzupassen, über die Straße lief – was häufig vorkam. Eine dichte Nebelbank schwebte in der Ferne, wo der Pazifik gegen die Klippen brandete, und Salzgeruch hing schwer in der Luft. Das Frühlingsfieber grassierte, und pastellfarbene Ostereier schmückten die Eichen entlang der Kopfsteinpflasterstraße.

Jason würde die Jahreszeit lieber verschlafen, wenn es nach ihm ginge. Osternester und Ostersüßigkeiten erinnerten ihn an den Tag, an dem sein Vater gestorben war, und hinterließen ein anhaltendes Kribbeln unter seiner Haut und einen Schmerz in seiner Brust. Es war jetzt bald zwanzig Jahre her, und doch fühlte es sich immer noch so an, als wäre es gestern gewesen, dass Lou an der Türschwelle vor seiner Mom stand, mit Ruß überzogen und einem gequälten Ausdruck in den Augen.

Vielleicht war es Zeit für einen Wochenendtrip. Jason war fällig für einen seiner Abenteuerausflüge, für eine Pause von der Realität.

Parker bog auf den Parkplatz der Tierarztpraxis ein und stellte den Motor ab. Obwohl Jason die drei O'Grady-Brüder und ihre Frauen kannte, mit ihnen aufgewachsen war, war er nicht mehr in der Praxis gewesen, seit deren Vater den Laden geführt hatte und Jason selbst ein kleiner Junge gewesen war.

Zusammen stiegen Parker und er aus dem Wagen und gingen hinein. Tierfell und Desinfektionsmittel vermischten sich zu einem interessanten Mix aus Gerüchen. Das Wartezimmer auf der linken Seite war leer und mit einem fröhlichen Wandgemälde von Hunden und Katzen, die menschlichen Tätigkeiten nachgingen, verziert. Rechts war der Empfangstresen, wo sich zwei Frauen über eine Akte beugten. An der Seite stand ein großer Käfig mit einem Kakadu, und eine Katze starrte unheilvoll von ihrem Platz auf dem Drucker herab.

Cades Frau Avery schaute hoch und lächelte. «Hey, Jungs. Wir wollten gerade schließen, aber kommt rein.» Sie strich sich ihre welligen braunen Haarsträhnen aus dem Gesicht und wiegte mit der anderen Hand eine Babytrage auf dem Tresen. «Was bringt euch her?»

«Jason hat sich ein neues Haustier zugelegt.» Parker lehnte sich über den Tresen und grinste das Neugeborene in seinem Kindersitz an. «Er ist in den zwei Wochen, seit ich ihn zuletzt gesehen habe, ganz schön gewachsen. Darf ich?»

Da Babys ihn nervös machten, blieb Jason, wo er war. Parker war ein Naturtalent in Sachen Kinder, obwohl er selbst keine Frau oder Nachwuchs hatte. Jason dagegen weniger. Er würde sich lieber den rechten Arm abkauen, als sesshaft zu werden.

«Oh, sicher.» Sie öffnete das Geschirr, das auch zum Bergsteigen taugen würde, und reichte Parker das kleine Bündel. «Aber pass besser auf. In ganz Redwood werden Eierstöcke erschauern, wenn dich jemand sieht, wie du ein Baby hältst.»

Ein Lachen, und Parker schüttelte den Kopf. «Das riskier ich. Na, du hübscher Kerl. Gut, dass er nach dir kommt und nicht nach Cade.»

«Das hab ich gehört.» Der jüngste O'Grady kam in blauer Praxiskleidung aus dem hinteren Zimmer und küsste seine Frau auf die Wange. «Kann allerdings nicht widersprechen.»

Gabby, Flynn O'Gradys bessere Hälfte, warf ihren blonden

Pferdeschwanz über die Schulter und ließ ihren Blick auf Jasons Brust fallen. «Ist das die Katze, die du aus dem Baum gerettet hast?»

«Verdammt. Das ist jetzt wie lange her? Zwanzig Minuten?» Als Nachrichten getarnter Klatsch verbreitete sich schnell in dieser Gegend, aber das hier war wirklich Rekordgeschwindigkeit. Jason streichelte den Kopf des Kätzchens. «Es hat keine Marke oder so was.»

«Dann lass uns mal nachsehen.» Ihren sehr schwangeren Bauch reibend kam sie um den Tresen herum. Sie versuchte, ihm das Fellknäuel abzunehmen, aber es stieß ein wütendes Miauen aus und krallte sich in seinem T-Shirt fest, also zog sie sich wieder zurück. «Ach wie süß, sie hat dich schon ins Herz geschlossen. Definitiv ein Mädchen. Warum kommst du nicht mit mir mit? Flynn kann sie rasch untersuchen. Er wird froh sein, dass er dadurch aus dem Treffen mit dem Drachentrio rauskommt.»

Jason erstarrte. «Sie sind hier? Jetzt gerade?»

Entsetzen traf ihn wie ein Schlag in den Bauch. Das Drachentrio, wie Cade seine Mutter und seine zwei Tanten einst getauft hatte, waren sich überall einmischende Besserwisserinnen, die die Stadt mit eiserner Faust, Haferkeksen und einem Hang zur Kuppelei regierten. Sie hatten im Lauf der Jahre schon zahllose Paare zusammengebracht und konnten mit der Bedeutung des Wortes nein nichts anfangen. Jason bemühte sich nach Kräften, unter ihrem Radar zu bleiben.

«Jep.» Gabby lächelte und drehte den Kopf, als eine weitere Brünette den Raum betrat.

Ah, Zoe. Für sie hatte er schon immer eine Schwäche gehabt. Sie waren zusammen aufgewachsen, und ihre übliche Kommunikationsform bestand aus Flirten, obwohl sie nie etwas miteinander gehabt hatten. Es gab nur sehr wenige Frauen, die er zu gernhatte, um mit ihnen zu schlafen, und Zoe war Numero uno. Außerdem war sie jetzt mit Drake verheiratet, dem ältesten der Tierarztbrüder.

«Du wirst doch wohl nicht so verzweifelt nach weiblicher Gesellschaft suchen.» Grinsend kam sie zu ihm und umarmte ihn unbeholfen mit dem Fellknäuel zwischen ihnen. «Die Kleine hier ist nicht mal deine Spezies.» Sie streichelte das Kätzchen.

«Zoe, Baby, bist du etwa eifersüchtig?» Mit seinem freien Arm zog er sie an seine Seite und ... stopp! Was zum Teufel? War das etwa ein Babybauch, den sie da zur Schau trug? Musste so sein. Bei ihrem gertenschlanken Körperbau war er schwer zu übersehen. «Mann, nicht du auch noch. Ist hier irgendwas im Trinkwasser? Wann ist es denn so weit?»

«Im September.» Sie zog ein Ultraschallbild aus der Tasche ihres Praxiskittels. «Darf ich vorstellen? Der neueste O'Grady-Fötus.»

«Verdammt», brummte er, während er den schwarz-weißen Klecks anlächelte. «Gratuliere euch beiden. Aber wenn du drauf aus warst, dich schwängern zu lassen, warum hast du nicht zuerst mich angerufen?» Nicht dass er das ernst meinte. No way, auf gar keinen Fall. Stattdessen würde er Parkers Nachwuchs nach Strich und Faden verwöhnen, falls sein bester Kumpel je die Frau fürs Leben fand.

«Nächstes Mal.»

«Ich muss zu einem Meeting des Veranstaltungskomitees.» Avery schwang sich ihre Handtasche über die Schulter und sah Parker an. «Reich den Kleinen einfach an Cade weiter, wenn du es leid bist, ihn zu halten.» Sie küsste ihren Mann und die Wange des Babys, dann rauschte sie zur Tür hinaus.

Apropos. Wenn das Drachentrio im Gebäude war, dann musste Jason ebenfalls die Flucht ergreifen. «Gabby, nimmst du das Fellknäuel, damit ich gehen kann?»

«Wenn Flynn sie untersuchen soll, musst du bleiben und sie hinterher mit nach Hause nehmen.»

«Äh, das ist nicht meine Katze. Könnt ihr nicht eine Familie für sie finden? So was macht ihr doch, oder?» In seiner Wohnung waren Haustiere nicht erlaubt, selbst wenn er plötzlich diese Verantwortung übernehmen wollen würde. Was er nicht tat.

«Unser Raum für Übernachtungsgäste ist leider voll.» Mit einer halbherzig entschuldigenden Geste zuckte sie die Schultern.

Kacke. Er öffnete den Mund, klappte ihn aber schnell wieder zu, als Drake und Flynn hereinkamen, gefolgt von einer blonden, einer brünetten und einer rothaarigen Frau mittleren Alters. Jason pressten sich die Lungen zusammen, während sein Gehirn *Mission abbrechen, Mission ABBRECHEN!* kreischte.

«Parker, Jason, wie reizend, euch zu sehen.» Marie, die Bürgermeisterin der Stadt und der älteste Drache, strich sich durch ihren braunen Bob und schlug dann die Hände zusammen. «Jason, wie praktisch, dass wir uns hier über den Weg laufen. Ich wollte gerade zur Feuerwache, um dich um einen Gefallen zu bitten.»

Er warf einen panischen Blick zu Zoe, aber ihr *Keine-Ahnung-*Gesichtsausdruck war keine Hilfe.

Wenn sie einen Gefallen von ihm wollten, konnten jetzt nur noch zwei Dinge passieren. Entweder würden sie seine Seele verschlingen und es irgendwie schaffen, dass er sich ihnen verpflichtet fühlte, oder sie würden versuchen, ihn zu verkuppeln, mit irgendeiner armen Frau, die sie für sein perfektes Gegenstück hielten. Das war's dann wohl mit seiner zehnjährigen Glückssträhne. Er schätzte, er hatte einen guten Lauf gehabt. Nur wenige hatten es geschafft, ihnen so lange aus dem Weg zu gehen.

«Oh, schau nicht so ängstlich.» Rose, mittlerer Drache und unnatürlich gefärbter Rotschopf, strich ihr Leopardenmustershirt glatt. «Es ist nur eine klitzekleine Kleinigkeit.»

Das bezweifelte er. Jason blickte zu Parker, der das Neugeborene gerade an Cade weiterreichte, und zermarterte sein Hirn nach einer erfolgversprechenden Fluchtstrategie. Schreiend davonzurennen, würde wahrscheinlich nicht funktionieren. Sie würden ihn jagen. Oder ihm ihre fliegenden Affen hinterherhetzen. Flynn blätterte durch eine Akte. Drake hob die Katze vom Drucker, nachdem er den Vogelkäfig zugedeckt hatte, und war schon halb den Flur runter. Die Jungs waren null Hilfe.

«Wir wissen zu schätzen, was du alles für unsere Stadt tust.» Gayle, der jüngste Drache und Mutter der Jungs, lächelte Jason gelassen an. Ihr champagnerfarbenes Haar war zwei Nuancen heller als das von Cade. Sie war die Ruhigste der drei, durfte aber als Teil des Amor-Terror-Trios nicht unterschätzt werden, ungeachtet ihres engelhaften Äußeren. «Wir sind dir dankbar, dass du dazu beiträgst, uns alle zu beschützen.»

Hustend grinste Parker sich ins Fäustchen.

Wieder öffnete Jason den Mund, doch Rosa lenkte ihn ab. Sie hatte ihr Handy auf ihn gerichtet. «Was machen Sie da?»

«Deine heldenhafte Rettungsaktion dokumentieren, natürlich.» Mehrere Klicks hallten durch den Raum, bevor ihre Daumen schneller als die Flügel eines Kolibris über das Display flogen. «Und … fertig.» Sie nickte. «Schön, wir haben schon zehn @-Antworten auf Twitter.»

Er seufzte und warf einen Blick auf die kleine Katze, die von seinen Qualen nichts ahnte. «Um was für einen Gefallen geht es denn?» Er würde die Frage bereuen, mit Sicherheit, aber noch länger in ihrer Gegenwart, und sein Kopf könnte explodieren.

«Bye, Mom.» Mit der Babytrage im Arm küsste Cade Gayle auf die Wange und marschierte hinaus.

Drake kam aus dem hinteren Zimmer, schlang einen Arm um Zoes Taille und ging zur Tür. «Schließ ab, Kleine, wärst du so lieb?»

«Wird gemacht.» Gabby trat neben Flynn hinter den Tresen, wo sich Parker erfolgreich aus der Schusslinie gebracht hatte.

Von allen im Stich gelassen beäugte Jason Marie zögerlich. «Schießen Sie los.» Wenn dieser Tag dadurch ein Ende fand, würde er einwilligen, Pfadfinderinnenkekse zu verkaufen. «Was für einen Gefallen?»

Marie strich ihr rosafarbenes Kostüm glatt. «Wie du weißt, findet nächste Woche der jährliche Wohltätigkeitsball der Feuerwehr statt. Wir hätten gern deine Hilfe.»

Aha. «Ich habe mich eingetragen, um Lose für die Spendentombola zu verkaufen.» Genau genommen war er auch hinter den Kulissen sehr aktiv. Das war seine Art, seinen Dad zu würdigen und gleichzeitig mehr Fördergelder für die Feuerwache zu organisieren. Es gab nur fünf bezahlte Angestellte auf der Wache, einer davon war er, der Rest waren Ehrenamtliche. Die gesammelten Spenden flossen in die Modernisierung der Ausrüstung, Wartung der Maschinen und andere Dinge, damit die Ressourcen der Stadt nicht erschöpft wurden. «Brauchen Sie mich für eine längere Schicht?»

«Nein, wir finden, du wärst in einer anderen Funktion hilfreicher. Bei der Auktion, um genau zu sein.»

Oh. Zutiefst erleichtert sanken seine Schultern herab. Kein Verkuppeln, kein die Seele raubender Auftrag. Nur eine andere Aufgabe während der Veranstaltung. Wenn sie die Spenden versteigern statt verlosen wollten, sollte ihm das recht sein. Den Auktionator zu spielen, könnte lustig werden. «Kein Problem. Das kann ich machen.»

«Ausgezeichnet.» Marie nickte, und die Gruppe ging zum Ausgang. «Wir müssen jetzt auch los zum Treffen des Veranstaltungskomitees. Aber wir schicken dir irgendwann dieses Wochenende jemanden mit den Einzelheiten vorbei.»

«Okay», murmelte er, aber sie waren bereits aus der Tür. Stirnrunzelnd fragte er sich, warum sie aus der Situation eine so große Sache gemacht hatten. Na ja, egal, er war noch mal davongekommen. Das war verdammtes Glück. Doch als er die anderen hinter dem Tresen ansah, ihre hochgezogenen Augenbrauen und das alberne Grinsen, stutzte er. «Was?»

«Äh.» Parker schürzte amüsiert die Lippen. «Dir ist schon klar, dass die Sache, der du gerade zugestimmt hast, eine Junggesellenversteigerung ist, oder? Frauen werden auf dich bieten. Für ein exklusives Date.»

Oh.

Kacke!

· 2 ·

Im Konferenzraum des Jugendzentrums sah Ella Sinclair zwischen den neun anderen Komiteemitgliedern hin und her, die gerade über die Sachspenden für die Verlosung beim jährlichen Feuerwehrball diskutierten. Es ging aktuell um einen handgemachten Quilt und einen Korb mit Kosmetikprodukten.

Sie fragte sich, ob es irgendjemand merken würde, wenn sie sich hinausschlich. Obwohl sie dem Komitee beigetreten war, um neue Leute kennenzulernen, als sie vor ein paar Jahren nach Redwood gezogen war, hatte sie immer noch nicht viele Freunde gefunden, abgesehen von ein paar Arbeitskollegen. Und außerhalb der Arbeitszeit unternahm sie selten etwas mit ihnen. Die meisten Leute bemerkten gar nicht, dass sie anwesend war, selbst wenn ein Raum fast leer war. Die Chance, hier und jetzt unentdeckt zu flüchten, stand also gar nicht mal so schlecht.

Diese Freitagabend-Meetings waren ermüdend, besonders wenn man bedachte, dass sie unmittelbar auf einen langen Arbeitstag folgten, während dessen sie versuchte, die Jugend von morgen zu unterrichten. Andererseits hatten ihre Fünfjährigen eine längere Aufmerksamkeitsspanne als die meisten Leute in diesem Raum. Sie waren schon öfter vom Thema abgewichen, als Ella an den Fingern abzählen konnte. Ihre Nebengedanken hatten Nebengedanken, die wieder Nebengedanken ausspuckten.

Mit den Fingern auf den Tisch trommelnd, überlegte sie, ob sie nach dem Treffen noch genug Energie für ihr Rendezvous mit Jamie Dornan via Netflix haben würde oder ob sie einfach ein heißes Schaumbad nehmen sollte. Oh, die Qual der Wahl, die man als Single an einem Freitagabend hatte.

«Geht das in Ordnung für dich, Ella?»

Jäh richtete sie ihre Konzentration auf Marie, während die anderen von ihren Plätzen aufstanden. Sie hatte nicht bemerkt, dass das Meeting beendet worden war, während ihre Gedanken abgeschweift waren. «Äh ...» Verflixt. Sie hatte keine Ahnung, worauf sich die Bürgermeisterin bezog. Aber vermutlich war das ohnehin egal. Die wichtigsten Einzelheiten der Veranstaltung waren längst finalisiert, jetzt ging es nur noch um Kleinkram. «Sicher.»

«Perfekt. Wir wissen es wirklich zu schätzen, dass du das übernimmst.» Marie hielt einen großen Kleidersack auf einem Bügel hoch, offensichtlich in der Erwartung, dass Ella verstand. «Wir haben die Maße von seiner Mutter, also sollte er ihm passen, aber Fran von der Schneiderei meinte, sie könnte noch kurzfristig Änderungen vornehmen, falls nicht. Bleib auf jeden Fall so lange, bis du dich versichert hast, dass er die richtige Größe hat und dass er weiß, was von ihm erwartet wird.»

Ach verflixt. Ella rang die Hände. «Ich bin etwas verwirrt.»

«Das ist sein Smoking für die Junggesellenversteigerung», sagte Marie langsam, als wäre Ella auf den Kopf gefallen. Mehrmals. Und heftig. «Den du dich bereiterklärt hast, zu ihm rüberzubringen.»

«Natürlich.» Sie machte sich im Geiste eine Notiz, nie wieder während eines Meetings die Konzentration zu verlieren. Wenigstens hatten sie sie nicht gebeten, irgendetwas Anspruchsvolles zu tun. «Ja, mache ich gern.»

Sorry, Jamie. Das Pseudo-Date müssen wir verschieben.

«Ich weiß. Das sagtest du gerade eben.» Maries Augenbrauen schnellten hoch, während sie mit dem Kleidersack winkte. «Die Aufgabe erfordert allerdings, dass du das hier nimmst.»

«Richtig. Sorry.» Ella nahm den Kleiderbügel und legte sich den verhüllten Smoking über den Arm.

«Wunderbar. Wir sehen uns nächstes Wochenende, meine Liebe.»

«Ähm ...» Ella pustete sich eine verirrte Haarsträhne aus dem Gesicht. «Wo soll ich den noch mal hinbringen?»

Auf halbem Weg zum Ausgang blieb Marie stehen und drehte sich um. «Zu Jason natürlich.»

Natürlich.

Moment mal. Was? Doch sicher nicht ... «Jason Burkwell?»

Und dann machte es endlich auf erschreckende, schockierende Weise Klick.

Wohltätigkeitsball.

Junggesellenversteigerung.

Abendgarderobe.

Jason, Feuerwehrlieutenant.

Ach verflixt, verflixt, verflixt. Sie hatte keine Ahnung, dass er eingewilligt hatte, sich der ausgehungerten weiblichen Bevölkerung wie ein Stück Fleisch zu präsentieren. Ein Stück Fleisch Güteklasse A.

«Ich fange an zu glauben, dass du nicht aufgepasst hast, Ella.»

«Doch, hab ich. Hab ich total, aber ...» Sie biss sich auf die Unterlippe. «Jason kennt mich nicht. Es wird eigenartig wirken, wenn ich ihm sein Outfit bringe.» War ein Smoking ein Outfit?

«Wir haben ihm gesagt, dass jemand vom Komitee vorbeikommt.»

«Ja, aber –»

«Und du bist im Veranstaltungskomitee.»

«Ja, aber –»

«Und du hast freiwillig vorgeschlagen, ihm diese Sachen vorbeizubringen.»

Technisch gesehen, nein. *Sie* hatten es vorgeschlagen. «Ja, aber –»

«Und du wohnst in dem Apartmentkomplex gleich gegenüber von ihm, also ist das kaum ein Aufwand für dich.»

«Ja, aber –»

«Also, dann wäre das geregelt.» Marie machte eine Handbewegung, als würde das den Nebel der Nervosität verscheuchen, den sie aufgewirbelt hatte.

Anstatt ihre Papageienparodie mit einem weiteren *Ja, aber* zu verfeinern, klappte Ella nur den Mund zu und bemühte sich, gleichmäßig weiterzuatmen.

Die Nervosität, wann immer sie sich jemandem vorstellen musste – besonders wenn es ein gutaussehender Mann war –, sorgte zuverlässig dafür, dass sie geradewegs in der Kategorie Idiotin landete, mit der Unterkategorie *Bitte halt die Klappe*. Und Jason war nicht einfach nur gutaussehend. Nein. Nope. Das war er nicht. Wenn die Götter der Schönheit, des Charmes und des Sex-Appeals einen Dreier hätten, wäre Jason Burkwell das daraus resultierende Kind.

Außerdem schwärmte sie für ihn. Und zwar so richtig. Andererseits ging das niemandem mit zwei Beinen und Brüsten anders. Seit drei Jahren versuchte sie, den Mut aufzubringen, mit ihm zu reden. Und jetzt musste sie mit einer einfachen Aufgabe vor seiner Tür auftauchen, nur um sich dabei Plapperitis einzufangen. Einen tollen ersten Eindruck würde das machen.

Wenigstens würde sie ihm im Gedächtnis bleiben.

«Marie, sind Sie sicher, dass es niemand anderen gibt, der ...?» Ella blinzelte und sah sich um.

Stille. Sie war die Letzte, die noch hier war.

Prächtig. Also gut. Sie würde einfach in ihr Auto steigen, nach Hause fahren, um ihre Klamotten, Haare und Make-up zu checken, über die Straße zu Jasons Wohnung gehen, an seine Tür klopfen, ihn mit dümmlicher Bewunderung anstarren, wahrscheinlich fünfundfünfzigmal in unter fünf Minuten ins Fettnäpfchen treten, dann wieder nach Hause gehen und die Peinlichkeit den ganzen Abend lang immer wieder durchleben, während sie überlegte, was sie getan oder gesagt hätte, wenn sie eine weltgewandte Frau wäre und keine unbeholfene Idiotin.

Schon so gut wie erledigt. Kinderspiel.

Sie schloss die Augen und stieß den Atem aus, während ihre Schultern herabsanken. Es war ja nicht so, als wäre Peinlichkeit etwas Neues für sie. Der Tod ihrer Eltern, danach die monatelangen Krankenhausaufenthalte wegen ihrer Verbrennungen, gefolgt von jahrelanger Reha – all das hatte weitestgehend verhindert, dass sie irgendeine Art von Sozialkompetenz entwickelte. Bis zum Beginn der Highschool zu Hause unterrichtet zu werden ebenso wenig. Gleich mehrere Therapeuten hatten versucht, mit ihr zu arbeiten und ihr das Mantra, kompetent und selbstbewusst zu sein, einzubläuen, was aber nur halb hängengeblieben war, weil die Realität es Lügen strafte.

Also wirklich, was machte es schon, der ellenlangen Liste einen weiteren peinlichen Moment hinzuzufügen?

Nur ... Jason, das machte den Unterschied. Er war nicht einfach nur ein Nachbar oder ein Typ, mit dem sie niemals ausgehen würde. Er hatte keine Ahnung, dass sie durch eine gemeinsame Geschichte verbunden waren. Erlebnisse, die mit unauslöschlicher Tinte in ihren Verstand geschrieben worden waren. Auf eine Seite, die sich nicht herausreißen ließ. Und sie hatte die Narben als ständige Erinnerung, falls sie je versuchen sollte, es zu vergessen.

Mit schmerzhaft enger Brust schaltete sie das Licht aus, ging den Flur entlang und durch die Tür hinaus zum Parkplatz. Sicher angeschnallt, lenkte sie ihren hübschen gelben Subaru BRZ durch die Stadt und parkte auf dem zu ihrer Wohnung gehörenden Platz vor dem Apartmentgebäude.

Der Kleidersack verhöhnte sie vom Rücksitz aus, während sie Jasons Gebäudekomplex auf der anderen Seite der schmalen Straße anstarrte. Die Häuser waren zweistöckig und bestanden aus grauem Ziegel mit burgunderfarbenen Fensterläden. Sie säumten die gesamte Straße, und jedes Gebäude hatte drei obere und drei untere Wohnungen. Sie wusste zufällig, dass Jasons Wohnung die obere rechte war, weil er oft abends die Jalousien nicht schloss und sie ihn an seinem Wohnzimmerfenster vorbeigehen sehen konnte.

Nicht dass sie ihn stalkte oder so was.

Ihr Magen krampfte sich zusammen, während aus Sekunden Minuten wurden und sie immer noch in ihrem Auto saß. Es war vielleicht besser, einfach gleich rüberzugehen, ohne vorher noch mal heimzugehen, sonst würde sie kneifen. Je länger sie ihre Aufgabe hinausschob, desto mehr würde sie sich in ihre Aufregung hineinsteigern. Es war eine schlichte Lieferung. Klopfen, ihm den Smoking geben und Kehrtwendung.

Nur wollte Marie, dass sie sich vergewisserte, dass er ihm auch passte, und sie sollte ihm die Einzelheiten für nächsten Samstag mitteilen. Was bedeutete, dass sie ein paar Minuten bleiben und reden musste. Letzteres war absolut kein Problem für sie. Man könnte sagen, dass sie eine Expertin in Sachen Konversation war. Sie war so gut darin, dass sie nicht mehr damit aufhören konnte, sobald sie einmal angefangen hatte. Einzelne Sätze gab es dann nicht mehr, nur noch endlos lange Wortreihen.

Sie schloss die Augen und massierte sich die Anspannung aus der Stirn. «Du kannst das, Ella Elizabeth Sinclair. Steig aus dem Wagen.» Sie glaubte sich nicht wirklich, dennoch stieg sie aus und nahm den Kleidersack vom Rücksitz.

Ihre Beine waren schwerer als in Blei getauchtes Marmor, als sie zur Eingangstür seines Gebäudes, durch sie hindurch und die Treppe hoch zu seiner Wohnung ging. Während Trolle in ihrem Magen Boccia spielten, hob sie die Hand, um zu klopfen. Sie zitterte so sehr, dass sie ihren Arm schütteln musste, bevor sie es erneut versuchte und Erfolg hatte.

Ach verflixt. Sie würde ihm mitten auf die Fußmatte kotzen. Krampfhaft schluckend betrachtete sie die Holzmaserung seiner Tür, den winzigen Türspion und den unscheinbaren grauen Boden.

«Bitte sei nicht daheim, bitte sei nicht daheim», flüsterte sie – und dann klickte das Türschloss. Die Tür schwang nach innen auf. «So eine Scheibe.»

«Ich bin nicht sicher, ob ich diesen Ausdruck schon mal gehört habe, aber vielleicht sollte ich mir eine *Scheibe* von deinem Wortschatz abschneiden.»

Natürlich. Natürlich hatte sie das laut gesagt.

Mit heißem und rasch rot werdendem Gesicht lächelte sie ihn an. Oder versuchte es zumindest. Sie nahm an, dass sie wegen ihrer Nervosität eher wie eine verrücktere Version dieser Tussi aus *Eine verhängnisvolle Affäre* aussah, weil …

Na ja. Der Mann war so sexy, dass sie verstand, warum jedes Mitglied der Doppel-X-Chromosom-tragenden Bevölkerung in seiner Gegenwart so anhänglich wurde wie statisch aufgeladenes Styropor.

Er sah phantastisch aus, wie er in abgetragenen Jeans und einem grauen T-Shirt am Türrahmen lehnte. Ella war mit eins fünfundsiebzig nicht klein gewachsen, aber er war noch gut einen halben Kopf größer, und jeder Zentimeter an ihm war hart, schlank und muskulös. Sein dunkelblondes Haar war feucht – vermutlich kam er gerade aus der Dusche – und lang genug, um die Spitzen seiner Ohren zu streifen. Seine nicht ganz grünen, nicht ganz blauen Augen erwärmten sich vor Belustigung, goldene Flecken ließen sie irgendwo auf dem haselnussfarbenen Spektrum landen. Sie sah die Farbe seiner Augen das erste Mal, da sie einander noch nie so nahe gewesen waren, und verflixt, waren die wirkungsvoll. Die auffallend langen, hellen Wimpern unterstützten das noch.

Die Sehnen seiner Unterarme spannten sich, als er grinsend die Arme verschränkte und dabei eine Reihe weißer Zähne entblößte. Leichte Bartstoppeln überzogen seinen Kiefer und lenkten ihre Aufmerksamkeit auf seinen Mund. Mmm, diese Lippen. Zu dünn, um ein Schmollmund, und zu voll, um langweilig zu sein.

«Ich beschwere mich nie, wenn eine hübsche Frau an meine Tür klopft, aber kann ich Ihnen irgendwie helfen?» Das Grinsen immer noch auf gefährlich gestellt, zog er fragend die Brauen hoch.

«Sie finden mich hübsch?» Es war lange her, wenn überhaupt, dass jemand das gesagt hatte.

Sie hielt inne. Wiederholte in Gedanken, womit sie gerade

als Antwort auf seine Frage herausgeplatzt war. Und wollte sterben.

So. *Genau so* nahm der schlüpfrige Pfad nach Peinlichhausen seinen Anfang.

Sie schlug sich eine Hand vors Gesicht. «Verflixte Scheibe, das hab ich laut gesagt.»

Sein leises Lachen vibrierte in der Luft zwischen ihnen. «Haben Sie Kinder oder so was? Einer der Jungs auf der Wache hat drei und findet auch immer kreative Methoden, nicht zu fluchen.»

«Oder so was.» Sie ließ ihren Arm sinken. «Bitte entschuldigen Sie. Ich plappere, wenn ich nervös bin und –»

«Warum sind Sie nervös?»

«Ähm ... weil Sie Jason sind?» Das war doch offensichtlich, oder?

Eine seiner Augenbrauen zuckte. «Soweit ich weiß, ja.»

«Jason Burkwell», verdeutlichte sie. Unnötigerweise. Aber mit Nachdruck.

«Auch das stimmt. Ich weiß nur immer noch nicht, warum Sie das nervös machen sollte.» Träge kreuzte er einen nackten Fuß vor den anderen, als stelle er sich darauf ein, eine Weile hierzubleiben.

«Sie sehen aus wie eine gephotoshopte Version von Thor mit den Flirtkünsten von Iron Man und den Werten von Captain America.»

Ein Herzschlag verstrich, dann warf er den Kopf in den Nacken und lachte. *Lachte.* Als hätte sie einen Witz gemacht und würde es nicht total ernst meinen. «Eine Frau mit einer nerdigen Seite und einer Schwäche für die Avengers muss man einfach mögen. Aber Thor könnte sich jetzt beleidigt fühlen. Ich verspreche, dass ich Hemsworth nicht stecke, was Sie gesagt haben, wenn Sie mir Ihren Namen verraten.»

Sie war zu gefangen von dem verführerischen Timbre seines Lachens und dem Gefühl, das es in ihrem Bauch verursachte, um mehr als ein «Hä?» herauszubekommen.

«Ihren Namen? Wir haben schon festgestellt, dass ich Jason Burkwell und womöglich Thors lang verschollener Zwillingsbruder bin, aber Sie haben mir noch nicht verraten, wer Sie sind.»

«Ach verflixt. Verzeihung. Ich bin Ella Sinclair vom Redwood-Veranstaltungskomitee und –»

Ein weißes Fellbündel huschte hinter ihm über den Holzboden. Da und schon wieder weg. So schnell, dass sie sich fragte, ob Plapperitis noch andere Symptome mit sich brachte, wie Halluzinationen zum Beispiel. Fünf Sekunden später hörte sie ein hohes *Miau*, und der weiße Fellball flitzte erneut vorbei, diesmal in die andere Richtung.

Den Blick zum Himmel gerichtet seufzte er. «Ignorieren Sie das Kätzchen. Ich versuche noch herauszufinden, was ich mit ihm anstellen soll.»

«Ähm, nun, normalerweise brauchen Sie ...» Zick machte besagtes Kätzchen. «Gar nichts zu tun. Katzen kümmern sich im Großen und Ganzen ...» Und zack in die andere Richtung. «Um sich selbst. Schenken Sie ihnen einfach ...» Zick-zack. «Gelegentlich etwas Aufmerksamkeit, füttern Sie sie täglich und halten Sie das Katzenklo ...» Zick-zack, zick-zack, zick-zack. «Sauber.»

«Großartig. Sie sprechen Katzensprache.» Er packte sie am Ellbogen und zog sie vorwärts. «Kommen Sie rein, Ella Sinclair vom Redwood-Veranstaltungskomitee. Sie sind meine neue beste Freundin.»

Wegen des unförmigen Kleidersacks über einem Arm, wegen

ihrer Handtasche, die ihr in diesem Moment von der Schulter rutschte, und wegen Jason, der sie über die Türschwelle zog, stolperte sie. Eh sie sich versah, war sie mit den Knien auf die Fußbodendielen geprallt und der Inhalt ihrer Handtasche verstreute sich in seinem Wohnzimmer.

Oh Gott. Peinlicher ging es ja wohl nicht mehr. Und das … hätte sie besser nicht gedacht. Denn die Peinlichkeit nahm die Herausforderung an und warf sich selbst den Fehdehandschuh hin.

Knister, knister.

Voller Entsetzen sah Ella zu, wie das Kätzchen mit der Pfote nach ihrem Notfalltampon tappte, der in der Nähe eines Couchtischs aus schwarzem Nussbaumholz gelandet war. Das Knistern der Verpackungsfolie war ohrenbetäubend laut.

Ella schlug sich die Hände vors Gesicht und betete zu jedem Gott, der sie erhören wollte, sie möge sich in Luft auflösen. Puff, sie war nie hier gewesen.

Nur warum sollten die Götter heute versöhnlich sein? Nö. Nicht, solange sie lebte.

Tapp, tapp.

Knister, knister.

«Ich hätte die Bürgermeisterin ignorieren und mich stattdessen an Jamie Dornan halten sollen.» Sie stieß zitternd den Atem aus und machte eine Bestandsaufnahme. Sie befand sich auf den Knien. Vor Jason. In seiner Wohnung. Apropos Jamie … «Wie *Fifty Shades of Grey* von mir.»

Jason ging in die Hocke, sodass er auf Augenhöhe mit ihr war. «Ich kann Ihnen nicht folgen, aber darauf kommen wir später zurück. Geht es Ihnen gut? Es tut mir leid. Ich wollte Sie nicht so heftig ziehen, ich war nur so begeistert. Ich habe jeden angerufen, den ich kenne, und noch ein paar mehr, um ein Zuhause für den kleinen Punk da drüben zu finden. Ohne Erfolg. Und jetzt sind Sie hier.»

Wie aufs Stichwort packte das Kätzchen den Tampon mit den Zähnen und machte sich mit seiner Beute davon, in die Richtung, in der Ella das Schlafzimmer vermutete.

«Es geht mir gut, danke. Es war nicht Ihre Schuld. Ich bin tollpatschig.» Untertreibung des Jahrtausends.

«Nur hatten Sie diesmal ein wenig Hilfe, dank mir.» Er legte seine großen Hände um ihre Schultern. «Hoch mit Ihnen.»

Der Raum verschwamm, als er sie hochhob und wieder auf die Füße stellte. Einfach so. Als wäre sie nicht groß und kurvig mit Hintern en masse.

Sein Gesicht senkte sich zu ihrem, und sie nahm einen kaum merklichen waldigen Duft von Rasierwasser wahr. «Sind Sie sicher?»

Zuerst dachte sie, er meinte ihren nicht gerade gertenschlanken Körperbau, aber sie war benommen genug, um die Klappe zu halten. Und dann wurde ihr klar, dass er wissen wollte, ob sie verletzt war. «Ich bin okay, danke.»

«Ausgezeichnet.»

Die Tamponverpackung knisterte irgendwo außerhalb ihrer Sicht.

Er zeigte in die Richtung des Knisterns. «Ich nehme mal an, den wollen Sie nicht zurückhaben. Lassen Sie mich Ihnen bei den anderen Sachen helfen.» Er bückte sich und sammelte den Inhalt ihrer Handtasche auf. «Was will Ella Sinclair vom Veranstaltungskomitee nun von meiner Wenigkeit?» Er streckte ihr die offene Handfläche mit ihren Habseligkeiten entgegen.

«Ähm ...» Eine nach der anderen steckte sie sie zurück in ihre

Handtasche. «Ich habe Ihren Smoking für die Auktion dabei. Ich soll mich vergewissern, dass er passt. Außerdem habe ich den Programmablauf und kann mit Ihnen durchgehen, was Sie erwartet.»

«Smoking?» Ein *Was-zum-Teufel* huschte über sein Gesicht. «Nur damit ich das richtig verstehe. Ich wurde nicht nur genötigt, an einer Junggesellenversteigerung teilzunehmen, Sie zwingen mich obendrein auch noch, einen Pinguinanzug zu tragen?»

«Nicht ich, das Komitee. Ich wusste bis vor einer Stunde nicht mal, dass Sie daran teilnehmen. Ehrlich. Es ist mir egal, was Sie anhaben. Ich bin sicher, den Bieterinnen wird es auch egal sein. Sie könnten gar nichts anhaben, wenn es nach mir ginge.» Meine Güte, halt einfach die Klappe. «Ich meine, nicht *nichts*. Natürlich sollten Sie *etwas* anhaben. Ansonsten wäre das wirklich unschicklich. Sie könnten womöglich sogar fürs Nacktsein verhaftet werden.» Heiliger Scheibenkleister, Ella. Hör. Auf. Zu. Reden. «Andererseits würden Sie wahrscheinlich viel mehr Gebote bekommen, wenn –»

Wie vorhin an der Tür warf er den Kopf in den Nacken und lachte. Lauter, länger und mit einer Hand auf seinem Bauch. «Immer noch nervös, was? Ich mache Ihnen einen Vorschlag. Ich werde den Smoking tragen, wenn Sie die Katze mitnehmen.»

«Was?»

«Sie braucht ein Zuhause, und das ist nicht hier. In meiner Wohnung sind Haustiere nicht erlaubt.»

«Doch, sind sie. Ich wohne gleich auf der anderen Straßenseite, und wir dürfen Haustiere halten. Die Gebäude gehören derselben Gesellschaft.»

«Wirklich?» Er runzelte die Stirn. «Seit wann?»

«Ich bin vor drei Jahren eingezogen, also mindestens seit damals. Ich habe selber eine Katze. Man hat mich nur eine Kaution hinterlegen lassen.»

«Ha! Sie *mögen* Katzen, und Sie *können* sie mitnehmen.»

«Äh, nein. Nur ein Haustier pro Wohnung. Aber das bedeutet, Sie können sie behalten.»

Er machte eine abwehrende Handbewegung. «Auf gar keinen Fall. Ich will diese Verantwortung nicht. Außerdem bin ich ständig auf der Feuerwache. Ich habe keine Zeit für eine Katze.»

«Warum haben Sie sich dann eine zugelegt?»

«Hab ich nicht. Sie ist ein Findeltier von meiner Schicht heute. Ich habe bei jedem verdammten menschlichen Wesen im Umkreis von zwanzig Meilen versucht, sie loszuwerden. Keiner will sie.» Er richtete sich auf. «Lesen Sie nicht die Tweets der Stadt oder folgen ihrem Account auf Pinterest? Das Drachentrio hat sofort alles darüber gepostet.»

«Doch, schon, aber heute war ich noch nicht online.» Sie sah sich um. Sein dunkelbraunes Ledersofa sah gemütlich aus und passte gut zu den Landschaftsbildern an den grauen Wänden. Er hatte ein paar Bücher rumliegen und einen halbtoten Farn auf dem Tisch, aber ansonsten war seine Wohnung ziemlich minimalistisch, was Deko betraf. Genau genommen wirkte sie ein wenig leer. Einsam. «Sie sollten sie behalten. Katzen sind unabhängig und sehr liebevoll.»

Seufzend ließ er den Kopf kreisen. «Ich habe gar keine andere Wahl, bis ich jemanden finde. Mann, ich weiß nicht das Geringste darüber, wie man sich um eine Katze kümmert.»

Ehe sie wusste, was sie tat, fing ihr Mund an, sich zu bewegen, bevor ihr Verstand die rote Fahne schwenken konnte. «Ich kann Ihnen helfen.»

· 3 ·

In dem Versuch, nicht zu lachen, schürzte Jason die Lippen. Eine gewisse Ella Sinclair saß plappernd auf seinem Beifahrersitz, während er mit seinem Truck über die Bergstraße in eine der Nachbarstädte fuhr, um Haustierzubehör zu kaufen. Er hatte sie inzwischen überzeugt, ihn zu duzen, aber das schien ihrer Nervosität keinen Abbruch zu tun.

«Ich würde definitiv ein paar Spielsachen vorschlagen. Kleine Kätzchen sind verspielt und brauchen Ablenkung, sonst suchen sie sich ihre Unterhaltung selbst, zum Beispiel mit deiner Topfpflanze. Nur dass die sowieso schon halbtot ist, also wär das wahrscheinlich nicht so schlimm. Oh, und einen Kratzbaum. Deine Möbel werden es dir danken. Katzenklo, natürlich. Plus Wasser- und Futternäpfe ...»

Verdammt, war sie hinreißend. Er stand normalerweise nicht auf Brünette, besonders nicht auf geschwätzige, aber in diesem Fall könnte er eine Ausnahme machen. Er hatte vorhin am Rande eines gereizten Nervenzusammenbruchs gestanden, und sie hatte ihn vom Abgrund zurückgerissen und seine miese Laune dann noch durch Lachen ersetzt. Er bezweifelte, dass sie auch nur ahnte, dass sie für ihn eine verdammt willkommene Ablenkung war. Sie schien der Typ Frau zu sein, dem überhaupt nicht bewusst war, wie sexy sie wirkte. Ein bisschen zu unschuldig für ihn vielleicht, dennoch zog ihn ihre Mädchen-von-nebenan-Ausstrahlung unerwartet stark an.

Seltsam, so was.

So oder so mochte er sie vom ersten Moment an. «Danke, dass du mir deine Hilfe angeboten hast. Ich kann dich als Assistentin beim Aussuchen der Sachen wirklich gut gebrauchen. Wir hatten einen Hund, als ich klein war, aber das ist schon Jahre her. Über Katzen weiß ich null.» Er hatte gehofft, dass das so bleiben würde, aber das Schicksal hatte offensichtlich andere Pläne gehabt.

«Oh, überhaupt kein Problem. Ich hatte heute Abend sowieso nichts vor, nur Fernsehen oder so was. Ich bin ein ziemlich langweiliger Mensch.» Wie sie es schon vor seiner Wohnung getan hatte, schlug sie sich mit einer Warum-habe-ich-das-gesagt-/Ich-sollte-wirklich-die-Klappe-halten-Geste eine Hand vor ihr engelhaftes Gesicht. «Das klang jämmerlich. Aber ich schätze, das bin ich auch. Die meisten Leute gehen freitagabends aus. Ich nicht. Ich binge Netflix. Ich wette, du hattest ein Date oder etwas anderes geplant.»

«Eigentlich nicht, nein.» Er fragte sich, was an ihm sie so nervös machte. Er hielt sich für ziemlich umgänglich und entspannt. «Das hört sich für mich wirklich gut an. Das Daheimbleiben, meine ich. Überhaupt nicht jämmerlich.» Wenn er ehrlich war, konnte er sich nicht erinnern, wann er zum letzten Mal auf der Couch gefaulenzt und absolut gar nichts getan hatte. Natürlich müsste er dafür seine eigene Gesellschaft und seine eigenen Gedanken ertragen können, und das war definitiv nicht der Fall. «Auf welche Serien stehst du?»

«Ich bin nicht besonders wählerisch. Ich schätze, ich mag vor allem Action oder Übersinnliches. Crime-Serien sind auch toll. Ich versuche immer, den Fall zu lösen, bevor am Ende alles aufgeklärt wird.»

Jep. Verdammt hinreißend. «Und tust du's? Den Fall lösen?»

Sie zuckte mit den Schultern. «Manchmal. Aber die, die ich nicht enträtsele, sind am Ende am unterhaltsamsten.» Unsicher rieb sie mit den Händen über ihre Jeans und schaute konzentriert aus dem Beifahrerfenster.

Er ließ seinen Blick zwischen der Straße und ihr hin und her schnellen, um ihr Profil zu mustern, während sie es nicht bemerkte. Sie musste hispanische Vorfahren haben – vielleicht auch amerikanische Ureinwohner – bei ihrem bronzefarbenen Teint und ihrem dunklen Haar. Dieses herrliche Haar war es gewesen, was ihm als Erstes aufgefallen war, als sie auf seiner Türschwelle stand. Seidig und glatt fiel es ihr bis zur Mitte des Rückens. Es duftete nach etwas Süßem, fast wie Weihnachtskekse, und der Hauch, der ihm in die Nase gestiegen war, als er ihr in seiner Wohnung wieder auf die Füße geholfen hatte, hatte nicht annähernd ausgereicht, um das plötzliche Verlangen nach mehr zu stillen. Er konnte sich nicht erinnern, welche Farbe ihre Augen hatten, aber er war bereit zu wetten, dass sie auch dunkel waren. Sie hatte einen leicht gebogenen Nasenrücken und einen breiten Mund, der ihre runden Wangen auf eine Weise ausglich, die sie im selben kurzen Moment einzigartig hübsch und fast unauffällig machte. Eine dieser Frauen, bei der ein Mann zweimal hinsehen musste, um sie wirklich schätzen zu können.

Und sie hatte Kurven. Wenn er eine Schwäche hatte, dann waren es Kurven. Üppige Brüste und einen runden Hintern und Hüften, an denen er sich festhalten konnte. Sie sah in den engen Jeans einfach zum Anbeißen aus.

Allerdings löste ihre Persönlichkeit bei ihm den Reflex aus, sein Interesse auf Pause zu schalten. Wenn sie ihn so einschüchternd fand, dass sie ständig drauflosplapperte, und ihre Brave-Mädchen-Tour nicht gespielt war, dann musste er sich zügeln.

All seine bisherigen Partnerinnen hatten gewusst, dass er ein Typ war, um Spaß zu haben, nichts weiter. Ein bisschen Vergnügen und fertig. Niemand wurde verletzt. Aber Frauen wie sie neigten dazu, die wahre Liebe zu suchen.

«Was ist mit dir?» Sie sah ihn an, und was sagte man dazu? Ihre Augen waren hellbraun mit bernsteinfarbenen Sprenkeln, was seine Annahme als falsch erwies. Es war ihm ein Rätsel, dass ihm dieses kleine Detail nicht im Gedächtnis geblieben war. Sie waren hübsch.

«Hmm?» Nicht dass er etwas gegen eine wunderbare Ablenkung wie ihre schönen Augen einzuwenden hatte, aber er könnte schwören, dass sie ihn was gefragt hatte.

«Fernsehsendungen. Was schaust du gern?»

Richtig. «Sport. Hauptsächlich Baseball, aber ich kann mich auch mit Hockey oder Football anfreunden, wenn man mich dazu zwingt. Sitcoms finde ich auch nicht schlecht.»

«Ich weiß nicht viel über Sport. Einmal, als ich zwölf war, hat mein Onkel mich zu einem Spiel der Oregon Ducks mitgenommen.» Sie lachte, und der Tonfall verriet, dass ihre Nervosität langsam nachließ. «Ich hatte keine Ahnung, was auf dem Feld vor sich ging, aber es hat trotzdem unheimlich viel Spaß gemacht. Ich kam nur selten raus, und es war so nett von ihm, sich die Zeit zu nehmen. Wir haben Hot Dogs und Popcorn gegessen, bis ich dachte, dass ich gleich platze.» Ein weiteres Lachen. «Als wir heimkamen, hat meine Tante uns ausgeschimpft, weil wir so lange weg waren und ich nichts Gesundes gegessen hatte. Aber das war es wert. Sie haben das Spiel sogar gewonnen, mit einem Homerun in der zweiten Hälfte des neunten Innings.»

Er nickte, dabei geriet sein Lächeln leicht ins Rutschen. Was bedeutete das, der Teil mit dem Nicht-oft-Rauskommen? Auch hatte sie weder eine Mutter noch einen Vater erwähnt. «Hast du bei deiner Tante und deinem Onkel gelebt?» Wo waren ihre Eltern gewesen?

«Ja.» Sie räusperte sich. «Bei der Schwester meiner Mutter und ihrem Mann. Ich kam zu ihnen, nachdem meine Eltern gestorben waren.»

Nun, das war scheiße. «Wie alt warst du da?»

«Neun.»

Verdammt. «Das kann ich nachfühlen. Mein Vater starb, als ich zehn war. Mein Beileid.» Wenigstens hatte er noch seine Mama, die er mehr liebte als die Luft zum Atmen und die immer noch, bis zu diesem Tag, die einzige Frau war, der er sich verpflichtet fühlte.

«Gleichfalls.»

Die Distanziertheit in ihrer Stimme ließ ihn aufhorchen, aber ein Blick auf sie offenbarte nur ihr Profil und einen flüchtigen Eindruck von Schuldbewusstsein und Niedergeschlagenheit. Er sollte das Thema fallenlassen, wenn es sie bedrückte. War ja ohnehin nicht so, als wäre er ein Fan davon, die Vergangenheit aufzuwühlen. Manche Wunden heilten nie ganz, egal, wie viel Zeit verging.

Schweigend fuhr er den Rest des Wegs zum Zoofachmarkt und stellte den Motor ab. Sobald sie drin waren, schob er den Einkaufswagen durch die Gänge, während sie in rasantem Tempo Gegenstände hineinlegte und ihm dabei erklärte, warum er jeden einzelnen davon brauchte. Als sie fertig und zurück auf der Straße waren, platzte die Ladefläche seines Trucks aus allen Nähten. Na ja, zumindest fast.

Sein Nachbar auf der anderen Seite des Hausflurs verließ gerade seine Wohnung, als sie zurückkamen, und Jason nickte dem freundlichen Mittvierziger, mit dem er genau genommen noch nie gesprochen hatte, im Vorbeigehen zu. Und, da er ein verzweifelter Mann war, drehte er sich zu ihm um, wobei er Ella mit seinem Schwung beinahe umriss.

«Sorry, Süße.» Er schaute über ihre Schulter. «Hey, hallo, Sir. Sie haben nicht zufällig Interesse an einer kleinen Katze, oder?»

Der Typ schüttelte lachend den Kopf. «Selbst wenn, würde ich mir woanders eine holen. Ich leg mich bestimmt nicht mit dem füchterlichen Trio an.»

Jason richtete sich auf und rückte den Sack Katzenstreu in seinen Armen zurecht, wobei eine an seinem Unterarm baumelnde Einkaufstüte mit Katzenzubehörzeug gegen seinen Oberschenkel schlug. «Wie bitte?»

Der Mann kratzte sich die Wange. «Das Drachentrio. Nennt Ihre Generation die drei nicht so? Die Bürgermeisterin und ihre Schwestern. Jedenfalls haben die drei verbreitet, dass man nein sagen soll, falls Sie versuchen, ein neues Zuhause für Ihren kleinen Sonnenschein zu finden.»

Sie hatten bitte *was* getan? Zu welchem Zweck? «Warum?»

«Keine Ahnung, aber meinen Glückwunsch. In Ihrer Haut möchte ich nicht stecken.» Lachend ging der Typ den Flur entlang und verschwand.

Fall abgeschlossen. Mit Hammerschlag besiegelt. Es bestand keinerlei Zweifel, dass Jason mitten auf dem Radar des Drachentrios gelandet war.

Verdammt und zugenäht. Und was jetzt? Welches Recht hatten sie, sich in sein Leben einzumischen und alles auf den Kopf zu stellen? Und wem genau hatte er so ans Bein gepisst, dass ihm das Schicksal so heftig eine reinwürgte? Hin- und hergerissen zwischen dem Wunsch, auf irgendetwas einzudreschen, und dem Bedürfnis zu schreien, sah er Ella an.

«Katzen sind tolle Haustiere?» Unschuldig blinzelnd sah sie ihn an, was ihre wie eine Frage klingende Feststellung nur noch süßer machte.

«Anscheinend», antwortete er mit gerunzelter Stirn.

Sie grinste, schief, mit krauser Nase und hochgezogenen Augenbrauen.

Er konnte nicht anders, er musste über ihren Versuch, die Situation aufzuheitern, einfach lachen. «Also gut. Dann packen wir mal aus, ja?»

Wieder in seiner Wohnung wurde sie zum Wirbelwind. Sie erinnerte ihn irgendwie an eine Ein-Frau-Boxencrew. Nur bekam er das Gefühl, dass sie unter einem Zeitlimit stand, aber keinem, das sie sich selbst auferlegt hatte. Es war mehr so, als müsse sie sich beeilen, weil er sie forthaben wollte. Falsch.

Während sie das Katzenklo in seinem als Büro genutzten Gästezimmer aufstellte, stand er in der Tür, sah zu und nickte: Ja, er verstand, dass er es einmal am Tag sauber machen musste und bla, bla, bla. Das Kätzchen war vor fünf Minuten auf ihn raufgeklettert wie auf den Baum, von dem er es gerettet hatte, und saß nun auf seiner Schulter, und abwesend streichelte er es, während er Ella anlächelte, die mit dem Zusammenbau des Kratzbaums neben dem Fenster angefangen hatte. Ehrlich, sie könnte für die Formel 1 arbeiten.

Mit einem tiefen Seufzen richtete sie sich kurz darauf auf und rieb sich die Hände. Kein Ehering. Interessant. «Ich denke, du bist fertig ausgestattet. Dann werd ich mal gehen, damit du mich nicht länger am Hals hast.»

«Nicht doch, ich habe dich gern hier.» Tatsächlich würde es

ihm nichts ausmachen, wenn er sie am Hals hätte. Im Sinne von «sich ihm an den Hals werfen und die Hände in seinem Haar vergraben». Er liebte es, wenn Frauen das taten. «Vielen Dank für deine Hilfe. Das war unglaublich.» Sie hatte eine gefühlte Tagesaufgabe in einer einzigen Stunde auf die Beine gestellt.

«Oh, nun ja ... hab ich gern gemacht.» Zum ersten Mal seit der Begegnung mit seinem Nachbarn im Hausflur sah sie ihn an anstatt um ihn herum oder durch ihn hindurch. Dann noch mal und noch ein drittes Mal, und dann grinste sie. Ganz gelöst. «Das ist so süß.»

Er beäugte das Kätzchen auf seiner Schulter, das wie ein Motor schnurrte. «Sie mag anscheinend hohe Plätze. Hab sie heute auf einem Ahornbaum in der Straße neben dem Park gefunden. Ich schätze, das bedeutet, ich muss ihr einen Namen geben, was?»

«Wäre wahrscheinlich eine gute Idee.» Sie lachte.

Er mochte das Geräusch, wenn es nicht von nervöser Anspannung durchdrungen war, und sofort wollte er sie dazu bringen, es noch mal zu machen. «Frosty ist vermutlich schon vergeben.»

Ah ja. Ein weiteres Lachen. «Ihr ist nicht kalt. Schau nur, wie bequem sie sich an dich gekuschelt hat. Wie wär's mit Cotton?»

Sie schüttelte schon selbst ablehnend den Kopf, noch bevor ein «Nö» über seine Lippen kam. Angestrengt versuchte er, sich etwas Weißes als Name einfallen zu lassen. «Olaf?»

Ahhhh. Dieses spezielle Lachen. Aus dem Bauch heraus, und es erfüllte den ganzen Raum. «Was hast du nur mit Schneemännern?»

«Die sind weiß. Und ich bin nicht besonders kreativ.»

Lächelnd gab sie einen bezaubernden nachdenklichen Laut von sich. «Etwas Weißes, etwas Weißes. Wie wärs mit Geist?»

«Wie Casper, der freundliche Geist?»

«Ich dachte eher an Jons Schattenwolf aus *Game of Thrones*.»

Ihr Sexyness-Faktor war gerade um zehn Stufen gestiegen. «Schön. Gefällt mir.»

«Es gäbe auch noch Lotus, eine wunderschöne Blume.» Sie neigte den Kopf. «Oder … Luna, Daisy, Ivory, Creampuff, Storm. Oh, Storm von den X-Men! Die mochte ich immer am liebsten. Du könntest sie auch Tofu nennen, schätze ich.»

«Tofu?»

Sie zuckte mit den Schultern. «Der ist auch weiß.»

Zum hundertsten Mal in nur ein paar Stunden lachte er. Sie war einzigartig. «Wie kann es sein, dass wir uns noch nie begegnet sind, Ella Sinclair vom Redwood-Veranstaltungskomitee?»

Ein weiteres Schulterzucken. «Ich komme nicht oft raus.»

Eine Schande. Das hatte sie schon mal gesagt. «Warum?»

«Ich bin sozial inkompetent.»

Da war er anderer Meinung. Vehement. «Ich finde dich zufällig charmant. Okay, du entscheidest. Storm oder Geist?»

Sie öffnete und schloss ihren Mund, als könne sie ihm nicht folgen. «Aber sie ist deine Katze.»

«Und du hast entscheidend dazu beigetragen, dass sie hier ein Zuhause bekommt. Außerdem sind deine Namensvorschläge besser als meine.»

«Ähm, okay. Ich würde sagen, Storm passt besser zu ihrer Persönlichkeit, so, wie sie beim Spielen wie der Blitz herumsaust.»

Ein Nicken, und damit war das erledigt. Er pflückte das Kätzchen von seiner Schulter und hielt es vor sein Gesicht. «Du sollst von nun an Storm genannt werden. Oder *Verdammt, du Mistvieh*, wenn du meine Vorhänge schredderst.» Mit einem Seufzen setzte er es auf den Boden. «Hast du Hunger? Ich hab noch nichts gegessen. Wir könnten was bestellen.»

«Es ist keine gute Idee, ihr Menschennahrung zu geben. Sie könnte Durchfall kriegen.»

Gott helfe ihm, diese Frau! «Ich meinte dich. Würdest du gern zum Abendessen bleiben?»

Wie erstarrt sah sie ihn in der darauffolgenden Stille an, als könne sie nicht begreifen, was er meinte. «Wie ein Date?»

«Eher wie ein Dankeschön. Ich ziehe es vor, meine Dates anständigerweise an einem öffentlichen Ort auszuführen.» Obwohl die Versuchung verdammt groß war, war er sich immer noch nicht sicher, ob es eine gute Idee wäre, diesen Weg mit ihr einzuschlagen. Zu neunzig Prozent aus dem Grund, weil er sie bisher wirklich mochte. Sehr sogar.

«Oh, klar.» Nervöses Kichern. «Warum sollte es auch ein Date sein? Das ist albern. Tut mir leid.» Mehr nervöses Kichern. «Natürlich würdest du mich nicht fragen, ob ich mit dir ausgehe.»

Diese Reaktion gefiel ihm gar nicht. Nicht mal ein kleines bisschen. «Warum würde ich dich nicht fragen, ob du mit mir ausgehst?»

«Weil ich nicht der Typ Frau bin, mit dem Männer ausgehen. Es kommt einfach nicht sehr oft vor. Dass ich gefragt werde, meine ich.»

Er konnte sich nicht entscheiden, ob sie das ernst meinte oder ob er wieder ihre Nervosität geweckt hatte und sie einfach darauflosplapperte. «Warum wirst du nicht oft gefragt, ob du ausgehen willst?»

Verdammt, wenn er kein bindungsunfähiger Serien-Dater aus Überzeugung wäre, wäre er genau jetzt mit ihr aus und würde versuchen, den richtigen Moment für den ersten Kuss herbeizuführen. Aber sie war einfach nicht seine typische Eroberung, und er verletzte grundsätzlich keine Gefühle. Er mochte zwar ein Playboy sein, aber mit Gefühlen spielte man nicht.

Ihr Gesichtsausdruck zeigte ihre Verlegenheit, doch in ihren Augen herrschte eine Welt von Traurigkeit. «Verabredungen führen zu Nervosität. Nervosität führt zu Geplapper. Geplapper führt zu keinem zweiten Date.» Mit rosigen Wangen räusperte sie sich und wandte den Blick ab. «Ich kann ziemlich nervig sein.»

Das erklärte nicht, warum sie nicht um *erste* Dates gebeten wurde, aber auf dieses Detail ging er fürs Erste nicht weiter ein. Er war kein gewalttätiger Mann, zumindest hatte er sich nie für jemanden mit hohem Gewaltpotenzial gehalten, dennoch wollte er jedes Arschloch in die Finger kriegen, das ihr die Idee in den Kopf gesetzt hatte, sie wäre nervig. Denn das war sie nicht.

«Ich glaube, ich sagte schon, dass ich dich charmant finde. Das wäre das Gegenteil von nervig.»

Dafür erntete er den Hauch eines Lächelns. «Danke.»

Das war ein Fortschritt. Sie nahm Komplimente an. Und ungewöhnlich, dass sie nicht nach ihnen fischte. «Aaaaalso, Abendessen? Chinesisch? Italienisch? Mexikanisch? Bei Sushi ziehe ich die Reißleine.»

«Ich sollte wirklich nach Hause gehen.»

«Ich dachte, du hättest nichts vor. Es sei denn, du musst deine Katze füttern. Wenn das der Fall ist, dann kannst du kurz rüberlaufen und wieder zurückkommen. Ich würde dir wirklich gern für deine Hilfe danken.»

Seinem Blick ausweichend, nickte sie langsam, als verstehe sie nun etwas, das er nicht verstand, und wäre enttäuscht vom Ergebnis. «Du brauchst mir nicht zu danken. Ich hab es gern getan.»

Okay. Andere Taktik. «Wie heißt deine Katze?»

«Äh ... Xena.»

«Hm. Wirklich? Warum?»

«Sie hat schwarzes Fell, wie Xenas Haare, und wenn sie miaut, klingt es wie ihr Kampfschrei. Du weißt schon, dieses *alalala-yiyiyi*, das sie macht. Es ...» Sie neigte den Kopf. «Warum grinst du mich so an? Du hast gefragt.»

«Das hab ich, ja. Und ich bin amüsiert und beeindruckt von der Antwort.» Mit entschlossener Haltung verschränkte er die Arme. «Ich hätte gern das Vergnügen deiner Gesellschaft beim Abendessen, Ella. Du entscheidest. Chinesischer, italienischer oder mexikanischer Lieferservice. Ich bin für Italienisch.» Denn da würde die Lieferung am längsten dauern.

«Bist du sicher, dass –»

«Jep.»

«Weil es mir absolut nichts ausmachen würde –»

«Ich bin sicher.»

Sie stieß ein äußerst zartes Seufzen aus. «Dann Italienisch.»

«Gute Wahl.»

Ein Lächeln. «Du hast es ausgesucht.»

«Alle Jubeljahre hab ich auch mal eine gute Idee.» Zum Beispiel schlau genug zu sein, um sie dazu zu bringen zu bleiben. Und beim Essen eine Stunde später an seinem kleinen Küchentisch schob er mit einem Finger seinen Ersatzschlüssel über die Tischplatte zu ihr hinüber. «Damit du reinkannst, um dich um Storm zu kümmern, wenn ich abends arbeite. Das heißt, wenn du willst oder wenn es dir nichts ausmacht.»

«Nein, das macht mir nichts aus. Aber du hast mich doch gerade erst kennengelernt. Bist du sicher, dass du mir einen Schlüssel geben willst?»

«Ich vertraue dir.» Das war merkwürdig. Er war jemand, der nur sehr wenigen Leuten vertraute, wirklich vertraute. Irgendwie hatte sie es nach nur wenigen Stunden in diese kleine Gruppe geschafft. Tatsache war, sie war freundlich, authentisch, offen und hatte keinen Funken Unehrlichkeit im Leib. Er hätte nicht gedacht, dass es noch Leute wie sie gab. Außerdem mochte das Kätzchen sie, und sie kannte sich mit Katzen aus, weil sie selbst eine hatte. Und sie wohnte in der Nähe. «Du siehst gelegentlich nach Storm, und ich bedanke mich einmal in der Woche mit einem Abendessen bei dir.» Oder öfter. «Abgemacht?»

Oh ja. Ein breites Lächeln. «Abgemacht.»

· 4 ·

Was für ein Abend. Nein, was für ein Tag! Die Arbeit, das Komitee-Meeting, ihre erste Unterhaltung mit Jason, mit ihm Katzensachen kaufen und dann Abendessen bei ihm. So viel Aufregung hatte Ella nicht mehr erlebt, seit ihre Cousine Gerta ihr Date für den Junior-Abschlussball mit nach Hause gebracht hatte.

Letzteres war aufregender gewesen, als es sich anhörte, denn Gerta hatte versäumt zu erwähnen, dass der Junge mit seinen Tattoos und Baggypants wie ein Gangmitglied aussah. Ihre Tante und ihr Onkel hatten einen solchen Anfall bekommen. Ella hatte den ganzen Tag damit verbracht, ihrer Cousine mit ihren Haaren und Nägeln und dem herrlich smaragdgrünen Kleid zu helfen, in dem Ella mit ihren Kurven wie ein gestrandeter Wal ausgesehen hätte statt bezaubernd oder elegant wie Gerta. Nicht dass das irgendwie von Bedeutung gewesen wäre, da sie nicht zum Abschlussball ging, weil keiner sie gefragt hatte.

Während Ella die Treppe hoch und den Flur entlang zu ihrer Wohnung lief, rasten die Ereignisse des Abends durch ihren Kopf wie ein wild gewordenes Karnickel. Magen, Herz und Verstand bekriegten sich mit einer Mischung aus Freude, Verlegenheit und Schock über das, was sich ereignet hatte.

Jason hatte einen Ruf als ziemlicher Playboy, der es vorzog, etwas zu riskieren, anstatt untätig rumzusitzen. Sie hatte schon einige Geschichten über ihn gehört, sowohl gute als auch schlechte. Sie hatte sich immer gedacht, dass sie sich ihre eigene

Meinung bilden würde, wenn sie ihm je persönlich begegnete. Klatsch enthielt immer nur einen Teil der tatsächlichen Wahrheit und verpackte diese dann auch noch als Gerücht. Der Mann, den sie heute Abend kennengelernt hatte, war ganz genau und völlig anders als das, was sie erwartet hatte.

Ja, er war gutaussehend und charmant. So viel hatte sie schon gewusst. Er war außerdem klug und witzig. Damit hatte sie auch gerechnet. Was sie völlig überrascht hatte, war die Andeutung von Unsicherheit, die sie in manchen Momenten wahrgenommen hatte, zum Beispiel, als sie darüber gesprochen hatten, wie er sich um sein neues Kätzchen kümmern sollte. Ein richtiger Mann gab zu, wenn er etwas nicht wusste, und war klug genug, um Hilfe zu bitten. Zumindest hatte ihr Onkel das immer gesagt. Außerdem hatte Jason eine sensible Seite. Spuren davon hatten sich in seinem Truck gezeigt, als er seinen Dad erwähnt und herausgefunden hatte, dass ihre Eltern tot waren. Und sie sich einfach nur schlecht gefühlt hatte.

Aber der wahre Schock war, wie nett er zu ihr gewesen war. Darauf … war sie beim besten Willen nicht vorbereitet gewesen. Sicher, die Leute waren nett zu ihr auf diese beiläufige Weise, wie man es bei Bekannten war. Lächeln und ein oberflächliches *Wie geht's?* im Vorbeigehen. Aber Jason hatte sie tatsächlich nach ihren Interessen gefragt und zugehört, als wäre ihm die Antwort wichtig. Er hatte sich große Mühe gegeben, die peinlichen Dinge, die sie plappernd von sich gegeben hatte, zu ignorieren, und sie nicht eine Idiotin genannt oder Ausflüchte gesucht, um sich aus dem Staub zu machen. Er hatte sogar versucht, sie aufzumuntern, indem er behauptet hatte, ihre ellenlangen Sätze wären nicht nervig.

Vor ihrer Wohnung holte sie ihre Schlüssel aus der Handtasche und blieb kurz stehen, um den richtigen zu finden. Als sich die Tür der Wohnung auf der anderen Seite des Flurs öffnete, warf sie einen Blick über ihre Schulter.

«Hi, Miles. Ich hoffe, Sie hatten einen schönen Tag.»

Sie hatte mit ihrem Nachbarn schon ein paarmal kurz gesprochen und wusste, dass er im Jugendzentrum arbeitete, wo die Meetings des Komitees abgehalten wurden. Sie waren sich auch dort ein paarmal über den Weg gelaufen, aber er schien nie die Verbindung herzustellen, dass sie ein und dieselbe Person war. Was okay war. Sie war daran gewöhnt. Es war nicht so, als wäre sie ein einprägsamer Mensch, und er war ein netter Kerl.

«Hallo ...» Er strich sich mit den Fingern über das kurze, krause schwarze Haar und schenkte ihr ein schiefes Grinsen. Seine strahlend blauen Augen waren ein ungewöhnlicher Kontrast zu seiner dunklen Haut und machten ihn noch attraktiver.

Aber selbst wenn sie irgendwelche Flirtkünste besäße, war er seit letztem Sommer mit Brent zusammen, einem Tierarzthelfer in der Klinik Animal Instinct. Also war sie schon vom Geschlecht her nicht sein Typ, ganz zu schweigen von ihrer Persönlichkeit oder Erscheinung. Trotzdem konnte sie ihn im Stillen bewundern.

Er trat von einem Fuß auf den anderen, und ihr wurde klar, dass er versuchte, sich an ihren Namen zu erinnern. Keine große Sache. Daran war sie auch gewöhnt. Abgesehen von ein paar Komiteemitgliedern und den Eltern ihrer Schüler neigten die meisten Stadtbewohner dazu, sie zu vergessen. Tatsächlich schauten einige Lehrer sie immer noch schief an, wenn sie mittags ins Lehrerzimmer kam, obwohl sie schon seit drei Jahren an der Schule unterrichtete.

Und wenn sie das manchmal kränkte oder das bisschen Stolz verletzte, das sie noch hatte, nun … dann brauchte das niemand zu wissen.

Lächelnd hatte sie Erbarmen mit ihm. «Ella.»

«Richtig, Ella.» Er ließ die Hand fallen und klatschte gegen seinen Oberschenkel. «Tut mir leid, ich kam im Moment einfach nicht drauf.»

«Das verstehe ich. Wie geht es Brent? Sie beide sehen immer so glücklich aus.»

Sein plötzliches Grinsen beschrieb den Ausdruck «trunken vor Liebe» perfekt. «Ihm geht es sehr gut, danke. Wir ziehen diesen Herbst vielleicht zusammen, wenn mein Mietvertrag ausläuft. Er hat ein Haus in diesem alten Viertel in der Nähe des Friedhofs.»

«Das ist ja wunderbar. Gratuliere!»

«Danke.» Er winkte. «Bis dann. Schönen Abend noch.» Er wandte sich zum Gehen, drehte sich dann jedoch abrupt noch einmal um. «Moment mal. Ihr Nachname ist nicht zufällig Sinclair, oder?»

«Doch, ist er.» Ihre erste Reaktion war Freude, dass er sich daran erinnerte, verwandelte sich dann jedoch schnell zu *oh-oh*, denn sie fragte sich sofort, warum er gerade jetzt auf ihren Namen gekommen war.

Ein Aha-Ausdruck veränderte seine Züge. Er zeigte auf sie, als habe sie sich gerade ein Horn mitten auf der Stirn wachsen lassen und sich Einhorn genannt. «*Sie* sind die, von der alle reden.»

«Was? Sicher nicht.» Sie lachte, aber sein nachdrückliches Nicken ließ sie abrupt verstummen. Ihre Nackenhärchen sträubten sich. Das musste ein Irrtum sein. Niemand redete über sie, außer, es waren vorher Sätze wie «Wer ist das?» oder «Seit wann ist sie denn da?» gefallen. «Das bezweifle ich stark.»

«Doch, sicher. Auf dem Twitter-Account der Stadt wurde vor ein paar Stunden etwas über Sie und Jason gepostet. Offenbar schießt das Drachentrio jetzt mit Amors Pfeilen auf Sie beide.»

Okay, jetzt *wusste* sie, dass er sich irrte. Nichtsdestotrotz schnürte sich ihre Brust zu, bis sie kaum noch atmen konnte. «Das ist ...» Absurd. Eine schreckliche Idee. Und dämlich. Falls jemand dachte, Jason und sie würden gut zusammenpassen, dann war er durchgeknallter als eine Schachtel Knallerbsen. «Auf gar keinen Fall. Außerdem dachte ich, diese Kuppelsache wäre nur ein Scherz.»

«Oh, das Kuppeln ist definitiv kein Scherz. Das machen sie andauernd. Sie haben Brent und mich zusammengebracht und seine Kollegen in der Tierklinik und noch einen Haufen andere Leute. Die Frau, die den Kindergarten leitet, mit dem Chefkoch vom Bistro zum Beispiel oder die Bibliothekarin mit dem neuen Anwalt von der Kanzlei an der Hauptstraße. Unzählige Paare.» Er schaute auf seine Uhr und dann wieder zu ihr. «Ich muss los, aber schauen Sie sich die Tweets an. Ich wünsche Ihnen viel Glück.»

Sie musste gut fünf Minuten in völligem Schockzustand vor ihrer Tür gestanden haben, bevor sie sich wieder fing und hineinging. Nachdem sie ihre Handtasche auf einem Beistelltischchen deponiert hatte, ließ sie sich aufs Sofa fallen, das Handy in der Hand.

Xena stolzierte aus dem Schlafzimmer und drapierte sich Aufmerksamkeit fordernd auf Ellas Schoß.

Al-al-yi-yi.

«Warte kurz, meine Hübsche. Mami muss grad mal eine Sekunde lang die Krise kriegen.»

Al-al-yi-yi.

«Ich hab dich schon beim ersten Mal gehört. Einen Moment.»

Sie tippte auf das Twitter-Icon, wartete, dass die App lud, und ging dann auf das Profil von @Redwood. Beim Scrollen entdeckte sie ein Foto von Jason mit Storm auf dem Arm, dazu einen Tweet, der lautete:

Dieser sexy Feuerwehrmann rettet Ladys in Nöten nicht nur, er kuschelt auch mit ihnen.

Das war vermutlich der Tweet, von dem Jason vorhin gesprochen hatte. Sie scrollte weiter hoch zu ein paar neueren Posts über den bevorstehenden Wohltätigkeitsball und hielt inne, als sie beim jüngsten Tweet ankam. Ihr Herz hörte so schnell auf zu schlagen, dass es Bremsspuren hinterließ.

#wordonthestreet: Jason Burkwell & Ella Sinclair wurden in einem Zoomarkt gesichtet und haben danach Zeit in seiner Wohnung verbracht. Brodelt da animalische Anziehungskraft? Wir sagen: Rrrrr, ja!

Die ‹Word on the Street›-Tweets hatte sie schon oft gelesen. Jedes Mal, wenn in der Stadt eine neue Romanze aufkeimte oder anderweitiger Klatsch als besonders wichtig erachtet wurde, benutzten sie diesen Hashtag.

Scheibe. Scheibenkleister. Nein. Das konnte nicht sein.

Jason hatte mehr Erfahrung als 007 in seinen besten Zeiten.

Ella hatte … keine. Absolut null.

Er war sexy und charmant und lässig.

Sie war tollpatschig und schüchtern und unsichtbar.

Sie war … unsichtbar. Vielleicht war das die Lösung? Bestimmt würde niemand über sie reden. Sie konnte praktisch eine von zwei Personen im Raum sein und wurde trotzdem nicht bemerkt. Ernsthaft, wer wusste überhaupt, dass es sie gab? Und was brachte Leute dazu zu denken, dass von allen Geschöpfen in diesem speziellen Zoo sie und Jason zwei miteinander kompatible Affen wären? Saßen sie einfach beisammen und sagten: *Lasst uns das unterhaltsamste ungleiche Paar Primaten finden und sie zusammen in ein Gehege stecken. Und sehen, was passiert. Wer hat das Popcorn?*

Außerdem, wie hatten sie …

Ach verflixt. Verflixt, verflixt, verflixt. Mit extra Verflixt obendrauf. Jason und sie wurden verkuppelt. Das alles war von Anfang an geplant gewesen. Und sie war der ahnungslose Trottel, der ihnen in die Falle getappt war.

Ihn zur Teilnahme an der Junggesellenversteigerung nötigen + sie zur Smoking-Lieferung zwingen = *Bam*.

Dazu noch das Kätzchen, das er gerettet hatte und für das er kein anderes Zuhause finden konnte, und der Fakt, dass sie eine Katzenbesitzerin war, die genau wusste, wie man für sie sorgte, und doppelt *Bam*.

Widerstrebend warf sie einen Blick auf einige der siebenundachtzig @-Antworten auf den Tweet, während ihr Magen zu rebellieren drohte. Da waren mehr *Wer ist sie überhaupt*-Kommentare als sonst irgendwas, aber es gab auch einige eingestreute *Auf gar keinen Fall* oder *Das hält nie*. Es war nicht unbedingt tröstlich zu erkennen, dass ganz Redwood, Oregon, ihrer Meinung war.

Jason hatte den Tweet über die Rettungsaktion der heutigen Schicht erwähnt. Er musste das hier schon gesehen haben und auf demselben Stand sein wie alle anderen. Seine lässigen, witzigen Bemerkungen heute Abend bewiesen das. Er hatte ihre tollpatschige Annahme, das Abendessen wäre ein Date, korrigiert und deutlich gemacht, dass es nur ein Dankeschön war. Er hatte sie nie angemacht oder Interesse auch nur angedeutet.

Sie war zurückgewiesen worden und sich dessen nicht mal bewusst gewesen. Von ihm, von der Stadt. Ehrlich, was hatte sie erwartet? Männer hatten ihr noch nie irgendwelche Aufmerksamkeit geschenkt. Und trotzdem, diese spezielle Zurückweisung schmerzte. Sehr.

Ein drückendes Gefühl ließ ihr flau im Magen werden und vermischte sich mit Kränkung und Scham. Sie hätte den Smoking einfach vor seine Tür legen und wieder gehen sollen.

Während sie sich in ihrer gemütlichen Drei-Zimmer-Wohnung umsah, kämpfte sie das Brennen von Tränen in den Augen und den dicken Kloß in ihrer Kehle nieder. Sie hatte Pflanzen und Bücher und Filme. Einen guten, befriedigenden Job als Lehrerin. Ihre Katze. Eine kleine, aber liebevolle Familie. Außerdem war sie ziemlich geschickt im Dekorieren. Ihre Couchgarnitur hatte ein hübsches Kobaltblau und passte gut zu den rauchgrauen Wänden. Ihre Mosaikglastische fingen mittags das Sonnenlicht ein, und ihre Bilder waren Kunstdrucke berühmter Künstler aus der Zeit der Romantik.

Das war genug. Wie ihre Therapeutin gesagt hatte, sie sollte die schlechten Dinge anerkennen, sich jedoch auf die guten konzentrieren. Und um das zu tun, schnappte sie sich auf ihrem Weg in die Küche ihren Notizblock und ein Streichholzbriefchen.

Sie nahm sich einen Moment Zeit, um die Dinge, die sie heute enttäuscht hatten oder die sie bereute, auf kleine Streifen Papier zu schreiben, dann hielt sie einen nach dem anderen über die Spüle und zündete ein Streichholz an. Das war eine Therapietechnik, die man ihr damals nach dem Unfall beigebracht hatte, um ihr dabei zu helfen, sich nicht mehr vor Feuer zu fürchten, und als Mittel, Dinge loszulassen. Normalerweise funktionierte es. Manchmal tat es das nicht.

Bin über meine eigenen Füße gestolpert und vor die von Jason gefallen. Zu Staub verbrannt. *Habe endlos geplappert, weil ich nervös war.* Asche. *Habe angenommen, die Essenseinladung wäre ein Date.* Puff. *Habe mich vom Drachentrio manipulieren lassen, mir zu hoffen erlaubt, dass er mich mag, beim Meeting nicht aufgepasst ...* Brenn, brenn, brenn.

Als die letzte ihrer heutigen Enttäuschungen sich in Rauch aufgelöst hatte, zündete sie eine weiße Duftkerze an und schaltete den Dunstabzug ein, dann ging sie in ihr Gästezimmer, um ihre Katzenhalteraufgaben zu erledigen. Routine war gut. Sie hielt sie in schwierigen Zeiten bei Verstand. Sie musste sich an ihr festhalten.

Xena schlängelte sich um Ellas Füße, und sie murmelte ihrem Baby liebevollen Unsinn zu, während sie Katzenstreu schaufelte, das Wasser im Spender wechselte, den Futternapf füllte und den Kratzbaum absaugte. Nachdem sie alle herumliegenden Spielzeuge aufgesammelt und auf einen Haufen neben dem Futon gelegt hatte, ging sie in ihr Schlafzimmer.

Alles war genau so, wie sie es verlassen hatte, ordentlich aufgeräumt und sauber. Sie hatte ein Jahr lang gespart, um sich die Möbel kaufen zu können, aber das war es wert gewesen. Das breite Bett hatte ein aufwendig geschnitztes Kopfteil aus Kirschbaumholz und vier schmal zulaufende Bettpfosten. Der Baldachin war mit durchsichtiger weißer Spitze gesäumt und erinnerte sie an ein Märchen. Zwei passende Kommoden und Nachttische vervollständigten das Set. Sie hatte das Zimmer zartgelb gestrichen, was das Weinrot und Gold der Bettwäsche komplementierte. An der Wand gegenüber dem Fenster hingen drei Bilder von Pusteblumen in verschiedenen Wachstumsstadien.

Es war ihr Lieblingszimmer in ihrem Zufluchtsort, und manchmal, an schwierigen Tagen, sah sie sich einfach gern an, was sie erreicht hatte. Den Beweis, dass sie stärker war, als sie oft glaubte. Es war nicht leicht gewesen, mit lähmenden Angstzuständen aufs College zu gehen und ihren Abschluss zu machen. Der Umzug zurück nach Redwood war hart, aber sie hatte es geschafft. Ein Vorstellungsgespräch absolvieren und einen neuen Job antreten? Furchteinflößend. Und doch, nach alledem, oder trotz alledem, war sie nun hier.

Sie warf einen Blick auf ihr Handy und dachte darüber nach, Jason eine Entschuldigung für diesen Abend zu schreiben oder dafür, dass sie ihn unbeabsichtigt in dieses Kuppelkomplott hineingezogen hatte. Vielleicht sollte sie ihm versichern, dass sie ihn nur um Storms Pflege willen belästigen würde. Aber sie hatte seine Nummer nicht, und es war wahrscheinlich auch am besten, dass er sie kontaktierte, wenn ihre Dienste gebraucht wurden. Sie legte ihr Handy zum Laden auf den Nachttisch.

Im angrenzenden Badezimmer wusch sie sich das bisschen Make-up ab, das sie heute Morgen aufgetragen hatte, und zog ihre Kleider aus, um sie in den Wäschekorb zu werfen. Dann setzte sie sich auf den Toilettendeckel und starrte die weißen Strümpfe an, die ihre Beine bis zum Oberschenkel bedeckten.

Ganz egal, wie viel Zeit verging oder wie lange es her war, das hier war immer der härteste Teil ihrer Routine. Sich am Morgen anzuziehen, verhüllte ihre Verletzungen, verbarg sie vor der Welt, damit sie überleben konnte. Ein Puffer, gewissermaßen.

Sich abends auszuziehen, entblößte ihren Schmerz und enthüllte den Schaden, den er hinterlassen hatte.

Langsam rollte sie die Strümpfe von ihren Beinen und ließ sie auf links gedreht, um sie gleich anschließend von Hand zu waschen. Die Silikoneinlagen an den Zehen und entlang der Waden durften nicht in die Maschine. Früher hatte sie aufgrund einer posttraumatischen Belastungsstörung das Knistern der Flammen und die Schreie ihrer Eltern gehört, wenn sie die Strümpfe ausgezogen hatte, und sie zuckte aus Gewohnheit zusammen, bevor sie ihre Beine betrachtete.

Das hier war letztlich der Grund, warum ein Mann wie Jason nie an einer Frau wie ihr interessiert sein würde. All ihre Macken und ihr unscheinbares Äußeres beiseitegenommen, kein Mann wollte mit jemandem zusammen sein, bei dem ein Viertel des Körpers einem Monster glich.

Alles unterhalb der Knie war nichts als dick vernarbtes weißes und rotes Fleisch. Die Silikonstrümpfe gaben den Anschein von glatter Haut. Normalität. Ohne sie war es ein wildes, entstellendes Durcheinander. Am schlimmsten waren ihre Füße. Man hatte ihr die Zehen amputieren müssen, alle zehn. Es war seltsam, aber sie konnte sich kaum noch erinnern, wie sie vor dem Feuer ausgesehen hatten.

Nachdem sie die Physiotherapie vor all den Jahren abgeschlossen hatte, hatte sie niemanden mehr ihre Narben sehen lassen. Weder ihre Tante, ihren Onkel oder ihre Cousine noch die wenigen Dates, die sie gehabt hatte, oder die paar Freunde, die sie gefunden hatte. Keine Menschenseele außer den Ärzten. Obwohl diejenigen, die ihr nahestanden, zuvor immer versucht hatten, ihre Reaktionen um ihretwillen zu verbergen, war das unmöglich gewesen.

Abscheu. Mitleid. Ekel. Schock. Das alles wollte sie lieber vermeiden.

Sie gestattete sich, einen Moment lang zu trauern, dann stand sie auf, um ihre Strümpfe im Waschbecken zu waschen und danach zum Trocknen über die Duschstange zu hängen, neben ihre anderen beiden Paare. Sie waren unglaublich teuer, und die Versicherung betrachtete sie als rein kosmetisch, deshalb musste sie sie aus eigener Tasche bezahlen. Sie versuchte, sie gut zu pflegen, damit sie so lang wie möglich hielten.

Xena wartete bereits im Bett auf sie, als Ella fertig war. Sie kletterte hinein und schaltete den Fernseher ein, auf stumm gestellt.

Normalerweise würde Ella noch ihre Tante anrufen und ein bisschen mit ihr plaudern, bevor sie ihrer Cousine Gerta eine Nachricht schrieb, aber es war später als sonst, weil sie bei Jason gewesen war. Ihre Tante würde schon schlafen. Auf ihrer Unterlippe kauend, entschied sie, es bei ihrer Cousine zu versuchen.

ELLA: Bist du noch wach?

Ella beobachtete das Display, während das blinkende Symbol signalisierte, dass ihre Cousine eine Antwort tippte.

GERTA: Jep. Bin erstaunt, dass du's noch bist. Ist spät. Heißes Date?
ELLA: LOL. Wohl kaum. Hab einem Freund geholfen.

Während sie auf eine Antwort wartete, starrte sie das Display stirnrunzelnd an. Sie konnte nicht wirklich sagen, dass Jason ein

Freund war, trotzdem war es einfacher, als die ganze Geschichte zu erklären. Sie würde es ihr später erzählen.

GERTA: Buuh. Aber gut, dass du Freunde findest. Du kommst nie raus.
ELLA: Manchmal schon. Wie war dein Tag?
GERTA: Nicht schlecht. Daniel ist befördert worden. Er will sich nach einem größeren Haus umsehen. Sagt, damit wir mehr Kinder haben können.

Daniel war Gertas hingebungsvoller Ehemann. Sie hatten eine zweijährige Tochter, Wendy, die einfach zuckersüß war. Sie hatte Gertas bronzefarbene Haut, ihr dichtes schwarzes Haar, ihre großen braunen Augen und ihren schlanken Körperbau geerbt, aber Daniels Strahlelächeln und vielleicht sogar seine Größe.

ELLA: Gratuliere. Du willst doch noch mehr Kinder. Ich werde sie nach Strich und Faden verwöhnen.
GERTA: Du brauchst sie ja auch nicht auszutragen und dir die Figur zu ruinieren.

Ella verdrehte die Augen. Ihre Cousine hatte eine Sanduhrfigur wie ein Pin-up-Girl aus den Fünfzigern. Seit sie ihren ersten BH bekommen hatte, waren die Männer hinter ihr her. Sie hatte nach Wendys Geburt nur schlappe drei Wochen gebraucht, um ihre Figur zurückzubekommen.

ELLA: Ach bitte. Du bist schön.
GERTA: Danke. Du auch. Zettelzahl heute???

Ihre Cousine fragte jeden Abend, wie viele Enttäuschungen Ella hatte verbrennen müssen. Es war schön, jemanden zu haben, der sich um einen sorgte, aber oft fühlte sich Ella dadurch noch verlegener wegen ihrer Fehler und wie oft sie welche machte. Aber es zog sie zur Rechenschaft.

ELLA: Zu viele, um sie zu zählen. Ich erzähl es dir später. Es geht mir gut. Keine große Sache.
GERTA: Bist du sicher? Kann noch ein bisschen reden.
ELLA: Bin sicher. Ich hau mich jetzt hin. Hab dich lieb.
GERTA: Hab dich lieber, Chica.

Abwesend streichelte Ella Xenas Fell, während sie das Handy beiseitelegte und die Sendung auf ihrem Flachbildfernseher an der Wand anstarrte.

«Na ja, meine Hübsche, wenigstens sind wir nicht in einer Folge der *Medical Detectives*. Das ist doch was.»

• 5 •

An einem zerkratzten Ecktisch im Shooters fläzte sich Jason auf seinem Stuhl und rieb mit dem Daumen abwesend das Kondenswasser von seiner Bierflasche.

Billardkugeln klackten auf der anderen Seite der Bar, begleitet vom gelegentlichen Tock von Dartpfeilen, die die Scheibe trafen. Stevie Nicks kreischte aus der Jukebox, was ihm die Ohren schmerzen und ihn sich nach gutem altem Classic Rock sehnen ließ. Der Geruch von frittiertem Essen hing in der Luft und vermischte sich mit dem von billigem Parfüm und einem Hauch Verzweiflung.

Er langweilte sich zu Tode. Parker und er klebten seit einer Stunde wie festgewurzelt an ihren Plätzen, und Jason fiel kein stichhaltiger Grund ein, weiter hier rumzuhängen, außer Bro-Time. Und der nutzte sich allmählich ab. Er fragte sich, was zum Teufel mit ihm los war, dass kein einziges weibliches Wesen in diesem Laden interessant aussah. Das letzte Mal, dass das vorgekommen war, war …

Na ja, noch nie.

«Die ist hübsch.»

Er folgte Parkers Blick quer durch den Raum zu einer lächelnden Blondine, die ihnen von der Bar aus zuwinkte. Mindy. Oder Maggie? Maxie vielleicht. Egal. Sie hatten letzten Sommer ein paar Nächte miteinander verbracht, was sie tabu machte.

«Mm-hmm.» Er nahm einen Schluck von seinem Bier und wandte den Blick von der Blondine ab, damit sie nicht den falschen Eindruck bekam, es wäre eine zweite Runde drin.

«Wie heißt sie?»

Er warf Parker einen irritierten Seitenblick zu. «Frag mich was, das ich weiß.»

Parker stieß ein bellendes Lachen aus. «Du hattest doch mal was mit ihr, oder? Und da weißt du nicht mehr, wie sie heißt?»

«Wenn man mit einer Frau schläft und die Details vergisst –», wie ihren Namen, «– dann ist sie nicht die Richtige.» Nicht dass Jason altruistisch genug war zu glauben, dass es für jeden da draußen den richtigen Menschen gab. Verdammt, er glaubte nicht mal wirklich, dass es Seelenverwandte und wahre Liebe gab. Grußkartenfirmen und Schokoladenfabriken und Schmuckgeschäfte verdienten trotzdem ein Vermögen mit dieser Vorstellung. Sollen sie nur. «Siehst du mich jetzt mit ihr? Nein. Da hast du's.»

«Warte mal kurz.» Parker lehnte sich über den Tisch und zupfte an Jasons T-Shirt herum. «So, schon besser. Deine Arschigkeit war zu sehen.»

Jason legte den Kopf in den Nacken und starrte finster an die Decke. Das war ein besserer Anblick als die Gäste der Bar oder Parker. «Ich bin von Anfang an immer offen und ehrlich zu Frauen. Sie sind erwachsen und treffen ihre eigenen Entscheidungen.»

«Wenn du es sagst. Und was stimmte nicht mit der?» Als Jason seinem besten Kumpel einen verwirrten Blick zuwarf, präzisierte er die Frage für ihn. «Die umwerfende Blondine da drüben, die versucht, deine Aufmerksamkeit zu bekommen? Was stimmte nicht mit ihr, was hat dich das Interesse verlieren lassen?»

Abgesehen von bloßem Überdruss? Seit er mit sechzehn seine Unschuld vor dem Homecoming-Ball hinter den leeren

Tribünen an Julie Prescott verloren hatte, hatte er folgende Theorie ... Wenn er sich nach zwei Wochen immer noch freute, eine Frau wiederzusehen, oder wenn sie ihn zum Lachen brachte oder er eine Unterhaltung mit ihr führen konnte, die mehr Tiefgang hatte als ein Schlauchboot, dann würde er eine Beziehung in Betracht ziehen. Er konnte allerdings an einer Hand abzählen, wie oft das in seinen dreißig Jahren auf dieser Erde passiert war. In diesen wenigen Fällen hatte er trotzdem einen Fehler gefunden und sich so lange darauf konzentriert, bis er nicht mehr darüber hinwegsehen konnte. Der Rest erledigte sich von selbst.

Letzten Endes war er freiwillig noch Single und weil es keine Frau gab, die seine Meinung ändern konnte. Stärkere als auch schwächere Männer als er waren schon in der finsteren Versenkung der Liebe verschwunden und nie wieder ans Tageslicht gekommen. Der Teufel sollte ihn holen, wenn ihm das auch passieren würde.

«Mach dich lustig über mich, soviel du willst. Ich kann tun, was ich will, wann ich will und mit wem auch immer ich will.» Er zuckte mit den Schultern. «Und niemand macht mich dabei verrückt. Beziehungen sind eine Falle.»

«Blödsinn.» Parker schob sein Glas Single Malt beiseite. «Das Leben ist leer ohne sie.»

«Rosamunde Pilcher hat angerufen. Sie will ihren Schmachtfetzen der Woche zurück.»

Mit einem Grinsen lehnte Parker sich auf seinem Stuhl zurück, einen Knöchel über den anderen geschlagen. «Ich bin mir meiner Männlichkeit sicher genug, um zuzugeben, dass, wenn ich die Richtige finde, du drauf wetten kannst, dass ich sie mit beiden Händen festhalten werde. Stärke kommt davon, Gefühle zuzulassen und zuzugeben.»

Jason verdrehte die Augen so heftig, dass er beinahe die Hinterseite seines Kopfes sehen konnte. «Wenn eine Person jemanden trifft, den sie attraktiv findet, dann weiten sich ihre Pupillen um zwanzig Prozent. Das Gehirn wird mit Dopamin geflutet, was sie glücklich macht. Also glaubt sie, es ist Liebe. Das ist eine medizinische Tatsache. Liebe existiert nicht.»

«Du trauriger, trauriger kleiner Mann.» Parker schüttelte den Kopf, das Grinsen auf Ich-weiß-etwas-das-du-nicht-weißt gestellt. «Ich kann den Tag kaum erwarten, an dem du dich verknallst. Wenigstens bist du als Feuerwehrmann auch als Rettungssanitäter ausgebildet. Dann kannst du dich selbst verarzten, wenn du für jemanden entflammst. Und das wirst du, mein Lieber.»

«Wenn du meinst, du Schwachkopf.»

«*Ich* bin nicht der arme Trottel auf der Abschussliste des Drachentrios.»

Argh. Gutes Argument. «Ich werde mit jedem Blödsinn fertig, den sie für mich parat haben. Ich muss ihr Spielchen nicht mitspielen.»

«Wirklich?» Parkers Augenbrauen verschwanden fast in seinem Haaransatz. «Hast du schon ein Zuhause für das Kätzchen gefunden?»

«Halt die Klappe.» Gegen seinen Willen musste Jason lachen und fuhr sich mit einer Hand übers Gesicht.

Sie kehrten zu angenehmem Schweigen zurück, und er überlegte, für heute Schluss zu machen. Er hatte morgen zwar frei, aber an diesem Wochenende nicht viel Schlaf bekommen. Gerade als er den Mund aufmachte, um genau das zu sagen, landete sein Blick auf einer Brünetten, die sich über den Tresen lehnte, um mit der Barkeeperin zu reden.

Schau an, schau an. Wenn das nicht Ella Sinclair war. Er lächelte. Sie hatte seinem Tisch den Rücken zugekehrt, aber dieses Haar war unverkennbar, ebenso wie diese Kurven. Jeans, kniehohe schwarze Stiefel und ein grauer Pulli, der bis zur Mitte der Oberschenkel reichte. Zum ersten Mal an diesem ganzen Abend kam sein Blut in Bewegung und erhitzte seine Adern.

Er hatte sie hier drin noch nie gesehen, und sie hatte gestern Abend gesagt, dass sie nicht oft rauskam. Sie schien Emma Jane hinterm Tresen zu kennen, der Unterhaltung nach zu schließen. Sie übergab Emma Jane eine Einkaufstüte und winkte ihr dann zum Abschied zu.

«Wer ist das?»

«Ella Sinclair.» Ohne sie aus den Augen zu lassen, wartete Jason darauf, dass sie sich umdrehte, damit er sie rüberrufen konnte. «Sie hat mir gestern geholfen, Katzenkram zu kaufen, weil ich für das Fellknäuel kein Zuhause finden konnte. Hat das Zeug aufgestellt und alles. Ist vor ungefähr drei Jahren in den Apartmentkomplex gegenüber gezogen, aber sie ist außerhalb von Redwood bei einem Onkel und einer Tante aufgewachsen, nachdem ihre Eltern gestorben waren.»

Parker lehnte sich vor, als wäre er plötzlich interessiert. «Wo habt ihr euch kennengelernt?»

«Das Veranstaltungskomitee hat sie mit meinem Smoking für die Versteigerung vorbeigeschickt.»

Heftig hustend verschluckte Parker sich an seinem Scotch. «Was du nicht sagst.»

Widerstrebend drehte Jason den Kopf, um seinen Freund anzusehen, weil dessen Reaktion ihn neugierig machte. «Warum?»

«Das Drachentrio hat dich in der Tierarztpraxis beschwatzt, bei der Junggesellenversteigerung mitzumachen.»

Er runzelte die Stirn. «Ich weiß. Ich war dabei.» Darüber war er immer noch sauer.

«Und du warst nicht in der Lage, ein Zuhause für das gerettete Kätzchen zu finden.»

«Mm-hmm.» Auch dieses spezielle Problem hatten diese verdammten Wichtigtuer eingefädelt.

«Und siehe da, eine reizende Frau vom Veranstaltungskomitee mit deinem Smoking für besagte Versteigerung taucht auf.»

«Freut mich, dass aus dem Englischunterricht noch Kommunikationsgrundkenntnisse bei dir hängengeblieben sind. Worauf willst du hinaus?» Der Mann kam besser schnell zum Punkt, sonst würde Jason noch Ellas Abgang verpassen. Er schaute in ihre Richtung – erleichtert, dass sie immer noch an der Bar war – und dann wieder zurück zu Parker.

«Die Drachen sind im Veranstaltungskomitee, ja?» Parker antwortete, noch bevor Jason auch nur zögernd nicken konnte. «Ja, das sind sie. Und ich möchte wetten, dass diese Frau da drüben ganz zufälligerweise das eine oder andere über Katzen weiß. Hab ich recht?»

Jason öffnete den Mund – und machte ihn wieder zu.

Scheiße. Doppelt scheiße. Wie hatte er diesen Zusammenhang gestern Abend übersehen können?

«Sie», Parker unterstrich das Wort, indem er auf sie zeigte, «ist die perfekte Frau für dich. Jedenfalls wenn es nach den Drachen geht. Ich sag's nur ungern, aber bisher haben sie sich noch nie geirrt. Und du hast den Köder geschluckt. Du hast angebissen und holst genau jetzt in diesem Moment selbst die Leine ein.»

Dreifach scheiße. Sich verbissen daran festklammernd, dass das einfach nicht wahr sein durfte, kniff Jason sich in den Nasenrücken. «Jetzt mach mal halblang. Sie könnte nicht falscher für mich sein.»

«Inwiefern?»

«Sie ist ... anständig.» Er wedelte mit der Hand, während er versuchte, seine chaotischen Gedanken in Worte zu fassen. «Alles an ihr schreit geradezu, dass sie ein Heim und eine Familie und eine feste Bindung will. Außerdem geht sie keine Risiken ein, und Menschen machen ihr Angst.»

Parker nickte, mit einem Gesichtsausdruck, der sagte: Danke, dass du gerade beweist, dass ich recht habe. «Bist du ihr vor gestern schon mal begegnet?»

«Nein.»

«Und all diese Infos über sie hast du an einem einzigen Abend gesammelt? Einem Abend, möchte ich hinzufügen, an dem ihr keinen Sex hattet.» Sein bald schon *ehemaliger* bester Freund wies mit dem Daumen zur anderen Seite der Bar. «Wie heißt die Blonde noch mal? Nenn mir einen Charakterzug von ihr oder irgendetwas über sie außer ihrer BH-Größe und -Farbe.»

Mit schmalen Augen biss Jason die Zähne zusammen.

«Ganz genau.» Mit dämlichem Grinsen, das mit jeder Sekunde dämlicher wurde, neigte Parker den Kopf. «Du hast dir Ellas Namen gemerkt. Ihren Vor- und Nachnamen.»

«Das hat nichts zu bedeuten.» Sie war interessant und süß, und es hatte ihm gefallen, mit ihr rumzuhängen. Das bedeutete in keinster Weise ...

«Du kannst deinen erstgeborenen Sohn nach mir nennen. Und ja, es wäre mir eine Ehre, dein Trauzeuge zu sein.»

Mit hämmerndem Herzen starrte er Parker finster an. «Weißt du, was rot ist und schlecht für deine Zähne?»

«Nein, was?»

«Ein Ziegelstein. Und jetzt halt den Mund.» Um sich zu beruhigen, warf Jason einen Blick zur Bar und stieß die angehaltene Luft aus, als er feststellte, dass Ella zum Ausgang ging. Endlich jemand, mit dem er reden wollte.

Er rief ihren Namen, und sie drehte sich um. Und dann schaute sie hinter sich, als habe er jemand anders gemeint. Er hatte sie erst vor vierundzwanzig Stunden kennengelernt, und das war schon das dritte Mal, dass sie überrascht darüber wirkte, dass er Interesse an ihrer Gegenwart zeigte.

«Ja, du. Komm her.»

Langsam kam sie rüber und umfasste die Rückenlehne eines leeren Stuhls auf der anderen Seite des Tisches. «Hi, Leute. Braucht ihr was?»

Sie war schon ein fleißiges Bienchen, nicht wahr? Irgendwie ärgerte es ihn, dass sie automatisch annahm, der einzige Grund, warum er sie gerufen hatte, wäre, dass er etwas von ihr brauchte.

«Wollte nur hallo sagen. Ist was falsch daran?»

«Nein, nein, natürlich nicht. Das ist sehr nett. Es macht Sinn, hallo zu sagen, jetzt, wo wir uns kennen. Das ist nur höflich, nicht wahr? Schließlich ist das eine kleine Stadt. Irgendwann laufen wir uns unweigerlich über den Weg. Wäre komisch, wenn wir nicht miteinander reden würden. Manieren sind gut.»

Uuund er machte sie immer noch nervös. Was hatte er an sich, das sie dazu brachte, sich bedroht zu fühlen? «Hast du Lust, dich zu uns zu setzen?» In Anbetracht ihres verwirrten Gesichtsausdrucks versuchte er es mit einer anderen Herangehensweise. Vielleicht war sie nur aus dem Konzept gebracht, weil ein für sie Fremder mit ihm am Tisch saß. «Ella, das hier ist Parker, mein Freund. Zumindest noch», betonte er. «Parker, Ella.»

Parkers Lippen kräuselten sich vor Belustigung. «Schön, dich wiederzusehen.»

«Gleichfalls.» Ihre bernsteinfarbenen Augen lächelten, noch bevor ihr Mund nachzog. «Ich habe Emma Jane gerade das Sweatshirt gebracht, das ihre Tochter in der Schule liegenlassen hat. Wie geht es Katie?»

«Ist immer noch ein kleiner Hitzkopf, aber ansonsten geht es ihr gut.»

«Das ist ein ziemlich normales Verhalten für eine Sechsjährige.»

«Wem sagst du das. Kinder, richtig?»

Ein Lachen. «Genau.»

Jasons Aufmerksamkeit schnellte zwischen den beiden hin und her, bis sein Kopf sich anfühlte wie ein Tischtennisball in einem Weltmeisterschaftsmatch. Erstens, woher kannte Ella Parkers Nichte Katie? Zweitens wirkten sie furchtbar freundschaftlich für zwei Leute, die sich noch nie begegnet waren. Drittens, warum ließ Parkers Gegenwart sie nicht drauflosplappern wie seine eigene? Viertens lächelte und lachte sie in Parkers Gegenwart zu bereitwillig für Jasons Wohlbehagen. Oder geistige Gesundheit. Oder Toleranzfähigkeit. Und fünftens ... ignorierten sie ihn völlig, als würde er nicht direkt neben ihnen sitzen und sich fragen, was zum Teufel hier los war.

Hinter seinen Schläfen pochte es, und sein Auge zuckte. «Ihr zwei kennt euch?»

«Jep.» Parker rutschte auf seinem Stuhl nach hinten, als wäre er verärgert über die Unterbrechung. «Ella war letztes Jahr Katies Lehrerin. Oder soll ich dich immer noch Miss Sinclair nennen?» Er zwinkerte ihr zu. *Zwinkerte!*

Und sie ... *lachte*. «Ich denke, wir bleiben bei Ella, danke.»

Jason schlug mit der flachen Hand auf den Tisch und sah Parker an. «Warum hast du mich gefragt, wie sie heißt, wenn du sie schon kennst?» Und das auf *sehr* freundschaftliche Weise.

Parker blinzelte träge. «Ich wollte eine Theorie auf die Probe stellen.»

Er stellte Jasons *Geduld* auf die Probe.

«Die sich dank dir als richtig herausgestellt hast. Übrigens, die Blondine heißt Morgan. Sie ist Maklerin. Es zahlt sich aus, der Sheriff zu sein. Ich kenne jeden. Mein Name buchstabiert sich übrigens P-A-R-K-E-R. Dachte, das sollte ich erwähnen, damit du ihn auf der Geburtsurkunde deines zukünfigen Sprösslings richtig schreibst.»

«Ähm», sagte Ella unsicher. «Ich werd dann mal gehen. Ihr zwei wirkt grad beschäftigt.»

«Bitte nicht.» Um seiner geistigen Gesundheit willen richtete Jason seine Aufmerksamkeit wieder auf sie und schob mit dem Fuß den freien Stuhl weiter unter dem Tisch hervor. «Setz dich. Du würdest damit dem da das Leben retten und mich vor einer Mordanklage.»

Ihre Stirn runzelte sich auf diese bezaubernde Weise, wie sie es oft tat, wenn sie verblüfft war. «Ich dachte, ihr zwei wärt Freunde.»

Parker grinste. «Die besten, um genau zu sein. Unzertrennlich, seit wir in den Windeln lagen. Ich werde bald Trauzeuge auf seiner Hochzeit sein.»

Mit runden Augen sah sie Jason an. «Ich wusste nicht, dass du verlobt bist.»

«Bin ich auch nicht», stieß er zwischen zusammengebissenen Zähnen hervor.

«Leugnen ist seine liebste Selbstschutzmethode.»

Jason zwang seine Lippen, ein Lächeln zu formen. Sein Kiefer knackte vor Mühe. «Was er meint, ist, ich werde bald Sargträger bei seiner Beerdigung sein. Morgen.» Er holte tief Luft. «Setz dich, Süße. Leiste uns Gesellschaft.»

Zögernd parkte sie ihren phantastischen Hintern ihm gegenüber und knetete die Finger. «Nur für einen Moment. Ich muss nach Hause.»

Wetten, dass sie das nicht musste. «Netflix?»

Errötend zog sie den Kopf ein. «Ja.»

«Eine Krimiserie? Willst du heute Abend noch einen Fall lösen?»

«Vielleicht.» Ein vorsichtiges Lächeln, und sie hob den Blick zu seinem. «Der Fall zieht sich durch die ganze Serie. Und ich bin bisher noch vollkommen ratlos.»

Sie könnte nicht reizender sein, wenn sie aus einem Märchenbuch steigen und auf Zehenspitzen mit gläsernen Pantoffeln und einem Zauberstab im Kreis herumwirbeln würde. «Du kriegst es schon noch raus, Scooby Doo. Da bin ich sicher.» Er rief sich ihre Unterhaltung mit Parker wieder in den Sinn und fuhr abwesend mit den Fingern an seiner Flasche auf und ab. «Du bist Lehrerin?»

«In der Vorschule, ja.»

Jep. Das besiegelte es. Sie war ein gigantisches *Nein* in Sachen Dates. Verdammt schade.

Auf den Job hätte er eigentlich allein kommen können bei ihren putzigen Nichtflüchen und ihrer allgemeinen Liebenswürdigkeit, genauso, wie er nach all den Zufällen hätte wissen sollen, dass sie die ‹perfekte Frau› war, die das Drachentrio für ihn ‹ausgesucht› hatte.

«Anständig, in der Tat.» Parker hustete hinter seiner Faust.

Es konnte sein Grinsen nicht verbergen. «Ich hol dann schon mal den Sanitätskoffer. Inferno in fünf, vier, drei ...»

Wieder spiegelte sich Verwirrung in ihren Zügen.

Jason fuhr sich mit der Zunge über die Zähne. «Beachte ihn gar nicht. Er kann es nicht zugeben, wenn er sich geirrt hat.»

«Und *er* vermeidet gern diese Sache namens Realität. Zu stur, um das Unvermeidliche zu akzeptieren.»

«Ella, möchtest du etwas trinken?» Jason kippte den Rest seines Biers hinunter und winkte einer Kellnerin. Als sie herübergekommen war, zeigte er auf seine Flasche. «Noch eins davon für mich und einen Scotch für ihn. Diesmal mit extra viel Arsen. Ella?»

«Für mich nichts, danke.» Sie sah der Kellnerin hinterher, dann lächelte sie ihn zaghaft an. «Ich habe gestern Abend vergessen, dich deinen Smoking anprobieren zu lassen. Die Bürgermeisterin wird mich umbringen, falls er geändert werden muss und ich ihr nicht früh genug Bescheid gesagt habe.»

«Hab ihn heute Morgen anprobiert. Er passt. Keine Sorge.»

«Gut», sagte sie mit einem Seufzen. «Außerdem weiß ich nicht, an welchen Tagen ich vorbeikommen soll, um nach Storm zu sehen. Ich würde nur ungern den Schlüssel benutzen, wenn ich nicht gebraucht werde oder wenn ich ... bei irgendwas störe.»

Parker hob die Hand. «Sie hat einen Schlüssel für deine Wohnung?»

«Um die Katze zu füttern», erklärte Jason gereizt und konzentrierte sich wieder auf sie. «Ich kann dir meinen Dienstplan eine Woche im Voraus geben, aber manchmal muss ich wegen Notfällen länger bleiben.»

Sie nickte und holte ihr Handy aus der Handtasche. «Du

kannst mir eine Nachricht schicken, falls du spontan Hilfe brauchst. Wie ist deine Nummer?»

Er grinste. «9-1-1.»

«Lieber Himmel», murmelte Parker und sah zur Bar. «Emma Jane! Hast du einen Eimer für mich? Mir kommt gleich der Scotch wieder hoch, so übel sind Jasons Witze!» Er wackelte mit den Fingern, um anzudeuten, dass er Ellas Handy haben wollte.

Sie reichte es ihm.

«Hier ist seine Nummer. Viel Glück. Ich weiß nicht, wer von euch beiden mir mehr leidtun sollte.» Er schnappte sich Jasons Handy vom Tisch, und seine Daumen machten sich an die Arbeit. «Na bitte.»

Einen Moment später piepte eine Nachricht auf Jasons Handy. Er wartete damit, sie aufzumachen, da es eindeutig eine erste Nachricht von Ellas Handy war.

Sie räusperte sich und stand mit einem Lächeln von ihrem Stuhl auf. «Schreib einfach, wenn du glaubst, dass du mich brauchst. Äh, wenn Storm mich braucht.» Nervöses Lachen. «Natürlich brauchst du mich nicht. Das Kätzchen braucht mich.» Seinem Blick ausweichend, schob sie ihren Stuhl wieder unter den Tisch. «Und danke.»

«Wofür? Du bist diejenige, die mir aushilft.»

Sie riskierte einen Blick auf ihn und sah dann schnell wieder weg. «Dafür, dass du dir meinen Namen gemerkt hast.»

Er sah ihr nach, als sie ging, und fragte sich, was in Gottes Namen das heißen sollte. Er mochte zwar manchmal ein Schwachkopf sein, aber sie waren gestern Abend erst zusammen gewesen. Er müsste schon völlig verblödet sein, um sie so schnell wieder zu vergessen, und sie war nicht mal ansatzweise in der Nähe von ‹leicht zu vergessen›.

Er nahm sein Handy und schaute auf das Display und die Nachricht, die Parker ihm von ihrer Nummer aus geschickt hatte.

Oh, um Himmels willen.

Energisch drehte Jason das Handy um, um es Parker anklagend vors Gesicht zu halten. «Wie alt bist du, fünfzehn? Du hast sie als ‹meine Seelenverwandte› eingespeichert?»

Parker zuckte mit den Schultern. «Du scheinst ein bisschen schwer von Begriff zu sein.»

· 6 ·

Ella warf einen letzten Blick in den großen Ganzkörperspiegel ihres Badezimmers, bevor sie sich auf den Weg zurück zum Botanischen Garten machte, wo heute der Wohltätigkeitsball stattfand. Sie war schon den ganzen Tag lang dort gewesen, um beim Aufbauen und Dekorieren zu helfen, und war nur kurz nach Hause gefahren, um sich für den eigentlichen Ball umzuziehen, da es eine förmliche Veranstaltung war.

Sie hatte das Outfit schon vor zwei Wochen ausgewählt, hatte jedoch keine Ahnung, warum sie plötzlich daran zweifelte. Die schwarze Seidenhose saß eng an Taille und Oberschenkel und weitete sich unterhalb des Knies etwas. Es fiel ihr schwer, in Absätzen zu laufen, die höher als drei Zentimeter waren, aber die flachen schwarzen Pumps waren gerade edel genug für den Look. Außerdem war sie auch ohne den Absatz schon ziemlich groß. Ihr Oberteil war ein silbernes Shirt mit rundem Ausschnitt und Pailletten an den Säumen. Sie trug ihr Haar offen und etwas mehr Make-up als üblich, was aber immer noch nicht viel war. Mit mehr würde sie sich wie ein Clown vorkommen.

Ein Seufzen, dann sah sie Xena zu ihren Füßen an. «Mich wird sowieso niemand bemerken. Ich weiß nicht, warum ich mir überhaupt den Kopf zerbreche.»

Al-yi-yi.

«Du hast recht. Ich sollte einfach gehen.» Ohne einen Blick zurück nahm sie ihre einzige schwarze Abendhandtasche vom Bett und ging hinaus.

Es tummelten sich bereits ziemlich viele Gäste im Saal, als sie ankam. Noch nicht genug, um ihr Herz rasen zu lassen, was gut war. Es gab ihr Zeit, sich langsam zu akklimatisieren. Große Menschenmengen neigten dazu, sie zu überfordern.

Lächelnd musterte sie den Saal, nun da die Veranstaltung angefangen hatte. Das Komitee benutzte den Botanischen Garten seit fast zwei Jahren als Veranstaltungsort. Eine Wand bestand komplett aus Glas und führte zur Sonnenterrasse, an der gegenüberliegenden Wand befanden sich eine kleine Bühne und eine Eckbar. An den hölzernen Deckenbalken, die über die gesamte Länge des Saals verliefen, hingen funkelnde Lichterketten wie herabregnende Sterne. Mehrere runde Tische mit weißen Tischdecken standen im ganzen Saal verteilt. Der Tischschmuck variierte je nach Abschnitt und griff das Thema des Abends auf. Manchmal waren es Feuerwehrhelme, anderswo eine Axt oder ein Schlauch und ein paar kleine Feuerwehrtrucks. Alle wurden von einem oben offenen Hydranten ergänzt, der mit roten Zimtbonbons gefüllt war. Die Kulisse der Bühne war eine weiße Leinwand, auf die eine Feuerwand in Endlosschleife projiziert wurde.

Dieser letzte Teil war ihre Idee gewesen. Es sah phantastisch aus, und sie war verflixt stolz auf sich, dass ihr das eingefallen war.

Jedes Komiteemitglied hatte eine Aufgabe. Die von Ella war es einzuspringen, wann immer es nötig war. Der Empfangstisch war mit zwei Leuten bemannt, der Tombolatisch mit drei weiteren, und eine sprach mit dem Servicepersonal, offenbar um ihnen Anweisungen zu geben, ihren Gesten nach zu schließen. Blieb nur noch das Drachentrio.

Ella hatte beabsichtigt, ihren Mut zusammenzukratzen und sie auf ihren kleinen Kuppelplan anzusprechen und zu erklären, wie daneben sie damit lagen. Aber sie wusste noch nicht, wie sie das richtig anstellen sollte. Nicht dass sie nicht geschmeichelt wäre, aber sie und Jason? Das war ungefähr ebenso wahrscheinlich, wie dass Elvis und Emilia Earhart miteinander in Sünde in der Stadt Atlantis lebten, wo sich fliegende Schweine den Himmel mit echten Drachen teilten.

Da sie die drei Damen nirgends entdeckte und alle anderen gut zurechtzukommen schienen, ging sie zur Bar, um sich etwas zu trinken zu holen, bevor sie fragte, ob jemand Hilfe brauchte.

Eine Stunde später war der Saal zum Bersten voll, und irgendwie brauchte niemand ihre Unterstützung. Sie war etliche Male von Station zu Station gegangen, aber alle sagten ihr immer wieder, dass sie bestens zurechtkamen. Mit dem Gefühl, nutzlos zu sein, stand sie nun in der hinteren Ecke an der Wand, Getränk in der Hand und Clutch unter dem Arm, und sah den Leuten zu. Sie war das einzige Komiteemitglied, das keinen Beitrag leistete, und das nicht, weil sie es nicht versucht hätte. Vor fünfzehn Minuten wollte sie jemanden am Tombolatisch ablösen, damit wenigstens eine der drei Frauen dort eine Pause machen konnte, da das der geschäftigste Bereich war. Aber man hatte sie abgewiesen.

Sie hatte die Bürgermeisterin noch nicht entdeckt. Rosa und Gayle brachten Spenden auf die Bühne, um bald die Gewinner der Tombola bekanntzugeben, bevor die Versteigerung anfing. Auch sie hatten ihre Hilfe nicht gewollt. Wenn sie sich nicht dem Ball und der Sache verpflichtet fühlen würde, dann würde sie darüber nachdenken, wieder nach Hause zu fahren. Der Tischschmuck bekam ja mehr Interesse und war deutlich nützlicher als sie.

Leute schlenderten vorbei, plauderten und lachten, tranken

oder aßen Horsd'œuvre. Niemand schenkte ihr auch nur die geringste Beachtung. Kein Blick in ihre Richtung oder ein grüßendes Nicken oder ein gewinktes Hallo. Was zum Kuckuck machte sie überhaupt hier, außer lebendigen Wandschmuck zu imitieren?

Ihr Magen krampfte sich zusammen, und ihre Augen begannen zu brennen. Sie war sich nicht sicher, warum sie aufgebracht war. Um die Wahrheit zu sagen, zog sie es meistens vor, unbemerkt zu bleiben, besonders in einer Menschenmenge dieser Größe. Trotzdem, sie war kurz davor, einen Abstecher auf die Toilette zu brauchen, um sich wieder zu fangen.

Stattdessen hob sie ihr Glas an den Mund in dem Versuch, ihre Gefühle gleich mit hinunterzuschlucken und die drohenden Tränen zu unterdrücken, bevor sie sich bilden konnten.

«Hallo, Ella.»

Die Flüssigkeit blieb ihr im Hals stecken, und sie verschluckte sich. Heftig hustend drehte sie sich zu dem Mann um, der sie mit diesem lässigen Tonfall angesprochen hatte.

Mit einem auf volle Wattzahl gedrehten Grinsen nahm Jason ihr den Drink ab, bevor sie ihn verschüttete. «Nicht trinkfest?»

«Anscheinend.» Sie hustete noch ein paarmal und räusperte sich. «Tut mir leid. Du hast mich erschreckt.»

«Mein Fehler.» Sein Grinsen verstärkte sich zu beinahe sündig. «Es sei denn, das harte Zeug hier ist schuld an deiner Schreckhaftigkeit? Vielleicht solltest du ein bisschen auf die Bremse treten und nicht so viel ...» Er schnupperte an ihrem Glas und stutzte. «... Apfelsaft trinken?»

«Ich trinke nicht oft Alkohol.» Der vertrug sich nicht gut mit den Medikamenten, die sie notfalls gegen nervöse Angstzustände nahm, wenn sie sich vollkommen überfordert fühlte.

«Hm. Okay.» Er zeigte auf sie. «Weißt du, damit erfüllst du endgültig das Klischee der korrekten, anständigen Lehrerin. Dabei warst du mit der gespielt lieben, naiven Art ohnehin schon auf gefährlichem Terrain.»

Ihr Kopf sank herab, ihr gezwungen höfliches Lächeln landete vermutlich irgendwo in der Nähe ihrer Knie, gleich neben ihrem jäh abgestürzten Magen. Als ob sie es bräuchte, vom heißesten Mann Redwoods den Grad ihrer Langweiligkeit vermittelt zu bekommen. Warum machte er sich überhaupt die Mühe, ein Gespräch mit ihr anzufangen, wenn er sie so öde fand? «Das ist nicht gespielt. So bin ich nun mal, und es ist nicht nett, sich über mich lustig zu machen.»

Augenblicklich wechselte seine Miene von amüsiert zu zerknirscht. «Hey, ich hab doch nur Spaß gemacht.» Er senkte den Kopf näher zu ihr, als sie weiterhin seinem Blick auswich. «Ich würde mich nie über dich lustig machen. Zufällig mag ich, wie du bist.»

Das bezweifelte sie, und Gereiztheit ließ ihre Schläfen pochen. Sie musterte seine Züge, rief sich seinen Tonfall in Erinnerung und erkannte … dass er aufrichtig war. Unsicher, was sie davon halten sollte, betrachtete sie den Rest von ihm.

Sein Smoking schmiegte sich an seine schlanke Figur, als wäre er eigens für ihn entworfen worden. Dieses Kleidungsstück war der Grund, warum Jason überhaupt wusste, dass sie existierte, das Instrument der Drachen, mit dem sie sie beide manipuliert hatten. Es fiel ihr allerdings furchtbar schwer, den Smoking zu hassen, wenn der Anblick von Jason darin ihren Magen wieder an seine rechtmäßige Stelle flattern ließ. Der Mann war attraktiver, als gut für ihn war.

Breite Schultern.

Schmale Hüften.

Mit den Fingern gekämmtes dunkelblondes Haar.

Haselnussbraune Augen umrahmt von zu langen Wimpern.

Bartstoppeln an seinem Kiefer, die nur dazu dienten, seinen sündigen Mund zu betonen.

«Vielleicht einen Shirley Temple?»

Sie blinzelte verdutzt. Ka...kaocreme. Sie hatte keine Ahnung, wovon er redete. Sie war zu beschäftigt damit gewesen, ihn anzustarren, um ihm folgen zu können. «Was?»

«Hattest du noch nie einen? Die sind gut. Eine Mischung aus Saft und Limonade. Ohne Alkohol. Mit Maraschino-Kirschen und einer Orangenspalte auf einem dieser Plastikspießchen. Sieht aus wie ein Drink, ist aber keiner. Dann spekuliert niemand darüber, warum du nicht trinkst.»

Dazu müssten die Leute sie überhaupt erst mal bemerken. Bisher war er der Einzige. Außerdem, warum kümmerte es ihn, was andere über sie dachten? Genierte er sich in Gegenwart ihres Nullachtfünfzehn-Lebensstils, oder war er besorgt, dass ihre profane Existenz seinem Ruf schaden könnte?

«Den muss ich irgendwann mal probieren.» Sie nahm ihren Saft aus seiner ausgestreckten Hand entgegen und umklammerte das Glas fest, um es nicht fallen zu lassen. «Ich hatte schon mal Alkohol.» Mist, nein. Ihre Lippen bewegten sich. «Ich habe nichts gegen fruchtige Drinks ab und zu. Besonders die Cocktails mit cleveren Namen, die peinlich zu bestellen sind, wie ein Fuzzy Navel oder Sex on the Beach.» Klappe, Ella. «Als ich mal einen bestellt habe, hat der Barkeeper mich ganz komisch angesehen. Wahrscheinlich hat er sich gefragt, warum jemand wie ich so ein Getränk bestellt.» Oh, sie machte es nur noch schlimmer. Großartig. «Vielleicht weil ich nicht oft in

Bars gehe. Das tu ich absolut nicht.» Jep. Sie war voll in Fahrt. Jede Menge brennende Reuezettel heute Abend, das war sicher. «Als ich noch klein war, haben meine Tante und mein Onkel an Silvester für mich und meine Cousine eine Flasche Kindersekt gekauft. Du weißt schon, dieses sprudelnde Fruchtsaftzeug?» Natürlich wusste er das. Sie war so eine Idiotin. «Wir haben ihn aus schicken Gläsern getrunken und so getan, als wären wir schon richtig erwachsen. Ich hatte allerdings noch nie richtigen Champagner, nicht mal als Erwachsene.»

Zum Glück lachte er, und Ella riss sich zusammen. Sie trank einen kräftigen Schluck Apfelsaft, um ihren Mund zu beschäftigen. Er half allerdings nicht die Bohne, ihre brennenden Wangen zu kühlen.

«Eines Tages, Ella Sinclair, werde ich dich nicht mehr nervös machen. Was soll ich dann nur tun?»

Vor Freude tanzen? Den Mond anheulen? «Eine Runde Applaus starten?»

Verflixt. Sie schlug sich eine Hand vors Gesicht.

Wieder lachte er. Tiefer. Sexyer. «Du solltest aufhören, das zu tun.»

«Was zu tun?», murmelte sie hinter ihrer Hand hervor. «Ununterbrochen zu plappern, bis ich am liebsten sterben würde? Hab ich schon versucht. Glaub mir, das –»

«Dein hübsches Gesicht zu verdecken.» Warme, feste Finger legten sich um ihr Handgelenk, und er zog sanft ihren Arm herunter, dabei hielt er sie einen Herzschlag länger fest als nötig. Freundliche, schelmische Haselnussaugen suchten ihre, wie um sein Argument zu unterstreichen, bevor sein Blick über ihre Züge wanderte. Eine winzige Falte bildete sich zwischen seinen Augenbrauen, je länger er in ihrem Gesicht forschte. Dann stieß er einen kaum hörbaren Seufzer aus und richtete sich auf, ohne dass sie eine Ahnung hatte, was er entdeckt hatte. «Definitiv kein Gesicht, das man verstecken sollte.»

Heiliger Strohsack. Ihr Herz klopfte so heftig, dass es ein Wunder war, dass er es nicht hören konnte. Sie öffnete den Mund, um zweifellos irgendetwas Dummes zu sagen, doch als das Kreischen einer Mikrophonrückkopplung erklang, machte sie ihn schnell wieder zu.

Er schaute zu Marie auf der Bühne, und Ella tat es ihm gleich, was diesen merkwürdigen Moment zerstörte.

«Könnten die Junggesellen sich bitte hier drüben in einer Reihe aufstellen?»

Er gab einen angewiderten Laut von sich. «Ich kann's immer noch nicht glauben, dass ich mich dazu habe breitschlagen lassen.»

«Drachenfutter.»

Langsam drehte er den Kopf, und ein Schmunzeln kräuselte seine Lippen. «Drachenfutter?»

«Das Drachentrio.» Sie zuckte mit den Schultern. «Ist ziemlich schwierig, ihnen zu entwischen. Irgendwann werden wir alle Drachenfutter.»

Er lachte, kurz und laut, als wäre er halb überrascht und hauptsächlich belustigt. «In der Tat.» Er verschränkte die Arme. «Wirst du auf mich bieten?»

«Was? Nein!»

«Aua.» In gespieltem Schmerz presste er eine Hand auf die Brust. «Warum nicht?»

«Ich bin im Komitee. Das ist nicht erlaubt. Außerdem hast du gesagt, dass du kein Date mit mir willst.»

Ein Stirnrunzeln. «Wann hab ich das gesagt?»

«In deiner Wohnung, an dem Abend, als wir uns kennengelernt haben.»

«Nein. Ich habe gesagt, ein Dankesessen ist kein Date, nicht, dass ich kein Date mit dir will. Riesenunterschied, Süße.» Er grinste. «Biete auf mich. Rette mich vor einem gezwungenen Intermezzo mit Gott weiß wem und sorg dafür, dass sich das hier lohnt. Wir können bei mir oder bei dir rumhängen, Pizza bestellen und einen Film gucken oder so.»

Die Raumtemperatur schnellte gute fünf Grad nach oben. Entweder das, oder ihr Erröten breitete sich auf ihren ganzen Körper aus. So oder so schwirrte ihr der Kopf, weil ... Scheibe. Jason Burkwell forderte sie dazu auf, ihn um ein Date zu bitten. Aber ob sie ihn nur vor jemand Schlimmerem retten sollte oder ob er tatsächlich Zeit mit ihr verbringen wollte, musste sie erst noch herausfinden. Ausnahmsweise wusste ihr Mund nicht, was zu tun war.

«Nichts zu sagen?»

Ach verflixt. «Äh, da ist immer noch die Sache mit dem Komitee. Ich kann nicht.»

Er lehnte sich vor. «Du kannst. Sei eine Rebellin, Ella. Sie steckt irgendwo da drin, eine wilde Seite, die die Regeln brechen will.»

Nein, tat sie nicht. Sie hatte keine wilde Seite, und sie hatte noch nie im Leben eine Regel gebrochen. Sie würde eine Rebellion nicht mal erkennen, wenn sie mitten im Juni mit einem Schneepflug von ihr überfahren würde.

Bevor sie eine Antwort hervorbringen konnte, drehte er sich auf dem Absatz um und stiefelte davon, was sie wieder einmal allein dastehen und darüber nachsinnen ließ, in welches verquere Paralleluniversum sie hineingezogen worden war.

Marie reichte das Mikro an Rosa weiter, die die Menge mit derben Tanzmoves und anzüglich wackelnden Augenbrauen anfeuerte, was wahnsinnig unangenehm anzusehen war. Es wirkte, als wäre das hier ein Stripclub statt eine Wohltätigkeitsveranstaltung.

Einer nach dem anderen wurden Feuerwehrmänner von Redwoods Feuerwache an die Höchstbietende versteigert. Es war barbarisch und sexistisch, aber die Jungs beklagten sich nicht, wenn sie an der Reihe waren. Jeder stolzierte grinsend auf und ab, ließ die Muskeln spielen, ob er welche hatte oder nicht, und schien sich zu amüsieren.

Ella ging zwischen den Tischen umher, um auf Gebote hinzuweisen, für den Fall, dass Rosa sie bei ihrer Imitation eines rasend schnell sprechenden Auktionators übersah, doch dabei ging ihr ständig ihre Unterhaltung mit Jason durch den Kopf.

Sie war so unglaublich verwirrt. Jason hatte sich verhalten, als wolle er, dass Ella ihren Hut in den Ring warf, was in direktem Widerspruch dazu stand, wie er sich an dem Abend verhalten hatte, als sie seinen Smoking vorbeigebracht hatte. Hatte er nur herumgealbert und Spaß gemacht oder sie buchstäblich herausgefordert, den Schritt zu wagen? Oder wollte er vor allem das Risiko auf ein lausiges Rendezvous vermeiden?

Und ... Moment mal. Er hatte den Ausdruck ‹rumhängen› benutzt, nicht ‹Date›. Oder nicht? Ja. *Ja*, das hatte er. Mit anderen Worten, er wollte, dass sie auf ihn bot, um ihn aus einer Verpflichtung rauszuholen. Er wollte nur kumpelhaft Zeit mit ihr verbringen.

Ihre Schultern sanken herab. Schlussendlich bemühte sich ein Mann wie Jason um das, was er wollte. Er ließ nicht jemand anderes die Drecksarbeit machen. Wenn er wirklich mit ihr ausgehen wollte, hätte er sie auch darum gebeten. Die Absurdität des Ganzen – dass er an jemandem wie ihr interessiert sein könnte – riss sie zurück in die Realität, gerade als er an die Reihe kam.

Als Letzter. Der krönende Abschluss.

Anzügliche Rufe und Pfiffe ließen das Gebäude wackeln. Frauen sprangen auf und wedelten mit ihren Schildern, während Rosa ihn vorstellte.

Die Hände in den Hosentaschen stand Jason neben ihr und sah aus, als wäre er lieber irgendwo anders. Er wippte auf den Fersen, den Kopf gesenkt, die Brauen gerunzelt. Als das Bieten begann, schaute er hoch, um die Schilder und dazugehörigen Rufe mit Augen zu verfolgen, denen ihr übliches Funkeln fehlte. Minuten verstrichen, in denen das Chaos weiterging, dann landete sein Blick quer durch den Saal auf Ella.

Als wäre sie ein Leuchtfeuer in der Nacht, hielt er ihren Blick fest – als wäre er nicht in der Lage wegzusehen. Doch nach einem Moment krümmte ein trauriges, schwaches Lächeln seine Lippen. Er nickte einmal und schloss die Augen.

Schmerzhaft krampfte sich ihr Herz hinter ihren Rippen zusammen. Er verabscheute das hier, und das mehr, als ihr bewusst gewesen war. Der lustige, charmante Playboy Jason hasste es, auf dem Präsentierteller zur Schau gestellt zu werden. Sie fragte sich unwillkürlich, ob ihm die Rolle des Sonnyboys von jemand anderem oder von ihm selbst aufgedrückt worden war. Gestern hätte sie schwören können, dass es Letzteres war, aber das hier ließ sie denken, dass es Ersteres war und er einfach nur mitgespielt hatte. Er war so offen und extrovertiert, dass sie in tausend Jahren nicht auf die Idee gekommen wäre, dass er sich unbehaglich fühlen könnte oder Aufmerksamkeit hasste.

«Da bist du ja.»

Erschrocken drehte sie sich um und stellte fest, dass Marie neben ihr stand. «Hallo, Frau Bürgermeisterin. Ähm, Jason scheint nicht –»

«Ein gutaussehender Teufel, nicht wahr? Er wird einen schönen Batzen Geld für die Wohltätigkeitsorganisation einbringen.» Marie sah Ella an und neigte den Kopf. «Du siehst reizend aus.»

«Danke, aber –»

«Oh nein. Da löst sich ein Faden von deinem Oberteil.»

Ella schaute an sich hinunter, sah aber nichts. «Wo denn?»

«Na da, an der Seite. Hier, halt mal.» Marie drückte ihr ein Bieterschild in die Hand und hob Ellas Arm. «Es ist nur ein kleiner Faden, ich denke, ich kann ihn abreißen, bevor die Naht aufgeht. Ich sage dir, die Qualität der heutigen Sachen ist einfach nicht mehr das, was sie mal war.»

«Ich nehme an, Sie –»

«Verkauft an Nummer fünfundfünfzig. Gut gemacht, Ella Sinclair!»

Sie zuckte zusammen, und ihr Blick ruckte hoch zu Rosa auf der Bühne. Flog über all die Frauen, die sich auf ihren Stühlen umgedreht hatten und sie mit einer Mischung aus wütenden, enttäuschten und verwirrten Mienen ansahen … und landete auf Jason und dem Riesengrinsen, das er aufblitzen ließ.

Was zum Kuckuck?

«Ich glaube, ich hab ihn», murmelte Marie.

Oh nein. Verflixt. Nein, nein, nein.

Vorsichtig, weil die Welt implodieren könnte, wenn sie sich auch nur den kleinsten Millimeter bewegte, schaute Ella zu ihrem erhobenen Arm, in der Hand Bieterschild Nummer fünfundfünfzig, und dann zu Marie, die sich unter besagten Arm duckte. Hin und her, hin und her. Mit offenem Mund und angehaltenem Atem schaute Ella hin und her, als könne sie das Ergebnis ändern, wenn sie nur weiter den Kopf hin und her drehte.

Die Stille im Saal war so ohrenbetäubend, dass das Rauschen des Blutes in ihren Ohren zu einem Orkan wurde.

«Ja, hab ihn», verkündete Marie. «Alles geregelt. Viel Glück bei Ihrem Date mit Jason. Freut mich für Sie, dass Sie sich getraut haben.»

Das hier passierte nicht wirklich. «Aber ... aber ... ich *habe* nicht auf ihn geboten. *Sie* ...»

... war weg. Die Frau war schon halb verschwunden.

Da es vergebene Liebesmüh war, mit Maries Rücken zu sprechen, während sie sich aus dem Staub machte, seufzte Ella auf und rieb sich die Stirn. Diese hinterhältigen Biester hatten das geplant. Das wusste sie!

Sie kniff die Augen zu und versuchte herauszufinden, was sie tun sollte, dabei spürte sie die Blicke der ganzen Stadt auf sich. Starrend, wütend, verurteilend. Der Puls an ihrem Hals pochte doppelt so schnell wie normal, und sie rang nach Atem. Es rauschte noch lauter in ihren Ohren, und Schwindel erfasste sie.

«Und du hast gesagt, du dürftest nicht bieten.»

Sie riss den Kopf so schnell herum, dass sie fast das Gleichgewicht verlor.

«Du hast die Regeln für mich gebrochen. Ich fühle mich geehrt.» Sein Handy in der Hand zog Jason die Augenbrauen hoch. «Danke. Aber ich muss jetzt los. Ich habe Bereitschaftsdienst und bin gerade zu einem Einsatz gerufen worden, aber wir können nächste Woche darüber reden, was du machen willst.» Er winkte lässig und marschierte davon.

Unfähig, sich zu bewegen, starrte sie ihm hinterher.

Dann riskierte sie zitternd einen verstohlenen Blick auf ihre Umgebung. Jep. Überraschte Mienen, tödliche Blicke und verurteilende Gesichter. Überall. ÜBERALL.

«Ella!»

Erschrocken fuhr sie zusammen und suchte in der Menge nach demjenigen, der nach ihr gerufen hatte.

Gayle winkte ihr vom nun leeren Tombolatisch aus. «Das macht dann zweitausend Dollar. Du kannst hier bezahlen. Danke, dass du die Redwood-Feuerwache unterstützt!»

· 7 ·

Erschöpft bis auf die Knochen drehte Jason das Wasser ab und zog den Duschvorhang zur Seite, um aus der Dusche zu steigen.

«Heilige …» Mit schmalen Augen sah er das winzige weiße Fellknäuel an, das auf dem marineblauen Badvorleger saß. «Du hast mich zu Tode erschreckt.» Er musste sich erst noch daran gewöhnen, einen Mitbewohner zu haben und … Nein, keine Chance. Er würde sich nie dran gewöhnen.

Miau.

«Bist wohl ein kleiner Spanner, was?»

Miau.

«Das ist unheimlich, wenn ich nackt bin und du mich so anstarrst.»

Miau.

«Könntest du vielleicht, keine Ahnung, husch-husch machen oder so?»

Miau.

Er seufzte. «Na schön. Kann ich dir ein paar Snacks anbieten, während du dir die Show ansiehst? Ein Bier vielleicht?» Er riss ein Handtuch vom Halter und trocknete sich ab, dann stieg er über das Kätzchen hinweg aus der Wanne. «Glaub bloß nicht, nur weil es draußen hell ist, heißt das, es ist Zeit zum Spielen. Ist es nämlich nicht. Wir gehen ins Bett.»

Miau.

Winzige Pfoten folgten ihm tapsend aus dem Bad und ins Schlafzimmer.

Der Notruf von gestern Abend, der den Wohltätigkeitsball unterbrochen hatte, hatte sich als Gasleck in einem Wohnhaus herausgestellt, dessen Eindämmung bis zum Morgengrauen gedauert hatte. Da er der arme Mistkerl war, der diese Woche Bereitschaftsdienst hatte, musste er heute Abend um sechs schon wieder zu einer verdammten Nachtschicht auf die Feuerwache. Normalerweise könnte er zu Hause bleiben und die Notrufe auf sein Handy bekommen, aber einer der Jungs hatte sich gestern verletzt, als er in den Kriechkeller unter dem Haus gekrochen war, und hatte mit dreizehn Stichen genäht werden müssen, wodurch Jason ihn nun auf der Wache ersetzen musste.

Jippie.

Er zog die Verdunkelungsvorhänge zu und sah auf die Uhr. Na ja, wenigstens konnte er noch ein paar Stunden die Augen zumachen.

Er nahm sein Handy vom Nachttisch und suchte nach Ellas Nummer, konnte sie aber nicht finden. Bis ihm wieder einfiel, dass sein Vollpfosten von bestem Freund den Kontakt nicht unter ihrem Namen abgespeichert hatte. Er bearbeitete den Eintrag, indem er ihn von ‹meine Seelenverwandte› in ihren tatsächlichen Namen umbenannte, dann schickte er eine Nachricht ab.

JASON: Hab die ganze Woche lang Nachtschicht. Könntest du nach der Arbeit vorbeischauen und nach der LKN schauen?

Das kleine Symbol blinkte, und ihre Antwort piepste.

ELLA: LKN?

JASON: Lästige kleine Nervensäge, auch bekannt als Storm.

ELLA: Oh, LOL. Klar. Ab heute Abend?

JASON: Wenn du kannst, wär das toll.

ELLA: Kein Problem. So schlimm ist sie nicht, oder?

Er warf einen Seitenblick nach rechts, wo das Kätzchen gerade dabei war, eine Box Taschentücher zu schreddern. Zur Hälfte hatte sie es schon geschafft. Er machte ein Foto und schickte es Ella.

ELLA: Oops, LOL. Du musst ihr Verhalten korrigieren. Sag mit fester Stimme NEIN und nimm ihr die Taschentücher weg.

Stirnrunzelnd beäugte er Storm. Das letzte Mal, als er *nein* gebrüllt hatte, war sie unters Bett gerannt und zwei Stunden lang nicht mehr darunter hervorgekommen. Selbst dann hatte sie ihn den ganzen Tag lang mit diesen großen blauen Augen angestarrt, als wäre er ein Monster.

Na ja, was soll's. Er würde es noch mal versuchen.

«Storm, *nein*! Das ist kein Spielzeug.»

Prompt sprang sie mit allen vieren in die Luft, miaute und flitzte unters Bett.

«Verdammt.» Er legte das Handy weg und ging auf Hände und Knie, um unters Bett zu spähen. Sie kauerte mit eingezogenem Kopf etwa auf halber Strecke unter der breiten Matratze, was seine Brust vor Schuldgefühlen schmerzen ließ. «Tut mir leid. Ich bin ein Riesenarschloch und hab's nicht so gemeint.»

Miau.

«Ich weiß. Das riesigste Arschloch im ganzen Land. Du hast recht.»

Miau.

«Könntest du jetzt rauskommen?»

Miau.

«Was, wenn ich verspreche, nicht mehr zu brüllen?»

Miau.

Er richtete sich auf und griff nach seinem Handy.

JASON: Sie ist unters Bett geflüchtet und will nicht mehr rauskommen.

ELLA: Ignorier sie. Sie muss lernen, dass sie etwas falsch gemacht hat. Irgendwann kommt sie schon wieder raus.

Mit dem Finger seitlich ans Display trommelnd erwog er diese Taktik. Das kam ihm ... gemein vor. Sie war nur ein winziges hilfloses Ding, und er hatte ihr Angst gemacht.

ELLA: Ich weiß, du fühlst dich mies, aber vertrau mir. Sie braucht Disziplin und Grenzen.

Herrgott noch mal! Wann genau hatte er sich in ein Weichei verwandelt? So sehr, dass sogar Ella – im Grunde nur eine flüchtige Bekannte – merkte, dass eine Mieze ihn an den Eiern hatte. Es war nur eine Katze. Ella hatte recht. Er musste sich zusammenreißen und etwas Schlaf bekommen.

Trotzdem spähte er noch ein weiteres Mal unters Bett und warf dem Fellknäuel einen entschuldigenden Blick zu, bevor er wieder auf die Füße kam. Er schickte ein *Danke* an Ella und wollte gerade ins Bett steigen, als sein Handy klingelte. An diesem Punkt hätte er normalerweise jeden ignoriert, aber ...

«Hey, Mama.» Ja. Sie ignorierte er nie.

«Hi, Baby. Was machst du gerade?»

Als er ihren leichten Südstaatenakzent hörte, ein Überbleibsel aus der Kindheit, das sie nie ganz losgeworden war, musste er lächeln. Sie war mit seinem Dad von Louisiana nach Redwood gezogen, nachdem sie an der Oregon State ihren College-Abschluss gemacht hatten, und trotzdem würde sie nie ein Yankee werden. Ihre Worte, nicht seine.

«Mich noch ein paar Stunden aufs Ohr hauen, bevor ich wieder zur Arbeit gehe. Letzte Nacht war irre.»

«Ich hab den Tweet gesehen. Ein Gasleck, stimmt's? Konntest du wenigstens beim Wohltätigkeitsball bis zum Ende bleiben? Laut Twitter bist du bei der Auktion für zweitausend unter den Hammer gekommen. Das ist toll.»

Und wieder fühlte er sich schmutzig. «Klar, toll.» Sie mied die Feuerwache und die damit verbundenen Wohltätigkeitsveranstaltungen. Er nahm an, es war eine zu schmerzliche Erinnerung an Dads Tod, aber sie unterstützte die Wache anonym durch Spenden. «Hätte schlimmer ausgehen können.»

«Nun, sorge einfach dafür, dass es ein schönes Date wird. Als Lehrerin verdient Ella wahrscheinlich nicht so viel Geld. Die Ärmste sah auf dem Video, das ich gesehen habe, völlig perplex aus. Die Bürgermeisterin und ihre Schwestern haben sie zum Bieten genötigt, glaube ich.»

Verdammt. Daran hatte er gar nicht gedacht. «Ich werde ihr das Geld zurückzahlen. Sie und ich sind anscheinend zur aktuellen Zielscheibe ihrer Kuppelambitionen geworden. Ich werde dem ein Ende machen.»

Ein langsames Lachen drang durch den Lautsprecher und steigerte sich im Handumdrehen zum Crescendo. «Versuch's nur, Baby. Du verschwendest deine Zeit.» Sie stieß den Atem aus. «Ella scheint mir ein nettes Mädchen zu sein.»

«Fang du nicht auch noch an.»

Ein weiteres Lachen. «Ich meine ja nur.»

«Mh-hmh.» Er rieb sich die Augen und blieb stumm.

«Also gut. Ruh dich ein bisschen aus. Hab dich lieb.»

«Hab dich auch lieb.» Er beendete den Anruf, legte das Handy auf den Nachttisch und ließ sich bäuchlings mit nacktem Hintern aufs Bett fallen. «Schon besser.»

Das Nächste, was er wahrnahm, waren etwas Spitzes, das sich in seine Pobacken grub, und ein schriller Schrei, der die Luft zerriss und ihn zwang, die Augen zu öffnen.

«Ach du lieber Bim, Bam und Butzemann! Tut mir so leid!»

Er riss den Kopf hoch und schaute sich um. Storm saß tretelnd auf seinem Hintern, und Ella stand in der Tür, beide Hände vor ihrem Gesicht.

Interessant.

«Wirklich, *wirklich* leid. Ich hab deinen Truck draußen nicht gesehen. Ich dachte, du wärst schon auf der Feuerwache.»

«Alle Parkplätze vorne waren schon belegt. Ich habe hinten geparkt.» Er rollte sich herum, was die Katze von seinem Hintern springen ließ, und zog dabei die Bettdecke mit sich, um sein bestes Stück zu verhüllen. «Kein Ding. Schätze, ich bin es noch nicht gewohnt, dass jemand anderes in meiner Wohnung ein und aus geht. Du bist der einzige Mensch außer Parker und meiner Mama, der einen Schlüssel hat. Ich werde in Zukunft darauf achten, etwas bekleideter zu sein.»

«Tut mir so, *so* leid.»

Er lachte. «Ich bin sicher, du hast schon mal den Hintern eines Mannes gesehen. Aber halte dir ruhig weiter die Augen zu, wenn du willst. Ich zieh mir schnell eine Hose an.»

«Oh, sicher hab ich schon mal einen gesehen. Du weißt schon, in Filmen und so. Aber nicht deinen.» Nervöses Kichern. «Natürlich nicht deinen. Wir kennen uns ja erst seit kurzem. Nur dass ich ihn jetzt gesehen habe. Wird das irgendwie peinlich zwischen uns sein? Könnte sein. Ich hoffe nicht. Ich neige dazu, die Dinge von ganz allein peinlich werden zu lassen, ohne dass dabei auch noch Nacktheit ins Spiel kommt. Nicht dass das hier ein Spiel ist.»

Er landete beinahe lang auf der Nase, während er in seine Jeans stieg, weil sie ihn so heftig zum Lachen brachte. Verdammt, war sie hinreißend. «Nein, das wird überhaupt nicht peinlich.» Er sah auf die Uhr. «Aber ich bin froh, dass du gekommen bist. Ich hab vergessen, den Wecker zu stellen. Ich muss los.» Er zog sich ein T-Shirt über den Kopf und machte seinen Reißverschluss zu.

Sie nickte vehement, die Hände immer noch vor ihren Augen. «Okay, sicher. Nur zu. Sag mir nur, in welche Richtung ich gehen soll, damit du vorbeikommst.»

Die Hände in die Hüften gestemmt schüttelte er den Kopf. Sie war diese merkwürdige Mischung aus sexy, unverfälscht, süß und unsicher, zusammengefügt zu einer unterhaltsamen Kugel, die er nicht fangen konnte und bei der er nicht sicher war, ob er es versuchen sollte. Manchmal wollte er sie wie verrückt knuddeln, und die restliche Zeit über wollte er es sich einfach nur neben ihr gemütlich machen, sich mit ihr unterhalten und sich von ihr zum Lachen bringen lassen.

Er trat näher und umfasste sanft ihre Gelenke, um ihre

Hände runterzuziehen. Sie blinzelte, wobei diese langen dichten Wimpern einen fast spürbaren Luftstrom erzeugten, und unschuldige bernsteinfarbene Augen sahen zu ihm auf. Ihr süßer Keksduft schwebte zwischen ihnen, zugleich tröstliche Kindheitserinnerung und sinnliche Verführung. Nur mit Mühe schaffte er es, einfach still stehen zu bleiben und sich nicht zu bewegen, während sein ganzer Körper danach schrie, etwas zu tun.

Irgendetwas.

Alles.

Zögernd glitt ihr Blick über ihn. «Du bist angezogen.»

Bei ihrem überraschten Tonfall lächelte er. «Hab ich so gerade eben geschafft, während du geredet hast.»

«Geplappert meinst du. Das tu ich oft.»

«Ich weiß.»

Sie zog die Nase kraus. «Tut mir leid.»

«Das muss dir nicht leidtun.» Ihm wurde bewusst, dass er immer noch ihre Handgelenke hielt, und er streichelte kreisend mit den Daumen über die weiche Haut dort. «Du kannst nicht anders. Es ist nur eine nervöse Macke, die vorbeigehen wird, wenn wir einander besser kennenlernen.»

«Werden wir das?»

«Werden wir was?»

«Uns besser kennenlernen?» Sie schüttelte den Kopf, wie um die Frage zurückzuziehen. «Wir reden gerade, und ich bin in deiner Wohnung, und ich hab dich nackt gesehen …» Sie kniff die Augen zu. «Verflixt. Das sollte ich nicht schon wieder zur Sprache bringen. Ich meine, wir lernen uns kennen, aber ich weiß nicht, ob du damit sagen willst, dass wir uns grüßen, wenn wir uns auf der Straße begegnen, oder dass wir zusammen rumhängen und Geheimnisse miteinander teilen. Oder vielleicht warst du einfach nur höflich? Das ist es wahrscheinlich. Du warst einfach nur –»

Er sah ihr in die weit aufgerissenen Augen, als sie plötzlich verstummte, und fragte sich, warum um alles in der Welt sie mit ihrem verflucht süßen Geplapper aufgehört hatte. Er fing an, Gefallen an dem Gedanken zu finden, dass er sie nervös machte und ...

Oh. Verdammt. Er hatte gar nicht bemerkt, dass er seine Hand zu ihrem Haar gehoben hatte und die seidig weichen kakaobraunen Strähnen durch seine Finger gleiten ließ. Kein Wunder, dass es ihr die Sprache verschlagen hatte. Zum Teufel, aber ihr Haar war fast so weich wie ihre Haut.

Mit großer Mühe trat er zurück und ließ den Kontakt abbrechen. «Nein, ich war nicht einfach nur höflich. Ja, wir werden einander besser kennenlernen. Und das nicht nur, weil du mich ersteigert hast. Was würdest du denn an unserem Ausgeh-Abend gern machen?»

«Wa...?» Sie räusperte sich. «Was?»

«Das Auktions-Date. Hast du irgendwas im Sinn?» Er könnte sich ein paar Dinge vorstellen, aber keins davon war anständig. Sie war absolut tabu in Sachen Romantik, und das durfte er nicht vergessen. Er war kein Mann für immer. Ihr falsche Hoffnungen zu machen, würde sie letztlich nur verletzen. Und er mochte sie viel zu sehr, um ihr Kummer zu bereiten. Außerdem würde er das Drachentrio auf gar keinen Fall gewinnen lassen.

«Ähm, was das betrifft. Ich wollte gar nicht auf dich bieten. Ich glaube, die Drachen wollen uns verkuppeln. Ich habe das Geld natürlich bezahlt, aber du musst das Date nicht durchziehen.»

«Ich muss gar nichts außer atmen und Steuern zahlen. Wir werden ausgehen, weil wir es wollen. Und was das Geld betrifft, ich werde es dir zurückzahlen, denn du hast recht. Sie wollen uns verkuppeln. Aber das heißt nicht, dass wir sie lassen müssen. Wir können Freunde werden und es ihnen zeigen.»

Sie starrte ihn einen unglaublich langen Moment lang an, eine Kombination aus Scheu, Verwirrung und Hoffnung in den Augen. «Du willst mit mir befreundet sein?»

Ihr Tonfall war so rein und ihre Frage so unverhohlen sehnsüchtig, dass er sich fragte, ob ihr überhaupt schon mal jemand seine Freundschaft angeboten hatte. Was absurd war. Er interpretierte da etwas in nichts hinein. «Ich habe Neuigkeiten für dich, Süße. Das sind wir schon.» Er grinste demonstrativ.

Ihr Blick schnellte von ihm fort und wieder zurück. «Wenn wir Freunde sind, dann will ich nicht, dass du mir das Geld zurückzahlst. Es ist für einen guten Zweck.»

«Du kriegst es trotzdem.»

Trotzig verschränkte sie ihre Arme. «Ich werde es nicht annehmen.»

Er lachte. «Wir werden sehen.» Weil er ihr Haar noch einmal berühren wollte, unbedingt, verschränkte er ebenfalls die Arme. «Also, wo würdest du zu unserem Nicht-Date gern hingehen und wann?»

«Technisch gesehen sollen alle Auktionspaare Samstagabend um sieben ins Restaurant Le Italy gehen. Dort ist das Nebenzimmer reserviert. Es ist, ähm, förmlich. Abendgarderobe. Das Abendessen ist im Gebotspreis inbegriffen. Ich habe so ein Gefühl, dass die Leute Stunk machen werden, wenn wir nicht hingehen.»

«Das können wir natürlich nicht zulassen», sagte er trocken.

Das hatte ihm gerade noch gefehlt, noch ein Anlass, bei dem er eine Krawatte tragen musste. «Samstagabend also. Uns dort zu treffen, fällt flach, da es ein ‹Date› ist», sagte er, das Wort mit den Fingern in Anführungszeichen setzend. «Soll ich dich abholen? Holst du mich ab?»

Sie schaute nach unten, zur Seite. Überallhin außer auf ihn. «Ja, das ist okay.»

Welchen Teil meinte sie? Aber er nickte nur und ließ es auf sich beruhen, obwohl ihm ihr Ausweichen nicht gefiel. Verdammt, er erfuhr so viel über sie aus ihrem Geplapper, dass er sich jetzt – wo sie plötzlich so still war – beinahe verloren fühlte. «Stimmt was nicht?»

«Nein, es ist nur ...» Sie kaute auf ihrer Unterlippe. «Ich glaube nicht, dass viele Leute glücklich über die Tatsache sind, dass ich dich ersteigert habe. Oder so irgendwie ersteigert habe, zumindest. Ich bekomme seltsame Blicke zugeworfen.»

Vielleicht hatte seine Mutter recht, und Ella war es ebenso unangenehm wie ihm, dass sie verkuppelt werden sollten. So energisch, wie einige der Frauen bei der Veranstaltung ihre Bieterschilder hochgerissen hatten, bezweifelte er nicht, dass manche von ihnen eifersüchtig waren.

«Wir brauchen uns nicht an ihre Pläne zu halten. Wir können auch was anderes machen.» Er würde lieber jeden Tag und sonntags zweimal bei ihm oder ihr zu Hause rumhängen, als am Samstag auf dem Präsentierteller zur Schau gestellt zu werden. Selbst im Shooters zu chillen, wäre besser.

«Nein, das ist schon okay. Also dann Samstag.» Sie lächelte, aber es erreichte nicht annähernd ihre Augen.

Er würde das Thema später vertiefen. Im Moment musste er los. «Ist es okay für dich abzuschließen?»

«Ja. Ich wünsch dir eine gute Schicht. Und entschuldige noch mal, dass ich …» Sie wedelte mit der Hand und beäugte das Bett, als könnte es sie beißen. «… reingeplatzt bin.»

«Hör auf, dich zu entschuldigen.» Er zwinkerte ihr zu und drängte sich an ihr vorbei. «Schreib, wenn du Fragen hast.»

Die Feuerwache war wie ausgestorben, als er kurz darauf dort ankam. Die Vorschrift besagte zwei Feuerwehrmänner pro Schicht, aber die Spätschicht war schon gegangen. Wayne, sein Teamkollege für diesen Abend, pennte vermutlich in einer der Kojen im oberen Stockwerk. Jason stellte seine Tasche ab und machte sich auf die Suche nach Essen.

Lou war in seinem Büro, als Jason daran vorbeiging. Er blieb in der Tür stehen. «Warum bist du denn noch da? Müsstest du nicht eigentlich ohnehin schon ganz weg und in Rente sein?»

«Ich warte auf dich, Junge. Ich warte immer auf dich.» Lous Schnurrbart zuckte, als er ihn über einen braunen Aktenordner hinweg ansah. «Konnte nicht heimgehen, bevor du hier bist, und kann nicht mit dem Arbeiten aufhören, bis du bereit bist, mich als Captain zu ersetzen.»

Jason hatte diese Leier allmählich satt. Er war seit ein paar Jahren Lieutenant, mit ausgezeichneter Beurteilung. Er war mehr als bereit. Er hatte keine Ahnung, worauf der alte Kauz noch wartete. Ein Omen vielleicht. Oder er hatte zu viel Angst davor, in Rente zu gehen. Sein Leben war schon der Feuerwache und den Männern hier gewidmet, seit Jason ein kleiner Knirps gewesen war.

Da er das Ganze nicht schon wieder durchkauen wollte, lehnte er sich an den Türrahmen. «Bleibst du zum Abendessen?» Lou hatte nie geheiratet oder Kinder bekommen, und Jason sorgte sich chronisch um die Gesundheit des Mannes. Er kam einem

Vater näher als alles andere, seit Jasons eigener Vater gestorben war. «Ich koche, also bist du sicher vor Vergiftungen.»

«Nö, ich gehe. Musste die Gehaltsabrechnung noch fertig machen.» Lou stand auf und steckte sein Hemd in die Hose, was seine Wampe hervortreten ließ. «Nur eins der vielen aufregenden Dinge, auf die du dich freuen kannst, wenn du mein Amt übernimmst.»

«Mh-hmh. Und das wird nach wie vielen Präsidentschaftswahlen von jetzt ab sein?»

«Kann man nicht sagen. Ich lass es dich wissen.»

Die Augen verdrehend machte Jason sich auf den Weg zur Küche. Er kramte im Gefrierfach herum und überlegte zwischen gebratenem Hühnchen und Rindereintopf hin und her, bis sein Handy vibrierte.

Als er es aus der Tasche zog, grinste er das Display an.

ELLA: Lieber Jason, Miauen hallt laut in deinem Badezimmer. Noch lauter in deiner Badewanne. Das werde ich noch mindestens zwanzig Minuten lang austesten oder bis es mir keinen Spaß mehr macht. Mit freundlichen Grüßen, Storm

Sich kaputtlachend schickte er Ella ein grinsendes Emoji als Antwort.

Verdammt.

Das Mädchen hatte Humor.

· 8 ·

Ella schob Kleiderbügel nach Kleiderbügel zur Seite, während sie die Klamotten in ihrem Schrank durchsah. Durch die Arbeit und ihre Stippvisiten in Jasons Wohnung, um sich um Storm zu kümmern, hatte sie die Planung für das Auktionsdate immer wieder aufgeschoben. Nun erfasste sie Panik, denn heute Abend war es so weit. Und in ihrer Garderobe war nichts, was elegant genug war.

Es war noch früh am Nachmittag. Sie könnte zu einer der Boutiquen in der Innenstadt fahren und etwas kaufen. Nur würde sie dazu ihre Rücklagen anzapfen müssen, und eigentlich sparte sie im Augenblick eisern, weil sie hoffte, sich nächstes Jahr ein kleines Häuschen zu kaufen. Mit der Lebensversicherung ihrer Eltern hatte sie das College und ihr Auto bezahlt und den kleinen Rest beiseitegelegt. Leichtfertige Ausgaben, so klein sie auch sein mochten, waren nicht verantwortungsvoll. Sie hatte bereits an ihre Ersparnisse gehen müssen, um für das Date zu bezahlen, das gar kein Date war.

Mit einem frustrierten Seufzen ließ sie die Arme sinken. War es wirklich wichtig, ob sie etwas Neues oder ihr altes schlichtes blaues Kleid trug? Es war nicht sonderlich elegant, aber es war lang, und es *war* schließlich ein Kleid. Und da es kein richtiges Date war, wen kümmerte es schon?

Die Reaktionen auf ihr erfolgreiches Gebot kamen ihr wieder in den Sinn, und sie zuckte zusammen. Sie war von einem Mauerblümchen, das niemand bemerkte, zu einem Kuriosum geworden, nach dem sich alle den Hals verrenkten. Sie und

Jason würden im Le Italy im Mittelpunkt der Aufmerksamkeit stehen, falls der Klatsch dieser Woche irgendein Anhaltspunkt war. Er mochte vielleicht an so etwas gewöhnt sein, aber sie war es ganz gewiss nicht. Ganz zu schweigen davon, dass sie nicht in derselben Liga wie er spielte, und nicht angemessen gekleidet zu sein, würde nur noch mehr Gerede provozieren. Sie würde ihn blamieren. Und sich selbst.

Sie setzte sich aufs Bett, legte den Kopf in die Hände und wiegte sich vor und zurück. Vielleicht sollte sie einfach absagen. Er stand unter keinerlei Verpflichtung, den Abend heute durchzuziehen. Sie hatte versucht, ihm das zu sagen, aber er hatte darauf bestanden. Sie hatten sich die ganze Woche über Nachrichten geschrieben, über Storm, über andere Dinge, doch über diesen Abend hatten sie nicht gesprochen. Vielleicht hatte er das absichtlich gemacht. Vermeidungstaktik?

Es war viel weniger stressig, sich über Textnachrichten mit ihm zu unterhalten. Das gab ihr die Gelegenheit, nachzudenken und dadurch das Geplapper zu eliminieren. Sie warf einen Blick auf das Handy neben sich. Eine Nachricht. Das war alles. Eine einzige Nachricht, um ihm zu sagen, dass sie es nicht schaffte, und all dieses Kopfzerbrechen wäre vorbei.

«Was denkst du, Xena? Er wäre wahrscheinlich erleichtert, wenn ich absage. Ich würde nicht angestarrt und verurteilt werden, und er würde die Peinlichkeit nicht weglächeln müssen, während er die Minuten zählt, bis wir wieder gehen können.»

Al-yi-yi.

«Bin ganz deiner Meinung. Lass uns kneifen und stattdessen lieber einen Filmmarathon machen.»

Als Ella nach ihrem Handy griff, konnte sie beinahe hören, wie ihre Cousine Gerta sie dafür ausschimpfte, diese Gelegenheit nicht zu ergreifen. Aber Risiken waren einfach nichts für sie. Sie rief seinen Kontakt auf, und ein Gefühl der Enttäuschung traf sie wie ein Schlag in den Magen. Mit über der Tastatur schwebenden Daumen hielt sie inne.

Das hier war nicht mal ein richtiges Date. Er wollte nur mit ihr befreundet sein. Also war ihre Reaktion seltsam. Sie hatte nichts anzuziehen, er war nicht auf romantische Weise an ihr interessiert, die Leute würden sie nur anstarren, als wäre sie eine Laborratte, und sie waren beide zu dieser Sache genötigt worden. Sie sollte sich gut dabei fühlen, nicht hingehen zu müssen. Als würde ihr eine Last von den Schultern genommen werden.

Warum zum Kuckuck weigerten sich ihre Finger, sich zu bewegen?

Ein Klopfen erklang an ihrer Wohnungstür, und sie runzelte die Stirn. Sie erwartete keine Lieferungen, aber sie stand auf und ging den Flur entlang, um aufzumachen. Manchmal schickte ihre Tante ihr Care-Pakete oder kleine Geschenke, um Ella wissenzulassen, dass sie an sie dachte und sie liebte. Oh. Sie hoffte wirklich, wirklich, dass es diese tolle Schokolade aus diesem putzigen kleinen Laden war, der ...

Brent stand auf ihrer Türschwelle, drei Kleidersäcke lässig an seinem Finger baumelnd über die Schulter geworfen und die Hüfte keck zur Seite geschoben. Hinter ihm schenkte Miles ihr ein Das-war-nicht-meine-Idee-Lächeln.

«Ähm, hi, Leute.»

«Hallo, Zuckerschnecke. Nicht verzagen. Hier kommt die Kavallerie.» Brent schnippte mit den Fingern wie eine Diva, die nicht angemessen gewürdigt wurde. «Ich bin Brent, und ich werde dein Stylist für diesen Abend sein.»

«Ähm ... schön, dich zu sehen. Aber ich verstehe nicht. Ich

habe weder einen Stylisten noch die Kavallerie bestellt.» Sie hatte gar nicht gewusst, dass es eine Kavallerie in Redwood gab.

«Das gehört zum Service.» Er rauschte an ihr vorbei und in die Wohnung, dicht gefolgt von Miles. «Wir werden dich für das Date mit deinem heißen Schnuckel ordentlich rausputzen.»

Moment mal. Was? «Jason ist nicht mein Schnuckel. Und das ist kein Date. Ich wollte nicht mal auf ihn bieten. Genau genommen wollte ich gerade absagen, als ihr geklopft habt.»

«Oh nein, Girl. Du wirst nicht absagen. Bist du verrückt? Der Mann ist spitzenmäßig. Wo sollen wir aufbauen? Im Schlafzimmer? Gute Wahl.» Brent marschierte durchs Wohnzimmer und verschwand im Flur.

Hilflos sah sie Miles an.

Er schenkte ihr ein schiefes Lächeln. «Am besten machst du einfach mit. Er kann sehr überzeugend sein.»

Verflixt. «Ich meine es ernst.»

«Er auch. Drei verschiedene Läden, um drei verschiedene Outfit-Möglichkeiten zu besorgen. Er war wie ein Kind in einem Süßigkeitenladen. Und wenn du seine Seifenblase platzen lässt, wird er eine Woche lang schmollen.» Er nahm ihre Hand und führte sie den Flur entlang. «Komm. Das geht schon in Ordnung. Er ist sehr gut.»

Alle Outfit-Möglichkeiten, Kavallerie und Stylisten der Welt würden sie oder ihre Situation nicht ändern können. Welchen Sinn hatte das alles überhaupt? Andererseits, wenn sie angemessen aussah, würden die Leute vielleicht weniger über sie reden.

Am Fuß ihres Bettes kam sie zum Stehen. Brent hatte die Kleider bereits auf dem Bett ausgebreitet. Sie beäugte den großen schwarzen Koffer auf der Matratze daneben. Sie hatte nicht einmal bemerkt, dass er ihn bei sich gehabt hatte. «Was ist das?»

«Glitzer und Zuckerguss.» Sich mit dem Finger an die Lippen tippend ging er im Kreis um sie herum. «Ich denke, das goldene Kleid. Bei deinem Typ? Oh ja. Das goldene.»

Was meinte er mit Glitzer und Zuckerguss? Sie betrachtete die Kleiderauswahl und konzentrierte sich auf das Kleid, das er ausgesucht hatte. Obwohl es hübsch war, mit einem V-Ausschnitt und Pailletten, war es kurz, endete oberhalb der Knie, und kam deshalb nicht in Frage. «Das kann ich nicht tragen.»

«Natürlich kannst du.»

«Nein, kann ich nicht.»

«Warum nicht? Das wird hammermäßig an dir aussehen.»

Ja, bis die Leute ihre Narben sahen. «Ich trage nur knöchellange Röcke.»

Mit hochgezogenen Augenbrauen musterte er sie von oben bis unten. «Bei deiner Sanduhrfigur und den ewiglangen Beinen? Das ist jammerschade. Warum?»

Sie schluckte und sah Miles an, dann den Fußboden, weil sie nicht sicher war, was sie antworten sollte.

«Das schwarze und das rote Kleid sind genauso schön», meinte Miles beschwichtigend, da er ihre Anspannung zu bemerken schien. «Die sind beide lang.»

«Aber das goldene –»

«Ich habe Narben.» Verflixt. Das hatte sie eigentlich gar nicht sagen wollen. Und vor allem nicht so laut, als würde sie schimpfen. Die Augen schließend holte sie tief Luft. «Ich habe Narben an meinen Unterschenkeln und Füßen.» Vorsichtig hob sie die Lider und stellte fest, dass Brent sie ernst musterte. «Ich hatte als junges Mädchen einen Unfall, und die Narben sind schlimm. Bitte, wenn ihr mich schon zwingt, mich rauszuputzen, können wir dann ein anderes Kleid nehmen?»

Verständnis trat in seine Augen. «Sicher, Zuckerschnecke. Rot wäre auch eine großartige Farbe an dir.»

«Danke.» Sie räusperte sich, weil ihre Kehle wie zugeschnürt war. «Ich wollte euch nicht anschnauzen. Das ist ein heikles Thema, und niemand sonst weiß davon.»

«Meine Lippen sind versiegelt.» Er machte eine Bewegung, als würde er einen Schlüssel vor seinem Mund umdrehen.

«Meine auch», fügte Miles hinzu.

«Nun, dann wollen wir mal sehen, was wir hier haben.» Brent klatschte in die Hände. «Ich denke, wir stecken dein Haar hoch. Es ist wunderschön, aber bei einem trägerlosen Kleid passt eine Hochsteckfrisur besser.» Er kniff leicht die Augen zusammen. «Smokey Eyes, knalligen Lippenstift. Oh ja, damit kann ich arbeiten. Du hast ein tolles Gesicht.»

«Ähm, danke?» Das hörte sie zum ersten Mal. Es war das einzige Gesicht, das sie hatte, also war das gut. «Ich trage normalerweise nicht viel Make-up.»

«Das sehe ich», erwiderte er trocken. «Du brauchst es auch nicht wirklich. Aber das hier ist ein besonderes Ereignis. Wir brezeln dich ordentlich auf.»

In diesem Moment warf sie im übertragenen Sinne das Handtuch. Sie kapitulierte vor der Kavallerie. Schlimmer konnte er sie nicht machen.

Brent zog einen Stuhl hinüber zu ihrem Schminktisch und klopfte auf die Sitzfläche, während Miles einen Platz auf dem Bett einnahm. Mit einem Seufzen setzte Ella sich vor den Spiegel.

Sofort wurde Brent zu einem rasenden Wirbelwind. Er öffnete den Koffer neben den Kleidern, nahm eine weiße Schachtel, eine Flasche Champagner und drei Gläser heraus. Rasch ließ er den Korken knallen, schenkte ein und verteilte die Gläser. «Prost, Bitches.»

Sie sah ihre Champagnerflöte an. «Ich trinke sonst nicht besonders viel.» Im Sinne von: fast überhaupt nie.

«Runter damit. Das hilft gegen deine Aufregung, und man muss einfach Schampus trinken, wenn man ein Makeover bekommt.»

Sie nahm an, ein Glas konnte nicht schaden, und trank einen Schluck. Der Champagner prickelte in ihrem Mund und zog eine warme Spur hinunter zu ihrem Magen. Nicht schlecht. «Was ist in der Schachtel?»

«Mit Schokolade überzogene Erdbeeren. Ein Muss zu Champagner.» Er reichte ihr und Miles eine. Dann holte er Lockenstäbe und Kämme und Haarnadeln heraus und legte sie auf den Schminktisch, bevor er hinter sie trat.

Während der nächsten Stunde murmelte er vor sich hin, schnalzte ein paarmal mit der Zunge und summte oft, als wäre er in seiner eigenen Musical-Version von *Hairspray* gefangen. Oder *Rent*. Oder einer Kombination aus beidem. Sie trank die Hälfte ihres Champagners, während sie über die Geschichte lachte, wie Miles und Brent sich kennengelernt hatten. Offenbar waren sie ebenfalls vom Drachentrio verkuppelt worden.

Als Brent fertig mit ihren Haaren war, trat er zurück und grinste. «Was denkst du? Ich habs drauf, ich weiß.»

Sie lehnte sich vor, um besser sehen zu können, drehte ihren Kopf von Seite zu Seite – und war beeindruckt. Er hatte ihr Haar zu einem großen Dutt frisiert, ein bisschen wie bei Audrey Hepburn in *Frühstück bei Tiffany*. Sie trug ihr Haar so gut wie nie hochgesteckt, höchstens in einem Pferdeschwanz. Das letzte Mal, dass sie es hatte frisieren lassen, war bei der Hochzeit ihrer

Cousine gewesen. Das hier war sehr schön. Schick, aber nicht protzig.

«Es gefällt mir. Danke.»

«Sehr gern geschehen. Und nun zur Kosmetik.»

Ihre Nervosität musste ihr anzumerken sein, denn Miles lachte hinter ihr auf dem Bett. «Das wird nicht weh tun.»

Brents Anweisungen folgend, saß sie so still wie möglich, während er sein Ding abzog. Er blockierte den Spiegel, weil er vor ihr stand, deshalb hatte sie keine Ahnung, was er machte, aber er schien viel sachkundiger zu sein als sie, und so fügte sie sich den Dingen, die da kamen. Sie konnte nur beten, dass Miles das hier nicht filmte, denn die Gesichtsausdrücke, die sie für Brent machen sollte, mussten einfach lächerlich aussehen.

«Ta-da. Voilà.»

Sie wartete, dass er zur Seite trat, dann sah sie ihr Spiegelbild an. Sie rechnete damit, sich nicht wiederzuerkennen, aber das war nicht der Fall. Das war immer noch sie, nur ... besser. Ihre Augen wirkten größer durch den Lidschatten. Brent hatte eine Mischung aus mehreren unterschiedlichen Grautönen benutzt, ihr Lippenstift hingegen war von einem viel knalligeren Rot, als sie bisher je zu benutzen gewagt hatte. Aber sie war immer noch sie selbst. Mit diesem Ergebnis konnte sie definitiv leben.

«Vielen, vielen Dank. Du musst mir beibringen, wie man das macht. Ich bin nicht besonders gut mit Make-up.»

«Jederzeit gern, Zuckerschnecke.»

Miles trat hinter ihren Stuhl und lächelte sie im Spiegel an. «Du siehst traumhaft aus.»

«Oh. Danke. Ich schätze, ich sollte mich jetzt anziehen?»

Brent reichte ihr das Kleid, und sie huschte ins Badezimmer. Dort hängte sie den Bügel an die Duschvorhangstange und betrachtete ihre Kompressionsstrümpfe. Sie hatte schwarze, weiße und hautfarbene. Jeweils zwei Paar.

Sie biss sich auf die Lippe. «Welche Strumpfhosenfarbe?»

«Schwarz», riefen beide durch die Tür zurück.

Okay. Schwarz.

Rasch zog sie sich aus und wusch sich kurz. Sie trug einen Tupfer Parfüm auf Hals und Handgelenke auf, dann zog sie die dunklen Strümpfe an. Anschließend schlüpfte sie in das Kleid und zog den seitlichen Reißverschluss zu. Vor dem Spiegel drehte und wendete sie sich, um sich von allen Seiten zu betrachten.

Es war ihr ein Rätsel, wie Brent ihre Größe richtig erraten hatte, aber das Kleid passte wirklich gut. Das trägerlose Oberteil saß eng, der Rock fiel fließend auf schlichte und doch elegante Weise hinunter zu ihren Knöcheln. Keine Rüschen oder sonstige Verzierungen. Der rote Stoff war seidig und leicht. Bequem auch, alles in allem. Sie war eher kurvig vom Körperbau her, aber das Kleid betonte ihre Kurven vorteilhaft, anstatt aufzutragen und sie schwerer wirken zu lassen. Es brachte sie dazu, sich wie eine Prinzessin zu fühlen, eine aus diesen Filmen, die Gerta liebte, die sie jedoch selten ansah.

Ella öffnete die Tür und breitete die Arme aus. «Und? Zufriedenstellend?»

Sie schüttelten die Köpfe, aber es war Brent, der antwortete. «Nein. Du siehst bombe aus.»

Sie nahm an, das war etwas Gutes, und lächelte. «Schuhe? Ich kann nur flache Schuhe tragen.»

Miles lachte. «Damit scheidet alles aus, was er mitgebracht hat.»

«Ich habe ein Paar.» Sie ging zu ihrem Schrank und nahm die flachen schwarzen Pumps vom Regal. «Gehen die?»

Brents Miene sagte zwar, dass er nicht beeindruckt war, aber er zuckte mit den Schultern. «Die gehen.» Er hielt eine goldene Halskette mit einem roten Anhänger hoch, der wie ein Rubin glitzerte. «Der Zuckerguss.» Er legte ihr den hübschen Modeschmuck um.

Sie betastete das kühle Metall der Kette. «Sie ist toll. Danke. Ich bringe dir diese Sachen alle morgen wieder zurück.»

«Nicht nötig. Sie gehören dir.»

«Was? Wirklich? Das ist unglaublich nett. Danke! Dafür lade ich euch auf jeden Fall zum Abendessen ein. Mindestens.»

Sie setzte sich aufs Bett, streifte die Schuhe über und warf dann einen Blick auf das Chaos um sie herum. Sie hatte nie viele Freundinnen gehabt – oder männliche Freunde wie in diesem Fall –, um ihr bei solchen Sachen wie Ausgehen oder Dates zu helfen. Obwohl das Date heute nur für einen wohltätigen Zweck war, hatte es ihr Spaß gemacht, sich fertig zu machen.

«Danke, Leute. Ich weiß die Hilfe zu schätzen. Ich war wirklich nervös.»

«Du brauchst nicht nervös zu sein, Zuckerschnecke. Kletter einfach auf diesen Mann rauf wie auf eine Eiche.»

Sie konnte nicht anders, sie musste lachen. «Wir sind nur Freunde.»

«Pfft.» Brent machte eine Art Das-denke-ich-nicht-Kopfwackeln. «Nicht mehr lange.»

Es hatte keinen Sinn zu widersprechen. Sie würden es bald genug merken.

Ein rascher Blick zum Wecker auf ihrem Nachttisch zeigte, dass sie noch fünf Minuten hatte, bis sie über die Straße gehen musste, um sich mit Jason zu treffen. Sie hatten sich nicht mehr abgesprochen, wer wen abholen sollte, aber sie nahm an, dass er fahren wollte. Daher war es sicher am einfachsten, wenn sie zu ihm rüberging.

Ihr Bauch flatterte vor Angst und Nervösität, und sie atmete tief durch, um sich zu beruhigen. Freunde oder nicht, Jason machte sie immer noch nervös. Außerdem würden sie in einem überfüllten Restaurant sein, vor den Augen aller. Aber Brent hatte sie in etwas Vorzeigbares verwandelt. Wenigstens würde sie Jason nicht blamieren. Wenn sie sich jetzt noch den Mund zukleben könnte, dann könnte sie den Abend vielleicht unbeschadet überstehen.

«Du schaffst das», sagte Brent, als lese er ihre Gedanken, während er seine Utensilien zusammenpackte. «Ich erwarte morgen früh alle Einzelheiten. Oder morgen Nachmittag, falls die Dinge *hot* werden.»

Das Einzige, was heute Abend *heiß* werden würde, wäre ihr Gesicht nach ihrem unvermeidlichen Geplapper, aber wieder sagte sie nichts.

«Begleitest du uns hinaus?» Lächelnd umarmte Miles sie mit einem Arm. «Das Wichtigste ist, dass du Spaß hast.»

Sie nickte und ging voran. Nachdem sie ihre Handtasche genommen hatte, trat sie mit ihnen hinaus in den Hausflur und schloss die Tür ab. «Noch mal danke. Das war supernett von euch.»

«Um ganz ehrlich zu sein», sagte Miles mit einem Augenzwinkern, «er hatte viel zu viel Spaß dabei. Wir sollten *dir* danken.»

Sie lachte und wartete, bis die beiden in Miles Wohnung verschwunden waren, bevor sie die Treppe runterging. Im Foyer stehend, schaute sie über die Straße, wo sie Jasons Gebäude durch die Bäume und Sträucher, die den Gehweg säumten, gerade eben erkennen konnte.

War er auch nervös? Hatte er genauso wie sie ein paar Stunden damit verbracht, sich vorzubereiten, oder war er an solche Dinge gewöhnt und wusste genau, was er aus seinem Schrank ziehen sollte? Hatte er ein merkwürdiges Flattern im Bauch, oder brannte er darauf, sie zu sehen?

Er hatte ihr oft gesagt, dass er ihr Geplapper reizend fand. Er antwortete immer auf ihre Nachrichten über Storm und schrieb manchmal auch über andere Dinge mit ihr. Und dann war da dieser Moment in seinem Schlafzimmer gewesen, als er ihr Haar berührt hatte, beinahe als könne er nicht anders. Er hatte sie sogar hübsch genannt. Natürlich war das wahrscheinlich nur ein Spruch oder so was gewesen, um die Stille zu füllen, aber trotzdem. Es war lieb von ihm gewesen.

Manchmal sah er sie an, als wollte er ... na ja, sie. Als wollte er sie. Was idiotisch war. Oder? Sie war nicht gut darin, sein Verhalten zu deuten, weil er chronisch die Taktik änderte, sobald sie dachte, etwas richtig zu interpretieren. Er verbarg seine Gefühle gut. Aber *er* hatte darauf bestanden, dass sie das ‹falsche Date› durchzogen. Alles zusammengenommen sendete er gerade genug Signale aus, um Hoffnung auf mehr aufkeimen zu lassen. Sie sollte im Moment für alles dankbar sein.

Ach, zum Kuckuck damit.

Schuldgefühl durchrieselte sie bei dem Gedanken, er könnte tatsächlich ernstes Interesse an ihr haben. Er wusste nichts von ihrer gemeinsamen Vergangenheit. Es bestand die Chance, dass er nichts mehr mit ihr zu tun haben wollte, wenn er die Wahrheit erfuhr. Es war eine Sache, Informationen zurückzuhalten, wenn sie einfach nur Bekannte waren, aber bei Freunden oder in einer Beziehung war das etwas völlig anderes. Sie sollte ihm heute Abend auf den Zahn fühlen und dann weitersehen. Verflixt, sie fühlte sich wie ein Fisch auf dem Trockenen. Sie hatte nicht viele Freunde, und Verabredungen waren noch spärlicher gesät. Wenn sie wusste, was gut für sie war, dann würde sie ihre dumme kleine Schwärmerei für Jason auf der Stelle überwinden. Im Moment fühlte sich das vielleicht wie ein Höhenflug an, aber der Absturz war unvermeidlich. Und bei einem Kerl wie Jason? Da würde sie hinterher einen Ganzkörpergips brauchen.

Freude vermischte sich in ihrer Brust mit Panik und machte sie schwindlig, als sie die Straße überquerte. Ein dümmliches Grinsen legte sich immer wieder auf ihre Wangen, ganz egal, wie oft sie es gewaltsam wieder unter Kontrolle brachte. Brent hatte ein Kleid für sie gefunden und ihr die Haare gemacht und sie geschminkt, und sie würde Jason heute Abend sehen. Sie würde sich amüsieren. Gott allein wusste, wann sie das letzte Mal ausgegangen war. Sie würde das Beste daraus machen und Spaß haben. Das hatte sie verdient.

Außer Atem vor Aufregung betrat sie das Gebäude und ging die Treppe hoch. Seine Wohnungstür stand weit offen, als sie dort ankam. Sorge überfiel sie, gefolgt von Angst, die sich mit kalten Krallen in sie schlug. Sie blieb wie angewurzelt stehen und suchte mit zitternden Fingern in ihrer Handtasche nach ihrem Handy. Wo …? Verflixt. Sie hatte es in ihrem Schlafzimmer liegengelassen.

Eine Brünette flitzte durch den Flur hinter der offenen Tür, der von seinem Wohnzimmer in die Küche führte. Ella erkannte gerade genug Einzelheiten, um zu wissen, dass sie ihr bekannt vorkam, aber sie konnte das Gesicht der Frau nicht ganz zuordnen.

«Gut. Du bist zurück», schallte Jasons Stimme von jenseits

des Flurs her. Höchstwahrscheinlich aus seinem Schlafzimmer. «Mach die Tür zu, damit die Katze nicht abhaut.»

«Wir haben sie in dein Büro gesperrt, schon vergessen?»

«Verdammt, stimmt ja. Ich bin total durch den Wind.»

«Freut mich, dass du das selbst merkst.»

Ella wartete, weil sie sich nicht aufdrängen wollte. Ihr wurde immer flauer im Magen, je länger sie dastand. Wer auch immer die Frau war, er ging schrecklich vertraut mit ihr um. Hatte er ihre Verabredung vergessen und andere Pläne gemacht?

«Ha, ha, ha.» Er stieß ein frustriertes Knurren aus. «Bitte hilf mir, Liebe meines Lebens. Ich kriege das mit der Krawatte nicht hin.»

Liebe seines Lebens?

Kalte Furcht kroch ihr über den Rücken und drang in ihre Knochen. Enttäuschung ließ ihre Muskeln schwach werden.

Die Frau ging zum Schlafzimmer, sodass Ella einen weiteren Blick auf sie erhaschte, und endlich fiel ihr ein, woher sie sie kannte. Parkers Schwester Paige. Sie war seit ein paar Jahren geschieden, und ihre Tochter Katie war letztes Jahr in Ellas Vorschulklasse gewesen. Sie hatte keine Ahnung gehabt, dass Paige und Jason ein Paar waren. Auch sonst niemand, wie es schien. Auf keinen Fall hätte das Drachentrio versucht, sie miteinander zu verkuppeln, wenn er schon mit jemandem zusammen war.

Wusste Parker, dass sein bester Freund etwas mit seiner Schwester hatte? Und wie konnte es für Paige okay sein, dass Jason heute Abend mit Ella ausging, wenn sie in einer Beziehung waren? Es sei denn … Paige wusste, dass es nur eine Verpflichtung war, dass sich nichts daraus ergeben würde. War diese ganze Geschichte nur ein kosmischer Scherz auf Ellas Kosten gewesen?

Säure fraß an ihren Magenwänden und stieg ihr brennend die Kehle hoch. Sie drückte die Knie durch, um sich aufrecht zu halten, als sie nachzugeben drohten.

«Ich komme schon. Immer mit der Ruhe, Honey. Warum weißt du in deinem Alter eigentlich nicht, wie man eine Krawatte bindet?»

«Mein Dad ist gestorben, bevor er es mir beibringen konnte, schon vergessen? Außerdem meide ich förmliche Anlässe wie die Pest. Warum zum Teufel hab ich mich zu diesem Affentheater breitschlagen lassen? Das Letzte, was ich an einem Samstagabend tun will, ist, mich in einen Pinguinanzug zu zwängen und so zu tun, als wäre es okay für mich, das Stadtgespräch zu sein. Ungeachtet der guten Sache.»

Das Letzte was ich tun will.

Und da hatte sie es, direkt aus dem Mund des vermeintlichen Junggesellen. Er wollte heute Abend nicht mit Ella ausgehen. Genau genommen überhaupt nicht. Er hatte nur aus Pflichtgefühl eingewilligt. Scheibe, er war mit einer anderen zusammen. Oder zumindest in irgendeiner Art Beziehung mit ihr.

Ellas Schultern sanken herab, und auch der letzte Rest ihrer fröhlichen Stimmung verflüchtigte sich. Sie sah an ihrem Kleid hinunter und strich sich mit einer zitternden Hand übers Haar. Alles umsonst. Sie sah endlich wie jemand aus, und keiner würde es sehen. Tränen brannten in ihren Augen, als sie sich von der Tür zurückzog.

Sie ging die Treppe hinunter nach draußen und sah sich hilflos um, während sie sich fragte, was sie tun sollte. Ihr Magen spielte verrückt, und sie presste eine Hand auf ihren Bauch. Wenn sie nach Hause ging, würden Brent und Miles sie sicher heimkommen hören. Wie demütigend wäre es, ihnen sagen zu müssen, dass sie herausgefunden hatte, dass sie ein Mitleidsdate war, dass er nie mit ihr hatte ausgehen wollen.

Erbärmlich. Absolut erbärmlich.

Links von ihr ging gerade die Sonne unter, und sie bemühte sich verzweifelt, ihre Gefühle unter Kontrolle zu bringen, bis sie irgendwo war, wo sie ihnen freien Lauf lassen konnte. Verflixt, sie trug keine Schuhe, in denen sie richtig laufen konnte. Das Einzige, was in der Nähe war, war der Park hinter ihrem Wohnhaus. Zu dieser Tageszeit würde dort niemand sein.

Während sich in der zunehmenden Dunkelheit die Straßenlaternen einschalteten, wandte sie sich in diese Richtung und lief los.

Allein.

Ganz allein.

· 9 ·

Okay. Auf der Seltsamkeitsskala rangierte das ziemlich hoch. Jason hatte fünf Minuten lang an Ellas Tür geklopft, ohne Reaktion. Er hatte versucht, ihr eine Nachricht zu schicken, und auch null Antwort. So kurz ihre Interaktionen auch gewesen waren, hatte sie doch immer rasch auf seine Nachrichten geantwortet. In Anbetracht des Hypes in der Stadt wegen heute Abend bezweifelte er, dass sie es vergessen hatte.

Seufzend schaute er den Flur entlang. Vielleicht war sie unter der Dusche oder was auch immer.

Die Tür zur Wohnung hinter ihm öffnete sich, und als er sich umdrehte, entdeckte er Brent und Miles. «Hey, ihr wisst nicht zufällig, wo Ella ist, oder?»

«Sie ist vor fünfzehn Minuten rübergegangen, um sich mit dir zu treffen.» Miles' Brauen runzelten sich. «Wir haben ihr dabei geholfen, sich fertig zu machen. Sie ist zur selben Zeit raus wie wir.»

Mist. Jason fuhr sich mit einer Hand durchs Haar. «Vielleicht haben wir einander missverstanden. Wir hatten nichts Genaues abgesprochen, aber ich dachte, wir wären uns einig, uns bei mir oder bei ihr zu treffen.» Genau genommen könnte er schwören, dass sie gesagt hatten, sie würden zusammen hinfahren.

Brent nickte. «Wir haben sie von unserem Fenster aus über die Straße gehen sehen. Wir haben ihr total hinterherspioniert.»

Nur war sie nicht bei Jason angekommen. «Ich weiß nicht, wo sie ist. Habt ihr sie danach irgendwo anders hingehen sehen?»

«Äh, nein. Wir wurden ein bisschen abgelenkt.» Brent grinste anzüglich.

«Ich sehe mal nach, ob ihr Auto noch da ist.» Miles verschwand in der Wohnung.

Brent wedelte aufgeregt mit den Händen. «Sie war mächtig kribbelig wegen heute Abend. Hat versucht, es runterzuspielen, aber man merkte, dass sie sich total drauf gefreut hat. Und sie sah fabelhaft aus, wenn ich das so sagen darf.»

Sie hatte sich auf ihr Nicht-Date gefreut? Das war eine drastische Veränderung zu Anfang der Woche, als sie versucht hatte, ihm zu versichern, dass sie das Ganze nicht durchzuziehen brauchten. Jason hatte den deutlichen Eindruck gewonnen, dass sie es hasste, Teil dieses ganzen Zirkus zu sein, den die Auktion erzeugt hatten. Und die Kuppelei.

Um die Wahrheit zu sagen, er wäre begeistert, wenn sie nicht mit den anderen Teilnehmern der Veranstaltung im Restaurant sein müssten. Er würde sehr gern mehr Zeit mit ihr verbringen. Sie war witzig und umgänglich und ... echt. Das war das Tollste an ihr. Sie war authentisch. Keine Spielchen, kein Drama.

Miles kam zurück und zuckte mit den Schultern. «Ihr Wagen steht draußen vor dem Haus. Wir haben sie in dein Gebäude gehen sehen. Ich hoffe, ihr ist nichts passiert.»

«Was zum Beispiel?» Dramatisch presste Brent eine Hand auf die Brust. «Denkst du, sie ist vielleicht gekidnappt worden? Ach du liebe Cher! Was, wenn sie verschleppt wurde?»

«In Redwood?» Um Geduld ringend, kniff Jason sich in den Nasenrücken. «Von wem? Dem Häkelkränzchen?»

Brent ließ den Arm fallen und die Schultern hängen. «Gutes Argument.» Dann richtete er sich gleich wieder auf. «Ich wette, sie ist einfach nur schon zum Le Italy gegangen, um sich dort mit dir zu treffen.»

Nachdem sie zu ihm rübergegangen war? Und wenn sie vorbeigekommen war, um ihn abzuholen, warum hatte sie dann nicht geklopft? Außerdem war das Restaurant für einen Fußmarsch recht weit entfernt, wenn sie nicht ihr Auto genommen hatte, was null Sinn ergab. «Habt ihr einen Schlüssel für ihre Wohnung?»

Sie schüttelten die Köpfe, und Miles erklärte. «Wir hätten es gehört, wenn sie zurückgekommen wäre. Sie ist nicht zu Hause.»

Stimmt. Jason wusste selbst, wie hellhörig die Wohnungen in diesen Gebäudekomplexen waren. Er war schon oft von seinen Nachbarn aufgeweckt worden.

Etwas hier fühlte sich sehr falsch an, und Sorge begann hinter seinen Schläfen zu pochen. Was zum Teufel? Wo steckte sie?

«Schickt mir eine Nachricht, wenn ihr sie seht, ja?» Er gab ihnen seine Nummer und winkte über die Schulter auf dem Weg die Treppe runter.

Nur zur Sicherheit ging er über die Straße und zurück in seine Wohnung. Keine Ella, also stieg er in seinen Truck und fuhr zum Le Italy. Unterwegs sah er sie nirgends, ebenso wenig war sie in dem überfüllten Restaurant. Er vergeudete zehn Minuten damit, andere Gäste höflich abzuwimmeln, bevor er sich wieder auf die Suche nach ihr machte. Sorge wandelte sich allmählich in Furcht.

Sie war ohne ihr Auto unterwegs. Also konnte sie nicht weit sein. Sie hatte nicht geschrieben, um abzusagen. Brent und Michael hatten ihr dabei geholfen, sich fertig zu machen, und sie behaupteten, sie in Jasons Gebäude gehen gesehen zu haben. Bis vor einer Stunde hatte sie sich noch darauf gefreut, ihn heute

Abend zu treffen. Was war zwischen diesem Zeitpunkt und jetzt passiert, dass sie die Flucht ergriffen hatte?

Panik schnürte ihm die Brust zu, als er schließlich wieder auf dem Parkplatz seines Gebäudes parkte und den Motor abstellte. Die Dämmerung war schon lange gewichen, und Sterne funkelten am Himmel. Er stieg aus und lehnte sich an die Motorhaube. Eine salzige Brise wehte vom Pazifik her, vertrieb aber nicht die sich hartnäckig haltende Luftfeuchtigkeit des Tages. Grillen zirpten, und Glühwürmchen funkelten, während er sich das Gehirn zermarterte.

Er fing an, den Verstand zu verlieren und zu glauben, dass sie vielleicht wirklich entführt worden war. Es war möglich, dass sie einfach nur ausgegangen und etwas anderes unternommen hatte, aber sie hatten Pläne gehabt. Sie schien nicht der Typ zu sein, der jemanden einfach ohne Nachricht versetzte.

Mit einem schweren Seufzer schaute er zu ihrem Wohnkomplex, zu den anderen, die die schmale Straße säumten, zum Rand des Parks, der hinter den Gebäuden kaum zu erkennen war …

Er runzelte die Stirn und stieß sich vom Truck ab. Es war zwar ein ungewöhnlicher Ort, um sich dort im Dunkeln aufzuhalten, aber es konnte nicht schaden, im Park nachzusehen. Er war in der Nähe, und Jason hatte keine anderen brillanten Ideen. Er marschierte über die Straße und um das Gebäude herum zu einem Fußweg. Er war schon eine Weile nicht mehr hier gewesen, aber wenn er sich richtig erinnerte, erstreckten sich die Wege und Anlagen rechts von ihm fast bis zum Ortskern. Die Stadt veranstaltete hier oft Events im Sommer und an Feiertagen. Der Haupteingang des Parks lag an der Main Street auf der anderen Seite, nicht weit entfernt von den Klippen. Links war ein Spielplatz, wo …

Ella auf einer einsamen Schaukel saß. Dem Allmächtigen sei Dank.

Zwischen ihnen lagen noch mehrere hundert Meter, aber im orangefarbenen Schein einer Laterne konnte er schwach ein rotes Kleid und die Gestalt einer Frau erkennen. Er stieß den Atem aus, den er unbewusst angehalten hatte, während sich die Enge in seiner Brust löste.

Instinkt und Neugier zogen ihn vorwärts. Als erkenne ein Teil von ihm einen Teil von ihr, ging er auf sie zu. Je näher er kam, desto härter pochte sein Pulsschlag in seinem Hals. Sie hatte ihr Haar zu einem schlichten Knoten hochgesteckt. Nicht ihr üblicher Stil, und doch unterstrich er ihr engelhaftes Gesicht. Ein trägerloses Kleid schmiegte sich an ihre Brust und Taille, während der Saum über den Boden streifte und ihre Füße verbarg. Schlanke Finger lagen sittsam gefaltet in ihrem Schoß, und ihr Kopf war gesenkt, darum sah er im Moment nicht mehr als ihr Profil.

Er blieb stehen und zog sein Handy aus der Tasche. Er hatte keine Ahnung, was in ihn gefahren war, aber er schoss ein Foto von ihr. Die Bäume bildeten verschwommen den Hintergrund, grünes Laub als Kontrast zum schwarzen Himmel und dem tiefen Rot ihres Kleids. Der Schein der Laternen und Sterne betonte ihren bronzefarbenen Teint.

Es war die Art Foto, über die eine literarische Größe ewig lange Geschichten schreiben könnte. Da er nie so jemand sein würde, betrachtete er nur das Foto, verzaubert von ihr. Er wusste nicht einmal, warum. Sie war nur eine Frau, die nachts allein auf einer Schaukel saß, mit einem Gesichtsausdruck, der andeutete, dass sie tief in Gedanken versunken oder schrecklich traurig war. Aber, verdammt. Sie war keine Fiktion. Er kannte diese Frau. Sie hatte etwas Besonderes an sich, das etwas in ihm bewirkte.

Ein kribbelndes Gefühl im Nacken.

Ein Flattern hinter seinen Rippen.

Eine Enge in seiner Brust.

Es passierte jedes Mal, wenn er mit ihr redete, wenn er sie traf, und es wurde schlimmer, nicht besser. Interesse an einer Frau zu haben, war nichts Neues für ihn. Er jagte diesem ersten Erwachen von sexueller Anziehung hinterher, diesem Hochgefühl, das nie anhielt. Die Sache war die, Anziehung hin oder her, er war immer in der Lage gewesen weiterzuziehen. Er und Ella waren nicht intim miteinander gewesen, und er hatte auch nicht die Absicht, es so weit kommen zu lassen. Das Interesse müsste längst abgeklungen sein. Die Vergangenheit bewies, dass es eigentlich so sein müsste. Und doch war das Gefühl noch da, ohne Anzeichen dafür, zu verblassen.

Was sie zu einer Anomalie machte.

Er steckte sein Handy wieder ein, und als er hochblickte, stellte er fest, dass sie ihn ansah. Ernst. Ruhig. So untypisch für sie, dass die Sorge ein erfolgreiches Comeback startete.

Er ging zu ihr und blieb vor ihr stehen. «Du, Ella Sinclair, bist die erste Frau, die mich je versetzt hat. Das Gefühl, dass das bei mir verursacht hat, kann ich echt nicht leiden.»

Blinzel, blinzel.

Schweigen.

«Du hast dich schick gemacht – übrigens, du siehst wunderschön aus –, nur um hier allein im Park rumzusitzen?»

Blinzel, blinzel.

Schweigen.

«Ich war bei deiner Wohnung. Ich hab dir geschrieben. Ich

war im Le Italy, um nach dir zu suchen. Ich habe mir Sorgen gemacht.»

Blinzel, blinzel.

Schweigen.

Sie machte ihm Angst. «Bist du gestürzt? Hast du dir den Kopf gestoßen und das Gedächtnis verloren? Habe ich unsere Pläne missverstanden?»

Blinzel, blinzel ...

Oh, zum Teufel damit.

Er ging vor ihr in die Hocke und hielt die kühlen Kettenglieder der Schaukel fest, für den Fall, dass sie irgendwelche wilden Fluchtversuche unternahm. Als er sie musterte, krampften sich seine Eingeweide zusammen. Ihre Augen waren rot. Sie hatte keine Waschbäraugen vom Make-up, aber es war definitiv keine allergische Reaktion. Sie sah aus, als habe sie geweint.

Mist. Was hatte sie so aufgebracht?

«Weißt du, was ich an dir mag?» Er neigte den Kopf, als sie ihn nur mit dieser unbewegten, ernsten Miene ansah, die ihm nicht das Geringste verriet und irgendwie Schuldgefühle in seinem Bauch rumoren ließ. «Du trägst deinen Verstand auf der Zunge. Nicht dein Herz. Dieses Klischee passt auf so viele Leute. Aber nicht auf dich, Ella. Du trägst deinen *Verstand* auf der Zunge. Du sagst, was dir durch den Kopf geht, ohne irgendetwas zurückzuhalten, ganz gleich, wie peinlich es ist. Ehrlichkeit ist eine seltene Eigenschaft.» Er hielt ihren Blick fest, in der Hoffnung, irgendeinen Einblick zu gewinnen, und fand nichts. «Sag mir, was los ist.»

Eine Ewigkeit verstrich, in der sie ihn anstarrte, bevor sie sich endlich, endlich dazu herabließ zu sprechen. «Ehrlichkeit *ist* selten. Ich mag es nicht, angelogen zu werden.»

Verdammt. Vielleicht war Schweigen doch besser. «Ich habe dich nie angelogen.»

Ein Funken Wut leuchtete in ihren Augen auf, und wenn er nicht so verwirrt gewesen wäre, dann hätte er das vielleicht sexy gefunden. Nein, nicht vielleicht. Es war verdammt sexy.

«Deiner Miene nach zu urteilen, siehst du das anders.»

Mit zusammengebissenen Zähnen und geschürzten Lippen schaute sie weg.

Sanft legte er einen Finger unter ihr Kinn und zog ihren Blick wieder zu sich zurück. Gerötet hin oder her, sie hatte umwerfende Augen. «Ich kann keine Gedanken lesen, Süße.»

«Nenn mich nicht Süße. Besonders nicht, wenn du in einer Beziehung mit einer anderen bist.»

Komisch, normalerweise benutzte er keine Spitznamen oder Koseworte. Ihm war nicht bewusst gewesen, dass er das bei ihr tat. Und verdammt. Wenn sie aufgebracht war, war sie wirklich verdammt heiß. All diese Gefühle, aufgestaut und bereit zu explodieren. Sie …

Moment mal. «Ich bin in keiner Beziehung.» Genau genommen war er allergisch dagegen.

Sie fletschte die Zähne, und beinahe hätte er sie geküsst.

«Noch mehr Lügen. Ich habe dich und Paige zusammen in deiner Wohnung gesehen.»

Paige? Wie in Paige Maloney?

Er lachte, bevor ihm klarwurde, dass das in diesem Moment das völlig Falsche war. «Ich bin absolut und definitiv *nicht* in einer Beziehung mit ihr. Das käme Inzest so nahe, wie es nur möglich ist, ohne tatsächlich miteinander verwandt zu sein.»

«Du hast sie die Liebe deines Lebens genannt.»

Oh. Das. «Das mache ich, seit sie mit fünfzehn Brüste bekommen hat und ich ein dämlicher Sechzehnjähriger war, der Parker ärgern wollte. Irgendwie ist das hängengeblieben. Es bedeutet nicht, was du glaubst. Sie kam mit einer seiner Krawatten für mich vorbei, da ich keine Ahnung habe, was ich mit den zwei gemacht habe, die ich besitze.»

Ihre Augen verengten sich argwöhnisch. «Sie hat dich Honey genannt.»

«Das sagt sie zu allen. Freunde, Familie, Fremde. Sie würde auch dich Honey nennen.»

«Oh.» Sie sank in sich zusammen, nur um eine Sekunde später wieder zu ihrer steifen Haltung zurückzukehren. «Das entschuldigt nicht die Tatsache, dass du wegen heute Abend gelogen hast. Ich habe dir einen Ausweg angeboten, und du hast mir gesagt, dass du hingehen willst.»

Er zog die Augenbrauen hoch und deutete auf seinen Aufzug. «Hier bin ich. Man beachte die graue Stoffhose, das weiße Hemd und die vorhin erwähnte grüne Paisley-Krawatte. Ich entspreche der Anforderung an Abendgarderobe. Übrigens, ich sollte nicht mal wissen, was Paisley ist, geschweige denn es aussprechen. Dadurch hat meine Männlichkeit einen gewaltigen Knacks bekommen. Ich bin eher der Jeans-und-T-Shirt-Typ. Nichtsdestotrotz bin ich gekommen, um dich abzuholen, nur um dich dann in der ganzen Stadt suchen zu müssen.»

Sie sog den Atem ein. Heftig. «Du hast ihr gesagt, dass du es hinter dich bringen willst, dass das hier das Letzte ist, was du an einem Samstagabend tun willst.»

Wie lange genau hatte sie vor seiner Tür gestanden? «Ja, das habe ich gesagt. Wenn ich mich recht erinnere, du genauso. Wir wurden beide dazu genötigt, und keiner von uns wollte teilnehmen. Wenn ich auf ein Date gehe, dann habe ich es lieber ungezwungen und entspannt, anstatt in einer Petrischale unter dem Mikroskop von ganz Redwood zu sitzen.»

«Du hättest einfach absagen sollen, als ich dir die Chance dazu gegeben habe.»

Wahrscheinlich. Aber dann hätte er weder ihre kämpferische Seite noch ihr sexy Outfit zu Gesicht bekommen. Ernsthaft, dieses Kleid war eine Zehn auf einer Skala von eins bis Zungeverschlucken. Abgesehen davon würde es noch besser auf seinem Schlafzimmerfußboden aussehen.

«Ich meine, ich würde lieber Zeit mit jemandem verbringen, der auch Zeit mit mir verbringen will, anstatt mit jemandem, der das Gefühl hat, dass er es tun muss, aus Verpflichtung.» Sie lehnte sich kaum merklich vor, offensichtlich war ihre Wut noch nicht wieder im Holster. «Du hast gesagt, du willst mit mir befreundet sein. Ich mag nicht viele Freunde haben, aber ich bin mir ziemlich sicher, dass sie nicht darüber meckern, mit mir zusammen sein zu müssen. Nicht dass wir zusammen sind, aber das sollten wir sein. Als Freunde. Und ...» Sie schnaubte. «Warum grinst du?»

«Weil du wieder da bist, darum. Ich mag deine plappernde Seite viel lieber als die stumme.»

«Nun, ich kann nicht anders. Mein Mund fängt an, sich zu bewegen, und hört nicht mehr damit auf. Ich habe alles versucht, aber es ist unheilbar.»

«Ich habe ein Heilmittel.»

«Sehr witzig. Du machst mich nervös. Ich plappere, wenn ich nervös bin. Dann purzeln die Worte mit Wahnsinnsgeschwindigkeit aus mir raus, ohne grammatikalische Notwendigkeiten wie korrekten Satzbau oder gelegentliche Interpunktion und –»

Er presste seine Lippen auf ihre. Da. Geheilt.

Nur dass er das hier nicht tun sollte. Keine Küsse, keine verwischten Grenzen, keine falsche Hoffnungen. Es gab eintausendneunundzwanzig Gründe, warum, und …

Scheiße. Sie alle entschlüpften ihm. Ihm wollte kein einziger Vorwand einfallen, um aufzuhören. Sicher konnte er doch einen aus den Tiefen seines Gehirns hervorzaubern, um sich zusammenzureißen und das hier abzubrechen. Aber nein. Nichts da. Sie roch nach süßem Gebäck, und er wollte sie verschlingen.

Ihr zitternder Atem streifte seinen Kiefer, und er war geliefert. Er legte eine Hand an die Seite ihres Halses, streichelte mit dem Daumen ihre blütenzarte Wange und sagte der Vernunft bye-bye.

Den Kopf zur Seite geneigt, berührte er sanft ihre Lippen mit seinen. Ein Necken. Ein Locken. Er war nicht sicher, ob für ihn oder für sie, aber zur Hölle, wenn das irgendwie von Bedeutung war. Sie gab den sinnlichsten kleinen Laut von sich, halb Überraschung, halb wohliges Stöhnen, und jeder Zentimeter seiner Haut straffte sich als Reaktion darauf. Er verstärkte den Druck und bekam im Gegenzug nichts als Nachgiebigkeit. Weich, warm … nahm sie ihn einfach an. Ergab sich.

Weil er nicht anders konnte, weil ihn die Neugier sonst umbringen würde, knabberte er an ihrer Unterlippe. Bei der Berührung öffnete sie sich ihm, und er tauchte in sie ein. Ertrank in ihr. Wollte nie wieder hochkommen. Sie mochte nach Zucker duften, aber sie schmeckte nach Zimt. Ihre Zunge schnellte vor und streifte vorsichtig die seine, wie um das Terrain zu sondieren. Er nahm die Einladung an, küsste sie tiefer, und seine Finger legten such um ihren Nacken, um sie enger an sich zu ziehen. Flüssige Hitze sammelte sich in seinem Bauch und breitete sich aus, bis sie jede Faser seines Körpers durchdrang und er um Atem ringen musste. Er hob seine andere Hand und hielt ihr Gesicht fest.

Sie wirkte zögerlich, unsicher, beinahe wie aus der Übung, aber sie folgte seiner Führung, und er begann, sie zu erforschen. Sie war ein Rätsel, ein unmöglich zu lösender Fall wie in den Sendungen, die sie so gern schaute. Aber er wollte sie entschlüsseln. Musste es. Um den Grund zu entdecken, warum er trotz bester Absichten nicht auf seiner Seite der Kreidelinie bleiben konnte.

Anziehungskraft war eigentlich seine Verbündete. Der Anziehungskraft nachzugeben, war sein Modus Operandi. Die meisten Frauen setzten ihr Aussehen oder ihren Körper ein, um die Kettenreaktion im Spiel der Liebe in Gang zu setzen. Aber sobald er zu dem Teil mit der Intimität kam, war er schon fast wieder zur Tür hinaus. Gelangweilt. Auf der Suche nach etwas anderem. Vielleicht war das der Unterschied bei Ella. Sie jagte ihn nicht. Sie versuchte eher zu entkommen. Er konnte sich nicht erinnern, wann so etwas das letzte Mal vorgekommen war.

Bei ihr war einfach alles anders. Er war bei ihr nicht mit einem Fuß aus der Tür. Er stand mit einem bereits drin und mit dem anderen auf einer Bananenschale. Er sollte Angst haben. Große Angst. Warum hatte er dann keine? Weil er das Risiko liebte? Den Rausch? Sie *war* gefährlich.

Ja. Das musste es sein. Er sollte dem einfach nachgeben, sein High bekommen und wieder verschwinden.

Nur würde ihn das zu einem egoistischen Bastard machen. Jemanden zu benutzen oder mit Gefühlen zu spielen, war ein Tiefpunkt, auf den er noch nie gesunken war. All seine bisherigen Liebschaften hatten genau gewusst, worauf sie sich einließen, bevor er etwas unternommen hatte. Er brach keine Herzen. Er brachte seines von vornherein nicht ins Spiel.

Sie legte eine Hand auf seine Brust, direkt über dem Organ, dessen Blutzufuhr er vor zu langer Zeit abgeschnitten hatte, und etwas an der Berührung bewegte ihn. Süß. Zögernd. Fordernd.

Abrupt löste er sich von ihr und rang nach Sauerstoff. Da seine Lungen sich nicht so recht füllen wollten, legte er seine Stirn an ihre und sah sie durch die tanzenden Flecken in seinem Sichtfeld hindurch an.

Na toll, sie hatte ihn beinahe bewusstlos geküsst.

Ihre Lider flatterten, hoben sich, und goldbraune Augen hielten seinen Blick in dem Millimeter Abstand zwischen ihnen fest. Träge Sehnsucht erfüllte ihre Tiefen und weitete ihre Pupillen. Ihre Kehle bewegte sich mit einem leichten Schlucken. «Warum hast du das getan?»

Ein Flüstern. Ein Flehen. Und verblüffte Hoffnung.

Da er keine Ahnung hatte, warum, entschied er sich für unverblümte Ehrlichkeit, ohne Zensur. «Ich weiß es nicht.»

«Klebeband funktioniert genauso gut.»

Immer noch ihr Gesicht in Händen haltend, fuhr er zurück. Ihre Miene verriet nichts. «Was?»

Ein kaum merkliches Lächeln krümmte ihre Lippen. «Um mich zum Schweigen zu bringen. Klebeband ist effektiv, nicht dass ich mich über deine Methode beschwere.»

Er stutzte, und sobald ihre Worte sackten, sackte auch er zu Boden. Scheiß auf Grasflecken, er ließ sich auf seinen Hintern plumpsen, streckte die Beine vor sich aus und lachte.

Sie platzierte ihre Füße links und rechts von seinen Knien, dabei verblasste ihr Lächeln. «Freunde küssen sich normalerweise nicht.»

So sicher nicht. Er versuchte immer noch, seinen Puls dazu zu bringen, sich zu erholen.

«Das stimmt vermutlich.» Er wusste, dass sie nach einer Erklärung fischte, aber da er nicht sicher war, ob er derjenige war, der die Angel hielt, oder ob er der Köder war, blieb er stumm.

Ein Nicken, und sie sah fort. Ihr Blick schien den Horizont abzusuchen, ohne sich auf etwas Bestimmtes zu konzentrieren.

Schweigen dehnte sich aus, sowohl unbehaglich als auch willkommen. Ein Lüftchen regte sich. Grillen zirpten. Eine Eule rief.

Sein Handy vibrierte.

Er erhob sich in die Hocke und zog es aus seiner Gesäßtasche.

BRENT: Hast du sie gefunden?

Er schrieb eine Antwort und tippte auf Senden.

JASON: Ja. Wir sind im Park. Es geht ihr gut.
BRENT: Gucci sei Dank! Viel Spaß. Tut nichts, was ich nicht auch tun würde.

Da Jason nichts glaubte, dass irgendetwas in diese Kategorie fiel, antwortete er nicht. «Das war Brent, der wissen wollte, ob …»

Sie war von der Schaukel aufgestanden, während er abgelenkt gewesen war, und bereits mehrere Schritte entfernt, mit dem Rücken zu ihm.

«Wo gehst du hin?» Mühsam kam er auf die Füße und bürstete sich die Hose ab.

Sie blieb stehen, drehte sich jedoch nicht um. «Nach Hause.»

Verdammt, wie konnte es sein, dass sich schon wieder Panik in ihm regte? Das ergab weder Sinn, noch gefiel ihm dieses Gefühl. «Warum?»

Sie drehte den Kopf und antwortete über ihre Schulter. «Darum.»

Er schrieb diese kindische Antwort dem Umstand zu, dass sie Lehrerin war und sich den ganzen Tag mit kleinen Kindern abgab. Andernfalls wäre er ohne sein Wissen für eine Folge der Sesamstraße gecastet worden. «Unser Date ist noch nicht vorbei.»

Ein trockenes, schnaubendes Lachen, dann drehte sie sich langsam zu ihm um. «Das war kein Date, schon vergessen? Wir sind nur Freunde, wenn überhaupt, und wollten das nur tun, weil es von uns erwartet wurde. Wir haben es nicht zum Restaurant geschafft, du hast mich gefunden, wir haben die Luft bereinigt, und jetzt gehe ich nach Hause.»

Sie gefunden? Vielleicht. Das traf es aber nicht ganz. Er nahm an, dass sie gar nicht verloren gewesen war, sondern sich versteckt hatte. Außerdem versäumte ihre lapidare Zusammenfassung des Abends es, den Kuss zwischen *die Luft bereinigt* und *nach Hause gehen* zu erwähnen. Die Luft war also nicht bereinigt. Sie war trüb mit Aussicht auf Smog. Außerdem, *dieser Kuss*. Wie konnte sie ihn rundheraus ignorieren? Er bebte immer noch. Und vor allem – er richtete sich kerzengerade auf, als ihm das bewusstwurde –, warum erinnerte *sie ihn* daran, dass das hier kein Date gewesen war?

Heilige Scheiße. Was passierte mit ihm?

«Also, gute Nacht, Jason.»

Und schon wieder verhielt sie sich wie jemand, der gejagt werden musste. Aber er jagte keine Frauen. Er stellte Frauen nicht nach, die ihm den Rücken kehrten. In solchen Situationen – auch wenn sich nichts mit dieser speziellen Situation vergleichen ließ – hätte er sonst einen Seufzer der Erleichterung ausgestoßen, weil er der gefürchteten Beziehung oder der dramatischen Trennungsszene entkommen war. Er lief nicht hinter ihnen her, er trat ihnen nicht in den Weg, bis sie stehen blieben, und hob nicht die Hände, damit er ihren Rückzug aufhalten und sie in seiner Umlaufbahn halten konnte. Wie er es offenbar gerade mit Ella getan hatte.

Okay. Das hier war jetzt nicht mehr witzig.

«Jason, ich –»

«Nein, hör mich einfach an.» Er starrte sie an und seufzte. Er wollte verdammt sein, wenn er wusste, was er sagen sollte. Oder tun. Oder auch nur, warum er etwas sagen und tun wollte.

Erschöpfung war ihr deutlich ins Gesicht geschrieben. Sie zog die Augenbrauen hoch und wartete.

«Wir sind Freunde», fing er an. Zu dem Teil konnte er zumindest stehen. «Wir können bessere und engere Feunde werden, wenn wir uns die Chance dazu geben.» Okay, das klang gut. Mehr wie er selbst. «Aber davon ganz unabhängig sollte es heute Abend um uns gehen.» Moment mal. Was? «Was auch immer der ursprüngliche Grund war oder wer auch immer den Abend eingefädelt hat, wir sollten heute Abend ein Date haben.» Nein, sollten sie nicht. Sein Zug war entgleist, und jemand hatte seine Zugführermütze gestohlen. «Wir haben dieses Date noch nicht gehabt, also bitte, leg es noch nicht zu den Akten.»

Scheiße. Doppelt scheiße. Vergiss die Sesamstraße. Er war in der Twilight Zone. Es war durchaus möglich, dass ihre Plapperitis ansteckend war. Er hätte sich impfen lassen sollen.

«Du sendest mir widersprüchliche Signale.»

Er fuhr sich mit der Hand übers Gesicht. «Ich weiß.»

«Du hast gesagt, nur Freunde.»

«Ich weiß.»

«Du hast gesagt, wir sollten das heute Abend durchziehen, um es ihnen zu zeigen und weil es für eine gute Sache ist.»

«Ich weiß.»

«Du hast mich geküsst.»

«Ich weiß.» Als würde er das je vergessen, solange er lebte.

«Nachdem du mich wunderschön genannt hast.»

«Du bist wunderschön.» Da sie das zu verblüffen schien, wiederholte er es entschieden. «Das bist du wirklich.»

Uuund sie war wieder bei blinzel, blinzel, blinzel.

«Schau, ich weiß nicht, was zwischen uns vor sich geht, aber es knistert. Wenn ich völlig ehrlich bin, bist du eigentlich nicht mein üblicher Typ. Ich bezweifle, dass ich deiner bin. Du kommst mir wie eine Frau vor, die die Ewigkeit will, und ich lebe im Augenblick. Ich brauche Wiederbelebungsmaßnahmen, wenn ich nur in die Nähe von einer festen Bindung komme. Andererseits scheinen wir uns zueinander hingezogen zu fühlen, trotz der Unterschiede. Die Frage ist, was willst du diesbezüglich unternehmen?»

Er konnte die Pulsschläge an ihrer Schlagader zählen, während sie ihn lange anstarrte. Unendlich lange. Die Erde drehte sich um die Sonne. Wissenschaftler entwickelten ein Heilmittel gegen Krebs. Fliegende Autos wurden zur Alltäglichkeit in der endlosen Zeitspanne, in der sie reglos dastanden und er auf eine Antwort wartete.

Irgendeine Antwort.

«Was ich will, ist irrelevant, Jason. Es gibt nichts, das wir diesbezüglich tun könnten oder sollten.» Sie räusperte sich und senkte den Blick. «Du hast deinen Teil der Abmachung erfüllt. Deine Schuldigkeit ist getan. Ich werde es das Komitee wissenlassen, wenn sie fragen. Gute Nacht.»

Wenn sie ihm einen Kinnhaken verpasst hätte, hätte er nicht weniger überrascht sein können.

Als sie sich an ihm vorbeidrängte und weiterging, stand er da wie ein gewaltiger Idiot. Blieb stehen, bis seine Beine wegen mangelnder Durchblutung verkrampften.

Sie war längst fort, als er sich schließlich umdrehte und den Park verließ.

· 10 ·

«If you're happy and you know it clap your hands.»

Ella war nicht glücklich, und das wusste sie, aber sie klatschte trotzdem in die Hände. Zwanzig lächelnde Fünfjährige klatschten und sangen mit ihr. Ihre Klasse hatte einen kleinen Montagsdurchhänger, deshalb hatte sie eine Pause vom Lehrplan gemacht, um sie wieder aufzumuntern. Sie konnte es ihnen gut nachfühlen.

Eine Woche. Eine ganze Woche, einschließlich Wochenende, und kein Wort von Jason. Keine Nachricht, kein Anruf, kein Besuch. Er war vom Angesicht der Erde verschwunden. Nicht mal Facebook-Posts der weiblichen Bevölkerung gab es, dass sie ihn im Shooters entdeckt hatten. Auch keine Fotos von ihm auf Instagram, wie er seinen Job machte.

Jasons und Ellas Pinterest-Pinnwand hatte auch kaum Einträge, nur ein paar Schnappschüsse, gestohlene Augenblicke beim Wohltätigkeitsball. Von ihnen unbemerkt aufgenommen, natürlich. Die Drachen erstellten eine Pinnwand für jedes Pärchen, das sie verkuppelten. Die von Jason und Ella war am Tag nach der Veranstaltung aufgetaucht. Ganz zu schweigen von Rosas Tweets zu dem Thema. Nur waren auch die versiegt. Es war, als hätte auch das umtriebige Trio diese lächerliche Idee aufgegeben.

Wie konnte ein Mann eine Frau mit einem Kuss bis auf die Seele erschüttern und dann nichts tun? Es fiel ihr äußerst schwer, seine Reaktion zu verstehen. Er hatte zugegeben, dass er sich zu ihr hingezogen fühlte, und dann Kommentare wie ein Bindungsphobiker hinterhergeschoben.

Ja. Nein. Ja. Nein.

Ja, ich will mit dir ausgehen.

Nein, ich will das nicht langfristig tun.

Ja, du bist wunderschön.

Nein, du bist nicht mein Typ.

Der Mann war bipolarer als eine geschlossene Anstalt. Und er zog sie mit sich in seine Gummizelle. Sie hatte seit *dem Kuss* kaum gegessen oder geschlafen.

Verflixt, sie wünschte, sie hätte mehr Erfahrung, was solche Dinge betraf. Sie hatte in der Highschool ein paar Dates gehabt, die im Sande verlaufen waren, und nur einen einzigen Freund auf dem College, an den sie ihre Unschuld verloren hatte. Einmal. Sie waren nur ein einziges Mal intim miteinander gewesen. Seitdem hatte sie drei Dates gehabt. Keiner der Männer hatte um ein zweites Date gebeten, und das letzte war gewesen, bevor sie zurück nach Redwood gezogen war. Etwas Hilfe, egal in welcher Form, wäre willkommen. Gerta war Ellas einzige richtige Vertraute, aber sie hatte nicht den Mut aufgebracht, ihrer Cousine von Jason zu erzählen.

Nachdem das Lied zu Ende war, zwang sich Ella zu einem Lächeln. «Fühlt ihr euch jetzt energiegeladener für Mathe?»

Die ganze Klasse schüttelte den Kopf. Zwei Hände streckten sich in die Höhe.

«Ja, Jessica?»

«Ich muss auf die Toilette.»

Ah, die Freuden winziger Blasen. «Du darfst gehen. Ja, Andy?»

«Ich habe Durst.»

«Du darfst den Trinkbrunnen gleich draußen vor dem Klassenzimmer benutzen.» Sie sah sich um, und keines der süßen

Gesichter wirkte enthusiastisch. «Wie wär's mit noch einem Lied?»

Jubel brach aus.

«Okay, aber danach machen wir ernst mit Mathe.»

Sie ging zum Regal neben ihrem Pult und ging ihre Optionen durch. Perfekt. Die Kidz-Bop-Version von *Shut Up and Dance.* Das sollte sie auf Touren bringen. Sie schob die CD ein und drückte auf Play.

Die Kinder sprangen auf und klatschten. Sie sangen laut mit und folgten den albernen Tanzbewegungen, die Ella vormachte. Mitten im Refrain, die Hände in der Luft und mit kreisenden Hüften, drehte Ella sich herum. Und kreischte.

Direkt neben Mrs. Keller, der Grundschulleiterin, stand niemand anderer als Jason Burkwell. Beide waren mit einem belustigten Lächeln auf dem Gesicht in ihr Klassenzimmer gekommen.

«Tut mir so leid! Ich habe Sie gar nicht gesehen.» Ella eilte zum CD-Player und schaltete die Musik aus. «Äh, wie kann ich Ihnen helfen?» Was zum Kuckuck machte er hier?

«Ms. Sinclair, Ihr Gast ist bereit für Sie.»

Was? Nein. Sie musterte die Schulleiterin von oben bis unten, aber alles wirkte unverdächtig. Sie trug ein mintgrünes Kostüm, ihre kurzen braunen Locken fielen ihr offen um die Schultern, aber kein Schmunzeln oder spöttisches Lächeln, als spiele sie ihr einen Streich. Ein Blick auf Jason zeigte ihn in seiner Feuerwehrmontur, einen Helm unter dem Arm und einen kleinen Rollkoffer neben seinen Stiefeln.

Und nur Augen für sie.

Hitze kroch an ihrem Hals empor. «Ähm, diese Woche ist Gesetzeshüterwoche. Sheriff Parker sollte morgen kommen, um über Gefahr durch Fremde und über das Befolgen von Gesetzen zu sprechen.»

«Ja, nun, es gab eine kleine Planänderung. Die Bürgermeisterin braucht Parker für irgendetwas, also hat sie die Termine geändert. Ich hoffe, das stört den Lehrplan nicht zu sehr?»

Marie. Verflixter Scheibenkleister. Der Oberdrache hatte sich eingemischt und warf sie und Jason wieder zusammen. Typisch. Die Feuerwache war erst für nächste Woche geplant gewesen, und eigentlich sollte der Captain, Lou, kommen und zu ihrer Klasse sprechen. Nicht Jason. Dabei hatte sie gerade gedacht, dass es wieder sicher wäre, ihre Wohnung zu verlassen, dass die Kuppelei ein Ende gefunden hatte.

Jason schenkte ihr ein zögerliches Lächeln, ohne den Blick von ihr zu wenden. «Ich habe Geschenke für die Klasse mitgebracht und kann ihnen die Brandschutzregeln beibringen.»

Ein Chor begeisterter Schreie kam von den Kindern.

Sie stieß leise den Atem aus. «Natürlich, das ist in Ordnung. Danke, dass du dir die Zeit genommen hast herzukommen. Das wissen wir sehr zu schätzen.» Sie drehte sich zu den Kindern um. «Kinder, bitte begrüßt Feuerwehrmann Burkwell. Sucht euch einen Platz und versiegeln wir unsere Lippen.»

Sie pflanzten sich auf den Teppich und machten die Schlüsselumdrehbewegung vor ihren Mündern.

Jason rollte den Koffer zu ihrem Pult und lehnte sich nah zu ihr. Seine Worte waren ein heiseres Flüstern. «Tut mir leid. Ich dachte, du weißt Bescheid.»

«Kein Problem.» Nur dass ihr das Herz fast aus der Brust sprang und drohte, dabei Rippen zu brechen. Sie warf einen Blick zu Mrs. Keller, aber die Schulleiterin war bereits gegangen. «Brauchst du noch etwas, bevor du anfängst?»

«Nein, aber können wir später reden? Wenn du Schluss hast?»

Verflixt, er war ein attraktiver Mann. Das hatte sie beinah vergessen. Beinah. Seine haselnussfarbenen Augen musterten ihr Gesicht, als versuche er, ihre Gedanken zu lesen, und sein dunkelblondes Haar sah aus, als hätten ihm seine Finger heute Morgen als Kamm gedient. Bartstoppeln übersäten seinen Kiefer, und sie betrachtete seinen Mund.

Sofort rammte der Kuss mit dem Feingefühl eines Frachtkahns in ihre Gedanken. Die feste und doch sanfte Art, wie er ihre Lippen mit seinen berührt hatte. Die Art, wie er ihre Zunge mit seiner gestreichelt und ihr Gesicht in den Händen gehalten hatte, als wäre sie kostbar. Wie er nach Kaffee vermischt mit Minze geschmeckt hatte.

«Ella?»

Verflixt. Sie riss ihren Blick wieder zu seinen Augen hoch und räusperte sich. Was hatte er gewollt?

«Können wir später reden? Ist das okay?»

Mist. Er wollte reden. «Ähm, schätze schon. Worüber?»

«Ein paar Dinge. Wir können damit anfangen, die Luft zu bereinigen.»

Sie dachte, das hätten sie im Park schon getan. Fall abgeschlossen und besiegelt. Bewiesen durch die Tatsache, dass sie seit einer Woche nicht mehr miteinander gesprochen hatten. Abgehakt. Aber er schien wieder mit ihr in Kontakt treten zu wollen. Nur warum? Sie hatte keine Ahnung.

Ella nickte und floh rasch aus seiner Nähe, indem sie hinter ihr Pult trat. «Ohren aufgesperrt, Jungen und Mädchen.» Den Blick überall anders hingerichtet als auf ihn, machte sie eine Geste, dass er übernehmen sollte.

Er betrachtete sie einen langen Moment, dann bückte er sich und öffnete seinen Koffer.

Über eine Stunde lang fesselte er die Aufmerksamkeit der Schüler. Sie waren völlig gebannt, während er ihnen einen Teil eines Feuerwehrschlauchs, seine Montur, eine Axt und andere Ausrüstungsgegenstände zeigte. Er redete mit ihnen auf ihrer Augenhöhe, sein Vortrag war lebendig und anschaulich, und sie war beeindruckt. Für einen Mann, der keine Familie oder eine Beziehung wollte, konnte er verflixt gut mit Kindern umgehen. Sogar als sie ihn mit Fragen bombardierten, beantwortete er sie ruhig, ließ sich nicht ein Mal aus dem Konzept bringen.

Er ging über zu Brandschutzregeln und zeigte ihnen, wie ein Feuerlöscher und ein Rauchmelder funktionierten. Die Kinder hatten besonderen Spaß an der Übung, sich hinfallen zu lassen und umherzuwälzen, falls die Kleidung Feuer fängt. Er ließ sie sogar üben, mit einem falschen Handy den Notruf zu rufen, und zeigte ihnen eine Strickleiter, die man an einem Fensterrahmen befestigen konnte, für Leute, die in zweistöckigen Häusern wohnten.

Während sie zuhörte und diesen Mann beobachtete, der sie so durcheinanderbrachte, verliebte sie sich noch ein bisschen mehr in ihn. Aus der Ferne hatte sie nur für ihn geschwärmt. Aber jetzt, wo sie ihn tatsächlich als Menschen kennenlernte … Er war witzig und charmant und geduldig. Was gab es daran nicht zu mögen?

Aber sie musste sich auch bemühen, keine schmerzvollen Erinnerungen hochkommen zu lassen. Es war ein Kampf. Sie konnte nicht anders, als sich vorzustellen, wie anders ihr Leben vielleicht verlaufen wäre, wenn sie diese Strickleiter in ihrem Kinderzimmer gehabt hätte oder wenn ihre Eltern daran gedacht hätten, die Batterien der Rauchmelder zu überprüfen. Sie hatten auch keinen Feuerlöscher im Haus gehabt. Bis sie gemerkt hatten, dass das Haus brannte, war es schon fast vollständig vom Feuer erfasst gewesen.

Lou hatte sie hinterher im Krankenhaus besucht und ihr gesagt, dass ihre Eltern nicht gelitten hatten. Sie wären wahrscheinlich im Schlaf an einer Rauchvergiftung gestorben. Sie hatte ihn nicht korrigiert, aber sie wusste es besser. Ihre Schreie waren ein Geräusch, das sie nie wieder vergessen würde. Sie lebte mit der Erinnerung an diese Schreie, genauso wie mit den Narben, jede Sekunde jedes Tages.

Sie sah Jason an, der immer noch Fragen beantwortete, während er Aufkleber verteilte, und das Herz tat ihr weh. Das war nicht nur ihre Vergangenheit, sondern auch seine. Dieser Brand hatte nicht nur ihr Leben zerstört, sondern auch seines. Sein ... sein Dad könnte noch leben, wenn ihre Familie nicht gewesen wäre, wenn er nicht das Pech gehabt hätte, als Erster ihr Kinderzimmer zu erreichen.

Das Feuer war nicht absichtlich gelegt worden. Brandinspektoren hatten veraltete Stromleitungen im Keller als Ursache festgestellt. Aber das änderte nichts an den Schuldgefühlen. Sie waren ein völlig eigenständiges Wesen, ein lebendes, atmendes Ding, das die Seele auffraß, bis nichts mehr übrig war. Sie hatte im Lauf der Jahre eine Menge Schuldgefühle gehabt. Die Schuld, überlebt zu haben – das war das schlimmste Gefühl von allen.

«Ms. Sinclair?»

Zurück nach Redwood zu ziehen, sollte ihr Neubeginn sein, die Rückkehr zu ihren Anfängen. Und dazu gehörte auch Jason. Ganz egal, was er für sie empfand, ob Freundschaft oder mehr oder gar nichts, sie musste ihm von ihrer gemeinsamen Vergangenheit erzählen. Sobald er es wusste, musste er entscheiden, wie es weitergehen sollte. Er verdiente es, die Wahrheit aus ihrem Mund zu hören. Vor allem musste sie sich bei ihm und seiner Mutter für ihr Leben bedanken. Das Opfer seines Vaters war der Grund, warum sie noch lebte.

«Ella?»

Blinzelnd schaute sie zu Jason hoch. Ein rascher Blick durch den Raum zeigte, dass die ganze Klasse sie ansah.

Er beugte sich über das Pult und raunte leise: «Alles okay, Süße? Du warst grad irgendwo ganz weit weg.»

Mit einem Nicken stand sie von ihrem Stuhl auf. «Es geht mir gut.» Noch.

«Ich glaube, ich habe meine Zeit überzogen. Tut mir leid.»

«Das ist schon okay, ich …» Verflixt. Es waren nur noch zwanzig Minuten bis Schulschluss. «Kinder, sagt ein ganz herzliches Dankeschön zu Feuerwehrmann Burkwell. Wir haben heute ein paar sehr wichtige Dinge gelernt.»

Sie sagten einstimmig *danke* und umarmten ihn alle auf einmal, sodass er regelrecht in Knirpsen versank. Während er zusammenpackte, bereitete sie die Schüler auf das Unterrichtsende vor. Als die Kinder sich an der Tür aufreihten, blieb er in der Nähe ihres Pults.

Mit einem durchdringenden Blick musterte er sie von Kopf bis Fuß und wieder zurück. Sorge und Neugier bildeten einen harten Zug um seinen Mund, aber in seinen Augen stand warme Zuneigung. «Wie wär's, wenn ich draußen auf dich warte?»

«Was? Warum?»

Ein trockenes Lachen. «Damit wir reden können?»

«Oh, richtig.» Darin hatte sie eingewilligt, nicht wahr? «Ich dachte, du meinst später. Dass du anrufen würdest oder so was.

Aber ich schätze, jetzt ist später, und du bist hier, also macht das Sinn. Wir können reden, nachdem ich die Kinder habe abholen lassen. Wenn das zu lange dauert, kann ich dir schreiben, und wir können uns irgendwo treffen. Nicht dass ich damit andeuten will, dass wir –»

«Da bist du ja wieder.» Er grinste, als ob sie verschwunden gewesen wäre und bei ihrem Wiederauftauchen etwas Erstaunliches getan hätte. «Ich werde auf dich warten. Keine Eile. Ich habe heute Abend nicht Dienst.»

Heute Abend. Wie in ‹den ganzen Abend›? Als könnte ihre Unterhaltung länger dauern als ein paar Minuten auf dem Schulparkplatz. Oder meinte er nur, dass sie sich nicht zu beeilen brauchte, weil er nirgendwohin musste?

«Ms. Sinclair, dürfen wir jetzt gehen? Es hat geklingelt.»

Argh, und sie hatte es nicht mal gehört. «Ja, in einer Reihe und langsam, bitte.»

Jason ging vor ihnen aus dem Klassenzimmer, und sie folgte ihren Schülern zur Tür. Sie wartete, während die mit dem Bus fahrenden Kinder einstiegen, und dann wartete sie weiter, während die Autoschlange Stück für Stück vorrückte und die übrigen Kinder nach und nach zu den Autos ihrer Eltern gingen.

Sie wollte ihn nicht warten lassen, obwohl er gesagt hatte, sie solle sich nicht beeilen, aber sie musste noch mal nach drinnen. Es gab Dinge in ihrem Klassenzimmer, die sie noch schnell erledigen musste, es war Teil ihres Tagesablaufs. Zum Glück war Montag, deshalb waren keine Hausaufgaben zu korrigieren. Rasch wischte sie die Tafel sauber, fütterte den Fisch, schloss die Jalousien, rückte die Tische zurecht, hob verstreute Spielsachen auf, die beim Aufräumen immer übersehen wurden, goss die zwei Topfpflanzen und schloss die Tablets im Schrank ein. Das

Hausmeisterteam wischte üblicherweise die Böden und sammelte den Abfall ein, also konnte sie danach gehen.

Sah sie so ausgezehrt aus, wie sie sich fühlte? Sie ging zum Waschbecken und betrachtete sich im Spiegel. Ihr minimales Make-up war noch okay, aber sie fuhr sich mit einer Bürste durchs Haar und wusch sich die Hände. Gut genug. Sie nahm ihre Handtasche und schaltete beim Hinausgehen das Licht aus.

Sie parkte normalerweise auf dem Nebenparkplatz, da er ihrem Klassenzimmer am nächsten war und mehr für den Lehrkörper reservierte Plätze hatte als der vor der Schule. In der Annahme, ums Gebäude herumfahren zu müssen, um Jason vorne zu treffen, stieß sie die Tür auf – und blieb wie angewurzelt stehen.

Sein schwarzer Truck parkte direkt neben ihrem kleinen Subaru. An die Motorhaube gelehnt, das Grinsen auf voller Wattzahl, stand er da.

«Hi.» Sie versuchte zu lächeln, fürchtete jedoch, dass es mehr eine Grimasse war. «Wie geht es dir?»

«Ziemlich mies, wenn ich ehrlich bin.» Sein Grinsen sagte etwas anderes.

«Tut mir leid, das zu hören. Kann ich irgendetwas tun?»

«Genau genommen ja. Du kannst mich letzten Samstagabend wiedergutmachen lassen.»

Es war anatomisch unmöglich, seine eigene Zunge zu verschlucken. Dennoch war sie kurz davor, das zu schaffen.

«Deiner Miene nach zu schließen, tendierst du zu Nein, schätze ich.» Er stieß sich vom Truck ab und verschränkte die Arme. «Ich habe ein paar Sachen gesagt, die du falsch verstanden hast. Gefühle wurden verletzt. Ich habe es erklärt, aber dann wieder vermasselt. Ich gebe rundheraus zu, dass ich ein Arschloch bin. Aber ich habe auch gute Eigenschaften, wenn du mir nur den Hauch einer Chance gibst.»

«Eine Chance wofür?»

«Das Date richtig hinzukriegen.» Er hob die Hände, um ihrer drohenden Antwort zuvorzukommen. «Ich weiß, wir hatten gesagt, es wäre kein Date. Ich weiß, wir hatten vereinbart, nur Freunde zu sein. Und du hattest recht. Ich habe dir widersprüchliche Signale gesendet. Darüber bin ich selbst frustriert.»

Argh. Verwirrt hin oder her, sie konnte ihm nicht böse sein. «Bist du nicht.»

«Nicht was? Nicht frustriert? Ich –»

«Du bist kein Arschloch.»

«Okay. Wir werden uns wohl darauf einigen müssen, dass wir uns bei diesem Thema nicht einig sind.» Seufzend schaute er zu Boden. «Ich weiß nicht genau, was ich tun soll, Ella. Ich bin nicht der Typ für Beziehungen. Ich bin nicht der Typ für eine feste Bindung. Ich habe die Wahrheit gesagt, als ich meinte, dass du nicht mein üblicher Typ bist.» Er sah ihr in die Augen. Hielt ihren Blick fest. «Aber zwischen uns knistert es. Vielleicht gibt es das Klischee ‹Gegensätze ziehen sich an› aus gutem Grund. Verdammt, ich weiß es nicht. Alles, was ich weiß, ist, dass ich wegen der Art, wie wir auseinandergegangen sind, diese Woche kaum ein Auge zugetan habe. Ich habe hundertmal das Foto angestarrt, das ich von dir gemacht habe, und dich noch hundertmal öfter beinahe angerufen. Ich denke bei der Arbeit an dich. Das wird allmählich zu einem Problem.»

«Was willst du damit sagen?» Denn es hörte sich gewaltig so an, als würde er auf sie stehen. Was sich ändern würde, wenn sie ihm von ihrer Vergangenheit erzählte.

«Ich will damit sagen, dass wir vielleicht ausprobieren sollten, wohin das hier führt. Eine richtige Verabredung haben oder zusammen rumhängen oder Zeit miteinander verbringen. Herausfinden, ob da was zwischen uns ist, und es auskurieren.»

Er ließ es klingen, als wären sie die Grippe. «Wenn es keine Zukunft hat und wir nicht dieselben Dinge wollen, dann hat das keinen Sinn.»

«Alles ist besser als die jetzige Situation.» Er fuhr sich mit den Fingern durchs Haar und ließ die Hand im Nacken liegen. «Es geht nicht nur mir allein so. Du hast den Kuss erwidert. Auf deiner Seite besteht auch Interesse, nicht wahr?»

«Ja.» Sie räusperte sich und wandte den Blick ab, um den sich langsam leerenden Parkplatz zu betrachten. Welche atmende Frau hätte kein Interesse an ihm? Aber die Sache zwischen ihnen war einfach viel zu kompliziert, und er wusste noch nicht mal die Hälfte. «Du kennst mich doch kaum.»

«Dann lass mich dich besser kennenlernen.»

Sie schüttelte den Kopf. «Es gibt Dinge an mir, die dir nicht gefallen würden, die dich abstoßen würden.»

«Das bezweifle ich.» Als sie nicht antwortete, zog er die Augenbrauen hoch. «Hast du ’ne Bank ausgeraubt? Menschenhandel betrieben? Ich glaube wirklich nicht, dass du mich abstoßen könntest, Süße.»

Wie sehr er sich irrte. «Ich bin nicht, was du willst.»

«Im Moment bist du genau das, was ich will.»

Gott, er war gut. «Dann bin ich nicht, was du brauchst.»

«Das werde ich selbst entscheiden.» Er kam näher, blieb jedoch kurz vor ihr stehen. «Ging es dir diese Woche gut? Hast du richtig geschlafen? Normal gegessen? Bin ich dir tagsüber nie in willkürlichen Momenten in den Sinn gekommen? Falls ja, dann akzeptiere ich das und lasse dich in Ruhe. Falls nicht, warum dann nicht sehen, was passiert? Sieh mich an. Du hast von meinem Ruf gehört. Würde ich hier stehen und dir ein zweites Mal innerhalb von sieben Tagen hinterherlaufen, wenn das hier nur ein Spiel für mich wäre?»

Okay. Das war ein Argument. Eigentlich gleich mehrere Argumente. Ein Teil von ihr, ein großer Teil, wollte ein einziges Mal im Leben alles auf eine Karte setzen. Eine Verbindung anstreben und etwas haben, was in ihrem Leben immer gefehlt hatte. Akzeptanz. Romantik. Liebe. Aber wenn er ihre Narben sah oder erfuhr, dass sein Vater gestorben war, weil er versucht hatte, sie zu retten, dann würde ihr alles wieder entrissen werden. Und vor allem würde sie ihn verletzen.

Alles wäre schlimmer als vorher.

«Storm vermisst dich.»

Verflixt. Sie lachte und schlug sich die Hand vors Gesicht.

«Ich hab dir doch gesagt, dass du das nicht tun sollst, oder?» Er legte die Finger um ihr Handgelenk und zog sanft ihren Arm herunter. «Ich mag es, dich anzusehen.» Er tat genau das und schluckte. «Wir könnten herausfinden, dass wir das schlimmstmögliche Paar der Geschichte sind. Aber wenigstens können wir dann sagen, dass wir es versucht haben. Das ist besser, als es nicht zu wissen. Und wir würden beweisen, dass das Drachentrio keine übernatürliche Gottheit ist, was das Kuppeln anbelangt. Ich kann dir keine Hochzeitsglocken oder Babys versprechen. Ich kann dir nicht mal ein Weihnachtsgeschenk in acht Monaten versprechen.» Sein Gesicht kam dem ihren nahe, Aufrichtigkeit in seinen Augen. «Aber ich kann dir vesprechen, dass ich mir die größte Mühe geben werde, dir nicht weh zu tun. Ich werde alles tun, um das zu verhindern.»

Das hier war falsch. Sie waren falsch. In jederlei Hinsicht falsch.

Verflixt, aber es fühlte sich so richtig an. Wie oft hatte sie sich gewünscht, dass ein Mann, irgendein Mann, auch nur eins der Dinge sagte, die gerade aus Jason hervorgesprudelt waren? Ihr in die Augen sah und erklärte, dass er sie begehrte? Endlich mehr tat, als gerade mal ihre Existenz zu bemerken.

Warum, oh, warum nur musste dieser Mann Jason Burkwell sein? Da stand so viel zwischen ihnen. Du lieber Gott, so viel.

«Ja.» Scheibenhonig, schon wieder kam ihr Mund ihrem Gehirn zuvor.

Er richtete sich jäh auf und neigte den Kopf zur Seite. «Ja zu welchem Teil?»

«Zu allem.»

· 11 ·

Jason stand an seinem Herd und starrte konzentriert auf die kleine Pfanne. Zumindest fing es schon mal an, gut hier drin zu riechen. «Okay, was jetzt?»

Von seinem Handy neben ihm auf der Arbeitsplatte erklang die ruhige Stimme seiner Mutter. «Sind sie auf beiden Seiten knusprig?»

«Jep.»

«Gut. Gib die Brüste von der Pfanne in die Auflaufform mit der Pasta, die du schon vorbereitet hast. Leg sie einfach obendrauf.»

Er tat, wie geheißen. «Fertig. Und hör auf, Brüste zu sagen.»

Ein melodisches Lachen. «Löffle etwas Soße auf die panierten *Brüste* und streu den Rest der italienische Käsemischung über die», sie machte eine kurze Pause, «Brüste.»

Lachend schüttelte er den Kopf, während er ihre Anweisungen befolgte. «Irgendwas ist einfach sehr falsch daran, seine Mama Brüste sagen zu hören, selbst wenn sie damit Hühnerbrüste meint.» Er wischte sich die Hände an einem Geschirrtuch ab. «Alles erledigt. Was jetzt?»

«Schieb die Auflaufform für ungefähr zwanzig Minuten bei hundertachtzig Grad in den Ofen. Und das war auch schon alles. Mein Chicken-Parmesan-Rezept in aller Kürze.»

Wohl eher in epischer Länge und Breite, aber was soll's. «Danke, Mama.»

«Jederzeit gern, Baby.» Sie räusperte sich. Entschieden. «Du hast noch nie Abendessen für eine Frau gekocht.»

Für eine Station voller Feuerwehrmänner, ja. Eine Frau? Nein. Was, wie er vermutete, der Grund war, warum sie ihm endlich ihr Rezept anvertraut hatte. «Nope. Hab ich nicht.»

«Sie muss was Besonderes sein.»

Er betrachtete diese Theorie aus jedem Blickwinkel, um angemessen zu antworten. «Ella ist … anders. Aber mach dir keine falschen Hoffnungen. Es ist noch frisch, und ich bin immer noch nicht an etwas Langfristigem interessiert.»

Mama gab einen Laut von sich, der ihn vermuten ließ, dass sie mehr wusste als er. «Wir werden sehen.» Sie seufzte. «Dann lass ich dich mal weitermachen. Viel Spaß bei deinem Date.»

«Ich werd mir Mühe geben.» Aber er bezweifelte, dass es Mühe machen würde. Er war gern mit Ella zusammen, hatte eigentlich immer Spaß mit ihr. Und die Tatsache, dass sie zu ihm nach Hause kam, nahm den Druck raus, in der Öffentlichkeit auftreten zu müssen. «Danke für die Hilfe. Hab dich lieb.»

«Hab dich lieber. Oh, übrigens …»

Er runzelte die Stirn. «Ja?»

«Brüste.» Und damit legte sie prompt auf.

Grinsend verdrehte er die Augen zur Zimmerdecke, dann schaute er auf die Uhr. Ella würde in ungefähr einer Stunde rüberkommen. Gerade genug Zeit, um aufzuräumen, zu duschen und das Essen in den Ofen zu schieben.

Er machte rasch die Küche sauber und ging dann ins Bad. Nachdem er sich abgetrocknet und die Tatsache ignoriert hatte, dass Storm ihn beim Duschen die ganze Zeit über angestarrt hatte, zog er Jeans und ein graues Sweatshirt an. Das Kätzchen folgte ihm zurück in die Küche.

Miau.

«Du hast schon gegessen. Das hier ist für mich und Ella.» Er schob die Auflaufform in den Ofen und musterte dann den kleinen Tisch.

Miau.

«Nein, du kannst nicht mit uns essen. Schau, da ist nur Platz für zwei.» Irgendwie ironisch, diese Tatsache. Er sah das Fellknäuel an, das versuchte, an seinem Bein hochzuklettern. «Auf Dinge zu klettern, auf die du nicht klettern solltest, bringt dich in Schwierigkeiten. Schon vergessen, wie du hier bei mir gelandet bist?»

Miau.

«Okay, es ist gut ausgegangen. Aber darum geht es nicht.» Er bückte sich, hob sie hoch und setzte sie auf seine Schulter, da das in letzter Zeit ihr Lieblingsplatz zu sein schien. «Wo du schon mal da bist, kannst du mir helfen, den Tisch zu decken.»

Er legte zwei Teller aus, Schüsseln, Weingläser und Silberbesteck. In seinem Wohnzimmer war eine Duftkerze, die ihm seine Mutter gekauft hatte, und er fragte sich, ob er sie anzünden sollte. Oder war das zu viel?

«Was denkst du, Storm? Kerze oder keine Kerze?»

Miau.

«Du hast recht. Ist wahrscheinlich eine gute Idee. Von wegen Stimmung und so.»

Miau.

«Sei keine Besserwisserin.» Er trug die Kerze vom Wohnzimmer zum Küchentisch und zündete den Docht an. Auf dem Etikett stand, dass sie nach Berghütte duften sollte. Für ihn roch sie nach Kiefernadeln und Schnee, aber er war ja auch kein Werbeguru. «Ganz okay.»

Miau.

«Freut mich, dass du das auch so siehst. Ich ...» Ein Klopfen erklang an der Tür, zögernd und leise. Er grinste. «Sie ist nervös, wollen wir wetten?»

Miau.

Mit steigender Vorfreude drehte er den Türknauf. Ella stand ein gutes Stück von der Türschwelle entfernt, als wäre sie bereit, beim ersten Anzeichen eines Konflikts wegzurennen. Ihr Haar war offen, sie trug ein rotes Oberteil, das ihr bis zur Mitte der Oberschenkel reichte, schwarze Jeans, die ihre langen Beine betonten, und ein zaghaftes Lächeln, das sagte, dass sie nicht wusste, warum sie gekommen war.

«Hallo, Ella.»

«Hi.» Pause. «Du sagst meinen Namen immer so, als würdest du ein Geheimnis verraten, das die Zivilisation zusammenbrechen lassen könnte.»

Er warf den Kopf zurück und lachte.

Das Kätzchen miaute protestierend.

«Oooooh.» Ella trat zu ihm und streckte die Hand aus, um Storm auf seiner Schulter zu streicheln. «Das ist das Niedlichste, was ich die ganze Woche gesehen habe, und ich arbeite mit einem Haufen Fünfjähriger. Also muss das was heißen.»

«Ich nehme an, du meinst das Fellknäuel und nicht mich.»

Ihre Augen lächelten null Komma drei Sekunden, bevor ihre Lippen nachzogen. «Ja. Nicht dass du nicht auch niedlich wärst. Das bist du. Oder sollte ich sagen attraktiv? Ist das angebrachter? Ich denke nicht, dass Männer es mögen, als süß bezeichnet zu werden.»

Er warf dem Kätzchen einen Blick zu. «Jep, nervös. Hab's dir doch gesagt.»

Miau.

«Tut mir leid.» Ella zog auf so bezaubernde Weise die Nase kraus, dass er beinahe *sie* gestreichelt hätte. «Wenn du mir Essen in den Mund steckst, dann höre ich für eine Weile auf zu reden. Nicht dass du mich füttern musst, meine ich. Das war nur so dahingesagt –»

«Komm rein, Süße. Ja, ich habe vor, dich zu füttern. Nein, du brauchst nicht aufzuhören zu reden. Ich mag Frauen, die eine Unterhaltung führen können.»

Er klappte abrupt seinen Mund zu. Seit wann war ihm Reden lieber als Action? Zugegeben, es wäre schön, mal ein richtiges Gespräch mit einer Frau zu führen, das übers Flirten hinausging, aber es war Ewigkeiten her, seit das vorgekommen war. Und wirklich, Blablabla war nur ein Wegbereiter. Für gewöhnlich. Richtig? Richtig.

Komisch, genau genommen mochte er es, mit Ella zu reden. Sicher, er wollte auch noch andere Dinge tun, viele andere Dinge, aber plaudern war in ihrer Gegenwart keine mühsame Aufgabe, kein Mittel zum Zweck.

Ella ging an ihm vorbei und brachte dabei ihren Keksduft mit sich. Er schlug Berghütte jedenfalls um Längen.

«Riecht gut hier drin.»

Zuerst dachte er, sie meinte die Kerze, bis ihm aufging, dass sie vom Essen sprach. «Hab das Chicken Parmesan meiner Mama gemacht. Es müsste jetzt fertig sein.»

«Lecker.» Sie legte ihre Handtasche auf ein Beistelltischchen. «Brauchst du bei irgendwas Hilfe?»

«Du könntest den Salat mischen, während ich das Essen aus dem Ofen hole.» Er setzte das Kätzchen auf den Fußboden, ging in die Küche und nahm die vorbereitete Schüssel mit Salat aus dem Kühlschrank. «Ranch oder French Dressing?»

«French, bitte.» Sie nahm ihm die Schüssel und das Salatbesteck ab und machte sich auf den Weg zum Tisch.

Er entkorkte den Wein, während er ihr dabei zusah, wie sie Soße in die Schüssel gab und alles vermischte. Er hatte schon Frauen bei sich in der Wohnung gehabt, aber dieses spezielle Szenario hatte etwas Intimes an sich. Vielleicht weil die einzige Mahlzeit, die er hier bisher mit einer Partnerin geteilt hatte, ein schnelles Frühstück am Morgen danach gewesen war. Eine Schale Müsli oder eine Scheibe Toast. Nicht Abendessen kochen oder jemanden in seiner Wohnung haben, der ihm dabei half, besagtes Abendessen zuzubereiten. Es war gemütlich, und er stellte fest, dass es ihm nicht annähernd so zuwider war, wie es sollte.

Nachdem er den Ofen ausgeschaltet hatte, zog er Topfhandschuhe an und holte die Auflaufform heraus, um sie oben auf den Herd zu stellen. Als er sich umdrehte, um einen Untersetzer zu holen, erblickte er den Umschlag mit Geld, den er auf der Arbeitsplatte liegengelassen hatte.

«Hier, bevor ich es vergesse.» Er hielt ihr den Umschlag hin. «Das ist dein Geld von der Auktion.»

Blinzelnd sah sie seine ausgestreckte Hand an, dann ihn, dann wieder den Umschlag. «Ich habe dir doch gesagt, dass ich es nicht will.»

«Ich weiß, aber es fühlt sich für mich trotzdem nicht richtig an. Man hat dich ausgetrickst, und wir sind nie wirklich miteinander ausgegangen.»

Ihre Schultern sanken herab, obwohl ihre Miene keinen Anhaltspunkt lieferte, was sie dachte. Sekunden verstrichen, aber sie nahm das Geld immer noch nicht.

«Das ändert doch nichts an der Spende. Die Wohltätigkeitsorganisation hat bekommen, was ihr zusteht. Bitte?»

Ein Kopfschütteln.

Er ging zum Beistelltisch an der Wohnungstür und steckte den Umschlag in ihre Handtasche. «Da. Erledigt. Keine Widerworte.»

Sie wandte ihm den Rücken zu und füllte etwas Salat in ihre beiden Schalen.

«Mir ist diese Art von Abend ohnehin lieber», sagte er leise, bevor er merkte, dass seine Lippen sich bewegt hatten.

Sie hielt inne, sah ihn jedoch nicht an.

«Für ein Date mit jemandem zu zahlen, würdigt es herab, trotz aller Wohltätigkeit. Und als Teil des Deals vor der ganzen Stadt vorgeführt zu werden, ist noch schlimmer.» Er kratzte sich am Kinn, während er sich fragte, worauf zum Teufel er mit diesem Geständnis hinauswollte. «Du hast etwas Besseres verdient als die Art, wie du zu diesem Auktionsdate genötigt wurdest. Aber wenigstens haben wir uns durch ihre Spielchen kennengelernt.» Scheiße. Sie *war* ansteckend. Als sie stumm blieb, schaltete sein Gehirn ab, und sein Mund füllte die Leere aus. «Hier kann ich sitzen und dich ansehen, mit dir reden, ohne belauscht oder unterbrochen zu werden. Ich habe dich lieber für mich allein.»

Und ... verdammt. Sein innerer Filter hatte sich offensichtlich in dem Moment verabschiedet, in dem sie seine Wohnung betreten hatte. Großartig.

Langsam drehte sie sich zu ihm um. Ihr Blick glitt über seine Züge, als versuche sie, die Wahrheit zwischen seinen Sätzen zu entdecken. Dabei war das alles, was sie finden würde, denn er war anscheinend nicht in der Lage, irgendetwas vor ihr zu verbergen. Er war kein Fan davon zu lügen oder zu täuschen, aber manchmal war es notwendig, einige Dinge auszulassen. Unerlässlich sogar.

Er war so was von geliefert. Komplett und vollkommen.

«Da gibt es etwas, das du über mich wissen solltest, bevor wir mit dem weitermachen, was auch immer wir hier tun.» Sie runzelte die Brauen und senkte den Blick. «Ähm, das könnte alles verändern.»

Als sie ihm wieder in die Augen sah, war ihr Blick so gequält, dass er den Drang unterdrücken musste, die Hand auf den plötzlichen Schmerz in seiner Brust zu pressen. Wenn, was immer sie auch glaubte, sagen zu müssen, auch nur halb so viel Kummer verursachte, wie ihre Miene andeutete, dann war er sicher, dass er es nicht hören wollte.

«Hast du eine tödliche Krankheit, bist verheiratet, oder hast du je mit Parker geschlafen?»

Sie zuckte zusammen. «Äh, nein. Nichts von alledem. Ich –»

«Dann brauchst du es mir heute Abend nicht zu sagen. Warum warten wir mit dem heftigen Zeug nicht bis später?»

Das Nagen an ihrer Unterlippe und ihr zur Seite geneigter Kopf deuteten an, dass sie über seine Idee nachdachte, sie ihr aber nicht gefiel. «Ich würde mich besser fühlen, wenn du es wüsstest.»

«Dann sag es mir, aber ein andermal. Abgemacht?»

Ohne sie antworten zu lassen, nahm er die Teller vom Tisch hinter ihr, verteilte das Hühnchen und die Pasta darauf und trug sie zurück. Er schenkte den Wein ein und zog einladend ihren Stuhl heraus.

Sie räusperte sich und nickte, dann nahm sie Platz. «Wenn du dir sicher bist.»

«Bin ich.» Er setzte sich ihr gegenüber und begann, sich über sein Hähnchen herzumachen. «Ich habe eine Frage. Du bist in

Redwood aufgewachsen, bevor deine Eltern starben, richtig? Wie kommt es, dass ich mich aus der Schule nicht an dich erinnere?» Sie war eine ziemlich einprägsame Person, wenn man ihn fragte.

Sie hörte auf zu kauen und tupfte sich den Mund ab, was ihn dazu brachte, sich zu wünschen, er wäre diese Serviette. «Wir wohnten am nördlichen Ende von Redwood, in der Gegend, die an Oakcrest grenzt. Technisch gesehen waren wir innerhalb der Stadtgrenze von Redwood, aber im Schulsystem von Oakcrest. Außerdem war ich ein Jahr unter dir.»

«Verstehe. Kein Wunder.» Er aß einen weiteren Bissen, während er über seine nächste Frage nachdachte und darüber, ob er damit eine Grenze überschritt. Aber er machte sich Sorgen, seit sie darüber gesprochen hatte. «Du hast erwähnt, dass du bei deiner Tante und deinem Onkel gewohnt hast. Waren sie ...», er verstummte kurz, um seine Worte sorgsam zu wählen, «... waren sie gut zu dir?»

«Meine Güte, ja.» Sie nippte von ihrem Wein. «Tante Yona und Onkel Luis sind wunderbar. Sie haben sich nur ein Jahr vor meinen Eltern kennengelernt, und die vier hatten sogar eine Doppelhochzeit. Mom und Tante Yona waren Zwillinge. Meine Cousine Gerta ist nur ein paar Monate älter als ich. Wir sind eher wie Schwestern. Sie ist meine beste Freundin. Nach Moms und Dads Tod waren die drei eine unglaubliche Stütze.»

Er lächelte, mehr als nur ein bisschen erleichtert. Wenn seine Mama nicht wäre, dann wüsste er nicht, wie er den Verlust seines Vaters überwunden hätte. Aber beide Elternteile zu verlieren? Das konnte er sich gar nicht vorstellen. Wenigstens hatte ihre Familie ihr so viel Liebe und ein so normales Leben wie möglich gegeben.

«Yona. Ungewöhnlicher Name.» Er schaufelte eine große Portion Pasta auf seine Gabel. «Was für eine Nationalität ist das?»

«Cherokee. Großvater war nordeuropäischer Abstammung, aber Großmutter war amerikanische Ureinwohnerin. Sie sind beide schon vor langer Zeit gestorben. Und das nur wenige Tage nacheinander. Tante Yona sagt, er konnte nicht ohne sie leben und wollte ihr folgen, also tat er es.» Sie zog die Nase kraus. Wieder, und immer noch bezaubernd. «Tut mir leid. Unsere Familie ist ein Haufen Romantiker. Jedenfalls, mein Vater war zum Teil hispanisch. Daher meine Haut- und Haarfarbe. Sein Vater war Mexikaner und seine Mutter hellhäutig. Sie starben leider beide, bevor ich geboren wurde.»

Gott. Also war alles, was sie noch hatte, eine Handvoll Familienmitglieder? Er hatte auch keine riesige Familie, aber die Familientreffen waren immer lebhaft.

«Ich habe mir Gedanken über deine Abstammung gemacht, als wir uns zum ersten Mal begegnet sind.» Er zwinkerte ihr zu. «Herrliche Haare und Teint.» Mit seinem Essen fertig, legte er das Besteck weg. Sie war mit ihrem immer noch beschäftigt. «Die Familie meines Vaters war überwiegend englisch mit einer Prise schottisch. Die von Mama ist skandinavisch und deutsch. Daher meine Haut- und Haarfarbe», fügte er ihren Satz nachahmend hinzu.

Sie lächelte mit warmem Blick. «Du nennst sie Mama statt Mom. Das ist süß.»

«Nun ja, sie ist im Grunde ihres Herzens eine echte Südstaatlerin.» Plötzlich verlegen kratzte er sich am Hinterkopf. Ausgerechnet. Er, verlegen? «Sie ist phantastisch. Ich weiß nicht, wie sie es mit mir als Kind ausgehalten hat. Ich hatte haufenweise Energie, keinerlei Plan und hab ständig Mist angestellt.»

«Weil sie dich liebt. Das ist offensichtlich. Und wie mir scheint, hat sie ihre Sache toll gemacht.» Sie musste irgendetwas in seiner Miene gelesen haben, denn sie setzte sich plötzlich aufrechter, ihre Augen weiteten sich, und ihr hübscher Mund begann mit seinem Schnellfeuer. «Ich meine, ich wette, es war schwer, Mom *und* Dad zugleich zu sein. Und das, während sie selbst trauerte. Ich bin sicher, es war schrecklich hart für dich, ihn so jung zu verlieren, und sie verstand das wahrscheinlich besser als die meisten Leute. Es braucht eine Menge Kraft, weiterzumachen und nicht zusammenzubrechen. Also, äh. Ja. Sie liebt dich offensichtlich und hat ihre Sache toll gemacht.»

Während sie einen kräftigen Schluck Wein trank und überall hinsah, nur nicht zu ihm, als wäre sie entsetzt über ihren Redeschwall, musste er seine Gefühle niederringen, um wieder halbwegs normal atmen zu können.

Sein ganzes Leben lang hatten die Leute Plattitüden von sich gegeben und sein Verhalten entschuldigt. *Der arme Junge hat seinen Dad verloren. Es ist tragisch. Kein Wunder, dass er sich so benimmt.* Aber, zumindest soweit er wusste, nicht viele hatten gewürdigt, was seine Mutter durchgemacht hatte und wie schwer es gewesen war. In der Theorie, ja. Von außen betrachtet. Dennoch hatten sie nicht gehört, wie sie jede Nacht hinter ihrer geschlossenen Schlafzimmertür geweint hatte. Sie hatten nicht gesehen, wie sie unzählige Male den Tisch automatisch für drei gedeckt, bevor sie sich daran erinnert hatte, dass nur zwei Gedecke nötig waren. Sie hatten nicht zusehen müssen, wie sie gedankenverloren vor dem Foto auf dem Kaminsims stand, weil das der einzige flüchtige Blick war, den sie noch auf ihren Mann bekam.

Sie war ein starker Fels in der Brandung gewesen. Das war

sie immer noch, während Jason durchgedreht war. Auf gewisse Weise hatte er sich nie wieder gefangen. Dreißig Jahre alt, und er konnte kaum länger als dreißig Minuten untätig dasitzen, ohne dass der Drang, sich zu bewegen, seine Krallen in ihn schlug. Durch all das hindurch hatte Mama ihn ermutigt, umarmt, gelächelt. War zu jedem Baseballspiel gekommen und hatte gelernt, wie man Videospiele spielte. Hatte aufgeschürfte Knie bessergeküsst oder ihm das Autofahren beigebracht. Sie hatte alles in ihrer Macht Stehende getan, um die plötzliche klaffende Lücke zu füllen, wo sein Vater einst gewesen war.

Und Ella, diese bezaubernde Frau, die ihm gegenübersaß und die er kaum kannte, die weder seine Familie kennengelernt noch eigene Kinder hatte, hatte es irgendwie geschafft, das Gesamtbild zu sehen, das tieferliegende Problem, auf einer Ebene, an die zu rühren niemand sonst gewagt hatte. Sie hatte mit seiner Mom mitgefühlt, den Verlust verstanden und mit einfachen, eleganten Worten beschrieben, was andere für selbstverständlich nahmen.

Er schluckte, eine schwierige Aufgabe in Anbetracht des Felsbrockens in seiner Kehle, und sah sie an. Ihr waren ebenfalls die Eltern genommen worden. Nicht nur ein Elternteil, sondern beide. Vielleicht war das die Antwort auf diese Verbundenheit, die er zu ihr spürte, die Antwort, nach der er gesucht hatte, jedoch nicht hatte finden können. Das Gefühl, das er jedes Mal bekam, wenn sie in der Nähe war oder wenn sie ihm in den Sinn kam.

Verlust, der Verlust erkannte.

Schmerz, der Schmerz sah.

Leere, die mit Leere vertraut war.

«Ich war egoistisch», murmelte er, als ihm das Ausmaß dieser Wahrheit bewusstwurde.

«Nein.» Mit besorgt gerunzelter Stirn schüttelte sie den Kopf. «Das war es nicht, was ich gemeint habe.»

«Ich weiß, aber ich *war* egoistisch.» Er fuhr sich mit der Hand übers Gesicht. «Sie hat immer meinen Bedürfnissen Vorrang gegeben.»

«Das machen Mütter so. Die guten jedenfalls. Du warst noch ein kleiner Junge.»

«Das entschuldigt nicht mein Verhalten als Erwachsener.» Er sah ihr in die Augen, und das Verständnis und Mitgefühl in ihren schmerzte. «Ja, ich mähe ihr den Rasen und wechsle Glühbirnen für sie aus. Ja, ich rufe sie jeden Tag an. Ja, meine Welt dreht sich um sie. Sie ist der wichtigste Mensch in meinem Leben. Aber ich bin immer noch nicht zur Ruhe gekommen oder erwachsen geworden. Nicht im wahren Sinn, nicht so, wie sie es sich wünscht.» Und die traurige Tatsache war, dass er nicht glaubte, dass sich das in absehbarer Zeit ändern würde.

«Selbst wenn das so ist, sie liebt dich, wie du bist. Wenn sie sich etwas anderes wünscht, dann nur, damit du glücklich bist, nicht um deine Persönlichkeit zu ändern.» Sie stützte den Ellbogen auf den Tisch und ihr Kinn in die Hand. «Ist das der Grund, warum du nicht datest? Weil du noch nicht zur Ruhe gekommen bist oder dich nicht als Erwachsenen siehst?»

«Ich habe Dates. Ich bin sogar ein Serien-Dater. Feste Bindungen sind es, die ich meide.»

«Ja, aber warum? Ich verurteile dich nicht, ich würde es einfach nur gern wissen.»

Sie verdiente eine Antwort auf diese Frage. Weil sie in seiner Wohnung saß, nachdem sie eine Mahlzeit gegessen hatte, die er für sie gekocht hatte, und weil er ihr wegen ebendiesem Date hinterhergelaufen war, obwohl er ihr und sich gesagt hatte, dass das eine sehr schlechte Idee war. Das Problem war, er wusste nicht, was der ganze Grund war oder ob er einen teilweisen Grund richtig erklären konnte.

«Zum einen kann meine Arbeit gefährlich sein. Zugegeben, das hier ist eine kleine Stadt, und große Katastrophen sind unwahrscheinlich, aber mein Dad ist bei genau diesem Job ums Leben gekommen, was beweist, dass alles passieren kann. Ich würde einen hypothetischen Menschen, den ich liebe, nicht dasselbe durchmachen lassen wollen.»

Ihre Augenbrauen schnellten hoch, aber sie schweig.

«Was?»

Sie zuckte mit den Schultern. «Sollte das Risiko, dich zu lieben, nicht dieser hypothetischen Frau überlassen bleiben?»

«Nicht wenn ich es verhindern kann. Es gibt kein Risiko, wenn ich gar nicht erst zulasse, dass überhaupt etwas anfängt.»

Ein halbes Lächeln spielte um einen ihrer Mundwinkel. «Kein Risiko, keine Belohnung.»

Damit hatte sie ihn erwischt. Er sah sie gespielt böse mit schmalen Augen an, was ihm ein ganzes Lächeln einbrachte.

«Lass es mich so ausdrücken.» Sie schob ihren Teller beiseite und stützte beide Arme auf den Tisch. «Im Leben gibt es keine Garantie. Wenn jemand das versteht, dann wir. Ich mag zwar einen Beruf haben, den man als sicher betrachten würde, aber ich könnte von einem Auto überfahren werden oder unheilbar an Krebs erkranken oder im Klassenzimmer in einer Pfütze ausrutschen und mir den Schädel aufschlagen. Für mich ist das kein Grund, die guten Dinge links liegenzulassen, wenn sie sich bieten.»

«Genau deshalb gehe ich bei allem aufs Ganze. Ich gehe Abenteuer ein und habe so viel Spaß wie möglich.»

«Außer in der Liebe.»

«So weit lasse ich es nicht kommen.»

Sie zeigte auf ihn, als habe er ihr Argument bewiesen. «Ganz genau. Verstehst du denn nicht? Du gehst nicht aufs Ganze, du gehst auf Nummer sicher. Liebe ist das ultimative Abenteuer, das größte Risiko. Da gibt es keine Garantie oder ein Sicherheitsnetz. Man springt einfach.»

«Springen, hm?» Verdammt, war sie umwerfend, wenn sie so aufgebracht war. Ob mit einer Debatte oder mit einem Scherz oder mit einem ihrer Plapperanfälle, sie brachte sein Blut in Wallung, bis es kochte. Er nahm an, sie war nicht bei vielen Leuten so, und das steigerte sein Verlangen nur noch. «Warst du je verliebt, Ella?»

«Nein.»

Ha. Jetzt hatte er sie. «Dann gehst du auch auf Nummer sicher.»

«Der Unterschied ist, ich würde nicht vor der Liebe zurückschrecken, wenn sie mir über den Weg stolpern sollte.»

Mist. Cleveres Ding. Allerdings ... «Warum ist dir die Liebe noch nicht ‹über den Weg gestolpert›, wie du es ausgedrückt hast?» Was genau stimmte nicht mit den Kerlen, mit denen sie ausgegangen war? Wenn er ein anderer Mann wäre, dann würde er sich auf sie stürzen.

Ein weiteres Schulterzucken. «An mich muss man sich erst gewöhnen, schätze ich. Hab den Richtigen noch nicht getroffen.» Sie musterte ihn, und der Humor wich aus ihren Augen. «Ich kann zwar nicht für deine Mom sprechen, aber ich wette, wenn du sie fragst, dann würde sie alles noch mal machen. Selbst wenn sie wüsste, wie es ausgeht, dass dein Dad vor seiner Zeit sterben wird, würde sie sich trotzdem dafür entscheiden, ihn zu lieben.» Sie stieß einen leisen Atemzug aus und wandte den Blick ab.

«Wahrscheinlich würde sie das.» Er räusperte sich und ignorierte das Stechen in seiner Brust. «Der Schmerz könnte es wert sein. Keine Ahnung.» Er würde ihn lieber vermeiden, wenn es nach ihm ginge. «Aber sie hat sich nie wieder verabredet. So dumm das auch klingt: Wenn sie nach meinem Dad einen anderen kennengelernt hätte, wenn sie bewiesen hätte, dass das Leben weitergeht und sie ein zweites Mal die Liebe finden kann, dann wäre ich vielleicht offener für die Vorstellung.»

Er starrte auf einen Fleck an der Wand über ihrer Schulter. Interessant, dass er diese Dinge bisher nicht miteinander verknüpft hatte, seine Mama und sich wieder verabreden. Er hatte noch nie bewusst darüber nachgedacht. Die Tatsache blieb, dass sie den Tod seines Dads nicht wirklich überwunden hatte. Sie hatte sich nicht in Trauer eingegraben oder war durch den Verlust erstarrt, aber sie hatte dieses Gefühl auch nicht wieder gesucht. Was bewies, dass seine Entscheidung, es vollkommen zu meiden, eine gute war.

Ella gab ein nachdenkliches Summen von sich. «Ich glaube, manche Leute haben nur einen einzigen Menschen. Einen Seelenverwandten oder wie auch immer man das nennen mag. Andere haben mehrere.» Ihr Blick huschte zu ihm, und das Schuldgefühl in ihren Zügen warf ihn beinahe vom Stuhl. «Vielleicht fielen deine Eltern in die erste Kategorie. Wie dem auch sei, ich glaube nicht, dass man die Liebe deswegen bereut. Wenn sie die Wahl hätten, dann wette ich, sie würden es wieder tun, trotz der Art, wie es endete.» Sie riss ihren Blick von ihm los, als schmerze es, ihn anzusehen. «Aber du kannst dein Leben leben, wie auch immer du willst. Das ist nur meine Meinung.»

Er nickte langsam. Das war alles, wozu er in der Lage zu sein schien. Sie hatte diese unheimliche Art und Weise, ihm Dinge zu entlocken, über die er mit keiner anderen Menschenseele sprach. Sich selbst eingeschlossen. Ausweichen war sein zweiter Vorname. Vermeiden. Sich ablenken, wann immer es möglich war. Er wusste, dass das ein Schutzmechanismus war, den er sich zunutze machte.

Also warum hatte er dann nicht das Bedürfnis, sich Augen und Ohren auszureißen oder ins nächste Flugzeug zu springen, um die Ernsthaftigkeit dieses Moments durch Fallschirmspringen aus sich auszutreiben?

Nein. Hier saß er, in die Schatten der Vergangenheit gehüllt, die er zu ignorieren versuchte, seit er acht war, und führte freiwillig eine Diskussion mit einer Frau, vor der er nicht langsam, sondern so schnell wie möglich davonlaufen sollte, weil sie ebendiese Schatten enthüllt hatte.

Einen Scheinwerfer auf sie gerichtet hatte.

Sie sogar vernünftig erklärt hatte.

Ihre Natur verstand und ihnen trotzte.

«So viel dazu, uns das heftige Zeug für später aufzuheben.»

Jäh richtete er seine Aufmerksamkeit wieder auf sie.

Sie lächelte, ein bisschen traurig und sehr mitfühlend. «Wir könnten über Politik oder Religion diskutieren, um die Stimmung aufzuheitern.»

Und heilige Mutter Gottes. Sie hatte obendrein noch Sinn für Humor.

· 12 ·

Ella schob die Blumenvase auf ihrem Küchentisch zwei Zentimeter nach links, schüttelte den Kopf und schob sie wieder zurück. Der Tisch war perfekt gedeckt. Ihre hübschen weißen Teller und blauen Stoffservietten harmonierten mit den elfenbeinfarbenen Lilien. Sie musste damit aufhören, sich wie ein nervöses Wrack zu benehmen.

Sie war seit ihrem ersten ‹Date› diese Woche schon an ein paar Abenden nach der Arbeit bei Jason zum Abendessen gewesen, aber das hier war das erste Mal, dass er in ihre Wohnung kommen würde. Sie hatten sich wirklich gut unterhalten und viel gelacht, sogar ein paar tiefgründige Themen angeschnitten. Es gab nichts, weswegen sie nervös sein müsste. Zum Kuckuck, er hatte noch nicht mal versucht, sie zu küssen, seit jenem Abend, an dem er sie im Park gefunden hatte.

Was wahrscheinlich bedeutete, dass er nur mit ihr befreundet sein wollte. Zugegeben, sie war enttäuscht. Er hatte recht gehabt mit der knisternden Chemie, die sie miteinander hatten. Dennoch hing da immer noch ihr Geheimnis zwischen ihnen. Oft hatte sie versucht, es zur Sprache zu bringen, ihre Schuldgefühle zu erleichtern, aber er hatte stets gesagt, nein, sie sollte es ihm ein andermal sagen. Es fühlte sich nicht richtig an, dass er es nicht wusste. Es war möglich, dass er sie hassen würde, wenn er die Wahrheit erfuhr. Sie sollte etwas tun. Wenigstens mit Gerta darüber reden, um zu sehen, welchen Rat ihre Cousine anzubieten hatte.

Aber nicht jetzt. Jason würde jede Minute hier sein.

Ein Blick zu dem Tischchen neben ihrer Tür, und sie lächelte. Der Umschlag mit Geld, den er versucht hatte, ihr zu geben, lag neben ihrer Handtasche. Nachdem sie das Chicken Parmesan bei ihm gegessen hatten, war sie ins Bad gegangen und hatte das Geld auf seinen Waschtisch gelegt. Zwei Abende später war es wieder in ihrer Handtasche gelandet. Das war zu einer schrägen Art Spiel zwischen ihnen geworden, darum, wer den Umschlag am Ende haben würde.

Tief Luft holend, schloss sie die Augen. Sie trug schwarze Leggins und ein weites weißes Oberteil. Das Essen stand in einer Pfanne auf ihrem Herd. Der Tisch war gedeckt, das Bad geputzt, die Möbel abgestaubt und ihr Holzfußboden gewischt. Alles war okay. Sie war okay.

Bis ein festes Klopfen an ihrer Tür ihren Puls auf Hochtouren brachte. Verflixt, er machte sie manchmal so nervös. Auf gute Weise. Flattern und freudiges Schwindelgefühl.

Sie räusperte sich und öffnete die Tür. «Hi.»

Ach, war er gutaussehend. Eines Tages würde sie sich vielleicht daran gewöhnen, aber das schien unwahrscheinlich. Er sah phantastisch aus in einer abgetragenen Jeans und einem grünen T-Shirt, das die moosgrünen Flecken in seinen Augen hervorhob. Einen Tag alte Bartstoppeln übersäten seinen Kiefer, und sein dunkelblondes Haar war lang genug, um seine Augenbrauen zu streifen.

«Komm rein.»

«Hallo, Ella.» Die Hände in den Hosentaschen ging er an ihr vorbei. Sein Bizeps wölbte sich in dieser Haltung, und sie unterdrückte ein Stöhnen. «Riecht gut. Was gibt es?»

«Gemüsepfanne mit Reis und Rinderstreifen. Hast du Hunger? Wir könnten schon essen. Ansonsten hält es sich auch noch eine Weile. Wir könnten uns ein bisschen unterhalten, bis du hungrig bist, oder fernsehen oder –»

«Immer noch nervös, Süße?» Er grinste. Mit diesem Grinsen könnte er Gebäude um ihn herum einstürzen lassen. «Nach all der Zeit, die wir zusammen rumgehangen haben?»

Rumgehangen. Nicht gedated.

Verflixt, das sollte nicht weh tun.

«Ja, nun. Ich kann nicht anders. Das vergeht nach ein paar Minuten, da bin ich sicher. Wenigstens war das bisher so. Ich muss mich einfach erst mal eingewöhnen, nehme ich an. Anpassen oder was auch immer. Akklimatisieren? Das ist eine bessere Bezeichnung. Akklimatisieren, um –»

Er schlang einen Arm um ihren Rücken, riss sie an sich und drückte seine Lippen auf ihre. Ein fester, unnachgiebiger Kuss. Einfach so. Zack. Geplapper Ende. Abgang links. Vorhang.

Langsam zog er sich zurück, nur um auch den anderen Arm um sie zu legen und sie dann noch enger an sich zu ziehen. Ihre Brüste prallten gegen die harte Mauer seiner Brust, und ihr blieb die Luft weg. Er neigte den Kopf, versiegelte erneut ihren Mund mit seinem, fester, sanfter, und stöhnte auf. Der tiefe Ton vibrierte von seinen Rippen zu ihren.

«Das wollte ich schon die ganze Woche lang machen», murmelte er an ihren Lippen. «Hab versucht, es langsam angehen zu lassen und es nicht zu überstürzen, aber du riechst so gut.» Noch ein Kuss. «Und schmeckst gut.» Stöhnen. «Und fühlst dich gut an.»

Er teilte ihre Lippen mit seinen, ließ seine Zunge hineingleiten und streichelte die ihre. Lange, träge Berührungen, neckend und forschend, bei denen sich ihr die Härchen im Nacken aufrichteten und die Faust in ihrem Bauch ihren Griff lockerte. Hitze trat an die Stelle der Anspannung und breitete sich lodernd in jede Richtung aus. Sie folgte seiner Führung und tat es ihm gleich, durch die Nase atmend, um nicht ohnmächtig zu werden. Ihre Beine zitterten. Ihr Körper bebte.

«Ich hab dich», sagte er leise lockend.

Finger streiften ihre Schläfe und woben sich in ihr Haar, um ihren Kopf zu halten. Zärtlich. Liebevoll.

Sie öffnete die Augen, benommen, da der Rand ihres Sehfelds grau wurde, nur um festzustellen, dass er direkt vor ihr war. Während sie Sauerstoff miteinander teilten, hielt er sie einfach nur, sah sie durch den dichten Fächer seiner Wimpern an. Zuneigung und Interesse wärmten seinen Blick, je länger sie reglos so dastanden.

Sie räusperte sich. «Habe ich ... etwas falsch gemacht?» Weil er mit den umwerfenden Küssen aufgehört hatte. Und dann nichts gesagt hatte. Sie hatte nicht viel Erfahrung, was Intimität betraf. Vielleicht hatte ihm nicht gefallen, wie sie küsste.

Seine Brauen runzelten sich. «Nein. Warum denkst du das?»

«Du hast aufgehört.»

Einer seiner Mundwinkel hob sich. Der andere folgte null Komma drei Sekunden später. «Erstens hast du gezittert. Zweitens, wenn wir so weitermachen würden, kämen wir vielleicht nicht zum Essensteil des Abends. Drittens, nimm nie an, du hättest etwas falsch gemacht. Das war sehr, sehr richtig. Und viertens brauchte ich einen Moment, um wieder einen klaren Kopf zu bekommen. Du verwirrst mich wie verrückt, und ich frage mich, wie ich auf diese Tatsache reagieren soll.»

«Oh.» Na dann. Was sollte sie darauf sagen? Das war süß und

... Zum Kuckuck, *er* war verwirrt? Da konnte er sich hinter ihr anstellen. «Irgendetwas, das ich tun kann, um zu helfen?»

«Das bezweifle ich.»

«Äh, hmm. Inwiefern verwirre ich dich?»

«Ganz ehrlich?» Er seufzte. «Ich sollte inzwischen eigentlich gelangweilt sein. So viel Zeit habe ich bisher noch mit niemandem verbracht. Zu diesem Zeitpunkt bin ich normalerweise bereit weiterzuziehen.»

Bedeutete das, sie war langweilig, oder das Gegenteil?

«Das lässt mich wie ein Arschloch klingen. Manchmal kann ich eines sein. Aber die Wahrheit ist nun mal die Wahrheit. Ich bin keiner, der bleibt. Zugegeben, wir haben noch nicht miteinander geschlafen, und meine Gefühle könnten sich ändern, sobald wir das tun, aber im Moment will ich nicht damit aufhören, dich zu sehen. Also jep. Ich bin verwirrt.»

Sie drehte und wendete seine Aussage im Geiste, um sie zu sezieren, doch ihr Mund war schneller. «Du willst mit mir schlafen?»

Grinsen. «Ich dachte, so viel wär offensichtlich.»

«Und dann wäre das mit uns vorbei, weil ich langweilig werden würde?»

Sein Lächeln erstarb. «Du bist nicht, noch wirst du jemals langweilig sein. Ich will damit sagen, wenn und falls wir an den Punkt von Sex kommen, dann ist es wahrscheinlich, dass mein Verhaltensmuster, flüchten zu wollen, zurückkehrt. Ich sage dir das nicht, um dich zu verletzen, sondern damit du es verstehst. Was auch immer passiert oder nicht passiert, nichts davon ist deine Schuld. Ich denke, ich wurde ohne die Fähigkeit geboren, eine romantische Bindung einzugehen.»

Niemand, der sie so behandelte, mit ihr sprach oder berührte wie er, konnte irgendwie nicht in Ordnung sein. Sie nahm an, dass er einfach noch nicht die Richtige getroffen hatte oder nicht bereit war, sie zu akzeptieren, falls er es hatte.

«Lass mich dich etwas fragen.» Er schaute auf sie hinunter, und sein Blick sprang zwischen ihren Augen hin und her. «Fühlst du dich zu mir hingezogen?»

Machte er Witze? «Ja.»

«Möchtest du, dass ich dich weiterküsse? Dass das hier weitergeht?»

«Ja.»

Er schenkte ihr ein kaum merkliches Nicken. «Du bist nicht auf mich zugekommen oder hast Körperkontakt gesucht. Deshalb frage ich. Sogar jetzt berührst du mich nicht.»

Sie schaute hinunter und bemerkte, dass ihre Arme an den Seiten hingen und seine immer noch um sie lagen. Das hatte sie gar nicht bemerkt. «Ich, äh ...» Verflixt. «Ich weiß nie, was ich mit meinen Händen anstellen soll. Was oder wie oder wann ich den Mann berühren soll, schätze ich. Wird es ihm gefallen oder ihn abschrecken? Mache ich es falsch? Ich habe nicht viel Erfahrung, was diese Sache betrifft, und –»

«Welche Sache?»

«Dating. Sex.» Herrjemine, sie erklärte das nicht besonders gut. «Ich –»

«Über wie viel Erfahrung reden wir?»

«Was?»

Sein Kopf neigte sich kaum merklich schief. «Du hast gesagt, dass du nicht viel Erfahrung hast. Wie viel?»

«Na ja, fast gar keine. Ein paar Freunde in der Highschool, die mich geküsst haben. Sex hatte ich ein Mal auf dem College. Ein paar Dates seitdem, die zu nichts geführt haben.»

«Moment mal.» Er trat von ihr fort, als wäre sie ansteckend, und warf die Hände hoch. «Willst du mir damit sagen, dass du bisher nur mit einem einzigen Mann zusammen warst?»

«Ja.» Und er hatte behauptet, sie wäre nicht langweilig. Ha. Da bewies sie ihm wohl gerade das Gegenteil. Und aus irgendeinem unbekannten Grund schien ihm ihre fehlende Erfahrung Angst zu machen. Was verrückt war. Sie musste ihn falsch deuten.

Seine Augen weiteten sich. Er ließ die Arme so fallen, dass seine Hände gegen seine Oberschenkel klatschten. Ein langes Ausatmen folgte. «Also gut. Okay. Wow.» Den Blick zum Himmel gerichtet, rieb er sich den Nacken. «Ich denke, vielleicht sollten wir doch essen. Das hier erfordert eine Diskussion.»

Sie hätte gedacht, ihr mangelnder Erfahrungsschatz hieß, dass es nichts zu diskutieren gab. Sie hatte schließlich nichts zu erzählen. Trotzdem ging sie um ihn herum und in die Küche. Sie verteilte Reis auf den Tellern, gab Fleisch und Gemüse darüber und stellte die Teller wieder auf den Tisch.

Er stand immer noch an derselben Stelle, an der sie ihn zurückgelassen hatte, die Augen zur Zimmerdecke gerichtet und einen ungläubigen Ausdruck auf dem Gesicht.

«Essen ist fertig.»

Er zuckte nicht mal, und ihr Magen sank wie ein Stein.

«Willst du es für heute gut sein lassen? Nach Hause gehen?»

Nichts.

Sie kaute auf ihrer Unterlippe, während Säure an ihren Magenwänden fraß. «Jason?»

Stumm und steif schritt er zum Tisch, setzte sich und platzierte seine Serviette auf seinem Schoß.

Unsicher tat sie dasselbe.

«Deine Wohnung ist übrigens hübsch.» Den Blick ausschließlich auf seinen Teller gerichtet, kaute und schluckte er. «Das schmeckt wirklich gut.»

Verflixt. Sie fühlte sich völlig ahnungslos, was sie tun sollte. «Danke und … danke?»

«Die Zuckerschoten sind superknackig. So mag ich sie besonders gern. Und diese kleinen Maiskolbendinger? Ich weiß nie, wie ich die nennen soll. Die sind –» Mit einem Klappern, das wie ein Peitschenschlag von den Wänden widerhallte, ließ er die Gabel auf den Teller fallen. «Okay. Es tut mir leid. Du wirst mir verzeihen müssen, aber ich kapiere es einfach nicht. Wie kann es sein, dass du erst einen einzigen Liebhaber hattest?»

«Ich hab dir doch schon gesagt, ich bin sozial sehr unbeholfen. Ich plappere, wenn ich nervös bin. Es hat nicht viele Gelegenheiten gegeben, ich neige nicht dazu, viele Männer anzuziehen.»

Die Fäuste auf dem Tisch starrte er sie an, als habe sie eine trigonometrische Gleichung auf Russisch gesagt. «Was?»

Zitternd legte sie ihr Besteck beiseite. Es war ja nicht so, als würde sie es noch brauchen, da es sowieso kein Bissen durch ihre zusammengepresste Speiseröhre schaffen würde. «Die meisten Männer finden mich nicht anziehend.» Oder sahen sie überhaupt. «Die Gelegenheit bietet sich nicht, weil ich nicht oft rauskomme. Was an der Sozialphobie liegt, weil ich unbeholfen bin und –»

«Nein, nein. Ich habe dich laut und deutlich gehört.» Er spreizte die Finger, die Hände flach neben seinem Teller. «Mein *Was* war rhetorisch.» Er starrte sie an. Und starrte. Und starrte noch mehr. «Ich weiß gar nicht, wo ich anfangen soll.»

Junge, war dieser Abend schnell den Bach runtergegangen. «Ich –»

«Du bist nicht unbeholfen. Du bist hinreißend. Von deinem Geplapper über die Art und Weise, wie du deine Nase krausziehst, bis zu den süßen Nachrichten, die du im Namen meiner Katze schreibst. All das und noch so viel mehr ist absolut hinreißend. Jeder Kerl, der nicht über ein paar verschachtelte Sätze hinweghören kann, um dir tatsächlich zuzuhören, ist ein Volltrottel. Weil sich das Zuhören lohnt. Du bist ein offenes Buch und unverhohlen und echt. Eine Seltenheit heutzutage. Und was den Teil mit ‹nicht anziehend› betrifft? Wem muss ich dafür in den Arsch treten? Wir sind hier, weil alles mit Anziehung angefangen hat. Ich fühle mich von dir angezogen. Du bist äußerst anziehend. Punkt.» Mit bebenden Nasenflügeln holte er Atem. «Nein, mach da ein Ausrufezeichen draus.»

Scheibenhonigbrötchen. Er hatte gerade … Hatte er …?

Keiner hatte je solche netten Dinge zu ihr gesagt. Noch nie. Abgesehen von ihrer Familie, aber die zählte nicht. Familie war Familie. Sie waren dazu verpflichtet, ihr Selbstbewusstsein zu stärken und sie zu unterstützen. Von dem verärgerten, gereizten Tonfall mal abgesehen war das hier die überraschendste, herrlichste, heiliger-bimbamigste Demonstration von Zuneigung, die sie je gehört hatte. Und er hatte das *über sie* gesagt.

Unfähig, sich zu bewegen, rang sie nach Sauerstoff und betete, dass sie deswegen nicht feuerrot wurde oder keuchte. Ihr Herz schlug Purzelbäume hinter ihren Rippen und trat dabei gegen ihre Lunge. Sie starrte ihn an, seine zusammengezogenen Brauen und den entschlossenen Blick und die vor Verärgerung zusammengepressten Lippen, und zerschmolz auf ihrem Stuhl beinahe zu einer klebrigen Pfütze.

«Ich bin Frauen mit mehr Erfahrung gewohnt.» Seine Züge entspannten sich, Stück für Stück, bis sich seine seltene ernste Seite zeigte. «Frauen flirten mich an. Ich leiste auch meinen Anteil, aber ich bin es gewohnt, mit jemandem zusammen zu sein, der Erfahrung hat. Daher meine Überraschung, obwohl ... Du hast das nicht getan, mich berührt oder angeflirtet. Du hast nichts unternommen, außer in Reaktion auf mein Handeln.»

Zum zweiten Mal in zwanzig Minuten bekam sie den Eindruck, dass ihm das Angst machte. Einmal könnte sie ignorieren. Zweimal war ein Muster, eine instinktive Reaktion. Er hatte wahrscheinlich nicht genug Finger und Zehen, um die Frauen zu zählen, mit denen er geschlafen hatte. Warum um alles in der Welt sollte jemand wie sie Angst in ihm wecken?

«Warum verängstigt dich das?» Wenn überhaupt sollte sie von ihm eingeschüchtert sein. Genau genommen war sie das auch, wenn sie nicht zusammen waren. In seiner Gegenwart jedoch, sobald sie anfingen zu reden, war es leicht, mit ihm zusammen zu sein.

«Weil du der Typ Frau bist, den ich meiden sollte. Ich habe dir von Anfang an widersprüchliche Signale gesendet, weil mein Kopf gegen meinen Körper gekämpft hat.» Er schloss kurz die Augen. Als er sie wieder öffnete, kehrte sein Blick zu seinem Teller zurück. «Meine Partnerinnen wussten Bescheid. Du und ich mögen darüber gesprochen haben, aber miteinander intim zu werden, verändert die Dinge. Gefühle geraten ins Spiel. Besonders wenn du noch keine anderen Erfahrungen als Basis hast.»

«Machst du dir Sorgen, ich könnte mehr verlangen? Dass ich nicht damit umgehen kann, was als Nächstes kommt?»

«Ich mache mir Sorgen, dass ich dich verletzen werde.» Er

sah ihr in die Augen, und sein Blick war verzweifelt. «Es gibt kein als Nächstes. Das hat es nie gegeben und wird es wahrscheinlich auch nie. Ich kann es versuchen, aber ich glaube nicht, dass ich dazu fähig bin. Also ja. Ich habe Angst. Ich mag dich, und dir weh zu tun, steht nicht auf der Liste von Dingen, die ich gern schaffen würde.»

Das war ... gut zu wissen. «Ich bin eine erwachsene Frau. Ich kann meine eigenen Entscheidungen treffen. Ich wusste von Anfang an von deinem Ruf, und selbst wenn ich es nicht gewusst hätte, hast du es mir gesagt. Ich war informiert. Und wir sind trotzdem hier.» Sie musterte ihn, und ein kleines Wort, das er gesagt hatte, war in ihren Gedanken hängengeblieben. «Versuchen.»

Seine Augen wurden schmal, als könnte er ihr nicht folgen.

«Du hast gesagt, du könntest es versuchen. Das tust du schon seit unserer ersten Begegnung.» Sie zählte an ihren Fingern ab. «Du verabredest dich mit einer Frau selten öfter als ein Mal, und doch haben wir schon viermal miteinander gegessen. Dein Kopf sagt, halt dich fern, aber du hast auf deinen Körper gehört. Du hättest die Situation nach der Sache im Park gut sein lassen können, aber du bist zu mir gekommen, um die Luft zu bereinigen. Du versuchst es schon, ob es dir bewusst ist oder nicht.»

Er schüttelte den Kopf, als wollte er widersprechen, nur dass er keine guten Argumente hatte.

«Wenn ich als schluchzendes Häufchen Elend ende, dann ist das meine Sache. Ich gehe offenen Auges hinein.» Sie zuckte mit den Schultern. «Vielleicht bist du es, der Angst hat, verletzt zu werden.»

«Ella.» Mit verärgertem Tonfall rieb er mit Daumen und Zeigefinger über seine geschlossenen Augen. «Andere Frauen haben schon angenommen, sie wären anders, dass sie diejenige wären, die mich zähmen kann. Aber ich bin hier der Kaputte.»

«Andere Frauen. Stärkere Frauen? Erfahrenere?» Sie hob die Hand, bevor er widersprechen oder zurückrudern konnte. «Ich bin keine von diesen Frauen. Mich mit ihnen zu vergleichen, ist beleidigend. Unsere Situation ist einzigartig, genau wie alle Beziehungen. Ich bitte dich hier nicht um einen Ring und ein weißes Kleid. Sondern nur um ein einziges Wort, drei Silben. Es ist ein Wort, das du selbst benutzt hast, bevor ich es überhaupt in Erwägung zog. Ver-su-chen.»

Sie stieß den Atem aus, den sie angehalten hatte, und zwang sich, sich zu entspannen. Sie hatte keine Ahnung, woher sie den Mut genommen hatte, ihn herauszufordern. Gott allein wusste, dass sie das noch nie zuvor getan hatte. Vielleicht nie wieder tun würde. Ausnahmsweise einmal hatte sie die Oberhand gehabt und sie genutzt.

Immer wieder hatte er ihr Komplimente gemacht und war zu ihr zurückgekommen, als hätte er keine andere Wahl. Sie mochte vielleicht nicht die Richtige für ihn sein. Vielleicht gab es keine Richtige für ihn, und er war *tatsächlich* kaputt, aber etwas an ihnen zusammen war anders. Sogar er hatte das erkannt und mit dem Etikett Angst versehen. Die Menschen hatten chronisch Angst vor dem Unbekannten. Das war normal. Menschlich. Wenn er keine Angst hätte, dann gäbe es nichts zu diskutieren, nichts weiter als Chemie.

Im Raum zwischen ihnen schwebten unausgesprochene Sorgen und Bedenken und Was-wäre-wenns umher. Knisterten in der Stille. Es gab noch so viel mehr, worüber sie reden mussten, Dinge, die er wissen musste, und genau wie er wollte sie ihm nicht weh tun. Bald würde sie es ihm sagen müssen, aber er hatte schon genug zu verarbeiten. Heute Abend war nicht der richtige Zeitpunkt.

Er musterte sie, sein müder Blick war ernst und nachdenklich. Er wollte das hier. Was sich da auch immer zwischen ihnen zusammenbraute, er wollte es. Das konnte sie aus seinem Zögern lesen und aus seinem bisherigen Handeln. Sie hatte so lange gebraucht, es zu bemerken. Ausnahmsweise einmal begehrte sie jemand. So, wie sie war, mit ihren Macken und allem Drum und Dran, begehrte er sie.

Aber wollen und haben waren nicht dasselbe, und er würde den ersten Schritt machen müssen. Trotzdem, es war ein Hochgefühl für sich, dass ein Mann sie sah und nicht durch sie hindurch.

Sein Adamsapfel bewegte sich, als er schluckte, und seine Schultern hoben und senkten sich mit seinen Atemzügen. Schließlich öffnete er den Mund, wie um zu sprechen, machte ihn jedoch schnell wieder zu.

«Versuch es oder nicht, Jason. Nur entscheide dich.»

«Verdammt, Ella. Ich …» Er schloss die Augen. Kratzte seinen mahlenden Kiefer. Als sich seine Lider wieder hoben, legte er den Kopf in den Nacken, um himmelwärts zu starren, wie um Antworten von ganz oben zu suchen. «Ich sitze seit fünf Minuten hier und befehle meinen Beinen, sich zu bewegen. Aufzustehen, gute Nacht zu sagen und zur Tür hinauszugehen, bevor irgendein Schaden angerichtet wurde.» Er schüttelte den Kopf und sah sie an. «Vielleicht hast du recht, und ich habe es von Anfang an versucht. Vielleicht ist das hier etwas, oder vielleicht ist es nichts. Alles, was ich mit Sicherheit weiß, ist, ich kann mich nicht bewegen.»

Dummer Kerl. «Du hast dich bewegt.»

Er deutete auf seinen Stuhl, um zu zeigen, dass sie sich irrte.

«Vorwärts.» Sie lächelte, stolz auf sie beide. «Nicht rückwärts. Nicht im Kreis. Nicht stillstehend. Du magst zwar sitzen, aber du hast dich gerade vorwärts bewegt.»

· 13 ·

Sie hatten in einvernehmlichem Schweigen gegessen. Dann hatten sie die Küche sauber gemacht und den Geschirrspüler zusammen eingeräumt. Nun machten sie Popcorn. Zusammen. Weil sie einen Jedi-Gedankentrick bei ihm angewendet hatte und er immer noch in ihrer Wohnung war.

Bei ihrem vierten Date.

Scheiße. Er war kaum je über drei hinausgekommen.

«War das irgendeine Art Lehrertrick? Mich zum Bleiben zu bringen?»

Sie lächelte, während sie die Mikrowelle beobachtete, in der Körner poppten und die Luft mit buttrigem Aroma erfüllten. «Nö.»

«Umgekehrte Psychologie? Ihr Frauen lernt das alle doch schon in jungem Alter.»

Sie lachte. «Nö.»

«Drogen in der Gemüsepfanne?»

Ein unheilvoller Blick. «Alles, was ich getan habe, war, dich auf dein Handeln aufmerksam zu machen und das Muster aufzuzeigen. Du hast dich entschieden, es zu versuchen und zu bleiben. Also werden wir einen Film gucken und sehen, ob du es schaffst, nicht zu hyperventilieren.»

Er verschränkte die Arme. «Ich flippe nicht aus.»

Doch, tat er. Gewaltig. Vor kaum dreißig Minuten hatte er eingewilligt … Er wusste nicht, in was. Ihr fester Freund zu sein? Nur sie zu daten? Etwas hinzukriegen, das nicht rein körperlich war? Ernsthaft, warum hatte er noch keinen Ausschlag am ganzen Körper?

«Nicht im Moment.» Sie grinste und öffnete die Mikrowelle. Nachdem sie vorsichtig die Tüte an der Naht entlang aufgerissen hatte, schüttete sie das Popcorn in eine Schüssel. «Die Nacht ist noch jung.» Sie reichte ihm die Schüssel und ging um ihn herum. «Die Entscheidung liegt und bleibt bei dir. Ich weigere mich, dir Druck zu machen.»

Ja. Das sagte sie jetzt, aber mal abwarten.

Beim Abendessen hatte sie eine Menge Dinge von sich gegeben, die Sinn gemacht hatten. Sie hatte Löcher in seine Argumentation gegen eine Beziehung gebohrt, bis seine Vorbehalte einem Sieb geglichen hatten. Aber der schmerzhafte Druck in seinem Bauch, der schrie, dass er in Schwierigkeiten war, wollte nicht abklingen. Er lag im Widerstreit mit der Ruhe und Freude, die ihn erfüllte, wenn er in ihrer Nähe war. Er hatte seine Mama jahrelang trauern gesehen. Ella mochte mit ... nun ja, mit allem recht gehabt haben, dennoch konnte er sich nicht überzeugen, dass mit ihr zusammen zu sein der richtige Schritt war.

Andererseits hatten ihn seine Instinkte bisher wohlbehalten so weit gebracht. Und von dem Augenblick an, als er sie zum ersten Mal gesehen hatte, hatten sie ihm zugeflüstert zu suchen. Zu finden. Nicht per se zu behalten, aber den Weg weiterzufolgen. Er hatte sein ganzes Leben lang nach dem nächsten Kick gesucht, diesem Gefühl, das ihn daran erinnerte, dass er einen Herzschlag hatte. Sie tat eindeutig genau das. Vielleicht sollte er aufhören, sich den Kopf zu zerbrechen, und es einfach geschehen lassen.

Er folgte ihr ins Wohnzimmer und sah ihr zu, wie sie an der Fernbedienung herumfummelte. Ihre Wohnung war wirklich einladend. Sie hatte Regale um ihren Fernseher herum, gefüllt mit Büchern, Pflanzen und Blu-Rays. Dass ihre Familie aus Romantikern bestand, wie sie erwähnt hatte, musste sich auf sie übertragen haben. All die Kunstdrucke an ihren Wänden waren Paare in idyllischen Szenen.

Eine cremefarben und schwarz gezeichnete Katze stolzierte um die Ecke und setzte sich. Eine Siam. Cool. Er hatte schon immer gefunden, dass die toll aussahen.

«Du musst Xena sein.» Er stellte die Schüssel auf den Couchtisch, ging in die Hocke und hielt ihr seine Finger hin.

«Bei Fremden ist sie scheu. Sei nicht beleidigt, wenn sie ...» Ella stemmte die Hände in die Hüften. «Wenn sie direkt auf dich zugeht. Hm. Normalerweise mag sie keine Fremden.»

Er lächelte, dann bewegte er seine Hand langsam, um sie nicht zu erschrecken, und streichelte ihren Kopf. «Du bist aber eine Hübsche.» Die Katze ließ die Geste mit genüsslich zu Schlitzen verengten Augen zu. «Braves Mädchen.» Er nahm an, wenn sie reden könnte, würde sie ihn ihren Sklaven nennen.

Al-yi-yi.

«Heilige Scheiße. Sie klingt wirklich wie Xena.»

Mit einem Seufzen schüttelte Ella den Kopf. «Er ist ein Katzenflüsterer. Interessant.»

«Und du hast seit über zwei Stunden nicht mehr geplappert.» So hinreißend er ihre nervöse Seite auch fand, ihre leicht freche Stimmung machte Spaß. Sie war keck mit ihren witzigen Bemerkungen, und es stärkte sein Ego, dass sie in seiner Nähe ihre Vorsicht fallen ließ.

«Ich hab dir doch gesagt, dass ich mich nur akklimatisieren muss.»

Er schätzte, da waren sie schon zwei.

Langsam richtete er sich wieder auf, um zu der dunkelblauen Couch zu gehen, und als er in einer Ecke Platz nahm, versank er in den Polstern, die ihn von allen Seiten einhüllten. «Verdammt, Ella. Das ist ein echt gemütliches Sofa.»

Sie grinste über ihre Schulter. «Ja, nicht wahr? Ich habe in der ersten Nacht, nachdem ich es gekauft hatte, darauf geschlafen.» Sie spielte mit einem Streaming Guide auf dem Fernseher herum. «Action, Comedy oder Liebesfilm?»

«Wie wär's mit allen drei?» Da. Sollte sie *dieses* Rätsel lösen.

«Ich hatte gehofft, dass du das sagst.» Sie drückte auf einen Knopf, und der Vorspann von *Die Braut des Prinzen* erschien.

Gut gemacht. «Den hab ich nicht mehr gesehen, seit ich ein kleiner Junge war. Meine Mama liebt den.» Er enthielt tatsächlich alle drei Elemente, soweit er sich erinnern konnte.

«Das ist ein Klassiker.» Sie stellte das Popcorn auf das mittlere Kissen und setzte sich mit der Schüssel zwischen ihnen.

Auf gar keinen Fall. Er nahm die Schüssel, rutschte an sie heran, bis nicht mal mehr der Heilige Geist zwischen sie kommen konnte, und platzierte das Popcorn auf ihrem Schoß.

Mit einem schelmischen Seitenblick konterte sie, indem sie die Lampe ausschaltete.

Er legte den Arm um ihre Schultern.

Sie deckte sie beide mit einem Überwurf zu, der auf der Armlehne des Sofas gelegen hatte.

Im schwachen Schein des Fernsehers sah er anschließend mehr sie als den Film an. Ihr dichtes, herrliches Haar, wie es ihr um die Schultern fiel. Ihren eleganten Hals und den Puls, der regelmäßig schlug. Die Krümmung ihrer Nase. Den vollen Schwung ihrer Lippen, die auf bezaubernde Weise lautlos die Worte mitsprachen.

«Wie viel genau kennst du von diesem Film eigentlich ausw–»

Sie stopfte ihm eine Handvoll Popcorn in den Mund. «Psst. Jetzt kommt ein guter Teil.»

Grinsend kaute und schluckte er. Er hatte auch gute Teile, die er ihr zeigen konnte.

Der Film lief seit ungefähr zwanzig Minuten, als die Katze neben Ella aufs Sofa sprang und an der Schüssel auf ihrem Schoß schnupperte.

Er hob die Hand, um Ella durchs Haar zu streichen, weil es nach Gebäck duftete und er es berühren wollte. Sehen wollte, ob sie sich auf ihn konzentrieren würde anstatt auf den Film.

«Nein!»

Sofort ließ er die Hand wieder auf die Rückenlehne des Sofas fallen.

«Popcorn ist nichts für Katzen.»

Okay, gut. Sie hatte die Katze gemeint.

Er hob die Hand ein zweites Mal, doch Ella lehnte sich vor und setzte die Katze auf den Boden. Sie stellte die Schüssel auf den Tisch, dann machte sie es sich wieder bequem. Zog die Decke zurecht. Strich sich eine Haarsträhne aus dem Gesicht.

Da. Eine Gelegenheit. Dabei konnte er ihr helfen. Er streichelte leicht mit dem Finger über ihre Wange, als er ihr die Strähne hinters Ohr strich.

Sie wurde völlig reglos.

Jetzt war es so weit. Lächelnd ließ er seine Fingerspitze tiefer wandern, über ihren Hals zu ihrem Nacken.

Sie hörte auf zu atmen.

Seine Hand kam wieder hoch, und er vergrub die Finger in ihrem Haar.

Sie stieß einen zitternden Atemzug aus.

Er hatte keine Ahnung, ob es an ihr lag, an der Situation oder der Tatsache, dass er heute Abend herausgefunden hatte, dass sie bisher nur mit einem einzigen Mann geschlafen hatte, aber es war berauschend, sie zu berühren. Es war ein Knistern in seinen Adern und Brodeln in seinem Blut und Stolpern in seinem Herzschlag, zu wissen, dass sie wahrscheinlich noch nicht oft so berührt worden war, wenn überhaupt. Dass er der Erste war.

Er zog kaum merklich an ihrem Haar, um ihren Kopf zu neigen. Bei ihrem Aufkeuchen senkte er den Kopf und streifte mit den Lippen ihren Hals.

Himmel, sie schmeckte köstlich. Nach süßem Gebäck und Frau. Warm. Weich. Nachgiebig.

Seine Lippen wanderten über ihren pochenden Puls zu ihrem Ohr und knabberten am Ohrläppchen. Ihre Hände in ihrem Schoß ballten sich, und ihr Atem ging schneller. Vorsichtig hob er seine freie Hand, um kreisende Muster auf ihren Hals zu zeichnen, und zog mit der Zungenspitze die Kontur ihrer Ohrmuschel nach. Ihre Lippen teilten sich, und ihre Lider schlossen sich flatternd.

Seine Haut wurde heiß, als ein gewisser Körperteil sich bemerkbar machte. Er hatte es noch nie langsam angehen lassen müssen. In Anbetracht ihres Hintergrunds und ihrer mangelnden Erfahrung würde er sie auf gar keinen Fall zu schnell zu weit drängen, aber sie konnten ein wenig spielen. Oh ja. Sie würden spielen.

Er küsste ihren Kiefer, dabei wanderte seine Hand tiefer, um den Ausschnitt ihres Oberteils nachzuzeichnen. Hin und her. Hin und her. Sie gab den verdammt noch mal sinnlichsten Laut von sich, den er je gehört hatte, hauchig und atemlos. Seine Muskeln spannten sich an, und sein Schaft schmerzte sehnend.

Er ließ seine Finger noch tiefer gleiten und öffnete den ersten Knopf ihrer Bluse. Als er keinen Widerstand spürte oder sonstigen Hinweis bekam, dass sie aufhören wollte, knöpfte er einen weiteren auf.

Seine Fingerspitzen strichen kaum merklich über die Kurve ihrer vollen Brüste und den Rand von ... Spitze. Aufstöhnend vergrub er sein Gesicht an ihrem Hals. Noch mehr Knöpfe, bis er ihr Oberteil weit genug aufschieben konnte, um eine der Rundungen mit der Hand zu umfassen. Sie war fast zu groß dafür, und ihre straffe Brustwarze drückte sich in seine Handfläche. Ella wölbte sich ihm entgegen, und das war's. Er war verloren. Er brauchte mehr. Musste mehr haben.

Mit einem leichten Ziehen an ihrem Haar brachte er ihre Lippen zu seinen. Sofort tauchte er in die heiße, feuchte Höhle ihres Mundes, erforschend, verschlingend. Sie antwortete ihm, indem sie seine Zunge mit ihrer streichelte. Er war so versunken in ihr, dass er die sanfte Berührung auf seiner Brust kaum bemerkte. Zögernd und unsicher.

Ihre Worte darüber, dass sie nie wusste, wohin mit ihren Händen, kamen ihm wieder in den Sinn. Ermutigend legte er eine von seinen über ihre und stöhnte, damit sie verstand, dass es ihm gefiel. Allerdings kehrte sie blitzschnell die Rollen um, er wurde selbst zum Verführten. Nägel kratzten leicht über dem T-Shirt über seine Brustmuskeln, und ihre Finger legten sich fest um seinen Nacken.

Gott, was hatte er in Gang gebracht? Verlangen, heftig und wild, durchzuckte ihn. Ein Sog, den er schon hundertmal erlebt hatte, jedoch nie mit so viel Gewalt. So stürmisch. So gefährlich. Ein äußerst ungewohntes Gefühl von Beschützerinstinkt stieg in ihm hoch und hüllte ihn ein, aus einer Stelle so tief in ihm, dass er nicht gewusst hatte, dass sie existierte. Ihm schwirrte der Kopf. Seine Brust hämmerte. Und seine Lunge versagte.

Heftig holte er Luft und presste sein Gesicht in ihr Haar. Nur half das nicht. Ihr angenehmer süßer Duft war alles, was seine Lunge aufnahm. Und seine Hände hatten eigene Vorstellungen. Sie glitten in ihre halb offene Bluse und umfassten Spitze. Ihre Hände machten auch mit, die Finger schoben sich in sein Haar und packten zu.

Hmmm. Sexyester Move der Geschichte. Hände. Haare. *Jaaaa.* Es hatte eine Intimität an sich, gepaart mit einem Hauch Dominanz, der weder beherrschend noch befehlend war. Eine stumme Art und Weise zu verkünden: *mehr ... mein ... bitte.*

Wieder wölbte sie sich ihm entgegen. Er packte ihre Hüften, hob sie hoch und ließ sie mit dem Rücken auf das Sofa hinunter. Dann folgte er ihr, bedeckte ihren Körper mit seinem. Sie empfing ihn zwischen ihren Oberschenkeln, mit einer unausgesprochenen Bitte. Was sie wollte, würde er ihr geben. Mit Freuden.

Seine Lippen fanden ihre. Ihre Zungen liebkosten sich. Ihre Körper schmiegten sich aneinander, als wäre sie nur für ihn allein geschaffen. Hände waren überall. Seine. Ihre. Und sie hatte behauptet, sie wüsste nicht, was sie mit ihnen tun sollte? Diese herrliche Lügnerin.

In seinem Haar.

An seinem Hals.

Über seine Brust.

An seinen Armen empor.

Zu seinem Rücken.

Hinunter zu ... *seinem Hintern.*

Mit einem Aufstöhnen stieß er sich gegen sie und verfluchte die Existenz von Kleidung. Er war so hart, dass er kurz davor war, den Reißverschluss zu sprengen. Sanft strich er über den weichen Stoff ihrer Baumwollleggins an der Rückseite ihrer Oberschenkel und weiter zu ihren Waden.

Sie wurde stocksteif. Augenblicklich. Mit einem heftigen Ruck.

Er gefror mitten in der Bewegung. So schnell, dass er beinahe Frostbeulen bekam.

Sie unterbrach den Kuss, schüttelte den Kopf und drückte gegen seine Brust. «Es tut mir leid, es tut mir leid. Nein. Es tut mir leid.»

Er drückte sich zwischen ihren Beinen auf die Knie hoch und hob kapitulierend die Hände. Unsicher, was gerade passiert war, blieb er völlig reglos.

Sie starrte heftig atmend mit aufgerissenen Augen zur Decke. Panisch.

«Was ist los, Süße?» Er hatte nicht den Hauch einer Ahnung, hätte vermutlich auch keine, selbst wenn er den Rest des Abends versuchte, das zu ergründen. Eben war sie noch völlig dabei gewesen. Und in der nächsten Sekunde, nun …

«Es tut mir leid. Tut mir so leid.» Zitternd schlug sie sich eine Hand vors Gesicht.

Normalerweise würde er sanft ihren Arm herunternehmen, wenn sie das tat, aber er wagte es im Moment nicht, sie zu berühren. Ein plötzlicher, schrecklicher Verdacht traf ihn heftiger als ein vollbeladener Kieslaster.

«Es muss dir nichts leidtun. Wir haben aufgehört. Alles ist gut.»

Nur war es das nicht. Schreckliche, entsetzliche, ungeheuerliche Dinge schossen ihm durch den Kopf. Das einzige Mal, als sie Sex gehabt hatte – war es vielleicht nicht freiwillig gewesen?

Hatte vielleicht jemand seine Hände auf grausame Weise eingesetzt? Denn seiner Erfahrung nach ging eine Frau nicht übergangslos von *Ja, bitte* zu *Fass mich nicht an* über.

«Rede mit mir, Süße. Was habe ich getan?»

«Nichts. Oh, verdammt.» Ihr stockte der Atem. «Es liegt nicht an dir. Das schwöre ich.»

Verdammt? Sie fluchte nicht. Nie, um genau zu sein. Es war eine der liebenswerten Eigenschaften, die sie in ihrem Arsenal hatte, wie sie immer alternative Möglichkeiten fand, Flüche zu vermeiden.

Er stieß vorsichtig den Atem aus und räusperte sich mit rauer Kehle. «Ich wäre eher geneigt, dir zu glauben, wenn du mich ansehen würdest.»

«Gib mir eine Sekunde.»

«Jep. Klar. Kein Problem.» Großes Problem. Riesig. Gewaltig.

Eine Ewigkeit verging. Nein, vier Ewigkeiten, dann rutschte sie schließlich von ihm fort. Langsam richtete sie sich auf und setzte sich ihm zugewandt in den Schneidersitz. Mit gesenktem Kopf, das Haar wie ein Vorhang, schien sie sich aufs Atmen zu konzentrieren. Es sah nicht so aus, als würde sie diesen Kampf gewinnen.

Behutsam tat er es ihr gleich, setzte sich in den Schneidersitz, dabei unterdrückte er ein Zusammenzucken bei der Enge seiner Jeans. Er wartete so geduldig wie möglich, gab dann jedoch auf. «Ella?»

«Ich mag es nicht, wenn meine Beine berührt werden.»

Okay. «Warum nicht?» Beine gehörten ganz zufällig zu seinen Lieblingskörperteilen, besonders wenn sie um seine Taille geschlungen waren. Und ganz zufällig mochte er ihre wirklich gern. Wohlgeformt, lang.

«Das ist eine lange Geschichte.»

«Ich habe Zeit.» Soviel sie wollte. Die ganze Nacht. Verdammt, er hatte das ganze Wochenende frei, und es war erst Freitag.

«Es ist das, was ich dir am ersten Abend in deiner Wohnung sagen wollte.» Sie strich sich mit beiden Händen die Haare aus dem Gesicht. «Du wolltest mit dem heftigen Zeug lieber warten.»

Jep. Okay. Das hier war seine Schuld, weil er emotionalen Themen aus dem Weg ging. Er würde sich später dafür ohrfeigen.

Wenn er sich recht erinnerte, hatte sie behauptet, dass das, was sie zu sagen hatte, die Dinge zwischen ihnen vielleicht verändern würde. Vor fünf Minuten hatte sich ein ganzer Grand Canyon zwischen ihnen aufgetan – das würde er eine Veränderung nennen. Er wusste, dass er es bereuen würde, aber er würde es lieber hören, bevor er noch weiter spekulierte.

«Sag es mir einfach.» Er versuchte, ihre Miene zu deuten, aber sie hatte ihm nicht mehr in die Augen gesehen, seit alles schiefgelaufen war. «Ich höre zu.»

Sie nickte, aber die Geste wirkte unwillig. «Der, äh ...» Sie schloss die Augen. Schüttelte den Kopf. «Der Unfall, bei dem meine Eltern umkamen, war ein Hausbrand.»

Er zuckte zusammen und setzte sich aufrechter. Von allen Dingen, die er erwartet hatte, hatte es das nicht mal auf die Liste geschafft. Er hatte in seiner beruflichen Laufbahn schon ein paar Familien vor Hausbränden gerettet. Häufiger noch ihre Haustiere, da sie immer die Letzten waren, die rauskamen, und es nicht allein schafften. Zum Glück hatte er noch nie einen Menschen bei einem seiner Einsätze verloren. Jedenfalls nicht durch ein Feuer. Autounfälle oder medizinische Notfälle, sicher.

Er lehnte sich vor und legte seine Hand auf ihre, die in ihrem Schoß lag. «Das tut mir leid. Das muss schrecklich gewesen sein.» Er konnte es ihr nachfühlen. Er hatte selbst seinen Dad verloren, während er im Dienst gewesen war.

«Es geschah nachts. Wir schliefen.» Sie kaute auf ihrer Lippe, und die Pause war furchtbar. Nach ein paar Sekunden, die sich wie eine Ewigkeit anfühlten, sprach sie weiter. «Mein Zimmer war oben. Als ich aufwachte, stand mein Zimmer schon in Flammen. Ich bin erschrocken aus dem Bett gesprungen, mitten hinein in die Flammen.»

Nein. Oh, Gott. Nein, nein, nein. Die Härchen auf seinen Armen sträubten sich. Er hasste, verabscheute es, wohin sich diese Geschichte entwickelte. Seine Finger schlossen sich um ihre, und beinahe hätte er sie angefleht, sie nicht zu Ende zu erzählen.

«Ich habe Narben deshalb.»

Scheiße. Eine kalte Faust drückte ihm die Luftröhre zu und nahm ihm den Atem. «Wie …?» Seine Stimme brach. Er schloss die Augen und versuchte es erneut. «Wie schlimm?»

«Verbrennungen dritten Grades unterhalb der Knie und vierten Grades an meinen Füßen.»

Er bekam keine Luft mehr. Erstickte regelrecht, während seine Augen heiß wurden, sein Magen sich verkrampfte und seine Lunge den Dienst versagte. Heilige Mutter Gottes, das würde er nicht einmal seinem schlimmsten Feind wünschen, geschweige denn ihr. Dritten Grades bedeutete Operationen und Hauttransplantationen und unerträgliche Schmerzen. Vierten Grades bedeutete …

«Alle meine Zehen wurden amputiert.»

Er stieß einen gequälten Laut aus, der ihm selbst fremd in den Ohren klang. Um Fassung ringend, senkte er den Kopf, während Bilder einer jüngeren Version von ihr gefangen in einem Albtraum auf ihn einhämmerten. Er hatte im Leben schon genug schreckliche, hässliche Szenen gesehen, aber nichts war mit einer Verbrennung vergleichbar. Der übelkeiterregende Geruch, der Schmerz. Und als wären die Verletzungen noch nicht schlimm genug, waren die Behandlungen noch schlimmer. Und sie war nur ein kleines Mädchen gewesen.

Sie seufzte. «Ich habe Monate im Krankenhaus verbracht. Noch mehr Zeit in Reha. Ich musste wieder neu laufen lernen. Man hat mich haufenweise Therapien machen lassen, sowohl Ergotherapie als auch Psychotherapie. Mit dem Verlust fertigzuwerden, war besonders schwer, weil ich wegen meiner Verletzungen nicht an der Beerdigung teilnehmen konnte. Ich hatte keine richtige Verabschiedung. Zusätzlich versäumte ich fast zwei Jahre Unterricht, während ich in den Kliniken privat unterrichtet wurde. Als ich bereit war zurückzukehren, hatte ich die wenigen sozialen Fähigkeiten verloren, die ich hatte. Ich war vorher schon schüchtern gewesen. Hinterher war ich wie gelähmt. Am Ende wurde ich bis zur Highschool zu Hause unterrichtet.»

Als sie verstummte, sah sie ihm in die Augen, und er wollte sterben. Gleich hier auf ihrem Sofa mit einem Film im Hintergrund. Einfach nur sterben. In ihren hübschen goldenen Tiefen lag eine Welt von Schmerz, die er sich nicht ansatzweise vorstellen konnte. Man würde nie vermuten, dass sie all diese Qual in sich trug. Sie war so eine unschuldige, liebenswerte, süße Seele. Glücklich über die kleinsten Dinge, die die meisten für selbstverständlich nahmen.

Und er hatte sie nicht genug gewürdigt. Denn man musste ein verdammt starker Mensch sein, um das zu überleben, was sie überlebt hatte, um ungebrochen daraus hervorzugehen.

Was sollte er nun sagen? Wie reagierte man angemessen auf etwas so Qualvolles? Angenommen, er könnte sprechen.

«Das ist der Grund, warum ich nicht viele Verabredungen hatte, warum ich unbeholfen bin und warum es nur einen einzigen Liebhaber gegeben hat.» Sie drückte seine Finger. «Ich habe Spezialstrümpfe, die meine Verletzungen verbergen. Man merkt nicht, dass ich die Narben habe, bis ich die Strümpfe ausziehe. Niemand hat meine Beine mehr gesehen, seit sie verheilt sind. Nur meine Familie und medizinisches Personal. Ich habe die Strümpfe anbehalten, als ...» Sie zuckte mit den Schultern. «Du weißt schon. Als ich mit ihm zusammen war. Ich war unglaublich nervös. Er sagte, dass ich zu gehemmt für ihn bin. Wir haben noch in derselben Nacht Schluss gemacht.»

Elender Mistkerl. Also das? *Darauf* hatte er eine Antwort anzubieten. «Wo kann ich diesen Arsch finden?»

Nachdenklich schaute sie hoch. «Ich glaube, er ist nach Nevada gezogen. Er ist Buchhalter bei ...» Jäh sah sie ihn mit großen Augen an. «Oh. Du meintest, ähm, um ihn zu schlagen?»

Schlagen, verdreschen, verstümmeln. Wortklauberei.

«Jep.» Ein Anruf bei Parker, und man würde die Leiche dieses Scheißkerls nie finden. Dafür würde Jason sorgen.

Sie stieß ein leises Lachen aus. «Ist schon okay. Ich stand sowieso nicht so auf ihn.» Sie musterte ihn einen Moment lang, wie um seine Miene zu entschlüsseln. «Tut mir leid wegen meiner Reaktion. Die Narben tun nicht mehr weh, aber ich schätze, allein die Berührung bringt mich aus der Fassung.»

«Du brauchst dich nicht dafür zu entschuldigen, Süße. Ich weiß nicht, was ich sagen soll. Ein Es-tut-mir-leid-was-du-durchmachen-musstest ist nicht mal annähernd ausreichend. Es macht mich völlig fertig, auch nur zu hören, wie du es mir erzählst. Aber eins musst du wissen.» Er nahm ihre Hände in seine und sah ihr in die Augen. «Ich weiß, die Narben sind eine ständige Erinnerung, und du hast sie noch niemandem gezeigt, aber wenn wir weitermachen, dann werden wir uns irgendwann ausziehen müssen.»

Ihre Schultern sanken herab. «Sie sind hässlich, Jason. Ich will nicht, dass du sie siehst.»

«Nichts an dir ist hässlich.»

Da sie unsicher wirkte, ihm nicht ganz zu glauben schien, redete er weiter, versuchte, ihr so viel Sicherheit zu geben, wie er nur konnte. «Wir werden es so langsam angehen, wie du willst. Und wenn du nicht willst, dass ich deine Beine berühre, dann werde ich es nicht tun. Du wirst mir vertrauen müssen.»

Er blinzelte und wandte den Blick ab. Er hatte eine Frau gerade gebeten, ihm zu vertrauen. So, wie Leute in einer Beziehung es taten. Was zum Teufel? Ja, er hatte ihr gesagt, dass er es versuchen würde, aber –

«Da ist noch mehr.»

Verwirrt drehte er den Kopf. «Mehr was?»

«Ich muss dir noch mehr darüber erzählen, was passiert ist.»

Was? Sie war noch nicht fertig? Bitte, Gott, sag nicht, dass das erst der Anfang war.

Nein. Nicht heute Abend. Mehr konnte er nicht mehr ertragen. Seinetwegen konnte man ihn egoistisch oder ausweichend nennen. Aber ernsthaft. Einen Schritt nach dem anderen.

«Später.» Unerbittlich schüttelte er den Kopf, als sie den Mund öffnete. Nein. «Sag es mir später. Okay? Okay.»

«Jason –»

«Bitte», flehte er. Flehte tatsächlich, aber was soll's. Er war am Ende seiner Kraft. «Später.»

· 14 ·

«Du musst es ihm sagen, Chica.»

Ella saß vorgebeugt auf dem Sofa, die Ellbogen auf die Knie gestützt, den Kopf in einer Hand, Handy in der anderen. Die Knoten in ihrem Magen verkrampften sich zu noch mehr Knoten. Ihre Cousine sagte nichts, das Ella nicht bereits wusste. Oder stündlich dachte.

«Ich versuche herauszufinden, wie. Jedes Mal, wenn ich versuche, es anzusprechen, würgt er mich ab.» Oft genug durch Küsse, und dagegen war sie machtlos.

Seit zwei Wochen machten sie schon diese Dating-Sache, und ihre Schuldgefühle erreichten einen neuen Höhepunkt. Jason war unfähig, über ernste Themen zu sprechen. Jedenfalls für lange. Sie unterhielten sich, streiften die schwierigen Momente ihrer Vergangenheit, aber wenn die Angelegenheit zu tiefgründig wurde, legte er den Schalter um und machte zu.

«Das ist keine Entschuldigung. Du bist ein großes Mädchen. Er verdient die Wahrheit.» Gerta stieß einen ihrer berüchtigten, von Dramatik durchzogenen Seufzer aus. «Ich verstehe, dass es schwer ist, aber je länger du wartest, desto aufgebrachter wird er sein.»

«Ich weiß.» Verflixt, und wie sie das wusste.

Ein Teil von ihr, ein sehr kleiner Teil, war dankbar für seine Vermeidungstaktik. Sie erlaubte ihr, weiter im Traumland zu leben, wo jemand sie einfach dafür mochte, sie selbst zu sein. Sie brauchte sich nicht auf die Zunge zu beißen oder sich zu fragen, was sie als Nächstes tun sollte, oder jede ihrer Handlungen in Frage zu stellen. Er hörte ihr zu, brachte sie zum Lachen, schenkte ihr Beachtung und fragte sie immer, wie ihr Tag gewesen war, als wäre ihm die Antwort wichtig. Vor allem wusste er von ihren Narben, war nicht davongerannt, nachdem er von ihnen erfahren hatte, und schien sich immer noch so zu ihr hingezogen zu fühlen, wie bei ihrer ersten Begegnung.

Es ihm zu sagen, würde einen harten Aufschlag in der Realität bedeuten, in der sie wieder allein sein würde. Und noch schlimmer dran als zuvor, weil sie nun wusste, wie es sich anfühlte, jemanden zu haben, der sich um sie sorgte. Abgesehen von ihrer Familie konnte sie sich an keine Situation erinnern, in der das je vorgekommen wäre.

Er hatte sich egoistisch genannt. Jeder Mensch hatte auf die eine oder andere Weise egoistische Tendenzen. Aber im Moment konnte er ihr in dieser Hinsicht nicht das Wasser reichen. Dieses Kartenhaus, das zu bauen sie zugelassen hatte, würde beim kleinsten Windhauch in sich zusammenfallen, und das nur angenommen, dass er nicht die Flucht ergriff, wenn sie es endlich ins Schlafzimmer schafften.

«Vielleicht wird er es verstehen, Ella.»

Vielleicht. Oder vielleicht würde er sie hassen, und sie würde sich selbst noch mehr hassen, weil sie ihm weh getan hatte.

«Wir werden sehen. Ich muss los. Ich treffe mich mit ihm und Parker im Shooters.»

Es war das erste Mal, dass er sie gebeten hatte, etwas in der Öffentlichkeit zu unternehmen. Bis jetzt hatten sie immer nur für Abendessen und Filmabende die Wohnungen getauscht. Was okay war. Sie genoss das sehr, aber sie hatte angefangen zu glauben, dass es ihm peinlich war, mit ihr gesehen zu werden.

Und passte das nicht ins Bild? Sie würden zwar offiziell ausgehen, aber Parker würde dabei sein. Als Anstandswauwau? Um es so aussehen zu lassen wie Freunde, die miteinander abhingen, nicht wie ein Date?

«Viel Spaß, Chica. Aber vorher reißt du dich zusammen. Sag es ihm heute Abend.»

Ella schloss die Augen. «Ich werd's versuchen. Hab dich lieb. Danke, Gerta.»

«Gern geschehen, und ich hab dich auch lieb.»

Sie starrte ihr Handy an, während sich ihr Bauch verkrampfte. Ihrer Cousine reinen Wein bezüglich Jason einzuschenken, war das Richtige gewesen. Dadurch hatte sie jemanden, der sie zur Rechenschaft zog. Trotzdem wurde das Bedauern so schwer, dass sie sich kaum bewegen konnte. Sie hatte ihn gebeten, es zu versuchen, sich aus seiner Wohlfühlzone herauszuwagen, um mit ihr zusammen zu sein. Und das hatte er. Der Mann, der nie zweimal mit derselben Frau schlief oder auch nur Pläne über die nächste Stunde hinaus machte, hatte seine Instinkte beiseitegeworfen und war bei ihr geblieben.

Und wie dankte sie es ihm? Indem sie ihn anlog. Mitten ins Gesicht. Tag für Tag. Abend für Abend. Date für Date. Lügen. Der quälendste Teil war, dass er ihr vertraute. Er hatte nur eine Handvoll Leute, über die er das sagen konnte, und sie hatte es auf diese Liste geschafft. Dieses Band zu zerreißen, konnte bedeuten, dass er sich nie wieder erlauben würde, jemandem zu vertrauen.

Mistelkraut, sie musste eine Möglichkeit finden, mit der Wahrheit herauszurücken, selbst wenn es bedeutete, dass sie einfach mitten in einer beliebigen Unterhaltung damit herausplatzen musste, damit er sie nicht daran hindern konnte.

Sie stand auf, nahm ihre Handtasche und ging.

Das Shooters war ziemlich voll, als sie ankam. Billardkugeln klackten, und Dartpfeile schlugen in Zielscheiben, und Leute tanzten, redeten und tranken. Im schwachen Licht schaute sie sich um und entdeckte Parker an einem zerkratzten Kiefernholztisch in der Ecke. Er lächelte und winkte sie rüber.

Sie bahnte sich ihren Weg zwischen den Leuten hindurch und umfasste die Rückenlehne eines leeren Stuhls an seinem Tisch. «Hi, Parker. Jason ist noch nicht da?»

«Er verspätet sich. Wir sind beide gerade von einem Notruf zurückgekommen.» Er deutete auf den Stuhl, den sie hielt. «Setz dich. Er kommt, sobald er geduscht hat. Bis dahin kann ich dich nach Details ausquetschen.»

Lachend pflanzte sie ihren Hintern auf den Stuhl. «Details worüber?»

«Über euch beide.» Er grinste. «Mir erzählt er nichts, außer was ihr zwei zusammen macht. Also, was für Hexen-Voodoo hast du bei meinem Kumpel angewendet? Er ist auf einmal ganz häuslich.»

«Kein Voodoo. Wir lassen es nur langsam angehen. Wenn das was Schlechtes ist, dann tut es mir leid.»

«Das muss es nicht. Ignorier einfach mein schockiertes Staunen. Es ist ... nun ja, irgendwie wie die Apokalypse. Ihr trefft euch seit ein paar Wochen, richtig? Vom Kuppelversuch mal ganz abgesehen, das ist bei Jason noch nie vorgekommen.»

Sie nickte, den Blick auf die Tischplatte gerichtet. «Er sagt, die Dinge könnten sich ändern, wenn wir intim miteinander werden. Dann könntest du deinen alten Freund zurückbekommen.» Sie versuchte immer wieder, sich gedanklich dagegen zu wappnen, fürchtete jedoch, dass das unmöglich war.

Parker verschluckte sich heftig hustend. «Willst du mir damit sagen, ihr habt noch nicht ...?» Er hustete wieder und senkte seine Stimme. «Du brauchst das nicht zu beantworten. Das geht mich nichts an.»

Er war Jasons bester Freund und sorgte sich um ihn. Parker war kein geschwätziger Typ. Aber sie fragte sich schon, warum es so eine große Sache war, dass Jason und sie noch keinen Sex miteinander gehabt hatten. «Das haben wir nicht, nein.»

Er fuhr auf seinem Stuhl zur Bar herum. «Emma Jane, noch einen, bitte! Und mach einen Doppelten daraus.» Er drehte sich wieder zu Ella um. «Das verändert alles. Ich brauche eine Stärkung.»

«Ich verstehe nicht.»

Er lächelte kopfschüttelnd, aber er benahm sich, als habe sie ihm einen Stahlträger über den Schädel gezogen.

Emma Jane brachte zwei Gläser auf einem Tablett. «Ein doppelter Whiskey und ein Shirley Temple. Lasst es euch schmecken.»

Ella runzelte die Stirn. «Ich habe gar nichts bestellt.»

«Jason hat angerufen. Er hat gesagt, ich soll dir einen bringen, solange du auf ihn wartest, und ihn auf seine Rechnung schreiben.»

«Ähm, okay. Danke.» Während sie zusah, wie die Barkeeperin wieder ging, fiel ihr ein, warum er ihr diesen speziellen Drink bestellt hatte. An dem Abend des Wohltätigkeitsballs hatte er ihr gesagt, dass ein Shirley Temple aussah wie ein Cocktail, aber ohne Alkohol war. Wahrscheinlich gab er auf sie acht, damit sie sich unter den Blicken der Leute weniger unbehaglich fühlte. «Das war lieb von ihm.»

Parker zeigte auf ihr Glas. «Schwer, davon betrunken zu werden. Unmöglich, um genau zu sein. Zuckerkoma zählt nicht.»

Sie lachte. «Insiderwitz zwischen Jason und mir.» Sie trank

einen Schluck, und der fruchtige Geschmack explodierte auf ihrer Zunge. «Der ist gut.» Die Hände um das Glas gelegt, versuchte sie, sich zu erinnern, wo sie stehengeblieben waren. «Warum ist es so eine große Sache, dass wir noch keinen Sex hatten?» Und warum brauchte Parker Alkohol, um ihr auf diese Frage zu antworten?

Sein Glas wanderte von seinem Mund runter auf den Tisch, seine Augenbrauen hoch zu seinem Haaransatz. «Zwei *Wochen*, Ella. Ich kann mich nicht erinnern, wann er es das letzte Mal so lange mit einer Frau ausgehalten hat. Zwei *Stunden* mit irgendeiner anderen sind schon fast zu viel. *Und* er hat körperlich nichts davon?» Er zuckte mit den Schultern. «Ich sag's nur ungern, aber vielleicht hatte das Drachentrio wirklich recht. Er ist geknackt. Ich verbeuge mich metaphorisch. Ich hätte nicht gedacht, dass es möglich ist, aber du hast ihn dazu gebracht, sich in dich zu verlieben.»

Gut, dass sie gerade keinen Schluck von ihrem Drink im Mund hatte. «Bleib ernst.»

«Das bin ich.» Er deutete auf seinen Whiskey. «Single Malt gibt's nur bei ernsten Anlässen.» Er sagte das als Scherz, doch dann wurde er tatsächlich ernst und kratzte sich am Kiefer. «Ich freue mich für dich. Er hat seine Macken und eine Wagenladung von Fehlern, aber Jason ist ein guter Kerl. Ich liebe ihn wie einen Bruder. Wir sind schon länger die besten Freunde, als ich denken kann. Aber was Beziehungen betrifft, hat er zu lange mit einem Peter-Pan-Komplex im Nimmerland gelebt. Ich hoffe wirklich, wirklich sehr, dass er nichts macht, um es zu vermasseln.»

Nein, Jason machte nichts falsch. Sie war es, die alles kaputt machen würde. «Hast du je ein Geheimnis so lange mit dir rumgetragen, dass es dich langsam aufgefressen hat?»

Er fuhr mit den Fingerspitzen an seinem Glas auf und ab. «Was für eine Art Geheimnis?»

«Die Art, die Peter Pan für immer ins Nimmerland zurücktreiben könnte.»

«Oh Mann.» Mit verschränkten Armen lehnte er sich auf seinem Stuhl zurück. «Ist es etwas, wofür ich dich verhaften müsste?»

«Nein.» Sie versuchte zu schlucken, konnte es aber nicht. «Aber es betrifft ein schmerzhaftes Thema für ihn, und er weiß nicht, dass ich dabei eine Rolle gespielt habe.»

Seine Stirn legte sich in Falten. «Jason meidet zu tiefe Gefühle. Das heißt nicht, dass er nichts fühlen kann, aber er braucht viel Überredung, um an diesen Punkt zu kommen. Das einzige schmerzhafte Thema, das mir einfällt, ist sein Dad.»

Sie blieb stumm, während alles in ihr schreien wollte. Weinen. Gestehen.

Ihre fehlende Reaktion machte Parker argwöhnisch, der steifen Haltung seiner Schultern und den zu einem flachen Strich zusammengepressten Lippen nach zu urteilen. Sein fragender Blick flog zwischen ihren Augen hin und her, als versuche er, sich durch ihren Kopf zu bohren, um das Geheimnis aufzudecken.

Schließlich wurden seine Augen schmal. «Ein schmerzhaftes Thema für Jason. Du hast gesagt, du hast dabei eine Rolle gespielt. Sein Dad ist der Gegenstand dieses Themas.» Langsam atmete er ein und stieß den Atem durch aufgeblasene Backen wieder aus. «Mr. Burkwell starb im Einsatz, als wir acht waren.»

«Während er mich rettete», sagte sie leise. Sie biss sich auf die Zunge, um Tränen zurückzuhalten. «Er starb, als er mich rettete.»

Seine Augen weiteten sich zu einem eindeutigen Auf-keinen-Fall.

Sie nickte.

«Oh Scheiße.» Er nahm sein Glas, kippte den Whiskey mit einem einzigen Schluck hinunter und zischte durch die Zähne. «Ach du heilige Scheiße.»

«Sein Captain, Lou, weiß es. Er war in jener Nacht im Einsatz. Ich glaube nicht, dass viele andere Leute Bescheid wissen oder die Verbindung hergestellt haben.» Sie hatte keine Ahnung, warum sie es Parker erzählte, abgesehen von dem Bedürfnis, es sich von der Seele zu reden. Sie hasste Geheimnisse und Lügen. Es fraß sie auf, das in sich verschlossen zu halten.

Parker schüttelte den Kopf. «Jason wollte damals nicht viele Einzelheiten wissen. Er war zu aufgewühlt. Er bringt das Thema überhaupt so gut wie nie zur Sprache. Wahrscheinlich hat er gar keine Ahnung, dass es Überlebende gab.»

«Ich habe überlegt, es ihm zu sagen, seit ich wieder hergezogen bin, aber dann hat das Drachentrio angefangen, sich einzumischen, und die Sache ist so schnell eskaliert. Nicht in einer Million Jahre hätte ich gedacht, dass ich irgendeine Art von Beziehung mit Jason haben würde, ganz besonders nicht, dass wir zusammen sein würden. Wir wohnen schon seit drei Jahren gegenüber voneinander und haben uns erst vor kurzem kennengelernt.»

Parker stieß ein bellendes Lachen aus. «*Niemand* hätte je gedacht, dass er eine Beziehung eingehen würde. Nicht freiwillig.»

«Ich weiß nicht, was ich tun soll. Das wird ihn verletzen. Ich weiß es.»

«Also gut.» Er legte seine Hand auf ihre. «Durchatmen. Hier kommt mein Ratschlag.» Er neigte den Kopf näher und sah ihr mit Nachdruck in die Augen. «Warte auf den perfekten Zeitpunkt. Schwer zu sagen, wann das sein wird. Er muss es erfahren, ja, aber du musst es ihm schonend beibringen. Das ist nichts, das du ihm einfach hinknallen kannst. Außerdem, wenn du die Formulierung *Wir müssen reden* benutzt, wird er ausflippen, bevor du noch ein weiteres Wort rauskriegst.»

Sie nickte zustimmend.

«Vergiss nicht, dass du nicht schuld bist an dem, was passiert ist. Sei nur darauf vorbereitet, dass Jason in die Luft geht. Nachdem er sich wieder beruhigt hat, nachdem er darüber nachgedacht hat, wirklich nachgedacht hat, wird auch er erkennen, dass dich keine Schuld trifft.» Er seufzte und ließ ihre Hand los. «Du bist ein Opfer. Das ist *dir* passiert, nicht *wegen* dir.»

Es war viel Therapie nötig gewesen, aber so viel wusste sie. Doch Schuldgefühl hatte ihren eigenen Kopf, und Jason mochte diese Sichtweise vielleicht nicht teilen. Außerdem blieben immer noch zwei brennende Fragen.

«Könnte er darüber hinwegkommen? Es hinter sich lassen? Oder würde ich eine ständige Erinnerung an den schlimmsten Tag seines Lebens sein?»

Mitgefühl trat in Parkers Augen und krümmte seinen Mund zu einem traurigen Lächeln. «Ich weiß es nicht. Alles, was du tun kannst, ist, auf die sanftestmögliche Weise ehrlich zu sein.»

«Ehrlich wobei?»

Jäh drehten sie sich zu Jason um, der in Jeans und einem schwarzen T-Shirt neben dem Tisch stand. Er ließ seinen Blick zwischen Ella und Parker hin und her schnellen.

Verflixt. Wie viel hatte er gehört? Ihr Herz klopfte, und Übelkeit stieg in ihrer Kehle hoch. Das hier war definitiv weder die richtige Zeit noch der richtige Ort, um irgendetwas zu erklären.

«Was für eine Nervensäge du bist.» Parker grinste und steckte sich eine Salzbrezel in den Mund.

«Urkomisch. Weißt du, was wirklich nervt? Dieser letzte Einsatz heute.» Jason schaute auf sie herunter. «Zwei Kleinkinder waren in einem Auto eingesperrt, während ihre Mom in der Bank war. Hat drei Sekunden gedauert, bis sie gemerkt hat, dass sie den Schlüssel im Auto gelassen und eins der Kinder an die Zentralverriegelung gekommen war. Fünf Minuten hat es gedauert, bis wir da waren, und dann noch zehn Sekunden, um die Tür für sie zu öffnen. Allen ging es bestens. Aber hat sie das akzeptiert? Nein. Wir mussten sie untersuchen und mit dem Trupp ins Krankenhaus fahren. Irre. Die Kleinen haben von ihren Kindersitzen aus gelacht und gewunken, weil sie das für die coolste Sache überhaupt hielten.» Er beugte sich über ihren Stuhl, die Hände auf die hölzernen Armlehnen gestützt. «Aber schön, dich zu sehen.» Er grinste. «Wie war dein Tag?»

Bevor sie antworten konnte, küsste er sie. Die ‹Kopf zur Seite, voller Zungeneinsatz, Mandelhockey vor der ganzen Bar›-Sorte von Kuss. Schätze, es war ihm nicht peinlich, dass er mit ihr gesehen wurde oder irgendwer von ihnen wusste. Und das war auch gut so. Der Lärmpegel war zu Geflüster gesunken, als er von ihr abließ.

Schwindelig räusperte sie sich. «Ähm, er war gut, danke.»

Er grinste breiter, immer noch über sie gelehnt, die Augen auf sie gerichtet. «Parker, was dagegen, wenn wir abhauen? War eine lange Woche. Ich melde mich morgen.»

«Klar, Mann. Ich steh nicht auf Dreier.»

Jason zwinkerte ihr zu. «Zu dir oder zu mir, Süße?» Er kniff leicht die Augen zusammen. «Streich das. Zu mir. Ich hatte den ganzen Tag Schicht. Wir müssen Storm füttern.»

Wir, nicht *er*, mussten die Katze füttern. Das machte er in letzter Zeit oft, das *Ich* aus seinem Vokabular zu streichen.

Sie spürte die Blicke aller in der Kneipe auf sich, als sie gingen, und als sie vor ihrem Gebäude parkte und über die Straße zur Wohnung von Jason ging, hatte das Gefühl kaum nachgelassen.

Noch während sie klopfte, drehte sie den Türknauf. Es war offen. «Ist es okay, dass ich reinkomme?»

«Jep. Ich bin im Gästezimmer.»

Sie schloss die Tür, ging durchs Wohnzimmer und den Flur entlang. Unvermittelt legten sich Finger um ihr Handgelenk, und sie wurde in sein Schlafzimmer anstatt in sein Büro gezogen. Die Tür schloss sich hinter ihr und fünfundachtzig Kilo heißer, harter Mann nagelten sie fest.

«Hallo, Ella.» Er grub seine Finger in ihr Haar und presste seinen Mund auf ihren.

Der Kuss hatte etwas Verzweifeltes an sich, eine Dringlichkeit, die er bisher noch nicht gezeigt hatte, und ihr Körper wurde warm. Sie packte die Vorderseite seines T-Shirts, grub die Finger in den Stoff und bat stumm um mehr. Er streichelte mit der Zunge über ihre, etwas, das er oft machte und unmittelbar bevor …

Seine Hände verließen ihr Haar und umfassten ihre Brüste, um mit den Daumen ihre Brustwarzen zu streicheln. Seine Berührungen und die Reihenfolge, in der er sie berührte, ließen sie ahnen, wie sehr er sie wollte und wie weit er plante, die Dinge gehen zu lassen. Sie hatte da in der vergangenen Woche einige Erfahrungen gesammelt. Jetzt legte er die Hände als Nächstes an ihre Taille, wo er zuvor immer aufgehört hatte. Heute jedoch griff er um sie herum und packte ihren Hintern.

Aufstöhnend schlang sie die Arme um ihn und ließ ihre Hände an seinem Rücken hoch zu seinen Schultern gleiten, um sich an ihnen festzuhalten. Seine Zunge mit ihrer umkreisend, kämpfte sie darum, aufrecht stehen zu bleiben. Er machte sie schwindelig. Die Stelle zwischen ihren Beinen schmerzte sehnend, und ihre Brüste kribbelten, und ein Vibrieren prickelte durch ihre Adern.

Er riss sie von der Tür fort und drehte sie herum, um sie rückwärts zum Bett zu schieben. Sie landete seitlich darauf, und er kniete sich breitbeinig über ihre Hüften.

Sanft streichelte er ihre Wange, während er auf sie heruntersah, und die Berührung war so zärtlich wie sein Blick. «Wir werden es heute Nacht nicht zu weit gehen lassen, aber ich würde gern ein wenig spielen, wenn das okay für dich ist? Alles, woran ich den ganzen Tag denken konnte, warst du und dich allein für mich zu haben.»

Aww machte es in ihrer Brust zur selben Zeit, in der ihr Mund völlig eigenständig agierte. «Spielen?»

Ein sündiges Grinsen. «Ja, spielen.» Er fuhr mit einem Finger zwischen ihren Brüsten entlang, tiefer. Ganz hinunter, an ihrem Bauchnabel vorbei, zum Verschluss ihrer Jeans. «Ich möchte meinen Mund auf dir, dich kosten, dich schmecken.»

«Oh.» Oh, du liebe Güte. *Das.* Nun, das war's dann wohl mit einen normalen Puls. Schwindelgefühl und Neugier liefen Amok. Ihre Haut errötete, und sie rang um Atem. «Ich habe das … äh … noch nie gemacht. Ich bin vielleicht nicht gut darin.»

Peinlichkeit, herzlich willkommen im Spiel.

Lächelnd brachte er seine Lippen wieder zurück zu ihren, um an ihrem Mund zu sprechen. «Du brauchst nichts zu machen. Einfach nur daliegen und genießen.»

Ja, okay, aber ... «Ich meine in Bezug auf dich. Wenn ich dasselbe bei dir mache. Ich bin mir nicht wirklich sicher, wie. Ich meine, ich weiß, wie. Ich habe darüber nachgedacht und Leute reden gehört, aber ich habe es halt noch nie ... selbst gemacht.»

«Sei nicht nervös, Liebling. Hier bin nur ich. Du brauchst nichts zu tun, bei dem du dich unwohl fühlst.» Er stöhnte. «Andererseits kann ich, während ich das sage, an nichts anderes denken, als daran, deinen herrlichen Mund um mich zu spüren. Ich bin kurz davor, den Verstand zu verlieren.»

Seine Arme legten sich wieder um sie und drängten sie, sich aufzusetzen. Fort war ihr Shirt, bevor sie auch nur blinzeln konnte, und er legte sie wieder zurück. Er senkte den Kopf und nahm durch ihren BH hindurch ihre Brustwarze zwischen die Zähne.

BH. Verflixt. Hatte sie heute ein gutes Unterwäsche-Set angezogen? Sie öffnete die Augen und schaute an sich herab. Grüner Satin mit Spitze an den Rändern. Ausgezeichnet. Eines ihrer heißeren Unterwäsche-Sets und ...

Er umkreiste ihren Bauchnabel mit der Zunge und öffnete den Knopf ihrer Hose. Zog den Reißverschluss auf.

«Oh, du meine Güte.» Aufstöhnend vergrub sie die Finger in seinem Haar.

«Ich werde dir die jetzt ausziehen, Liebling.» Er schob ihr die Jeans über die Hüften, an ihren Beinen hinunter, und kniete sich dann zwischen ihre Schenkel. Er betrachtete sie und strich sanft mit den Fingern an den Rändern ihrer Strümpfe entlang. «Ich werde meine Hände jetzt tiefer wandern lassen.»

Tiefer? Sie dachte ...

Sanft streichelte er von ihren Oberschenkeln zu ihren Knien. Sofort verkrampfte sie sich, und ihre Haut wurde kühler, als die

Hitze sich verflüchtigte. Sie hob die Arme, aber er schüttelte den Kopf.

«Lass mich dich berühren. Sieh mich an. Ich bin's nur, Süße. Ich hab dich.»

Die Bewunderung in seinem ruhigen Tonfall, sein mit dem ihren verschmolzener Blick reichten aus, um sie den Kopf ausschalten zu lassen und wieder zu dem zurückzukehren, was sie angefangen hatten. Bis er langsam über ihre Knie zu ihren Waden wanderte und sie um Atem ringen musste. Keuchend biss sie sich auf die Zunge. Das Gefühl in ihren unteren Extremitäten war gedämpft wegen der Narben und der Nervenschäden. Doch zu wissen, dass seine Hände dort waren, sie zu sehen, ließ sie hypersensibel werden. Panik brodelte in ihrer Brust.

«Ganz ruhig. Nur ich, Süße. Schau zu mir. So ist es gut. Sieh mich an.»

Tief Luft holend, richtete sie sich ein Stück auf, um ihn besser sehen zu können. Sein herbes Aftershave drang ihr in die Nase und war wie Balsam. Vertraut. Neu. Sexy und tröstlich zugleich. Sie fand nichts als Zuneigung, Geduld und Aufrichtigkeit in seinen haselnussfarbenen Augen.

Die Enge in ihrem Hals lockerte sich. Das Stechen in ihrer Brust ließ nach. Hitze verdrängte erneut die Kälte, und ihr wurde bewusst, dass sie aufgehört hatte zu zittern.

«Da bist du ja.» Lächelnd glitten seine Hände wieder hoch zu ihren Knien und verharrten auf ihren Schenkeln. Er beugte sich über sie und rieb seine Nase an ihrer. «Ich mag es, dich zu berühren. Und jetzt versuch, nur noch zu spüren.»

Er senkte den Kopf und küsste ihren Hals, ihr Ohr, ihre Kehle. Sie streichelte seine Schultern, spielte mit den feinen Härchen in seinem Nacken, während er tiefer wanderte. An ihren Brüsten vorbei, über ihren Bauch zu der Stelle, an der sie sich pulsierend nach ihm sehnte. Ohne sie aus den Augen zu lassen, zog er ihr das Höschen aus und warf es über seine Schulter.

Nervosität und Erwartung machten sie reglos, und sie fragte sich, ob ihm gefiel, was er sah und wie es sich anfühlen würde, ihn dort zu spüren. Wie sie reagieren sollte oder ob ihre Reaktionen normal sein würden. Aber ohne Vorwarnung packte er ihre Hüften, vergrub sein Gesicht in ihrer Hitze und stöhnte auf.

All ihre Zweifel und Fragen lösten sich in nichts auf. Bombardiert von einem Ansturm an Empfindungen warf sie den Kopf zurück. Er neckte ihre Klitoris mit seiner Zunge, gefolgt von leichtem Knabbern. Immer wieder. Immer weiter. Langsam erhöhte er den Druck und verlagerte seine Haltung.

Verflixt. Oh, verflixt, plötzlich waren seine Finger dort, streichelnd, kreisend, eindringend. Der leichte Druck in ihr kombiniert mit seinem Mund ließ Spannung in ihrem Bauch entstehen. Sie steigerte sich, bis sie nichts anderes mehr tun konnte, als sich diesen phantastischen Dingen, die er tat, entgegenzubäumen. Ein Kribbeln schoss an ihrem Rückgrat entlang. Ihre Muskeln verkrampften sich. Ihr Körper bäumte sich auf. Sie griff über ihren Kopf und fand nichts als Decken. Sie packte sie, so fest sie konnte, um sich an etwas festzuhalten, während die Welt um sie herum verschwamm.

Ein Schrei kam ihr über die Lippen, als sie explodierte. Zuckende Kontraktionen hielten sie in einem schwebenden Zustand gefangen, während weißglühende Blitze ihr System überlasteten. Gerade als es zu viel wurde, als sie glaubte, es nicht länger zu ertragen, ließ er langsam nach und brachte sie wieder zur Erde zurück.

Er setzte sich zwischen ihren Knien auf seine Fersen, während sie keuchend wie eine Verrückte zur Decke hochstarrte. Verflixt, sie zitterte immer noch.

«Du bist wunderschön.»

Sie hob den Kopf und sah ihn an. Ein Lächeln krümmte seine Lippen, zärtlich mit ein wenig Ehrfurcht darin. Er schluckte und schüttelte den Kopf, wie um ihn freizubekommen.

Nicht sicher, wie sie sich revanchieren sollte, setzte sie sich auf und schob ihre Hände unter sein Shirt. Er schloss die Augen und atmete tief ein. Sie zog ihm das T-Shirt aus und legte es beiseite, dann musste sie innehalten, um ihn anzusehen.

So ein phantastischer Körper. Schlanke Taille, ausgeprägte Bauchmuskeln, harte Brust mit leichter Behaarung, die zu dem Dunkelblond auf seinem Kopf passte. Er ballte die Fäuste auf den Oberschenkeln, und sein Bizeps wölbte sich. Adern und Sehnen traten hervor.

«Du musst das nicht tun, Ella.»

«Ich will es aber.» Sehr. Ihn berühren und kennenlernen. Erkunden, was ihm gefiel und was nicht. Dafür sorgen, dass er sich nur halb so gut fühlte, wie sie es dank ihm getan hatte. «Ich bin mir nur nicht sicher, wie.»

Er nahm ihre Hände in seine und legte sie auf den Schritt seiner Jeans, wo sich die deutliche Kontur seiner Erektion gegen den Stoff drängte. Sie beobachtend, führte er sie, den Knopf zu öffnen, den Reißverschluss aufzuziehen und ihn aus der Unterhose darunter zu befreien.

Sie sog den Atem ein und starrte ihn an. Er hatte einen langen, schlanken Schaft, dessen breiter Kopf seinen Nabel erreichte. Lockiges Haar im selben sandfarbenen Blondton kräuselte sich an seiner Wurzel. Dicke Adern überzogen ihn. Sie streckte die Hand nach ihm aus, zog sie dann jedoch wieder zurück.

Er umfasste sanft ihr Handgelenk und brachte ihre Hand wieder zu ihm zurück, um sie zu ermutigen, die Finger um ihn zu legen. «Es gibt keine falsche Weise, mich zu berühren, Süße. Vermeide es einfach, die Zähne zu benutzen.» Er lächelte, mit angespannt zusammengezogenen Brauen. «Mir wird gefallen, was immer du tust.»

Nickend verstärkte sie ihren Griff ein wenig und begann, ihn zu streicheln, von der Wurzel zur Spitze.

Er stieß ein langes, lautes Stöhnen aus. «Oh ja. Das ist genau richtig.»

Ermutigt machte sie es noch mal, und schneller atmend legte er den Kopf in den Nacken. Ein paar weitere Wiederholungen, dann umfasste sie mit der anderen Hand seine Hoden. Seine Lippen teilten sich, als versuche er, mehr Luft einzusaugen, jedoch ohne Erfolg. Ermutigt beugte sie sich vor und leckte um den Rand seiner Eichel, was ihr ein weiteres Stöhnen einbrachte.

Da er mehr als zufrieden mit ihren Berührungen zu sein schien, nahm sie ihn in den Mund. Er gab einen erstickten Laut von sich. Zitternde Hände legten sich auf ihren Kopf, die Finger in ihrem Haar. Sie nahm so viel von ihm auf, wie sie konnte, und massierte ihn unterhalb ihrer Lippen mit der Hand.

«Lieber Gott, ja. Genau so.»

Sie spürte, wie sie erneut feucht wurde. Sie pulsierte vor Erregung. Nach kurzer Zeit erkannte sie, dass er einen kräftigen Griff, aber eine leichtere Berührung an den Hoden vorzog. Sie behielt den Rhythmus bei, dabei genoss sie die lustvollen Laute, die er von sich gab, bis sein Körper sich anspannte.

«Ella», flüsterte er gebrochen. Seine Finger verkrampften sich in ihrem Haar. «Ich bin gleich so weit, Süße. Ich –»

Er zog ihren Mund von sich fort und legte seine Hand um

ihre, während sie ihn weiter massierte. Fasziniert beobachtete sie sein Gesicht, den Schmerz und die Wonne, als er kam. Wie sein herrlicher, athletischer Körper sich anspannte und zuckte und er zwischen zusammengebissenen Zähnen ein Brüllen ausstieß.

Allmählich wurde er schlaff, und schließlich sah er sie an. Eine Myriade von Emotionen zuckte über seine Züge, da und im Nu wieder fort. Wut, Seligkeit, Verwirrung, Schock, Freude, Erleichterung. Zack, zack, zack, zack, zack. Bis Befriedigung die Zügel übernahm und er sie mit Wärme in den Augen anlächelte.

«Sobald ich mich erholt habe, machen wir das noch mal.»

Sie grinste. Noch mal bedeutete mehr. Noch mal bedeutete, er fand sie nicht langweilig.

· 15 ·

ELLA: Lieber Jason, die Jalousien in deinem Schlafzimmer haben Schnüre. Was du mir alles verschweigst! Das ist eine unglaublich faszinierende Unterhaltung. Wie kannst du es wagen, mir dieses Spielzeug vorzuenthalten. Ich werde damit spielen, bis ich umfalle. Mit freundlichen Grüßen, Storm

Grinsend legte Jason sein Handy wieder mit dem Display nach unten auf den Eichentisch, an dem er als kleiner Junge Hunderte von Mahlzeiten gegessen hatte, und machte sich kopfschüttelnd über den Hackbraten, Kartoffelbrei und die Erbsen auf seinem Teller her. Letzteres tat er nur unter Zwang. Erbsen waren widerlich. Nur für seine Mama würde er sie runterwürgen.

Ihre Küche hatte sich seit seiner Kindheit ebenfalls nicht verändert. Gelbe Tapeten mit Löwenmäulchen in senkrechten Reihen, die mit der Zeit von Weiß zu Elfenbein vergilbt waren. Helle Eichenschränke passten zum Tisch, aber die Resopal-Arbeitsplatten waren eine Beleidigung fürs Auge. Die Keksdose hatte immer noch einen Sprung im Deckel von damals, als er beim Stibitzen der gebackenen Köstlichkeiten erwischt worden war und den Deckel hatte fallen lassen. Ins Linoleum vor der Spüle hatten sich vom vielen Geschirrspülen Abnutzspuren eingegraben.

«War das sie?»

Er warf einen Blick zu seiner Mom. Sie trug noch denselben blonden Bob, den sie schon sein ganzes Leben lang hatte, und ein Lächeln hob ihre runden Wangen. Neben ihr saß Lou. Sein Schnurrbart zuckte, während er kaute, und sein graumeliertes Haar war aus seiner Stirn gestrichen.

«Ja, das war sie. Sie schreibt mir immer diese Nachrichten, wenn sie für mich auf das Fellknäuel aufpasst. Sie formuliert sie so, als wären sie von der Katze, nicht von ihr. Das ist süß. Offenbar hat Storm heute entdeckt, dass meine Jalousien Schnüre haben.»

Mit einem zufriedenen Summen nahm Mama einen Bissen Kartoffelbrei auf ihre Gabel. «Also läuft alles gut?»

Schulterzuckend versuchte er, ihrer Frage auszuweichen. «Klar. Ich mag sie.» Untertreibung des Jahrzehnts. Er kam allmählich an den Punkt, an dem er sie viel mehr als nur mochte.

Lou wischte sich den Mund mit einer Serviette ab. «Wen?»

«Seine neue Freundin.» Mama zwinkerte ihm zu.

«Seine was?» Lou fielen fast die Augen aus dem Kopf. «Du bist mit jemandem zusammen?»

«Mmmhmm.» Mama seufzte. «Schon seit fast einem Monat.»

«Regnet es Frösche? Sind die Flüsse ausgetrocknet oder fließen plötzlich rückwärts? Warte mal, wirst du erpresst, Sohn?»

Jason verdrehte die Augen so heftig, dass sie fast gegen seine Augenhöhlen prallten. «Nein. Ich mag sie zufällig sehr, okay? Ihr Name ist Ella. Sie ist Lehrerin drüben an der Grundschule.» Das Merkwürdigste daran? Außer der Tatsache, dass er in einer Beziehung war und keinen Herzinfarkt hatte? Er war glücklich. Zufrieden. Sogar Begriffe wie ‹Freundin› oder ‹mit jemandem zusammen› ließen seine Haut nicht mehr jucken.

Genau genommen wäre er lieber bei ihr, um einen Film zu gucken und zu versuchen, sie aus ihren Kleidern zu bekommen, aber das wöchentliche Abendessen mit seiner Mutter und Lou war schon Tradition, seit er ein kleiner Junge gewesen war.

Lou wurde um mehrere Schattierungen blasser, als er ganz langsam seine Gabel weglegte. «Du meinst doch nicht etwa Ella Sinclair?» Jäh richtete er seine Aufmerksamkeit auf Mama.

Sie nickte.

Lous Miene nahm einen Was-zum-Teufel-Ausdruck an.

Mama schüttelte den Kopf.

Irgendeine seltsame Form telepathischer Kommunikation flog zwischen ihnen hin und her, in die Jason nicht eingeweiht war und bei der er auch nicht sicher war, ob er das wollte. «Was ist das Problem?»

«Nichts, Baby. Er ist nur überrascht. Wir freuen uns für dich.» Sie legte ihre Serviette weg, stützte die Ellbogen auf den Tisch und verschränkte die Finger unter ihrem Kinn. «Jetzt mal was anderes: Da gibt es etwas, das Lou und ich schon länger mit dir besprechen wollen.»

Jasons sechster Sinn kribbelte, und Alarmglocken schellten. Es half auch nicht unbedingt, dass Lous ohnehin bereits blasse Haut aschfahl wurde. «Was?»

«Nun», sagte sie mit einem Seufzen und legte ihre Hand auf die von Lou. «Wir sind zusammen.»

Stocksteif starrte Jason sie an, ohne zu blinzeln.

«Was?» Denn auf gar keinen Fall, unmöglich konnte sie meinen, was er dachte, dass sie meinte. Das musste ein Scherz sein, ein Versuch seiner Mutter, ihn auf eine falsche Fährte zu locken, damit sie darüber lachen konnte, ihn drangekriegt zu haben.

«Wir waren all die Jahre lang Freunde, und eines Tages hat es einfach gefunkt.» Sie lächelte Lou liebevoll an. *Liebevoll*, um Himmels willen.

Das hier passierte nicht wirklich. «Wie ...» Jason kippte die Hälfte seines Wassers hinunter und stellte das Glas sorgfältig ab. «Wie lange schon?»

Endlich ließ Lou sich Eier wachsen und sah Jason in die Augen. «Seit fünf Jahren letzten Monat. Ich möchte, dass sie mich heiratet, aber sie will nicht ja sagen, bis du von uns weißt.»

Uns. Sie waren ein *uns*.

Moment mal. Wie bitte?

«Fünf Jahre?» Er sprang auf. Um was zu tun? Keine Ahnung. Es könnte etwas mit seiner Faust im Gesicht seines Bosses zu tun haben. «Ihr lügt mich schon seit fünf Jahren an?»

Oh Scheiße, er würde gleich durchdrehen. Er konnte spüren, wie sich Klauen in seinen Hirnstamm gruben und kratzend seinen Schädel hochkrochen. Seine Schläfen pulsierten so heftig, dass es an Schmerz grenzte. Schlimmer, so viel schlimmer noch, war der mahlende Schmerz und das Gefühl von Verrat in seinem Bauch.

«Baby, beruhige dich. Wir dachten einfach nicht, dass du schon bereit warst, die Nachricht zu hören. Das ist eine große Umstellung, und du kommst nicht so gut mit Veränderung klar. Aber, wie Lou schon sagte, werde ich nicht ja sagen, bis du einverstanden bist.»

Ja. Also hatte sie vor, ja zu sagen. Seine Mama. Verheiratet mit einem anderen. Einem Mann, der nicht sein Vater war. Genau genommen ...

Er sah Lou an und wollte den Kerl umbringen. «Du warst Dads bester Freund.»

Wie Jason und Parker waren Dad und Lou zusammen aufgewachsen, die engsten Freunde. Sie hatten zusammen in der Feuerwehrstation Dienst getan. Lou war derjenige gewesen, der an Mamas Tür aufgetaucht war, um ihr zu sagen, dass Dad gestorben war. Er hatte ihnen während der Beerdigung, während des Trauerprozesses und in jeder einzelnen Sekunde, um die Jason seit diesem tragischen Tag gealtert war, beigestanden.

«Ja, das war ich, und ich würde alles dafür geben, ihn wiederzuhaben.» Mit gesenktem Kopf stand Lou vom Tisch auf. «Aber er ist nicht hier. Du kommst für mich einem Sohn so nah, wie es nur möglich ist, und ich liebe dich seit dem Tag, an dem du in diese Welt gekommen bist.» Er sah Jason an, und die Emotionen in den Augen dieses Mannes ließen die sich aufbauende Wut beinahe in sich zusammenfallen. «Deine Mom und ich haben uns mit Schuldgefühlen wegen unserer Gefühle füreinander herumgeschlagen. Aber die Wahrheit ist, ich liebe sie, und sie liebt mich. Die wirkliche Frage ist, kannst du deine Schuldgefühle überwinden?»

Das musste doch verdammt noch mal ein Scherz sein. «Ich? Weswegen zum Teufel sollte ich mich schuldig fühlen? Ich habe verdammt noch mal nichts falsch gemacht.»

«Nein, das hast du gewiss nicht. Du hattest keinerlei Anteil an dem Feuer, das ihn getötet hat. Du warst noch ein kleiner Junge. Es war ein Unfall. Ein schrecklicher, tragischer Unfall. Die passieren in jeder Sekunde jedes Tages. Und deshalb tun wir, was wir tun. Es ist unser Job, die zu retten, die wir können. Aber du hättest ihn ebenso wenig retten können wie ich, und glaub mir, ich habe es versucht. Und doch trägst du die Schuld seines Todes wie ein Leichentuch mit dir herum.»

Jason knirschte mit den Zähnen. «Du weißt nicht, wovon du redest.»

«Weiß ich nicht?» Lou seufzte ernst. «Du weigerst dich, Gefühle für irgendeine der Frauen zu entwickeln, mit denen du ausgehst, weil du sie vielleicht verlieren könntest. Und weil du denkst, dass du Glück nicht verdient hast. Du gehst im Beruf und in deiner Freizeit chronisch Risiken ein. Das ist die einzige Zeit, in der du dich lebendig fühlst, und tief drin hoffst du, dass du nicht überlebst. Eines Tages wird dein Glück aufgebraucht sein. Davor fürchte ich mich seit dem Tag, an dem wir deinen Vater beerdigt haben. Die Sorgen bringen deine Mutter halb ins Grab. Und mich auch. Und Parker und alle anderen, die dich gernhaben.» Er schniefte und straffte die Schultern. «Und jetzt sag mir, dass ich nicht weiß, wovon ich spreche, dass ich dich nicht kenne.»

Der Mann hatte nicht mehr alle Tassen im Schrank. Er wurde senil. Verrückt. Total durchgeknallt.

Hilfesuchend sah Jason zu seiner Mom, um zu verlangen, dass sie Lou sagte, dass er falschlag. Völlig falsch und daneben. Aber Jason blieb das Herz stehen, und die Faust um seine Luftröhre drückte zu, als er feststellte, dass ... ihre Augen nass waren. Nässe sammelte sich an ihren Wimpern und lief ihr über die Wangen. *Tränen.*

Lou sah sie an und schenkte ihr ein entschuldigendes Lächeln. «Es tut mir leid. Ich werde gehen, damit ihr zwei reden könnt.»

«Spar dir die Mühe.» Jason rieb über den Schmerz in seinem Bauch, doch die Panik blieb. Heiß, schwer und schneidend. «Ich gehe.»

«Baby, bleib. Rede mit mir.»

Nicht jetzt. Er würde etwas sagen, das er bereuen würde. «Ich rufe dich später an.»

Er drehte sich um und marschierte aus dem Zimmer, dem Haus und schnurstracks zu seinem Truck. Mit aufheulendem

Motor fuhr er auf die Straße, die Gedanken in Aufruhr. Ohne Richtung oder Ort oder Ziel vor Augen fuhr er einfach los.

Vielleicht Klettern. Er könnte nach Hause fahren und seine Kletterausrüstung holen. Oder Drachenfliegen. Evert wäre vielleicht noch am Hangar und würde ihm den Gefallen tun. Oder Bungeespringen oben am Berg. Die Besitzer erlaubten normalerweise keine Sprünge bei Dämmerung oder später, aber sie kannten ihn seit Jahren und würden vielleicht dieses eine Mal eine Ausnahme machen. Verdammt, er könnte einfach Parker anrufen und sich volllaufen lassen.

Irgendwas. Gott, *egal was* an diesem Punkt, um die Wut und den Wahnsinn zu stoppen. Die Leere. Den Kummer, die Traurigkeit und die angespannte Gereiztheit. Am schlimmsten von allem war die Furcht, dass Lou vielleicht gar nicht der Verrückte war.

Bäume sausten an seinem Fenster vorbei. Fußgänger winkten. Laternen gingen blinkend an. Nebel waberte aus Richtung Meer heran. Er hatte nur eine vage Vorstellung davon, wo er war, während er einfach auf Autopilot …

«Jason?»

… zu Ella fuhr. Ja, dem Allmächtigen sei Dank, Ella.

Moment mal. Was?

Er sah sich um und erkannte den Flur ihres Mietshauses, erkannte, dass er vor ihrer Tür stand. Wie zum Teufel war er hierhergekommen? Und wann?

Sie trug einen blauen Fleecepyjama mit Pinguinen drauf. Riesige dunkelblaue Pantoffeln steckten an ihren Füßen, und ihr kakaofarbenes Haar war in einem unordentlichen Knoten hochgebunden. Ein Knoten war auch das, wie sein Magen sich anfühlte.

«Tut mir leid, dass ich nicht vorher angerufen habe.» Er raufte sich das Haar. «Ich wollte nur …» Er wusste es nicht.

«Komm rein.» Besorgt runzelte sie die Stirn, als sie zurücktrat, um ihn reinzulassen. «Was ist los?»

Er trat über die Schwelle in ihr Wohnzimmer, wo er unruhig auf und ab marschierte. Die Hände in die Hüften stemmte. Weiter auf und ab marschierte, bis er beinahe Laufspuren in ihrem Holzboden hinterließ.

«Jason, du machst mir Angst.»

Er schloss die Augen. «Tut mir leid. Ich weiß nicht, warum ich hergekommen bin.» Abgesehen davon, dass er es offensichtlich brauchte, sie zu sehen. Von all den Dingen, die er hätte tun können, oder den Leuten, zu denen er hätte gehen können, hatte er unbewusst sie gewählt. Verdammt, aber in seinem Kopf ging zu viel vor, um das jetzt zu analysieren. «Hast du schon geschlafen?»

«Nein, noch nicht. Ich komme gerade aus der Badewanne.»

Er nickte. Ihr typischer süßer Duft musste von Badebomben oder Badesalz oder einem Schaumbad kommen. Was auch immer es war, das Frauen benutzten. Der Duft hing intensiv in der Luft, und ein Teil von ihm beruhigte sich langsam. Denn das war es, was sie tat. Ihr Geruch, ihre Stimme, ihre Berührung, ihre Gegenwart. Sie beruhigte den Wahnsinn. Ließ die Stimmen in seinem Kopf verstummen und die Notwendigkeit, in Bewegung zu bleiben, verblassen. Verdammt wollte er sein, wenn er wusste, warum oder wie, aber sie erlaubte ihm zu atmen. Er hatte nicht mal gemerkt, dass er den Atem angehalten hatte, bis er sie getroffen hatte.

«Jason, ist alles okay? Was ist passiert?»

«Ich habe mit meiner Mama und Lou zu Abend gegessen.

Offenbar sind sie zusammen. Genau genommen will er sie heiraten. Sie haben mich angelogen. Fünf Jahre lang haben sie mich angelogen.»

Und einfach so flogen Sätze aus seinem Mund, in willkürlichen Gedankengängen, die weder Anfang, Mitte noch Ende hatten. Und mit dem Redeschwall kamen Gefühle, derer er sich nicht einmal bewusst gewesen war. Worte wie Verlust und Verrat und Reue und Leere und Zurückweisung und tiefe, tiefe Trauer wurden ausgesprochen, als wäre sein Herz auszuschütten etwas, das er stündlich tat. Sein Dad, seine Mama und Lou waren Splitter in diesem Chaos, eingebettet in die Last, die er schon zu lange mit sich herumtrug. Auf und ab marschierend lud er sein Gefühlschaos bei seiner süßen Ella ab, und aus irgeneinem Grund wurde die Last leichter und leichter, je länger dieses seltsame Phänomen andauerte.

Schwer atmend hielt er mitten im Zimmer inne, zitternd und mit schmerzenden Muskeln. «Ich will, dass sie glücklich ist. Das will ich wirklich. Lou auch. Er war gut zu uns und wie ein Vater für mich, aber …» Verdammt und zur Hölle. Seine Augen brannten. «Ich vermisse einfach meinen Dad, weißt du?»

Sie kam zu ihm und schlang die Arme um ihn. Warm, tröstend hielt sie ihn, als könnte sie seine Last eine Weile lang für ihn tragen und als mache es ihr nichts aus, wie schwer sie war. Sie streichelte seinen Rücken, in beruhigenden Kreisen, die nichts und alles zugleich sagten. Dass er sicher war. Dass er loslassen konnte. Dass sie ihn auffangen würde.

Überwältigt vergrub er sein Gesicht in ihrem Haar, schlang die Arme um sie und übergab ihr die Zügel.

So standen sie da, ineinander verloren. Er konnte nicht sagen, wie lange. Jahre. Jahrzehnte. Egal. Stück für Stück, langsam, aber sicher wurde der Druck in seinem Kopf, in seiner Brust leichter. Sein Herz fand zu einem normalen Rhythmus zurück, und Sauerstoff fand wieder den Weg in seine Lunge. Frieden, wie er sich nicht erinnern konnte, ihn je erlebt zu haben, breitete sich in ihm aus.

«Was kann ich tun?» Sie drehte den Kopf und legte die Wange auf seine Brust. «Was brauchst du?»

«Dich.» Er lachte beinahe über die Ironie. Wie schnell dieses Wort über seine Lippen gekommen war. «Ich brauche nur dich.» Er sah auf sie hinunter, hielt ihr hübsches Engelsgesicht in den Händen und wollte nie wieder fortsehen. «Lass mich dich heute Nacht lieben.»

Nicht Sex. Nicht spielen. Nicht miteinander schlafen oder vögeln oder Spaß haben.

Lieben. Es entging ihm nicht, dass er diese Formulierung gewählt hatte. Es fühlte sich an, als hätte er etwas gefunden.

Sie musterte seinen Gesichtsausdruck, Zweifel und Fragen in ihren Augen.

Er würde sie auslöschen, jede einzelne.

Ein leises Ausatmen, dann lächelte sie. Sie nahm seine Hand und führte ihn zu ihrem Schlafzimmer, wo sie am Fuß des Bettes stehen blieben.

«Gib mir nur einen Moment, um meine Strümpfe anzuziehen.»

«Nein.» Er schüttelte den Kopf. Kein Verstecken mehr. Er hatte sich ihr gerade entblößt, ihr Bereiche seiner Seele gezeigt, die vor Ewigkeiten dunkel geworden waren. Er konnte es ertragen, mit allem umgehen, was sie ihm enthüllte. Er würde es ertragen, ihre Dunkelheit zu sehen. «Zeig es mir. Zeig mir alles von dir.»

«Jason, das kann ich nicht. Sie sind fürchterlich hässlich, und niemand hat sie seit Jahren gesehen.»

Er benutzte die einzige Waffe, die er in seinem Arsenal hatte. Ihre eigenen Worte.

«Versuch es.» Er legte eine Hand an ihre Wange, als sie anfing, den Kopf zu schütteln. «Versuch es, Süße. Ich bin's nur. Ich hab dich.»

Sie hatte ihm nach einer Weile erlaubt, ihre Narben durch die Strümpfe hindurch zu berühren. Vielleicht würde der Akt, sie ihn sehen zu lassen, etwas von den Zweifeln in ihren Augen verschwinden lassen. Mehr als einmal hatte er den Eindruck bekommen, dass sie etwas vor ihm verbarg, ein Stück von sich zurückhielt. Höchstwahrscheinlich war es ein Verteidigungsmechanismus. Davon hatte er reichlich und konnte es ihr nachfühlen. Aber das Interessante? Er brauchte keinen Schutz vor ihr. Er konnte nur hoffen, dass ihre Schutzmauern ebenfalls fallen würden.

Als sie nicht antwortete, hob er die Hände zu ihrem Hals, zu den Knöpfen ihres Pyjamaoberteils. Sie schloss die Augen, blieb jedoch stumm. Er öffnete einen Knopf. Zwei. Alle, dann schob er das Oberteil auseinander und ließ es über ihre Schultern zu Boden gleiten.

Himmel, sie war schön. Bronzefarbene Haut, volle Brüste, Sanduhr-Taille und runde Hüften. Er beugte sich vor und küsste erst eine Brustwarze, dann die andere. Mit starrem Körper sog sie abgehackt den Atem ein.

Er schob die Finger in den Bund ihrer Hose und hielt bei ihrem leisen Wimmern inne. Gab ihr Zeit, nein zu sagen. Aber sie schluckte, ohne zu sprechen, die Augen immer noch geschlossen.

Langsam zog er ihr die Hose über die Hüften, an ihren Schenkeln hinunter und ließ sie um ihre Füße fallen. Dabei sah er sie weiter wartend an. Sie zitterte, die Brauen angespannt zusammengezogen, und ihr Atem ging durch die Decke.

«Setz dich, Süße.» Die Hände auf ihren Schultern ermutigte er sie, sich aufs Bett zu setzen.

Sie gab nach, die Fäuste an den Seiten geballt, und Tränen sickerten unter ihren geschlossenen Lidern hervor.

Darum würde er sich gleich kümmern. Sobald sie die erste Enthüllung hinter sich hatten, würde sie wissen, dass sie nichts von ihm zu befürchten hatte. Dennoch tat ihm das Herz weh, sie weinen zu sehen. Sie hatte in ihrem Leben wahrscheinlich schon unzählige Tränen vergossen. Sie sollte es nie für ihn tun müssen.

Er ging vor ihr in die Hocke und machte sich bereit hinzusehen. Nur hätte nichts ihn darauf vorbereiten können, was er enthüllt hatte. Nichts.

Ihre Hose lag um ihre Knöchel, an ihren Pantoffeln verfangen, aber er hatte ihre Unterschenkel entblößt. Und es war absolut erschütternd. Gleich unterhalb ihrer Knie veränderte sich die schöne goldbraune Haut zu Rot und Weiß. Verfärbungen und dicke, verschlungene Narben bildeten ein schreckliches Labyrinth. Mit heftig zitternden Händen zog er ihr einen Pantoffel aus, dann den anderen und streifte ihre Hose ganz ab.

Oh nein. Heilige Mutter Gottes, nein. Sie hatte es ihm gesagt, ihm die Verletzungen beschrieben, und doch hatte er einfach nicht mit ihrer Schwere gerechnet. Oder vielleicht hatte er es verdrängt.

Da waren keine Zehen. Dic Narben gingen an beiden Füßen weiter, dunkler in der Farbe und bedeutend dicker. Erhebungen und Stücke fehlenden Fleisches zeigten das Muster der Flammen. Sie musste mitten im Feuer gestanden haben.

Ein Bild einer jüngeren Version von ihr kam ihm in den Sinn und des Albtraums, den sie durchlebt und irgendwie überlebt hatte. Der Horror und das Entsetzen, die sie erduldet haben musste. Der Schmerz, den sie ertragen hatte.

Und er hielt es nicht aus. Ein sengender, stechender Schmerz schnitt mitten durch ihn hindurch und lähmte ihn fast. Zerfetzte ihn von innen heraus, bis nichts mehr übrig war. Ein Felsbrocken steckte in seiner Kehle, und er rang nach Luft.

Mit brennenden Augen legte er die Hände auf ihre Oberschenkel, senkte den Kopf und schloss die Augen, wie sie es getan hatte. Tapfere, süße, witzige Ella. Gott, was ihr zugestoßen war. Er litt, mit allem, was er hatte, litt er für sie. Seine Brust stockte. Brach weit auf.

«Bitte», flüsterte sie mit abgehackter Stimme. «Bitte gib mir einfach meine Kleider wieder. Ich habe dir gesagt, dass sie hässlich sind. Ich –»

«Lass ...» Oh, Gott. «Lass mich einfach weinen.» Er hatte nicht mehr geweint, seit er ein Junge gewesen war. Er war vermutlich schon längst überfällig, und, weiß Gott, jemand musste für sie weinen. «Hässlich», murmelte er, doch dann war er nicht in der Lage, den Rest des Satzes herauszubringen. Heiße Tränen liefen ihm über die Wangen, und er schüttelte den Kopf.

Ihr Atem stockte. Sie wimmerte erneut und regte sich, als wolle sie aufstehen.

«Nein.» Mit mehr Mut, als er zu besitzen glaubte, hob er den Kopf und sah ihr in die Augen. «Nicht hässlich, Ella. Nicht einmal im selben Universum, Süße.»

Er sah sie an, diese goldbraunen Augen und dichten Wimpern und geschwungenen Lippen und die gebogene Nase. Ihr herrlich seidiges Haar und die kurvige Figur. Sie war attraktiv. Verführerisch auf eine unerwartete Weise. Aber ihre wahre Schönheit lag in den Details, die dem oberflächlichen Beobachter verborgen blieben. Ihre Stärke, wieder aufzustehen, als das Leben sie niedergeschlagen hatte. Wie sie kleine Dinge zu schätzen wusste, die die allgemeine Bevölkerung für selbstverständlich nahm. Dass sie für die kleinsten Gesten so dankbar und überrascht über die Freundlichkeit war, die ihr entgegengebracht wurde. Und obwohl sie nicht naiv war, war sie vertrauensvoll. Eine dieser seltenen Seelen, die trotz ihrer Erfahrungen immer noch an das Gute in den Menschen glaubte. Sie war gütig, kümmerte sich um andere und stellte deren Wohlergehen über ihre eigenen Bedürfnisse.

Hässlich? Er wusste nicht, wo sie diese Bezeichnung aufgeschnappt hatte, aber nein. Tausendmal nein.

Er stand auf, griff hinter sich und zog sein T-Shirt aus. Dann streifte er seine Schuhe ab und trat sie beiseite. Die Jeans und die Unterhose kamen als Nächstes. Die ganze Zeit über hielt er ihren Blick fest, damit sie wusste, ohne den Hauch eines Zweifels, dass er nur sie sah. Er war hier bei ihr, genau dort, wo er sein wollte und musste.

Er nahm ihr Gesicht in die Hände und wischte ihr mit den Daumen die Feuchtigkeit von den Wangen. «Du bist das Schönste, das ich je gesehen habe. Es ist egal, ob du mir glaubst oder nicht. Ich werde es dir zeigen.»

· 16 ·

Zutiefst geschockt starrte Ella Jason an, wie er nackt vor ihr stand, das Gesicht zu ihrem gesenkt, und ihr die Tränen mit solcher Sanftheit, solcher Bewunderung fortwischte, dass sie am liebsten noch mehr weinen wollte. Er hatte sie schön genannt. Hatte geweint, als er ihre Narben betrachtet hatte, als wäre ihr Schmerz auch der seine. Und anstatt abgestoßen oder angewidert zu sein, hatte er seine Kleider ebenfalls ausgezogen, als versuche er zu demonstrieren, dass er genauso verletzlich war wie sie.

Er beugte sich über sie, während sie am Fuß des Bettes saß, und küsste erst eines ihrer Augenlider, dann das andere. Immer noch ihr Gesicht in seinen großen, warmen Händen haltend, versiegelte er ihre Lippen mit seinen. Nicht fordernd. Nicht verführend. Nicht einmal bittend. Nur … zeigend. Sanfte, zärtliche Berührungen, die zu bekräftigen schienen, dass er sie gernhatte, selbst wenn er unfähig war, es zu sagen.

Er war kein Mann vieler Worte, und Gefühle auszusprechen, fiel ihm offensichtlich schwer. Die Wahrheit lag in seinem Handeln. Also hatte sie auf die Details geachtet. Wie er ihr mit den Fingern durchs Haar strich, wenn sie einen Film ansahen. Wie er ihr immer vorher sagte, was er tun würde, wenn sie miteinander intim waren, um ihr Zeit zu geben, nein zu sagen oder sich auf eine neue Erfahrung vorzubereiten. Der Tonfall in seiner Stimme, wenn er ihr Komplimente machte. Dass er immer, immer lächelte, wenn sie sich trafen, als freue er sich, sie zu sehen. Er schrieb ihr abends gute Nacht und morgens hallo.

Und er küsste sie mit all den tiefen, aufgestauten Gefühlen, mit denen er nichts anzufangen wusste und die er nicht verstand.

Behutsam drückte er sie zurück auf die Matratze und schob dabei einen Arm unter sie. Dann hob er sie auf dem Bett höher nach oben. Ohne sie aus den Augen zu lassen, legte er sich zwischen ihre Schenkel, die Körper aneinandergeschmiegt, und die Berührung erregte sie augenblicklich.

Haut an Haut.

Seine Härte an ihrer Weichheit.

Wärme, die auf Wärme traf.

Sein herbes Aftershave hüllte sie ein, und plötzlich gab es nur noch sie und ihn.

Er lächelte, ein kaum merkliches Krümmen seiner Lippen, und sein Blick wanderte über ihr Gesicht. «Ich werde nichts tun, das dir weh tut. Wir werden langsam machen. Hier sind nur du und ich, okay?»

Oh, er war wirklich etwas Besonderes. Dieser verflixte Mann. Nickend erwiderte sie sein Lächeln und legte die Hand an seinen Kiefer. Raue Bartstoppeln kratzten über ihre Handfläche, ein seltsam lautes Geräusch in der Stille ihres Schlafzimmers.

«Was auch immer du tust, hör nicht auf, mich zu berühren», raunte er an ihrem Mund. «Das ist unglaublich heiß. Ich liebe deine Hände auf mir.»

Liebe? Nein, er hatte es nicht so gemeint. Das hieß nicht, dass er *sie* liebte. Aber er hatte dieses Wort nie, kein einziges Mal in Bezug auf irgendetwas oder irgendjemand anderen als seine Mutter fallenlassen. Genau genommen achtete er übervorsichtig darauf, es überhaupt nicht zu benutzen.

Er küsste ihren Hals, und ein Schauer rieselte über ihre Haut und ließ Gänsehaut und Hitze zugleich entstehen. Er spielte mit der Zunge an ihrer Ohrmuschel, dann wechselte er zur anderen Seite und wiederholte die aufreizende Liebkosung.

Behutsam wanderte er zu ihren Brüsten und umkreiste ihre Brustwarze mit der Zunge, während er die andere leicht mit der Fingerspitze nachzog. Sie vergrub die Finger in seinem Haar und hiel ihn an ihr fest. Mit einem Aufstöhnen sog er ihre Knospe in den Mund. Leichter, heißer Schmerz brachte sie dazu, sich ihm entgegenzuwölben, mehr zu wollen. Lächelnd machte er dasselbe mit ihrer anderen Brust, dabei schaute er zu ihr hoch.

Er legte seine flache Hand auf ihren Bauch, immer noch ihren Blick festhaltend, und spreizte die Finger. Tiefer wanderte er, bis er ihre Hitze umfasste.

Sie keuchte auf. Sein Handballen erzeugte Druck auf ihrer Klitoris, während seine Finger einen atemberaubenden Trick vollführten, der sie dahinschmelzen ließ. Er spreizte ihre feuchte Hitze, mit abwechselnd festen Berührungen und leichten Liebkosungen, die sie rasch halb wahnsinnig machten.

Auf einen Unterarm gestützt, fuhr er mit seiner Folter zwischen ihren Beinen fort, baute Spannung auf, stürzte ihren Körper ins Chaos. Das Schmunzeln auf seinem Gesicht deutete an, dass er ganz genau wusste, was er mit ihr anstellte, und dass er nicht die Absicht hatte, damit aufzuhören. Er dehnte diese frustrierende Vergnügen eine Ewigkeit lang aus. Jedes Mal, wenn sie kurz davor war, wurde er langsamer oder hielt lange genug inne, um sie wieder etwas herunterkommen zu lassen.

Als er ein weiteres Mal langsamer wurde, krallte sie die Finger neben ihren Hüften in die Laken, hob die Hüften und rieb sich regelrecht bettelnd an seiner Hand.

Das schien der Auslöser für ihn zu sein, aktiv zu werden.

Er schob zwei Finger in sie. Ihr Aufkeuchen war kaum in ihren Ohren verhallt, als er seine Finger krümmte und sie von innen streichelte, während sein Daumen ihre Knospe umkreiste.

Ihr Unterleib zog sich zusammen. Ihr Rücken bog sich durch. Und ein Prickeln entlang ihres Rückgrats war die einzige Vorwarnung, die sie bekam, bevor sie explodierte. Lichter erblühten hinter ihren geschlossenen Lidern. Ihr Körper spannte sich an und umklammerte seine Finger, während sie erbebte.

Anders als sonst ließ er nicht von ihr ab. Härter, schneller bearbeitete er sie, und sie glaubte nicht, dass sie noch mehr ertragen konnte. Es war zu viel. Und doch nicht genug. Ein unendlicher Orgasmus, dem er nicht erlaubte zu enden.

«Bitte», bettelte sie. Worum, wusste sie nicht. Aber ihr ganzes System war überlastet.

Zuckungen schüttelten sie, und gerade als sie erneut betteln wollte, erfasste sie eine weitere heftige Welle, und sie schrie auf. Stärkere, mächtigere Wogen lieferten sie vollkommen seiner Gnade aus. Als sie verebbten, und das dauerte Tage, rang sie nach Luft und öffnete die Augen.

Sein Gesicht verdrängte den Anblick der Zimmerdecke, und er grinste wie ein Idiot. «Ich könnte dir die ganze Nacht lang zusehen, wie du kommst.»

Stöhnend versuchte sie, wieder zu Atem zu kommen. «Ich glaube nicht, dass ich das die ganze Nacht lang machen kann.»

«Beklagst du dich etwa?»

«Meine Güte, nein. Aber ich glaube, ich bin womöglich tot.»

Er lachte. «Bist du nicht.» Er legte seine Hand auf ihre Brust, direkt über ihr Herz. «Schlägt kräftig und gleichmäßig.» Er küsste ihre Wangen, ihre Stirn, ihren Mund. «Wir sind noch nicht mal zum besten Teil gekommen.»

Bevor sie diese Behauptung anzweifeln konnte, spreizte er ihre Schenkel weiter und presste sich an sie, sodass seine harte Länge zwischen ihren empfindsamen feuchten Falten entlangrieb.

Und sie hatte gedacht, sie wäre zu erschöpft für mehr. Ihr Körper hatte da andere Ideen. Sündige, herrliche Ideen. Zitternd legte sie eine Hand in seinen Nacken und sah ihm in die haselnussfarbenen Augen. Pure Lust blickte ihr daraus entgegen.

«Ich will dich, Ella. So sehr, dass ich kaum klar denken kann.» Sein Blick flog zwischen ihren Augen hin und her, und seine leicht konsternierte Miene deutete an, dass er nicht geplant hatte, diese Worte auszusprechen. Er schüttelte kaum merklich den Kopf, als wäre er verblüfft. «Was ist das zwischen dir und mir? Was machst du mit mir?»

«Wir sind, was immer wir sein wollen, und ich werde nichts tun, das du nicht willst.» Es war die einfachste, schlichteste Antwort, die sie geben konnte.

Heftig schluckend nickte er. Sein flacher Atem liebkoste ihr Gesicht, als er mit der Rückseite seines Zeigefingers ihre Schläfe streichelte. «Es ist ziemlich schön, nicht denken zu müssen.»

Sie streichelte mit einer Hand seinen Rücken und grub die andere in sein Haar. Vielleicht war es an der Zeit, dass er nicht nur aufhörte zu denken, sondern vor allem anfing zu fühlen. Sie hob den Kopf vom Kissen und presste ihre Lippen auf seine.

Den Kopf zur Seite neigend, vertiefte er den Kuss. Lange, träge Liebkosungen seiner Zunge ließen sie in ihm ertrinken, das Gewicht seines Körpers auf ihrem willkommen heißen. Sie protestierte, als er sich plötzlich erhob, aber er griff nur kurz nach seiner Hose auf dem Boden und holte ein Kondom hervor. Es knisterte, und nur einen Moment später war er wieder bei ihr und ließ sie mit seinen Küssen jeden Anflug von Nervosität vergessen. Seine Berührungen ließen sie immer rastloser werden, bis sie sich ihm fast verzweifelt entgegenwölbte.

Er verlagerte seine Position und griff zwischen sie, um sich an ihre Öffnung zu bringen, dann legte er seine Stirn an ihre, und sie teilten einen Atem. Mit ineinander verschmolzenem Blick drang er in sie ein, quälend langsam und mit äußerster Behutsamkeit.

Das erste und einzige Mal, als sie Sex gehabt hatte, war schmerzhaft gewesen. Obwohl es mit Jason nicht weh tat, weitete er sie, was ein dumpfes Brennen verursachte. Reflexartig verkrampfte sie sich.

Etwa auf halbem Weg hielt er inne. «Ich hab dich.» Er senkte den Mund auf ihren herab und drängte sanft ihre Lippen auseinander. Der Kuss raubte ihr den Sauerstoff und brachte sie dazu, sich zu entspannen. «Genau so.»

Und dann stieß er in sie, füllte sie vollständig aus, um tief in ihr erneut innezuhalten. «Ah, Ella. Du fühlst dich so verdammt gut an.» Sein Stöhnen vibrierte an ihren Rippen, während sein Körper sich vor Zurückhaltung anspannte. Er zitterte, und seine Miene verriet, dass er kurz davor war, den Kampf um die Beherrschung zu verlieren. «Alles okay, Süße?»

«Ja.» Das Brennen war verebbt und einer pulsierenden Sehnsucht gewichen. Rastlos zog sie die Knie an, legte die Fersen auf sein Kreuz und wölbte den Rücken, um ihn noch tiefer in sich aufzunehmen. «Du fühlst dich auch phantastisch an.»

Er stieß ein ungläubiges Lachen aus und zog seine Hüften zurück. Zentimeter um Zentimeter glitt er aus ihr, und sie hasste das Gefühl der Leere. Stöhnend grub sie die Fäuste in sein Haar, bohrte ihre Fersen in seinen Rücken und wiegte die Hüften. Er stieß erneut in sie, diesmal mit weniger Finesse und Zurückhaltung. Stöhnend ließ er das Becken an ihr kreisen, dann wiederholte er die Bewegung, bis sie einen Rhythmus fanden, der nur ihnen gehörte.

Oh, wie herrlich sich seine Rückenmuskeln unter ihren Handflächen anfühlten. Sie kratzte leicht mit den Nägeln an seinem Rückgrat entlang zu seinem festen Hintern, während sie es genoss, wie er in sie stieß, mit welch fließenden Bewegungen er sie nahm. Bei jedem Stoß rieb sein Schambein an ihrer Klitoris, und sie stellte fest, dass sie die überraschend kurze Leiter zur Erfüllung erneut erklomm.

Seine Brustbehaarung reizte ihre Nippel, und seine Lust zu sehen und zu hören, steigerte ihre eigene. Stöhnen und Ächzen und Seufzen vermischte sich, sodass sie nicht mehr unterscheiden konnte, wer was von sich gab. Als hätten sie das hier schon mal getan, als wüssten sie genau, was dem anderen Erfüllung brachte, bewegten sie sich in völligem Einklang.

Der heiße Knoten in ihrem Bauch löste sich, und sie spannte sich an, um sich für den Sturm zu wappnen. Er griff hinter sich, suchte ihren Arm an seinem Rücken und drängte sie, ihn über den Kopf zu heben, glitt daran empor, Haut auf Haut, bis ihre Handflächen aufeinanderlagen.

«Komm, Liebling.» Mit offenem Mund und angestrengem Atem vergrub er sein Gesicht an ihrem Hals. «Komm, und ich folge dir.»

Er stieß schneller in sie, und sie zerstob. Zersprengte Splitter schleuderten hinaus ins Nichts, zu viele, um sie wiederzufinden und neu zusammenzufügen. Bebend bog sie den Rücken durch, während jede Nervenendung ihres Körpers explodierte. Er brachte einen erstickten Laut an ihrem Hals hervor, pumpte härter in sie, noch zweimal, dann versteifte er sich über ihr. Er brüllte, lang, wild und ungezähmt, dann brach er auf ihr zusammen.

Jetzt wusste sie unwiderrruflich, wie es sich anfühlte zu zerschmelzen. Und es war herrlich. Erschöpfte Herrlichkeit.

Keuchend gab er ihre Hände frei. «Heilige Scheiße.»

«Hm-hm», murmelte sie schwer atmend. «Dito.»

Sein Lachen war rau und abgehackt. Mit einem gequälten Stöhnen richtete er sich ein Stück auf und legte die Stirn auf ihre Brust.

Schweigen dehnte sich aus, angenehm und vertraut, während sie seine Schultern streichelte. Ihr Verstand war ein wirbelndes Durcheinander von Gedanken. Der vordergründigste war, wie wundervoll es gewesen war. Natürlich hatte sie so gut wie keinen Vergleich, aber sie war ziemlich sicher, dass Sex nicht immer so intensiv war. So verbunden.

«Habe ich je erwähnt, wie sehr ich deine Brüste liebe?»

Sie lachte, dabei versuchte sie ihre überaktive Phantasie daran zu hindern, zu viel in die Tatsache hineinzuinterpretieren, dass er erneut das L-Wort benutzt hatte. «Kann mich nicht erinnern.»

«Hmm. Ist erwähnenswert. Du hast unglaubliche Brüste.»

«Danke.» Grinsend legte sie ihre Hand auf seinen Kopf. «Ich bin ziemlich fasziniert von allem an dir.»

«Vorsicht, ich werde noch rot.» Er hob den Kopf und grinste sie an. Dann seufzte er. «Merk dir, wo wir waren.»

Er erhob sich von ihr, schlüpfte aus dem Bett, nahm seine Hose und tapste aus dem Zimmer hinaus in den Flur, wo er in ihrem Gästebad verschwand.

Sie lag da, und je länger er brauchte, um zurückzukommen,

desto mehr verirrte Gedanken und Zweifel gingen ihr durch den Kopf. Vielleicht war das das Stichwort für sie gewesen aufzustehen? Sie war nicht versiert in sexueller Etikette. Er blieb gewohnheitsmäßig sicher nicht bei seinen Partnerinnen. Vielleicht gab er ihr Zeit, sich zu sammeln, damit er gehen konnte. Er hatte seine Hose mitgenommen. Er hatte ihr gesagt, dass sich die Dinge vielleicht ändern würden, sobald sie Sex gehabt hatten.

Ihr wurde flau im Magen, als sie die Bettdecke beiseiteriss und aufstand. Mit zitternden Händen griff sie nach ihrem beiseitegeworfenen Pyjama und rief sich in Erinnerung, dass sie gewusst hatte, dass dieser Moment kommen würde. Er war, wer er war, und es lag ihr fern zu glauben, sie könnte ihn ändern. Sie sollte sich glücklich schätzen, überhaupt Zeit mit ihm verbracht zu haben. Wenigstens konnte sie die schönen Dinge in Erinnerung behalten, die er gesagt und getan hatte, während sie zusammen gewesen waren.

Nichtsdestotrotz wurde ihr schwer ums Herz. Sie betrachtete ihre Beine, ihre Füße, die Wunden, die vor langer Zeit verheilt waren und es doch nicht waren. Sie hatte ihn angelogen, aber sich selbst konnte sie nicht belügen. Es tat weh. Hier allein und nackt in ihrem Schlafzimmer zu stehen, nachdem sie mit einem Mann Liebe gemacht hatte, den sie respektierte und bewunderte, tat weh. Es tat weh, dass es vorbei war.

Das Schloss der Badezimmertür klickte, und er kam heraus. Er war immer noch nackt, als er wieder ins Zimmer marschierte und seine Jeans auf den Fußboden warf. Mit gerunzelten Brauen musterte er sie von Kopf bis Fuß. «Was machst du?»

Sie drückte den Pyjama enger an ihre Brust. «Ich wollte den wieder anziehen.»

«Warum?»

«Äh ...» Verflixt, sogar ihr Geplapper weigerte sich zu kooperieren. «Ich dachte, dass du gehst. Du hattest deine Hose dabei.»

Er sah besagte Jeans an, dann wieder zurück zu ihr. «Mein Handy war in der Tasche. Ich habe meiner Mama geschrieben, um ihr Bescheid zu geben, dass es mir gut geht. Ich habe mich nicht wohl damit gefühlt, wie ich vorhin gegangen bin. Ich habe ihr geschrieben, dass ich sie morgen anrufe.»

«Oh.» Oh. Na, jetzt kam sie sich dumm vor.

«Willst du denn, dass ich gehe?»

Ihr Blick schnellte zu ihm, dann zur Tür. «Nein.»

«Gut.» Er sah sie an, als versuche er, sich über etwas klarzuwerden. Zu welchem Schluss auch immer er dabei kam, er ließ seine Schultern niedergeschlagen herabsinken. In seinen Augen las sie so etwas wie eine Entschuldigung. «Du dachtest, das mit uns wäre jetzt vorbei, nicht wahr?»

Auf ihrer Lippe kauend, betrachtete sie eingehend die Fußbodendielen, nicht in der Lage, darauf zu antworten. Wenn sie mehr Erfahrung oder auch nur gesunden Menschenverstand besäße, dann hätte sie diese peinliche Szene vermutlich vermeiden können.

«Das hast du. Du dachtest, das mit uns wäre vorbei.» Er schloss die Augen und sprach zur Decke. «Das ist meine Schuld. Ich neige dazu, zu offen mit dir zu sein, und vergesse mein Taktgefühl.» Er richtete den Blick wieder auf sie und schenkte ihr ein halbes Lächeln. «Aus irgendeinem Grund erzähle ich dir alles, sogar Sachen, die ich nicht solle, einschließlich meines Verhaltensmusters bei Frauen vor dir.» Stirnrunzelnd sah er links an ihr vorbei, als habe er eine Erleuchtung. «Ich schätze, das ist die richtige Art, es auszudrücken. Ich kann mein Leben jetzt einteilen in die Zeit vor dir und die Zeit, nachdem ich dich getroffen habe.»

Sie stieß einen erschrockenen Atemzug aus. Ihr Herz hämmerte ein Bumm, Bumm, Bumm der Hoffnung.

Unausgesprochene Worte hingen zwischen ihnen wie eine Wolke, die bereit war, auf sie niederzuregnen. Die Luft knisterte vor statischer Elektriziät. Sie konnte das, was er gerade gesagt hatte, analysieren, in seine Einzelteile zerlegen, aber sie hatte heute Nacht schon zu viel falsch interpretiert.

Sie strich sich eine Haarsträhne von der Wange. «Was willst du damit sagen?»

«Ich will damit sagen, dass ich nicht gehen will.» Er trat an das Bett und ließ sich auf die Matratze fallen. Einladend schlug er die Bettdecke zurück und nickte ihr zu. «Lass den Schlafanzug fallen und komm zu mir.»

Wie ein gehorsamer kleiner Minion tat sie wie geheißen, zu verblüfft, um irgendetwas anderes zu tun.

Nachdem er sie beide zugedeckt hatte, drehte er sich auf die Seite und zog sie an sich. Er strich über ihr langes Haar, küsste ihre Stirn und schloss die Augen.

Sekunden später öffnete er eins davon wieder einen Spalt. «Übrigens, ich schnarche.»

Sie lachte. «Ich glaube nicht, dass ich schnarche, aber Xena schläft gern bei mir im Bett, und sie schnarcht.»

Ein Schnauben. «Schlaues Kätzchen. Ich bin auch gern im Bett mit dir.»

Sie schloss die Augen und kuschelte sich in seine Wärme. Dieses flatterhafte Gefühl, das sie gern Glück nannte, prickelte in ihrem Bauch. «Gute Nacht, Jason.»

«Bevor ich dasselbe sage, möchte ich, dass du etwas verstehst.» Er hielt kurz inne. «Deine Narben? Die sind nicht hässlich. Und du auch nicht. Das Feuer, das sie verursacht hat, war hässlich. Die schmerzerfüllte Zeit, die es dir gebracht hat, war hässlich. Die Tatsache, dass es dir die Eltern geraubt hat, ist hässlich. Aber es ist nicht ansteckend, Süße. Ich würde dir die Narben nehmen und dir dein damaliges Leben zurückgeben, wenn ich könnte. Nicht weil ich sie nicht gern ansehe, sondern weil sie dir Schmerz und Kummer verursacht haben. Und weil sie dich an deiner Attraktivität haben zweifeln lassen.»

Verflixt, dieser Mann. Dieser arme, liebe Mann, der sich selbst immer noch nicht traute. Wie er sie mit einem Blick, einem Satz oder einer Berührung vernichten konnte. Was zum Kuckuck sollte sie nur tun?

«Gute Nacht, Ella.»

· 17 ·

Noch bevor Jason die Augen öffnete, wusste er, wo er war und mit wem. Wenn man bedachte, dass er nie, kein einziges Mal, die ganze Nacht im Bett einer Frau verbracht hatte, sollte er eigentlich total ausflippen. Genau genommen hatte die Vergangenheit gezeigt, dass er, nachdem er mit Ella intim gewesen war, sich jetzt normalerweise schon nach der nächsten Eroberung sehnen müsste. Das Interesse verlieren müsste. Bereit sein müsste abzuhauen.

Nicht sie im Arm halten, das Gesicht in ihrem Haar vergraben und sie noch mal nehmen wollen. Nicht zufrieden, ruhig und über jeden Zweifel hinaus befriedigt. Nicht ... glücklich.

War es das, was das hier war? Glück? Sicher, er kannte Freude. Hatte sie oft empfunden. Hatte sie ausprobiert und ausgekostet. Aber er wollte verdammt sein, wenn er das Gefühl je damit assoziiert hatte, mit einer Frau zusammen zu sein.

Er atmete ihren süßen Duft ein, dabei kitzelten ihn ihre Haarsträhnen im Gesicht, und er lächelte. Er hatte sie in der Löffelchenstellung an sich gezogen, einen Arm um ihre Taille, den anderen unter ihrem Kopf. Ihr leichter, gleichmäßiger Atem verriet, dass sie immer noch tief und fest schlief.

Warme, weiche Frau. Er hingegen war hart. Sehr hart.

Er hob den Kopf und sah sie an. Die Krümmung ihrer Nase. Den dichten Fächer ihrer Wimpern, der Schatten auf ihre runden Wangen warf. Ihr dunkles Haar, das überall ausgebreitet war. Wie sich ihre Lippen im Schlaf leicht teilten.

Die Katze, die neben ihr auf dem Bett saß und ihn anstarrte.

Er erwog, sie beiseitezustupsen, doch sie sprang von selbst hinunter und schlenderte aus dem Zimmer, als wäre sie damit zufrieden, dass er nun auf ihren Menschen aufpasste.

Er richtete seine Aufmerksamkeit wieder auf Ella und überlegte, wie oder ob er sie wecken sollte. Sonnenschein sickerte durchs Fenster herein und tauchte sie in goldene Farben. Ihre Haut war unglaublich weich, und das Licht des Tagesanbruchs verlieh ihrem Teint ein Strahlen.

Letzte Nacht war phantastisch gewesen. Nicht das Ausflippen-und-in-ihrem-Wohnzimmer-Herumlaufen, nicht das Die-Fassung-Verlieren, nachdem er ihre Narben gesehen hatte. Sondern wie sie den Wahnsinn in ihm verstanden hatte, wie sie nichts weiter getan hatte, als ihn zu umarmen, ihn zu halten, als habe sie ganz genau gewusst, dass er das brauchte. Wie sie sich vereinigt hatten, aufregend und befriedigend. Langsam und zärtlich. Nicht auf das Ziel fokussiert, sondern darauf, die Reise zu genießen.

So war es noch nie für ihn gewesen. Vielleicht hatte die Tatsache, dass er sie vorher so gut kennengelernt hatte und sie so viel Zeit miteinander verbracht hatten, die Erfahrung persönlicher gemacht. Dennoch schien ihm das nicht der Grund zu sein und würdigte ehrlich gesagt herab, was sie geteilt hatten, indem es dem Akt nicht genug Anerkennung zollte.

Sie hatte … ihn einfach gesehen. Seine Fehler, Vorzüge, Eigenheiten, Stärken und seinen Charakter. Ihn als Mensch. Alles von ihm, und sie hatte trotzdem mit ihm zusammen sein wollen. Wenn er das auseinandernahm und analysierte, dann glaubte er nicht, dass irgendjemand außer seiner Mama und Parker sich je die Mühe gemacht hatte, das zu versuchen. Das war es, was ihm gefehlt hatte, nahm er an. Eine Verbindung. Verständnis.

Als er sie jetzt so ansah, war das Einzige, was er wirklich fassen konnte, der drängende Wunsch, sie zu beschützen. Er war nie wirklich der besitzergreifende Typ gewesen. Und doch stiegen in ihrer Gegenwart Instinkte, die er vorher nicht gehabt hatte, an die Oberfläche, um ihn zu ersticken.

Beschützen. Verteidigen. Behalten.

Der letzte Teil war nicht mehr so beängstigend wie früher. Sorge kratzte immer noch an seiner Brust, juckte unter seiner Haut, aber nicht mehr, wie es bisher immer gewesen war.

Aber das würde er später genauer unter die Lupe nehmen. Sich wahrscheinlich deswegen fertigmachen obendrein. Einstweilen gab es drängendere Angelegenheiten, um die er sich kümmern musste.

Lächelnd küsste er ihre Schulter, ihren Hals und sagte leise ihren Namen. Mit einem kehligen Brummen regte sie sich. Gott, war das heiß. Er ließ seine Hand von ihrer Taille zu ihrer Brust gleiten und umfasste die schwere Fülle.

Sie lachte leise. «Guten Morgen?»

Er vergötterte es, wenn sie das tat, Dinge in Form einer Frage sagte, wenn sie nicht wusste, wie sie reagieren sollte oder sich fragte, was er vorhatte. Ihre Unschuld und Bereitwilligkeit waren unglaublich anziehend, machten sie zu der, die sie war. Aber wenn sie ermutigt und bestärkt wurde, dann konnte sie seine Welt völlig auf den Kopf stellen. Er nahm an, dass vor ihm noch keine Menschenseele Zeuge ihrer leidenschaftlichen Seite geworden war. Die, von der sie wahrscheinlich nicht wusste, dass sie sie hatte.

Und das Beste? Sie hatte seit einer ganzen Weile nicht mehr geplappert. Gelegentlich, aber selten. Was bedeutete, dass sie sich bei ihm wohlfühlte. Endlich. Ja, er fand ihre Nervosität süß und hatte dadurch reichlich über sie erfahren. Dennoch würde er sie lieber so haben, genau so.

«Hallo, Ella.» Er zeichnete die Kontur ihrer Ohrmuschel mit der Zunge nach und grinste, als sie scharf den Atem einsog. «Bist du schon wach?»

«Wird langsam», neckte sie.

«Gestatte mir zu helfen.» Er nahm seine Hand von ihrer Brust und schob sie zwischen ihre Beine.

Himmel, sie war bereits feucht. Stöhnend benetzte er seine Finger und spielte mit ihrer Klitoris, bis ihr Atem immer flacher wurde. Als er sicher war, dass sie bereit war, und sein Schaft gnadenlos pulsierte, tastete er auf dem Boden nach seiner Hose – Gott sei Dank hatte er mehr als ein Kondom in seinem Portemonnaie –, holte das Päckchen heraus und streifte das Kondom über. Dann rieb er seine Eichel an ihrer Öffnung, bis sie sich ihm ungeduldig entgegendrängte.

«Die beste Weise, wach zu werden, Liebling.» Die ganze Wahrheit und nichts als die Wahrheit.

Langsam und mit äußerster Behutsamkeit drang er in sie ein. Zentimeter um quälenden Zentimeter. Anders als letzte Nacht traf er nicht auf Widerstand, und ihr Körper nahm ihn bereitwillig auf. Sofort war er umhüllt von heißer, feuchter, enger Hitze, und er starb beinahe. Sobald er vollständig in ihr war, hielt er inne und ließ seine Stirn auf ihre Schläfe sinken.

Er wusste nicht, ob er wartete, damit sie oder er selbst sich an das Gefühl, vereinigt zu sein, gewöhnen konnte, denn ... Verdammt. Aber es war, als wäre jeder Teil von ihr passend für ihn geschaffen. Ihr perfekter Hintern, der sich an sein Becken schmiegte. Ihr Rücken, der sich an seine Brust presste. Ihre Brüste, die er kaum mit der Hand umfassen konnte. Wie sie ihn mit ihrer Wärme umfing. Wie sie roch und schmeckte und sich anfühlte.

Sie griff hinter sich, vergrub ihrer Finger in seinem Haar und sagte seinen Namen.

Atemlos.

Sehnend.

Verzweifelt.

Und ... Licht aus. Bon voyage, Verstand. War schön mit dir.

Er wiegte sich ihr entgegen, in sie, und sie stöhnte auf. Er winkelte den Arm unter ihrem Kopf an, um sie an sich zu ziehen und ihren Hals zu entblößen und küsste mit offenem Mund diese Stelle unter ihrem Ohr, die sie beide verrückt machte. Dann zog er sich zurück, wobei er am liebsten aufschreien wollte, und stieß erneut in die erlösende und süße Folter.

Wieder und wieder drang er mit flachen Stößen ein und verlor dabei immer mehr von sich. Oder vielleicht fand er sich, da er schon so lange verloren gewesen war. Egal. Er hatte sie, und nichts außer höherer Gewalt konnte ihn aufhalten.

Störte ihn das?

Oh nein.

Ihr Rücken bog sich durch, und er wusste, dass sie kurz davor war. Seine sich straffenden Hoden bedeuteten, dass er ihr dicht auf den Fersen folgen würde. Ihre Lippen teilten sich. Ihre Brauen zogen sich zusammen. Es war herrlich, ihr zuzusehen, völlig im Akt versunken und verdammt sinnlich.

Seine Haut wurde heiß, sein Puls hämmerte und flüssiges Feuer floss in seinen Adern, je länger er sie auf der Schwelle hielt. Er spreizte die Finger um die Stelle, an der sie vereint waren, und bearbeitete ihre Knospe, um sie hinüberstürzen zu lassen.

Und das tat sie. Sie stürzte. Kopfüber. Und riss ihn mit sich.

Ihre Muskeln krampften sich um ihn herum zusammen, während ihr Körper an ihm erbebte. Es passierte so plötzlich, so schnell, dass sie ihm den Orgasmus ohne jede Vorwarnung entriss. Er kam, so hart und schnell, dass seine Muskeln sich verkrampften. Zitternd warf er den Kopf zurück und stöhnte. Zuckte. Kam endlos. Bis weißes Licht hinter seinen geschlossenen Lidern explodierte und er nicht mehr ertragen konnte.

Nach Sauerstoff ringend und mit klopfendem Herzen nahm er ihre Hand und verschränkte ihre Finger miteinander, während sie langsam wieder runterkamen. Seufzend entspannte sie sich an ihm. Er ließ den Kopf auf das Kissen sinken und vergrub das Gesicht im Meer ihres duftenden Haars.

Er öffnete den Mund, um etwas zu sagen, stellte jedoch fest, dass er es nicht konnte. Nichts Kluges kam ihm in den Sinn, Flüche passten nicht zu seinem gegenwärtigen Zustand, und er erkannte das Gefühl nicht, das ihm die Luftröhre zuschnürte. Es war nichts Schlechtes, nur anders. Erfüllend und warm und befriedigend.

Nach einer Weile rollte sie sich auf die Seite, und er stand schnell auf, um sich des Kondoms zu erledigen. Als er wieder zu ihr ins Bett kroch, lächelte sie mit ihren Augen. Eine äußerst eigenartige Sache, aber das machte sie oft, wenn sie wirklich glücklich oder belustigt war. Wie immer folgten ihre Lippen kurz darauf, als würden sie zögern.

Er schaute in diese Augen, die ihm inzwischen völlig vertraut waren. Sie waren goldbraun und beinahe zu groß für ihr Gesicht. Und ihm wurde bewusst, dass er nie mehr irgendwo anders sein wollte. So unterschiedlich sie auch waren, er und sie. So weit auseinander auf dem Persönlichkeitsspektrum, aber er sah Teile von sich in den Tiefen ihrer Augen. Bruchstücke, die er nicht erforschen wollte und die zu erforschen er auch nicht den Mut hatte. Vielleicht war es an der Zeit, dass er es tat, weil er bei ihr ein Gefühl von Sicherheit, von Geborgenheit spürte, das er nirgendwo sonst gefunden hatte.

«Danke für gestern Nacht.» Mist, das war kein toller Start, außerdem war das nicht das, was er wirklich sagen wollte. Sie würde glauben, dass er den Sex meinte. «Ich wusste nicht, was ich sonst tun sollte, wo ich hinsollte, und instinktiv bin ich hierhergekommen.» Gut. Besser. «Vielleicht bin ich ein egoistisches Arschloch, aber als Mama und Lou mir gesagt haben, dass sie zusammen sind, war meine erste Reaktion Wut.»

Sie legte ihm die Hand an den Kiefer und streichelte mit dem Daumen seine Wange. «Und jetzt? Bist du immer noch wütend?»

Er dachte darüber nach und schüttelte den Kopf.

Sich auf den Ellbogen stützend, legte sie den Kopf in ihre Hand. «Warum hat es dich so aufgebracht?»

«Ich weiß es nicht. Zuerst einmal war er Dads bester Freund.»

Sie nickte, doch es wirkte abgelenkt. «Wenn du noch einmal mit deinem Vater reden könntest, ihn fragen könntest, was er von der Situation hält, was denkst du, würde er sagen?»

«Ich erinnere mich, dass Dad unglaublich geduldig und verständnisvoll war. Egal, in welche Schwierigkeiten ich mich gebracht habe, er redete, anstatt zu brüllen. Er hatte diese Fähigkeit, alle Seiten der Geschichte zu sehen, nicht bloß eine oder zwei. Er war ein Problemlöser.» Komisch, Jason hatte so viel Zeit seines Lebens damit verbracht zu versuchen, über den Tod seines Vaters hinwegzukommen, dass er aus dem Blick verloren hatte, welche Erinnerungen an ihn er noch besaß. Ella hatte es irgendwie geschafft, sie ihm wieder ins Bewusstsein zu rufen.

Er versuchte, sich an andere Augenblicke mit Dad und Lou

zu erinnern, um ihre ursprüngliche Frage zu beantworten. «Lou war immer da an Feiertagen und bei Familientreffen. Er hat selbst keine Familie, und seine Eltern starben kurz nachdem er die Highschool abgeschlossen hatte. Er war für mich wie ein Onkel. Bei der Arbeit, zu Hause, in welcher Situation auch immer, Dad und Lou waren immer zusammen. Dad vertraute ihm zu einhundert Prozent. Bei mir, bei Mama, bei der Arbeit.»

Sie lächelte.

Er stutzte, dann stieß er einen Seufzer aus. Oh, sie war clever. Ja, okay. «Dad würde sagen, dass er niemand lieber an seiner Stelle haben würde als Lou.»

«Ich habe ihn zwar nicht gekannt, aber ich glaube, wenn Lou gut zu dir ist und deine Mom glücklich macht, dann ist das alles, was dein Vater sich wünschen würde. Du hattest ein Recht, aufgebracht zu sein. Sie haben die Beziehung vor dir verheimlicht. Sie hatten wahrscheinlich ihre Gründe, aber wenigstens weißt du es jetzt.»

«Ja.» Er imitierte ihre Haltung und stützte seinen Kopf ebenfalls in die Hand. «Aber ich komme nicht über das hinweg, was Lou gesagt hat. Dass ich mich schuldig fühle.» Ganz zu schweigen von der Unmenge anderer Sachen.

«Fühlst du dich schuldig?»

«Ich …» Er seufzte schwer und rieb sich die Augen. «Ich weiß es nicht. Vielleicht. Ich war nicht da, als er starb, so absurd dieser Gedanke auch ist. Ich war noch ein Kind.»

«Aber macht das einen Unterschied? Wenn es gestern passiert wäre, während du Dienst hattest, dann wäre es immer noch nicht deine Schuld. Das, was du fühlst, ist die Schuld der Überlebenden. Er ist gestorben, aber du nicht. Ich musste selbst damit fertigwerden.»

Traurigkeit erfasste ihn, und er strich ihr das Haar hinters Ohr. Es machte ihn fertig zu wissen, was sie durchgemacht hatte. Aber sie war als unglaublicher Mensch daraus hervorgegangen. Er dagegen? Als geisteskranke Libelle, die von einer Katastrophe zur nächsten schwirrte. «Meine Situation ist anders als deine.»

«In gewisser Weise. Wir haben beide Menschen durch eine Tragödie verloren. Ein Verlust ist ein Verlust, egal wie man ihn bezeichnet.»

Das stimmte. «Lou sagte, dass ich mir nicht erlaube, Menschen nahezukommen, weil ich Angst davor habe, sie zu verlieren.» Und dass er nicht glaube, Glück zu verdienen. Diesen letzten Teil konnte er nicht loslassen. Er ging ihm immer und immer wieder in Dauerschleife durch den Kopf.

Sosehr er es auch hasste, das zuzugeben, aber Lou hatte nicht ganz unrecht. Jedes Mal, wenn Jason anfing, etwas für eine Frau zu empfinden, das tiefer ging als Spaß oder Lust, dann zog er die Reißleine. Beendete es, bevor es überhaupt angefangen hatte. Er hatte geglaubt, zu verstehen, warum, seine Gründe zu haben, aber allmählich bezweifelte er, ob diese Gründe legitim waren.

Und dann war da Ella. Bei ihr war er nicht seinem typischen Muster gefolgt. Hier war er, im Bett mit ihr, und schüttete ihr sein verdammtes Herz aus. Was genau bedeutete das? Dass Lou sich irrte und Jason einfach nur nach der richtigen Person gesucht hatte? Dass er sich nicht mehr schuldig fühlte?

Ihre Lippen krümmten sich zu einem traurigen Lächeln. «Jeder hat Angst davor, die Menschen zu verlieren, die er liebt. Wir haben kein Mitspracherecht darin, wann wir kommen oder wann wir gehen, nur wie wir unser Leben dazwischen leben. Und die Erinnerung an jene, die nicht mehr unter uns sind, ehren wir, indem wir genau das tun. Leben.»

Dann hatte er die Erinnerung an seinen Dad verdammt schlecht geehrt.

Zum ersten Mal seit einem Jahrzehnt tauchte das Gesicht seines Vaters in seinen Gedanken auf. Im Lauf der Jahre waren viele Details verblasst, zu Staub zerfallen und vom Winde verweht worden. Er hatte Fotos betrachten müssen, um sich an die Züge seines Vaters zu erinnern. Die helle Farbe seiner Haut. Seinen rötlich blonden, sauber gestutzten Bart. Haselnussfarbene Augen wie die von Jason, aber buschige Augenbrauen im selben sandfarbenen Blondton wie das schütter werdende Haar auf seinem Kopf.

Andere Details stiegen an die Oberfläche. Wie sein Dad aus dem Bauch heraus gelacht hatte und wie schallend sein Lachen geklungen hatte. Er hatte riesige Hände, schwielig von jahrelanger Arbeit. Er hatte nach frisch gefällten Kiefern gerochen. Und wann immer er von einem Einsatz nach Hause gekommen war, hatte er Jasons Kinn angestupst und gescherzt: «Diesmal war das Feuer nicht stärker als ich.»

Nur dass es das doch gewesen war. Eines Tages war Lou anstelle von Dad nach Hause gekommen, und es war niemand mehr da, um sein Kinn anzustupsen, den Reifen seines Fahrrads zu wechseln, ihm einen Baseball zuzuwerfen oder ihm zu zeigen, wie man sich rasiert. Mama hatte das für ihn übernommen, und Lou war eingesprungen, wo es ging. Aber es war nicht dasselbe gewesen.

Nie wieder war es dasselbe gewesen.

«Das war heute vor zweiundzwanzig Jahren.» Sein Blick schnellte zu ihrem, hielt ihn fest.

Er hatte immer versucht, dieses Datum zu ignorieren. Hatte sich nicht erinnern wollen, wann dieser Tag war. Aber vergessen konnte er es nie, auch wenn es ihn manchmal überfiel, so wie heute. Letztes Jahr um diese Zeit hatte er bei arktischen Rekordschneefällen den nördlichen Gipfel der Klamath Mountains bestiegen. Das Jahr zuvor war er in einem Haikäfig getaucht. Vielleicht war die Tatsache, dass er jetzt hier bei ihr war und nicht die Gefahr suchte, ein Beweis dafür, dass er sich weiterentwickeln wollte.

«Heute vor zweiundzwanzig Jahren ist er gestorben.»

«Ich ... ich weiß», flüsterte sie erstickt. Sie senkte den Blick und schluckte. Wie ferngesteuert setzte sie sich auf und zog das Laken um sich. Zögern und Reue und Schmerz überschatteten ihre Miene. «Ich möchte gern, dass du mit mir wo hingehst.»

Ähm, okay. «Wohin?»

Sie schloss die Augen und holte tief Luft. «Das würde ich dir lieber erst erklären, wenn wir dort sind. Ich möchte dir schon lange etwas sagen. Bitte?»

«Also gut, Süße. Bring mich, wohin du willst.»

· 18 ·

Erledigt. Ich habe meiner Mama geschrieben und ihr gesagt, dass ich heute Abend vorbeikomme, aber fürs Erste hat sie meinen Segen für Lou.»

Ella warf einen Blick zu Jason, der zusammengefaltet wie eine Brezel auf dem Beifahrersitz ihres winzigen Wagens saß, und dann wieder zurück auf die Straße. Sie wusste, dass das schwer für ihn gewesen war, aber er würde froh darüber sein, seine Wut überwunden und die Veränderung akzeptiert zu haben. «Ich bin sicher, sie ist erleichtert und dankbar, dass du einverstanden bist.»

Sie konnte nur hoffen, dass er auch nur einen klitzekleinen Bruchteil dieses Verständnisses aufbringen würde, sobald sie ihm reinen Wein eingeschenkt hatte. Mit ihm im Bett zu liegen und zu hören, wie er sich öffnete, wie er über seinen Vater und die Vergangenheit sprach, hatte sie erkennen lassen, dass der Zeitpunkt gekommen war. Gott, dass es ausgerechnet heute passierte, musste Schicksal sein.

Ob er bereit war, es zu hören oder nicht, er würde heute die Wahrheit erfahren. Sie hätte sich von Anfang an nicht so tief mit ihm einlassen sollen. Es war egoistisch und gierig von ihr gewesen, etwas zu wollen, das unter normalen Umständen nie erreichbar gewesen wäre. Sie hatte sich von drei umtriebigen Kupplerinnen dazu verleiten lassen, das Undenkbare zu tun. Ungeachtet dessen, was für ein wunderbares Gefühl er ihr gab, es war alles eine Lüge gewesen.

«Ich wünschte, du würdest mir sagen, wo wir hinfahren.»

Übelkeit rumorte in ihrem Bauch. «Wir sind bald da.»

«Ich verstehe nicht, warum du es mir nicht bei dir zu Hause sagen konntest.»

Sie hatte so herrliche Erinnerungen an die Zeit in ihrer Wohnung. Sie wollte sie nicht mit der schrecklichen Weise verderben, wie ihre Beziehung enden würde. Sie waren alles, was ihr bleiben würde. Außerdem würde er das Gesamtbild vielleicht besser verstehen, wenn er es mit eigenen Augen sah.

«Ich würde es lieber so machen.»

Er runzelte die Stirn, blieb ansonsten jedoch stumm.

Säure fraß an ihren Magenwänden, bis nichts mehr übrig war, stieg ihr in die Kehle und hinterließ eine grässliche Bitterkeit in ihrem Mund. Es war Angst. Der Geschmack war vertraut. Ihr Herz klopfte, und ihre Hände zitterten, und nur mit Mühe konnte sie den Subaru in der Fahrspur halten.

Sie bahnte sich ihren Weg durch die Stadtmitte zu den nördlichen Vororten. Eine zehnminütige Fahrt, die gefühlt zehn Stunden dauerte. Schließlich, am ersten von zwei Zielen angelangt, hielt sie am Seitenstreifen einer kleinen Straße, ließ den Motor jedoch laufen.

Er schaute aus dem Beifahrerfenster.

Sie folgte seinem Blick, dabei versuchte sie, es aus seiner Perspektive zu sehen. Alles, was jetzt dort zu erkennen war, war ein leeres Feld mit wucherndem Gras und Unkraut zwischen zwei weißen, renovierungsbedürftigen Doppelhäusern. Hunde bellten hinter einem Maschendrahtzaun.

«Man kann es aus diesem Winkel nicht sehen, aber der Keller ist noch da.»

Er riss den Kopf herum, um sie mit großen Augen anzustarren. «Ist das …?»

Nickend schaute sie weiter aus dem Fenster, unfähig, ihn anzusehen. «Schon ironisch, dass der Keller standhielt, wenn man bedenkt, dass das Feuer dort anfing. Fehlerhafte Stromleitungen oder ein Kurzschluss der Trocknersteckdose. Das Haus war alt, noch aus Holz gebaut. Es ging hoch wie Zunder. Wenn es doch nur aus Betonziegeln gewesen wäre. Wenn wir doch nur funktionierende Rauchmelder gehabt hätten. Wenn doch nur ...»

Sie zwang sich zu schlucken und räusperte sich. «Das ganze Erdgeschoss stand schon in Flammen, als ein Nachbar den Rauch bemerkte und den Notruf wählte. Ich glaube, es waren die Feuerwehrleute, die die Tür aufbrachen, wodurch ich geweckt wurde. Mir wurde später gesagt, meine Eltern wären im Schlaf gestorben. Friedlich durch Rauchvergiftung.» Sie schüttelte den Kopf. «Ich kann sie immer noch schreien hören.»

«Ella, Liebling.» Er nahm ihren Unterarm und versuchte, sie enger an sich zu ziehen, aber sie machte sich von ihm los.

«Ich werde dich jetzt woandershin bringen.» Energisch legte sie den Gang ein und fuhr los.

«Warum hast du mich hergebracht? Und warum willst du dich nicht von mir trösten lassen?»

«Um dir zu zeigen, wo es angefangen hat, und weil ich es nicht verdiene.» Da. Er würde heute die ganze Wahrheit bekommen. Am besten, sie fing mit dem Offensichtlichen an.

«Ella», sagte er mit einem frustrierten Seufzen. «Wo was angefangen hat? Du ergibst keinen Sinn. Natürlich verdienst du Trost. Würdest du bitte mit mir reden?»

Der Mann, der schon bei der bloßen Erwähnung einer Unterhaltung Ausschlag bekam, wollte reden. Wenigstens war einer von ihnen beiden in der kurzen Zeit, in der sie zusammen gewesen waren, erwachsen geworden. «Das werde ich, sobald wir dort sind, wo wir hinfahren. Das verspreche ich.»

Wipp, wipp, wipp machte sein Knie. Er fuhr sich mit der Hand übers Gesicht, hörte aber zum Glück auf, weiter nachzufragen.

Sie hasste es, ausweichend zu sein. Abgesehen von dem einen Geheimnis, das zwischen ihnen hing, war sie offen zu ihm gewesen, hatte ihm alles sagen können. Aber das hier? Das musste sie richtig machen.

Sie fuhren zurück durch die Stadt und nach Süden, vorbei an neuen und alten Wohnsiedlungen. Leute begannen, umherzuschlendern, spazieren zu gehen oder im Garten zu arbeiten. Sonnenlicht brach durch eine dünne Wolkendecke und spielte mit dem Nebel Verstecken. Sie hatte das Wagenfenster offen, weil sie frische Luft brauchte, und der Wind vom Pazifik her trug den Geruch von Salzwasser mit sich, vermischt mit dem von Kiefern und Zypressen. Ein ganz normaler Samstag.

Nur dass er das nicht war.

Angespannt setzte er sich aufrechter, als sie durch die geschwungenen schmiedeeisernen Tore des Friedhofs fuhr. Sie kannte den Weg auswendig und fuhr in langsamem Kriechtempo nach rechts, folgte der Kurve, bog dann scharf links ab und hielt an.

Diesmal stellte sie den Motor ab. «Komm mit.»

Mit harter und verwirrter Miene stieg er aus und sah sich um.

Eichen und Ahornbäume wechselten sich mit Trauerweiden zwischen den Grabsteinen ab. Manche davon waren mit Blumen oder Flaggen versehen, andere waren schmucklos. Der ordentlich gemähte Rasen war leuchtend grün, als sie ihn betrat und vor einem Doppelgrab stehen blieb.

Seite an Seite, ihre Mutter und ihr Vater, für immer. Sie kniete nieder und zeichnete mit den Fingern die Inschriften nach, als Jason hinter ihr näher kam. Ob ihm die Todesdaten auffallen würden?

«Das sind sie, hier sind deine Eltern begraben.» Eine Aussage, keine Frage. «Du hast nicht denselben Nachnamen.»

«Nein. Nach dem Brand boten Tante Yona und Onkel Luis an, meinen Nachnamen in ihren zu ändern. Sie dachten, das könnte dabei helfen, neu anzufangen.» Ella Wilcox kam ihr jetzt wie ein anderer Mensch vor, den sie nach allem, was seitdem passiert war, kaum wiedererkannte.

«Hat es das?»

«Eigentlich nicht.» Sie starrte vor sich hin, gefangen von der Vergangenheit und verloren ohne Zukunft, auf die sie sich freuen konnte. «Ich war monatelang im Krankenhaus, jahrelang in Reha und Therapie. Operationen und Hauttransplantationen und Überdruckkammern. Antibiotika und Gehhilfen und Verbände. Ich habe dir gesagt, dass ich ihre Beerdigung versäumt habe. Als es mir gut genug ging, brachten mich meine Tante und mein Onkel hierher, damit ich einen Abschluss finden konnte.»

Zitternd ballte sie die Fäuste auf den Oberschenkeln. «Ich hatte Angst davor herzukommen, Angst, sterben zu wollen wie sie, wenn ich es täte. Um den Schmerz loszuwerden und bei ihnen zu sein.» Ihre Stimme brach, und sie fasste sich an die Brust. «Als ich älter wurde, hatte ich immer noch Angst, weil eines Tages bei einem dieser Besuche der Zeitpunkt kommen würde, an dem ich nicht mehr so empfinden würde. Der Beweis, dass ich es hinter mir gelassen und genug getrauert hätte.» Sie sah zu ihm hoch, und Tränen ließen seine Umrisse verschwimmen. «Es fühlte sich wie Verrat an.»

«Ella», hauchte er und ging neben ihr auf die Knie. «Das ist kein Verrat. Das ist, was sie für dich wollen würden.»

«Ich weiß, und du hast recht.» Sie wischte sich über die nassen Wangen. «Aber das ist die Schuld der Überlebenden. Sie hat keine Logik. Du hast es beim Tod deines Dads erlebt. Keiner von uns ist schuld, aber Gefühle sind Gefühle, und sie sollten anerkannt werden.» Sie schniefte und richtete den Blick wieder auf die Gräber. «Der Tod reißt Löcher in deine Seele, Furchen und Lücken, die dich karg und leer zurücklassen. Nur Liebe kann sie wieder füllen. Und wenn du Glück hast, dann sind da keine Löcher mehr, wenn es für dich selbst Zeit ist zu gehen.»

Er strich ihr mit zitternder Hand übers Haar und glättete die Strähnen, als könne das den Verlust, die Vergangenheit oder ihre Lüge auslöschen. Sie schloss die Augen, schwelgte in dieser tröstenden Geste, denn dieser Trost würde ihr gleich wieder weggenommen.

Mit einem rauen Seufzen stand sie auf.

Er tat es ihr gleich, und sie sah ihn an.

So attraktiv, so gütig, so mutig. Zu mehr in der Lage, als er sich je zugestand. Seine besorgten haselnussfarbenen Augen hatten unzählige grüne Flecken im Sonnenlicht, und Kummer lag um seine Mundwinkel. Ein Windstoß verfing sich in seinem Haar und zerzauste die sandfarbenen Strähnen.

Sie wappnete sich, eine weitere Wahrheit zu enthüllen, bevor sie ihre zerbrechliche Welt in die Luft sprengen würde. Nur damit er wusste, wie viel er ihr bedeutete. Er hatte sie Leidenschaft und Selbstwertgefühl gelehrt, hatte ihr gezeigt, dass Narben schön sein konnten. Vor allem war sie nicht länger unsichtbar wegen ihm.

«Ich liebe dich.»

Seine Augen wurden groß. Seine Lippen teilten sich. Er trat einen Schritt zurück, wie um wegzugehen, hielt dann jedoch inne. Seine Arme zuckten, als kämpfe er gegen den Impuls, sie zu halten, genauso wie gegen den Impuls, die Flucht zu ergreifen.

Schwer atmend, mit vor Gefühlen überquellenden Augen sah er sie an. Verständnis und Anerkennung und Akzeptanz erfüllten seinen Blick, je länger er sie musterte. Nach mehreren Augenblicken hoben und senkten sich seine Schultern mit einem tiefen Atemzug.

Er lief nicht davon. Er nahm einen festeren Stand ein.

Und das brach ihr das Herz mitten entzwei.

«Du brauchst es nicht zu erwidern. Ich erwarte nichts von dir. Ich wollte nur, dass du weißt, was ich empfinde.» Auf ihrer Unterlippe kauend, kämpfte sie gegen das kalte Gefühl an, das in ihr hochstieg und sie einhüllte. «Egal, was als Nächstes passiert, du sollst wissen, dass ich dich liebe.»

Sie nahm seine Hand und drehte sich auf dem Absatz um.

«Ella, warte.» Er zog an ihrem Arm und drehte sie wieder zurück zu sich.

«Bitte komm mit mir mit», flehte sie. Wenn er das Gefühl erwiderte oder überhaupt irgendetwas sagte, würde sie zu Asche zerfallen.

«Wohin?» Er schnaubte mit gerunzelter Stirn. «Ich –»

«Bitte, Jason. Komm einfach mit mir mit.»

Er musste die Verzweiflung in ihrer Miene bemerkt haben, denn seine Lippen wurden schmal. Er nickte. «Also gut, Ella.»

Sie drehte sich erneut um und ließ seine Hand los. Sich nach rechts wendend, führte sie ihn auf einem Weg tiefer in den Friedhof hinein. Eine Nachtschwalbe rief, und Grillen zirpten, während er neben ihr herging, mit gesenktem Kopf und die Hände in den Hosentaschen. Eine Brise ließ die Blätter über ihnen rascheln.

«In jener Nacht weckte mich ein Krachen. Wie ich schon sagte, ich glaube, das waren die Feuerwehrleute, die die Tür aufbrachen.» Sie schaute stur geradeaus, fest entschlossen, die Geschichte zu erzählen, ohne zu weinen. «Ich hörte meine Eltern schreien und Stimmen von unten, noch bevor ich die Hitze bemerkte. Flammen loderten überall. Obwohl der Teppich bereits brannte, sprang ich aus dem Bett.»

Er drehte den Kopf, um sie anzusehen, doch sie hielt den Blick weiter geradeaus gerichtet.

Sie schluckte den Kloß in ihrem Hals hinunter. «Meine Eltern hörten auf zu schreien. Ich weiß nicht, wie ich das hören konnte, obwohl ich selbst vor Schmerzen schrie. Ich bin mir nicht sicher, wie lange es dauerte, aber das Nächste, was ich weiß, war, dass meine Zimmertür eingetreten wurde. Durch eine Wand aus Flammen kam ein Feuerwehrmann. Er rannte zu mir, hob mich auf die Arme. Ich erinnere mich an den Geruch von Plastik und Gummi und Ruß, wie glatt seine gelbe Jacke an meiner Wange war.»

Sie waren fast da. Jason hatte anscheinend nicht auf ihren Weg geachtet, weil er sie angesehen und ihr zugehört hatte. Sie verlangsamte ihre Schritte, damit es so blieb.

Mit zitternden Händen strich sie sich eine Haarsträhne aus dem Gesicht. «Ich konnte sein Gesicht nicht sehen. Er trug einen Helm, und da war zu viel Rauch. Aber ich werde seine Stimme nie vergessen. Ruhig, bestimmt und beruhigend sagte er: ‹Ich hab dich. Es wird alles wieder gut. Halt dich an mir fest.›»

Verflixt, sie verlor den Kampf. Ihre Augen brannten, und

ihre Brust krampfte sich zusammen. «Mit mir auf den Armen drehte er sich um und lief zur Tür. Aber er schaffte nur ein paar Schritte. Der Fußboden gab nach, und wir brachen durch und landeten unten auf dem Esstisch. Er hat meinen Sturz abgefangen. Ein anderer Feuerwehrmann nahm mich ihm ab und rannte zur Eingangstür. Das Letzte, woran ich mich erinnere, ist, dass ich über seine Schulter blicke und den Mann auf dem Tisch sehe und die anderen Feuerwehrmänner, die um ihn herumschwärmten.»

Sie blieb stehen und drehte sich zu ihm um. Ohne sich die Mühe zu machen, die Tränen fortzuwischen, riskierte sie es, ihn anzusehen, nur um ihre Welt erneut in Trümmer zerbrechen zu lassen.

Seine Augen waren rot gerändert, aber trocken. Hilflosigkeit und Angst sahen ihr daraus entgegen. Lange Minuten verstrichen, dann schloss er schließlich langsam blinzelnd die Augen, wie um sich wieder zu fassen. «Es tut mir leid, dass dir das passiert ist. Wirklich. Es macht mich fertig, um ehrlich zu sein. Jedes Detail, mit dem du mehr von dieser Nacht enthüllst, macht mich fertig. Aber ich verstehe nicht, warum du mich hierherbringen musstest, um es mir zu erzählen.»

Ihr Magen wurde schwer wie Blei, und ihre Sicht wurde grau. «Weil das hier der Feuerwehrmann ist, der mich gerettet hat.»

Er zuckte zusammen. «Was?» Er drehte den Kopf und sah das Grab neben ihnen an. Wie auf Autopilot wandte er sich dem Grabstein vollständig zu.

Sie sah genau, wann ihre Worte zu ihm durchdrangen, in welcher Sekunde er den Zusammenhang erkannte. Und der steifen Haltung seines Rückens nach zu urteilen, der leeren Miene, der Weise, wie ihm die Farbe aus dem Gesicht wich und wie er zu atmen aufzuhören schien, bestand keinerlei Chance, dass er das überwinden würde. Jeder winzige Funken Hoffnung, den sie gehegt hatte, verlosch.

«Als wir durch die Decke krachten, brach er sich das Genick. Er hat sein Leben gegeben, um meins zu retten.» Ihre Stimme versagte, und sie hielt sich die Hand vor den Mund, um das Wimmern zu unterdrücken.

«Oh, Gott.» Er krümmte sich vorwärts, die Hände auf den Oberschenkeln, den Kopf gesenkt. «Oh, Gott. Nein, nein.»

Sie ballte die Faust über ihrer schmerzenden Brust. «Er hinterließ eine liebende Ehefrau, einen Sohn, der ihn vergötterte, und einen besten Freund.»

Immer noch vornübergebeugt, mit dem Rücken zu ihr, hob er die Hand, um sie zu bitten aufzuhören.

Aber das konnte sie nicht. Das hier war vielleicht die letzte Chance, es zu sagen. «Seitdem versuche ich jeden Tag, mein Leben voll auszukosten, seiner Erinnerung zu Ehren, damit das Opfer, das er gebracht hat, nicht umsonst war.»

Er presste eine Hand auf seinen Bauch und schüttelte keuchend immer wieder den Kopf.

«Ich dachte, ich käme ziemlich gut zurecht, bis drei Frauen sich einmischten und ich mich plötzlich in den Sohn genau des Mannes verliebte, der mich gerettet hatte.»

Ein gequältes, schmerzvolles Brüllen zerriss die Luft, und er richtete sich zu voller Größe auf. Langsam drehte er sich zu ihr um, dabei wich er ihrem Blick aus. Blind starrte er auf ihre Brust, als sähe er sie nicht wirklich.

Sie wartete, Sekunden verstrichen, wurden zu Minuten, und je mehr Zeit verging, desto mehr blutete ihr das Herz. So alarmierend heftig, dass ihr schwindlig wurde und sie sich zwingen musste, aufrecht stehen zu bleiben. Nur wenige Schritte trennten sie voneinander, aber es fühlte sich wie ein Graben an. Ein Graben, der immer weiter aufklaffte.

Endlich hob er den Blick und sah sie an. Seine Augen waren rot, mit einem glänzenden Schimmer und ohne einen Funken der Zuneigung, die sie inzwischen gewohnt war. Bebend, mit geblähten Nasenflügeln ließ er den Blick über ihr Gesicht gleiten, als versuche er, sich zu erinnern, wer sie war. Seine Kiefermuskeln zuckten. Er schüttelte den Kopf, kaum wahrnehmbar, wenn sie ihn nicht so aufmerksam beobachtet hätte.

«Leb wohl, Ella.»

Nicht mehr. Nicht weniger.

Einfach nur Lebwohl.

Das Wort hallte in ihrem Kopf wider, als er davonging. Klang in ihren Ohren nach, als er außer Sicht verschwand. Höhlte ihr Innerstes aus und hinterließ ein klaffendes Loch.

Fast rief sie seinen Namen. Fast flehte sie, aber das würde ihm nur noch mehr Schmerz bereiten. Er hatte seine Entscheidung getroffen. Sie musste mit den Konsequenzen leben.

Ein Schluchzen stieg in ihrer Kehle auf. Sie ließ die ungebetenen Tränen fallen. Das hatte sie sich selbst zuzuschreiben. Sie hatte ihm weh getan, und jetzt war er fort.

Heftig zitternd sah sie den Grabstein an. Die Buchstaben des Namens wirbelten in einem verschwommenen Durcheinander, aber sie kannte sie auswendig.

Mitchell Burkwell
Möge der Weg zum Himmel
mit Gold gepflastert sein.

«Danke», flüsterte sie.

Ohne zu wissen, was sie tun sollte, nur dass sie von hier fortmusste, schniefte sie und begann, zu ihrem Auto zurückzugehen. Sie könnte nach Hause fahren, sich ausweinen und etwas suchen, um sich abzulenken. Sich auf die guten Dinge in ihrem Leben konzentrieren. Nicht über die schlechten nachgrübeln. Sich in die Arbeit stürzen. Vielleicht würden ihr all die unschuldigen Kindergesichter dabei helfen, darüber hinwegzukommen.

Oder sie könnte sich in Selbstmitleid suhlen, indem sie bei einem Netflix-Marathon eine Schachtel Taschentücher vollheulte und einen Riesenbecher Karamelleis verdrückte.

Verdammt, tat das weh. Alles in ihr tat weh. Ein stechender, brutaler Schmerz.

Einen Monat. Ungefähr einen Monat waren sie zusammen gewesen, und schon wusste sie nicht mehr, wie sie allein funktionieren sollte. Was ein paar Wochen bewirken konnten. Seit der Pubertät hatte sie sich nach einer romantischen Liebesbeziehung gesehnt. Nach jemandem, der sie bemerkte und um ihrer selbst willen mochte und sich um sie kümmerte, wie sie um ihn. Nach einer aufrichtigen, respektvollen Verbindung mit tollen Unterhaltungen und guter Chemie.

Sei vorsichtig mit dem, was du dir wünschst. Lautete der Spruch nicht so?

Sie hätte sich Donuts wünschen sollen. Die waren befriedigend und brachten sie nicht dazu, sich zu fühlen, als wäre ihr die Brust aufgebrochen worden, um ihr das Herz herauszureißen und es durch den Fleischwolf zu drehen. Donuts sagten nicht Lebwohl.

Jemand stand am Grab ihrer Eltern.

Sie blieb abrupt stehen und starrte die zierliche blonde Frau über ihr Auto hinweg an. Sie trug ein schlichtes gelbes Kleid, weiße Pumps und eine Handtasche über dem Arm. Sie hatte Ella den Rücken zugewandt, sodass sie das Gesicht der Frau nicht sehen konnte, aber die Härchen an ihren Armen stellten sich auf, und ihr gebrochenes Herz hämmerte.

Sie würde diese Frau überall erkennen. Und für den Moment wischte es alle anderen Gefühle fort.

«Hallo, Liebes.» Die Frau sah über ihre Schulter und schenkte ihr ein Lächeln, das nicht zu diesem Ort passte. «Schwerer Tag heute, nicht wahr?»

«Ja.» Ella ging um ihr Auto herum und trat vorsichtig an das Grab. «Mir war nicht bewusst, dass Sie wissen, wer ich bin, Mrs. Burkwell.» Hatte sie vor, Ella zu verstümmeln? Sie war klein und zierlich, aber Ella hatte so ein Gefühl, dass Jasons Mama ihr gehörig in den Hintern treten konnte.

«Natürlich weiß ich das.» Ihr weicher Südstaatenakzent täuschte beinahe über den Stahl darunter hinweg. «Bitte, nenn mich Mary. Wir sind uns schon begegnet, aber daran wirst du dich nicht erinnern.»

Nichts für ungut, aber Ella würde sich daran noch erinnern, wenn sie auf den Kopf gefallen und das Gedächtnis verloren hätte. Sie war Mary Burkwell nie zuvor begegnet, sie wusste nur so genau, wie sie aussah, weil sie die Familie als Jugendliche und auch noch mal kurz vor ihrer Rückkehr nach Redwood online gestalkt hatte. Es war Teil ihrer Auseinandersetzung mit ihren Schuldgefühlen gewesen.

Mrs. Burkwell legte den Kopf schräg und betrachtete den Grabstein. «Nach der Beerdigung meines Mitch, als die Dinge sich ein wenig beruhigt hatten, brachte Lou mich zu dir ins Krankenhaus. Die Ärzte hatten dich in ein künstliches Koma versetzt. Er berichtete mir die Einzelheiten über den Brand, wie Mitch gestorben war, und dann erzählte er mir von dir.»

Sie verschränkte die Arme, und diese Bewegung ließ ihre Schultern noch zarter wirken. Wie hatte sie diese gewaltige Last, die auf ihnen gelegen hatte, tragen können? «Du Ärmste warst so ein winziges Ding. All diese Schläuche und Kabel und Maschinen. Deine Beine waren eingewickelt wie eine Mumie, und du warst reglos wie ein Stein. Ich habe dich für eine Weile jeden Tag besucht, wenn Jason in der Schule war. Zuerst, denke ich, brauchte ich es, um mich von meinem Kummer abzulenken, aber mit jedem meiner Besuche fühlte ich mich meinem Mitch näher. Da war dieses kostbare kleine Mädchen, das mein Mann gerettet hatte. Das musste einen Grund haben.» Sie sah Ella an. «Gott hat immer seine Gründe, weißt du.»

«Mmmhmm.» Irgendwie war Ella in einem anderen Universum gelandet. Die Alternative war einfach zu überwältigend.

Lou hatte sie damals auch im Krankenhaus besucht, und sie waren auch danach in Kontakt geblieben. Aber er hatte nie erwähnt, dass Mary Burkwell sie damals besucht hatte, ebenso wenig, dass die Frau von Ellas Rückkehr in die Stadt wusste. Sie war einen Monat lang mit Jason zusammen gewesen, und trotzdem hatte Mary ihrem Sohn nicht von der Verbindung zwischen ihnen erzählt? Warum nicht?

«Ich musste zweiundzwanzig Jahre warten, aber endlich verstehe ich den Grund.» Die Hände vor sich gefaltet, wandte sie sich zu Ella um. «Darf ich aufgrund der Art und Weise, wie Jason von hier fortgestürmt ist, annehmen, dass du ihm gesagt hast, wer du bist?»

«Äh, ja.» Verflixt, sie wollte sich unter einem Stein verkriechen. «Ich habe es schon vorher versucht, viele Male, aber …»

«Aber Jason hat es nicht zugelassen.»

«Ja. Das ist keine Entschuldigung, aber ja. Wir kamen uns immer näher, verbrachten mehr Zeit miteinander, und es wurde immer schwerer. Es tut mir leid.»

«Das muss dir nicht leidtun.» Mary winkte ab, als wäre Ellas Lüge unbedeutend. «Wenn er die Wahrheit von Anfang an gewusst hätte, dann hättest du es nicht geschafft, durch seine Schutzmauern zu kommen. Warum denkst du, habe ich es nicht verraten? Als ihn diese umtriebigen Kuppelschwestern ins Visier genommen hatten, dachte ich bei mir: ‹Oh Mann, das wird ein Spaß werden.› Und dann erfuhr ich, dass du es warst, die sie für ihn ausgesucht hatten.»

Mary zog die Augenbrauen hoch, und selbst das machte sie wie eine richtige Südstaatenschönheit. «Plötzlich flattert er nicht mehr von einer Frau zur nächsten, er geht keine unnötigen Risiken mehr ein, und er meidet nicht einmal mehr schwierige Themen. Lou sagt, er ist bei der Arbeit konzentrierter. Parker sagt, er hat sich dir geöffnet und weicht Fragen nicht mehr aus. Zweiundzwanzig Jahre, Liebes. Und da ist der Grund. Weil mein Sohn diesen besonderen Jemand brauchte, der stark genug, klug genug und bereit dazu ist, unter die Oberfläche zu sehen.»

Verflixt. Ellas Augen gingen schon wieder über. «Sie sollten mich hassen.»

Mit einem mitfühlenden Lächeln schüttelte Mary den Kopf. «Es war nicht deine Schuld, und ich könnte nie jemanden hassen, der meinen Sohn so sehr liebt wie du.»

Sie holte Luft und sah sich um, als suche sie nach jemandem oder etwas, das nicht mehr existierte. «Es ist ein wunderschöner Tag, trotz des düsteren Jahrestages. Ich entschuldige mich dafür, dass ich dein Gedenken hier gestört habe.» Mit einem verstohlenen Lächeln sah sie das Grab an. «Aber ich dachte, es wäre an der Zeit, dass wir uns offiziell treffen.»

Ella war nicht sicher, ob der letzte Teil ihr oder ihren Eltern galt, aber sie war zu perplex, um zu fragen.

Als wäre sie mit der Unterhaltung fertig, ging Mary den Weg hinunter zur Straße. Anders als ihr Sohn sagte sie nicht Lebwohl. Bevor sie die erste Kurve erreicht hatte, drehte sie sich noch einmal um.

«Sie wären stolz darauf, wer du geworden bist. Ich bin es jedenfalls. Und du solltest es auch sein.» Ein Nicken, dann ging sie ihres Weges, rief jedoch noch eine letzte Sache über ihre Schulter. «Gib ihn nicht auf.»

· 19 ·

Was hast du heute Abend vor, Sohn?»

Jason schaute von seinem Platz auf dem blauen Paisley-Sessel im Wohnzimmer seiner Mutter zu Lou, der neben Mama auf der dunkelblauen Couch saß und ihre Hand hielt. Er musste sich immer noch an solche öffentlichen Zuneigungsbezeugungen gewöhnen, aber er war froh, dass sie glücklich waren.

Zwei von dreien war nicht schlecht.

«Parker kommt rüber, um sich mit mir das Spiel der Mariners anzusehen. Wir werden wahrscheinlich ein paar Bier trinken und den Fernseher anbrüllen.»

«Ihr geht nicht ins Shooters? Es ist Samstagabend. Macht ihr das nicht normalerweise so?»

Normalerweise? Ja. Aber nichts war mehr normal. Schon seit einer Woche nicht mehr.

«Mir ist nicht nach Leuten.»

Lous Schnurrbart zuckte. «Dir war in letzter Zeit nach gar nicht viel.»

Jep. Da hatte er allerdings recht. Jason hatte sich die ersten paar Tage nach Ellas Enthüllung krankgemeldet, sich in Jogginghose und T-Shirt auf der Couch geparkt und auf Netflix Serien geschaut, die sie zu seiner Liste hinzugefügt hatte. In den darauffolgenden Tagen hatte er die Energie aufgebracht zu duschen, aber wenig sonst. Wenn seine Mutter nicht darauf bestanden hätte, dass er heute zu einem frühen Abendessen vorbeikam, wäre er immer noch in seiner Wohnung.

Wo immer noch Ellas Duft in der Luft hing.

Wo sein Esstisch stand, an dem sie zusammen gegessen hatten.

Wo seine Couch war, der Ort vieler Knutschereien.

Wo sein Schlafzimmer war, der Ort, an dem sie zuletzt den Umschlag mit dem Auktionsgeld platziert hatte, den keiner von beiden bei ihrem Hin und Her hatte behalten wollen.

Wo seine Katze erwartungsvoll umherspazierte, als dachte sie, dass Ella wie von Zauberhand erschien.

Gott. Ein Monat, und sie war bereits in den Bodendielen, Möbeln und Wänden. In der Luft, die er atmete. Jedem seiner wachen – und schlafenden – Gedanken.

Egal, was als Nächstes passiert, du sollst wissen, dass ich dich liebe.

Wen musste er umbringen, damit sein Gehirn sich nicht mehr daran erinnerte, dass sie das gesagt hatte? Er drehte noch durch. Verlor völlig den Verstand. Die Zeit machte es nicht besser, nur noch schlimmer.

In seinem Kühlschrank waren haufenweise unangetastete Kartons vom Lieferservice, weil er auf nichts Appetit hatte. Nicht mal auf das verdammte Päckchen Kekse, das er gekauft hatte, ohne sich dessen wirklich bewusst zu sein. Sie hatten nicht ihr spezielles Aroma. Nicht so süß. Genauso wenig wie die drei verschiedenen Kerzen in derselben Duftrichtung, die er heute Morgen willkürlich gekauft hatte, als er Bier holen war.

Er brauchte dringend einen Themenwechsel. «Habt ihr schon ein Datum ausgesucht?» Weil das genau das Thema war, worüber er sprechen wollte. Hochzeiten. Er sollte sich ohrfeigen.

«Ja», sagte Mama mit einem zufriedenen Seufzen.

Sofort war er eifersüchtig. Er war seit einer Woche nicht mehr zufrieden gewesen.

«Wir haben den Botanischen Garten für den ersten Samstag im September reserviert.» Lou trommelte mit den Fingern auf die Armlehne des Sofas. «Ich habe mich gefragt, ob du mein Trauzeuge sein würdest?»

Verdammt. Jasons Brust wurde eng. «Es wäre mir eine Ehre.»

«Natürlich», fügte Mama hinzu, «wirst du auch die Brautjungfer spielen müssen.»

Er lachte. Dass er dazu noch in der Lage war. Wer hätte das gedacht? «Dein Wunsch ist mir Befehl. Aber ich werde kein rosa Kleid tragen.»

Sie grinste. «Dann eben blau.»

Er verdrehte die Augen zur Decke und legte den Kopf auf die Rückenlehne des Sessels, da es zu viel Mühe machte, ihn hochzuhalten. Blinzeln machte Mühe. Atmen machte Mühe.

Scheiß drauf. Er sollte wieder ins Bett gehen.

«Hast du mit Ella gesprochen?»

Korrektur. Er hätte im Bett bleiben sollen.

«Nein, Mama, hab ich nicht.» Nicht dass er nicht schon eine Billion Mal automatisch zum Telefon gegriffen und fast ihre Nummer gewählt hätte, wann immer Storm etwas Putziges gemacht hatte oder er einen Fall bei einer von Ellas Serien gelöst hatte, oder einfach, um ihr aus reiner Gewohnheit gute Nacht zu sagen.

Sein Magen wurde schwer wie Blei. Das Letzte, was sie zu ihm gesagt hatte, war, dass sie sich in ihn verliebt hatte.

Das Letzte, was er gesagt hatte, war Lebwohl.

Er hatte diesen Augenblick auf dem Friedhof immer wieder durchgespielt. Bis zum Gehtnichtmehr. Als sie die L-Bombe platzen ließ, hatte er bereits den Mund aufgemacht, um es zu erwidern. Die Absurdität kannte keine Grenzen. Er, einer Frau sagen, dass er sie liebte. Er würde Liebe nicht mal erkennen, wenn sie sich zappelnd an seinen Eiern festbeißen würde. Und doch hatte sein Mund wie von selbst, ohne dass er ihm die Erlaubnis gegeben hätte, mit diesen drei Worten reagieren wollen. Er wusste immer noch nicht, warum er es nicht getan hatte. Er würde es vielleicht nie wissen, aber wie sich herausstellte, war es besser so, in Anbetracht der Tatsachen.

Apropos ... «Ich kann nicht fassen, dass du es mir nicht gesagt hast.» Er zeigte auf Lou. «Bei dir verstehe ich es. Du warst in jener Nacht dort, aber dir war nicht bewusst, dass sie es war, mit der ich zusammen war. Und dann hat Mama dir befohlen, es geheim zu halten.» Er sah seine Mom an. «Aber du?» Er schüttelte den Kopf. «Du hättest etwas sagen müssen.»

«Es stand mir nicht zu, diese Geschichte zu erzählen.»

Blödsinn. «Du solltest dich ebenso aufgebracht und getäuscht fühlen wie ich. Wir reden hier von Dad.»

Sie nickte langsam, ihre Miene war ernst. «Wenn er überlebt hätte und sie gestorben wäre, weil er sie nicht retten konnte ... Wäre er dann in der Lage gewesen, über seine Schuldgefühle hinwegzukommen? Du rennst jeden Tag in Situationen, vor denen andere wegrennen. Versetz dich mal in seine Lage. Hättest du danebengestanden? Und nichts getan? Das Haus brennen lassen?» Sie lehnte sich vor. «Sie sterben lassen? Es war sein Job. Jetzt ist es dein Job. Der, für den du dich von allen Berufen da draußen entschieden hast. Er würde es wieder tun. Und du würdest es auch.»

Ja, ja, ja. Alles schlüssige Argumente. Sie hatte recht. Und der Gedanke, das Schicksal umzukehren, damit sein Vater stattdessen überlebt hätte? Er hätte nie die Gelegenheit bekommen,

Ella kennenzulernen, all die wundervollen Augenblicke, die sie miteinander geteilt hatten, gäbe es nicht. Das war undenkbar.

Als sie ihm ihre Narben gezeigt hatte, hatte er das Züngeln der Flammen gespürt, als wäre er selbst dort gewesen. Als sie ihm Stück für Stück die Einzelheiten des Brandes erzählt hatte und was sie danach durchgemacht hatte, war er bei ihr gewesen. Verängstigt. Verwirrt. Allein. Voller Schmerzen. Er hatte mit ihr getrauert. Ihr Schmerz, ihre Emotionen waren die seinen. Er war in seinem ganzen Leben noch nie so niedergeschmettert, so verzweifelt gewesen.

Mama lehnte sich wieder zurück, und ihre Schultern sanken herab. «Ella hat deinen Daddy nicht umgebracht.»

Er kniff die Augen zu und fuhr sich mit der Hand über den Nacken. «Ich weiß.» Dieser missratene, dumme Gedanke war ihm nie in den Sinn gekommen. Kein einziges Mal. Das Feuer war nicht ihre Schuld gewesen. Der Tod seines Dads war nicht ihre Schuld gewesen. Als Feuerwehrmann und Ersthelfer würde er selbst auch nicht wollen, dass seine Familie den Opfern die Schuld gab, falls er bei einem Einsatz sterben sollte. Und das war es, was Ella war, ein Opfer. Wie dem auch sei, eine Sache war ihre Schuld. «Sie hat mich angelogen.»

Und es war eine gewaltige Lüge gewesen. Wenn ein Riss im Gehweg eine Lüge war, dann war ihre der Grand Canyon.

«Das hat sie.» Sie legte den Kopf schief. «Das hat sie, und das war falsch von ihr. Sie weiß das und fühlt sich schrecklich deswegen. Ich möchte allerdings wetten, dass sie mehr als einmal versucht hat, mit dir darüber zu reden, aber du abgeblockt hast. Bis du ihr begegnet bist, war das deine Art, dich mit ernsten Themen zu befassen. Indem du dich nicht mit ihnen befasst hast. Du hast dich verändert. Du bist immer noch mein witziger, mitfühlender, furchtloser Junge. Aber du bist jetzt in der Lage, Gefühle zu verarbeiten, wohingegen du vorher so getan hast, als hättest du keine. Das hat sie bewirkt, Baby. Sie hat das in dir zum Vorschein gebracht. Wenn sie dir gleich die Wahrheit gesagt hätte, als ihr euch kennengelernt habt, dann wäre nichts von alledem passiert. Dann gäbe es kein du und sie.»

Prächtig. Sie bekämpfte Feuer mit Vernunft. Ihre Logik sollte sich gefälligst wieder in der Höhle verkriechen, aus der sie gekommen war. Für Logik war hier kein Platz bei all diesen geballten … Gefühlen.

«Ich würde dir gern etwas geben.» Sie tätschelte Lous Knie und stand auf.

Jasons Augen wurden schmal. «Wenn es ein Schlag auf den Hinterkopf ist, dann brauche ich ihn nicht.»

Lou schnaubte. «Da bin ich anderer Meinung.»

Mama verließ das Zimmer.

Lou sah ihr nach, dann musterte er Jason. «Du bist ein Idiot.»

«Und dafür lieben mich die Leute.»

«Wenigstens ist dir das bewusst.»

«Jep.»

Mama kam mit einem kleinen Karteikästchen zurück, in dem sie Rezepte aufbewahrt hatte, bevor sie sie in den Computer eingegeben hatte. Sie reichte es ihm.

Stirnrunzelnd sah Jason das Kästchen mit dem roten Blumenmuster an. «Rezepte? Ich koche besser als Lou. Er sollte die kriegen.»

«Was für ein Komiker», brummte Lou. «Damit solltest du auf Tour gehen.»

Mama räusperte sich entschieden. «Keine Rezepte.» Sie kehrte zu ihrem Platz zurück. «Nachdem dein Vater gestorben war, bat ich die Sinclairs, mich darüber auf dem Laufenden zu halten, wie es Ella erging. Darin ist alles, was sie mir im Lauf der Jahre geschickt haben.»

«Was?» Davon hatte er keine Ahnung gehabt. Also ... hatte Mama Ellas Kindheit verfolgt? Von ihren Verletzungen und der Genesungszeit gewusst?

Unsicher, was er davon halten sollte, hielt er das Kästchen fester und starrte es an. Ellas Leben war da drin? Was hieß das? Das Kästchen war zu klein für medizinische Berichte oder Akten.

«Nimm es mit nach Hause. Schau es dir später an.»

Er presste ein Lachen hervor. «Schmeißt du mich raus?»

«Ja.» Sie grinste. «Ich wünsch dir noch einen schönen Abend.»

Unterricht beendet. Er verdrehte die Augen und stand auf.

Draußen legte er das Kästchen auf den Beifahrersitz und holte sein Handy aus der Hosentasche, um Parker zu schreiben, dass er auf dem Weg war. Dann verließ er die Einfahrt und fuhr durch die Stadt.

Die Dämmerung verblasste zu Zwielicht, und der Himmel war eine endlose dunkelblaue Weite, in die Sterne winzige Löcher stanzten. Von einem kürzlichen Schauer lag noch der Geruch von Regen in der Luft, und Tropfen hingen an den Grashalmen und Blumen neben der Straße.

Leute winkten, als er vorbeifuhr. Er nickte ihnen zu, um höflich zu sein, obwohl er ihnen in Wirklichkeit den Mittelfinger zeigen wollte. Ihnen allen. Jedem Einzelnen. Bis alle sich so mies fühlten wie er. Das hier war ihre Schuld, weil sie die Kuppelei unterstützt und retweetet und Pinterest-Pinnwände gelikt hatten. Das verdammte Drachentrio ermutigt hatten. Alles ihre Schuld.

Vor dreißig Tagen hatte er noch auf der Suche nach Spaß im

Shooters gesessen und sein nächstes Abenteuer geplant, glücklich und fidel und ohne Sorgen, außer, ob er seine Mama morgens angerufen oder ob er abends Dienst hatte.

Und jetzt? Er hatte keine andere Frau mehr angesehen, seit er Ella getroffen hatte. Er hatte nicht die geringste Lust auf Abenteuer. Er konnte kaum essen, schlafen, seine Wohnung verlassen oder ohne Schmerzen atmen.

Herrgott, wie er dieses leere, hohle Gefühl in seiner Brusthöhle hasste. Dieses verzweifelte Bedürfnis, nach etwas zu greifen. Irgendwas. Die Frustration. Die ... Einsamkeit? Ja, er nahm an, das war die richtige Bezeichnung. Er war einsam.

Und mal ernsthaft. Wann um alles in der Welt war er in seinem Leben je eine Sekunde lang einsam gewesen?

Niemals.

Egal, was als Nächstes passiert, du sollst wissen, dass ich dich liebe.

Es reichte. Er hatte es satt. Er würde zu trinken anfangen. Sobald er nach Hause kam.

Fünf Minuten später, das Rezeptkästchen, in dem keine Rezepte waren, unter dem Arm, öffnete er seine Wohnungstür. Parker war schon im Wohnzimmer und stand mit einem Bier in der Hand vor dem Fernseher, auf dem der Countdown vor dem Spiel lief.

«Ausgezeichnet.» Jason schnappte sich die Flasche. «Ich hab eben beschlossen, dass ich mit dem Trinken anfange. Danke.»

Parker sah ihn mit entnervter Miene an. «Gern geschehen. Alkoholismus ist ein brillanter Plan.»

«Bin ganz deiner Meinung.» Jason trank einen Schluck und wischte sich mit dem Handrücken den Mund. Er wartete ein paar Sekunden, aber nichts geschah. Er kippte den Rest der Flasche hinunter. «Funktioniert nicht.»

«Es dürfte mehr als das nötig sein, um dich wegzuknallen, du Möchtegernsäufer.»

Jason beäugte das Bier. «Aber es hilft nicht. Ich bin immer noch leer.»

«Hmmm. Vielleicht Pizza?»

«Schon probiert.»

«Chinesisch?»

«Schon probiert.»

«Meeresfrüchte?»

«Schon probiert.»

«Ella anrufen?»

«Schon ...» Jasons Augen wurden schmal. «Fang nicht damit an.» Er ging zur Couch und ließ sich auf die Kissen fallen. Das Kästchen stellte er auf den Beistelltisch. Seine Beine waren müde. Alles an ihm war müde.

Parker setzte sich auf den Sessel Jason gegenüber, die Unterarme auf die Oberschenkel gestützt. «Ich hatte gehofft, dass du deine Wohnung heute zum ersten Mal seit einer Woche tatsächlich verlassen hast, würde helfen. Offensichtlich nicht.»

«Ich weißt nicht, wovon du redest.»

«Du hast dein T-Shirt verkehrt rum an.»

Jason schaute an sich herunter. Das hatte er gar nicht gemerkt. «Oh, na ja.»

«Und auf links gedreht.»

«Noch mehr na ja.» Interessant, dass seine Mama nichts gesagt hatte. Oder Lou.

«In deiner Gesichtsbehaarung könnten Vögel nisten.»

«Rasieren ist anstrengend.»

Parker öffnete den Mund, doch Storm kam aus dem Gästezimmer gehüpft und rannte zu Jasons Füßen.

Miau.

«Hi, meine Süße.» Dieses weibliche Wesen log ihn nie an. Er bückte sich und hob das weiße Fellknäuel auf, um die Nase in sein weiches Fell zu schmiegen. «Wer ist ein braves Kätzchen? Du bist ein braves Kätzchen. Wer ist ein hübsches Kätzchen? Du bist ein hübsches Kätzchen.»

Parker stand auf und ging in Richtung Flur.

«Wo willst du hin?»

«Ins Bad.» Er zeigte mit dem Daumen über seine Schulter. «Ich dachte mir, ich hole den Nagellack, damit wir uns gegenseitig die Zehennägel anmalen können. Und dann könnten wir einander vielleicht Zöpfe flechten.»

Miau.

«Du hast recht, Storm», gurrte Jason. «Onkel Parker ist ein ganz gemeiner Trottel. Außerdem sind seine Haare gar nicht lang genug zum Zöpfeflechten, nicht wahr?»

Miau.

«Okay, es reicht.» Parker stemmte die Hände in die Hüften. «Dir geht es hundeelend. Du weißt das. Ich weiß das. Die verdammte Katze weiß das. Ruf Ella an.»

«Sei ruhig. Ich seh mir das Spiel an.»

«Das ist eine Werbung für Rasenmäher.»

Hm. Tatsächlich. «Da ist ein Baseballspieler dabei.»

Parker knurrte, ein Laut, der stinkiger war als Jasons Sportsocken.

Storm sprang hundert Meter in die Luft und flüchtete von seinem Schoß.

«Jetzt schau nur, du hast meine Katze erschreckt.»

Die Hände immer noch in die Hüften gestemmt warf Parker einen Blick zu Storm neben dem Sessel, die sich entspannt der

Körperpflege widmete, und dann zu Jason. «Sie leckt sich den Arsch. Ich denke, es geht ihr gut. Ruf Ella an. Jetzt. Sofort.»

«Ich will nicht.» Verdammt. Doch, das wollte er. Er wollte sie schon anrufen, seit er den Friedhof verlassen hatte, und jede Sekunde seitdem. Aber ... «Sie hat mich angelogen. Genau genommen habt ihr mich alle angelogen.»

«Oh, buu-huu. Wir haben dich angelogen. Und trotzdem redest du noch mit mir. Du redest noch mit Lou. Du redest noch mit deiner Mom.» Parkers Augenbrauen berührten fast seinen Haaransatz. «Warum nicht mit Ella? Weil du Angst hast, darum. Du hast etwas Echtes gefunden und hast Angst.» Seufzend verschränkte er die Arme. «Sie hat dir die Wahrheit gesagt, als sie dachte, dass du bereit wärst, sie zu hören. Du hast sie aus ihrem Mund gehört, nicht aus unserem. Mann, es hat sie aufgefressen, dieses Geheimnis für sich zu behalten.»

So wie Jason sie kannte, hatte er keinerlei Zweifel, dass sein Kumpel recht hatte. Ella trug Schuldgefühle wie eine Rüstung, wobei sie für neunundneunzig Komma neun Prozent gar keinen Grund hatte. Und wenn er wirklich ehrlich zu sich selbst war, hatte er es ihr als emotional verkrüppeltes menschliches Wesen nicht leicht gemacht.

«Sie hat dich bei nichts anderem angelogen oder getäuscht. Sie war bei jeder einzelnen Sache brutal ehrlich zu dir. Und das Beste daran? Du auch. Du hast *dich selbst* nicht belogen, wenn du mit ihr zusammen warst. Ist dir eigentlich aufgefallen, dass die drei Menschen, die dich am meisten lieben, denen du vertraust, sich alle nichts lieber wünschen, als dass du ihr verzeihst? Dass du mit ihr zusammen bist?»

Jason kniff sich in den Nasenrücken, weil ihm die Ratschläge und Meinungen bis hier standen.

«Tu mir einen Gefallen», sagte Parker mit völlig ausdruckslosem Tonfall. «Denk an sie. Nicht an die Lüge, nicht daran, wie sie ans Licht kam, sondern an sie. Du brauchst es mir nicht mal zu sagen. Denk einfach nur an sie. Was ist das Erste, was dir in den Sinn kommt?»

Sonnenschein, Einhörner, Kekse und Regenbögen.

Sarkasmus beiseite, das war tatsächlich die Antwort. Sonnenschein, weil sie sich trotz all der Dunkelheit und dem Schmerz, von dem sie umgeben gewesen war, nur auf das Licht konzentrierte. Verdammt, sie war Licht. Einhörner, weil sie eine seltene Unschuld an sich hatte, weil sie jemand war, der immer noch glaubte, dass es Geheimnisse auf der Welt und Gutes in den Menschen gab. Kekse, weil sie irrsinnig süß war. Ihr Lächeln, ihr Duft, ihre Persönlichkeit. Und Regenbögen, weil sie Farbe in sein Leben gebracht hatte und eine Schönheit wie die ihre schwer zu finden war.

Scheiße. Und da war wieder dieses Brennen hinter seinen Augen und in seinen Eingeweiden, gegen das er die ganze Woche lang angekämpft hatte.

Er vermisste sie. Verdammt, und wie er sie vermisste.

«An jenem Abend in der Bar, als sie mir von ihrer Verbindung zu deinem Dad erzählt hat, weißt du, was sie mich da gefragt hat?»

Jason sah seinen Freund an und schüttelte den Kopf.

«Sie hat mich gefragt, ob ich denke, dass du darüber hinwegkommen könntest, oder ob sie eine ständige Erinnerung an den schlimmsten Tag deines Lebens sein würde.»

Oh nein. Volltreffer. Mitten in den Solarplexus. Die Luft wich ihm pfeifend aus der Lunge, und er stand mit zitternden Beinen auf.

Parker nickte mit gesenktem Kopf. «Ich wusste nicht, was ich darauf antworten soll.»

Wut. Ja, Wut war so viel besser als Trostlosigkeit. Jason ließ die Wut in sich ansteigen, bis seine Schläfen pochten.

«Du wusstest nicht, was du darauf antworten sollst? Willst du mich verarschen?» Seine Stimme wurde lauter, bis sie von den Wänden widerhallte. «Du hättest sagen sollen, dass sie die Summe meiner besten Tage ist und dass der schlimmste nicht ihre Schuld war. Du hättest sagen sollen, dass es nichts zum Drüberwegkommen oder Verzeihen gibt. Du hättest sagen sollen, dass sie mich glücklich macht. Du hättest sagen sollen, dass ich sie liebe und ...»

Er richtete sich so kerzengerade auf, dass steif ein zu schwacher Ausdruck für das Gefühl war, wie sich seine Muskeln um den Beton spannten, der an die Stelle seiner Knochen getreten war. Er versuchte zu atmen, aber seine Lunge hatte ihn auch im Stich gelassen.

Rotglühende Wut wich kühler, weißer Klarheit.

«Oh Scheiße.» Er presste eine Hand auf seinen Magen, der einen Purzelbaum schlug. «Oh Scheiße. Tu ich das? Liebe ich sie? Ja. Oh Scheiße, ja, das tu ich.»

Parker warf die Arme hoch und hob das Gesicht zum Himmel. «Gelobt seien Jesus Christus, die Heiligen Drei Könige und alle Schutzheiligen. Ich dachte schon, ich muss dir das Offensichtliche einprügeln, bevor der Abend rum ist.»

«Ich muss mich hinsetzen.» Jason ließ sich auf die Couch fallen. «Nein, ich muss aufstehen.» Er deutete zur Tür. «Ich muss ...»

«Du musst was, Mann? Gehen?»

«Ja, das.» Genau das. Gehen.

«Wohin? Zu ihr?»

«Ja.» Himmel, ja. Er musste seine Ella sehen. Nur sie konnte dem allen einen Sinn geben. Seinen Wahnsinn beruhigen. Ihn mit diesen herrlichen Augen ansehen und ihn mit ihrer tröstlichen Berührung halten und ihn anlächeln, als würde wirklich alles wieder gut.

«Auf gar keinen Fall. Pflanz dich wieder hin.»

«Nein, ich muss –»

«Deinen Hintern parken, bevor ich dich wegen Dämlichkeit verhafte und weil du mich obendrein nervst.» Parker zeigte mit dem Finger auf ihn. «Der Frau, die du datest, in diesem Geisteszustand zu sagen, dass du sie liebst, ist wie betrunken deine Ex anzurufen. Als dein attraktiverer, weiserer bester Freund wirst du auf mich hören.»

Jason setzte sich.

Parker musterte ihn argwöhnisch, als warte er ab, ob Jason folgsam blieb, dann setzte er sich in den Sessel ihm gegenüber.

«Was soll ich tun?» Jason sah seinen besten Freund an. Sie hatten alles zusammen gemacht, seit sie Windeln getragen hatten. Warum fühlte es sich nur gerade so an, als hätte er sich wieder in das hilflose Kind von damals verwandelt.

«Was willst du tun?»

«Keine Ahnung.»

«Und deswegen bleiben wir hier. Wir haben die drei Stunden des Baseballspiels Zeit, um es herauszufinden. Und notfalls auch die ganze Nacht, wenn das nötig wird.» Parker drehte den Kopf zum Bildschirm. «Brauchst du was Stärkeres als Bier?»

«Nein.»

Er schaute ein paar Sekunden des Spiels, bis er aus den Augenwinkeln das Kästchen entdeckte, das seine Mama ihm gegeben hatte. Er griff danach, legte es auf seinen Schoß und öffnete den Deckel.

«Was ist das?»

«Etwas, das meine Mom mir gegeben hat», antwortete Jason abgelenkt.

Fotos. Nicht Ellas medizinischen Berichte oder Akten, sondern Fotos. Insgesamt ungefähr dreißig.

Verwirrt nahm er den Stapel. Das erste war von ihr in einem Krankenhausbett mit acht Jahren. Oh Gott. Ihre Beine waren dick bandagiert und in Schlingen hochgelagert. Sie hatte eine Sauerstoffmaske, Infusionen und Schläuche überall. Ihre Augen waren geschlossen, und er nahm an, dass die Aufnahme nach den ersten Operationen gemacht worden war, als man sie in ein künstliches Koma versetzt hatte.

Lähmender Schock überfiel ihn, und er gab einen gequälten Laut von sich. Wie oft, seit sie ihm von dem Brand erzählt hatte, hatte er sich eine jüngere Version von ihr in diesem Zustand vorgestellt? Hunderte Male? Tausende? Aber seine Vorstellung – und die war ziemlich bildhaft gewesen – war nichts dagegen, es tatsächlich vor sich zu sehen.

So zerbrechlich. So klein. So allein.

«Was ist los?» Parker stand auf und setzte sich neben Jason.

Er reichte ihm das Foto.

«Himmel», murmelte Parker. «Es ist erstaunlich, dass sie überlebt hat.»

Das war sie. Eine Überlebenskünstlerin.

Mit zugeschnürter Kehle betrachtete Jason auch die anderen Fotos. Sie in der Rehaklinik, einige Fotos im Rollstuhl und einige, auf denen sie sich zwischen parallelen Gehbarren abmühte, wieder andere mit einem Rollator, dann schließlich ohne

Hilfe. Da war ein Foto von ihr winkend neben Blumensträußen, von dem er annahm, dass es ihre Entlassung aus der Reha war.

Danach waren die Aufnahmen von ihr Schnappschüsse. Lesend in einem Sessel. Beim Spielen mit Puppen. Auf einer Rutsche. Sie alterte in ihnen, und er wuchs eine kurze Zeitspanne lang mit ihr auf. Sie als Teenager, beim Klavierspielen, bei ihrem Highschool-Abschluss. Wie sie aufs College ging und noch ein Abschluss. Das letzte Foto zeigte sie in einem Klassenzimmer in Redwood, umringt von Kindern. Das Lächeln auf ihrem Gesicht blendete ihn.

Er reichte Parker das Kästchen. «Jetzt weiß ich, was ich tun will.»

· 20 ·

Möchtest du eine Margarita, Zuckerschnecke?»

Ella warf einen Blick zu Brent, der auf ihrem Sofa neben Miles saß. Sie waren rübergekommen, um sie mit einem ‹Mädelsabend› aufzuheitern, zusammen mit ihrer Cousine Gerta. Bis jetzt war sie nicht aufgeheitert. Dankbar für neue Freunde, aber nicht aufgeheitert.

«Nein, aber danke.»

«Daiquiri?»

Sie lachte. «Nein, schon gut, danke.»

Es war nicht gut. Ihr Bauch tat weh. Ihr Kopf tat weh. Ihr Herz tat weh.

Es war erst eine Woche her, seit Jason vom Friedhof fortgegangen war. Es brauchte Zeit, um über Verlust und Kummer hinwegzukommen. Wenn jemand diese grausame Tatsache kannte, dann sie. Aber sie war noch nie verliebt gewesen. Es war wundervoll und zauberhaft und vernichtend. Sie könnte die Wände hochgehen. Sie hatte jeden Quadratzentimeter ihrer Wohnung so oft geputzt, dass sie praktisch steril war. Sie hatte ihre Unterrichtspläne für dieses Jahr und das nächste fertiggestellt.

Die Kinder hatten ihre Niedergeschlagenheit auch schon bemerkt. Sie hatten sie dabei ertappt, wie sie mitten im Satz stockte. Wie sie mit erhobenem Arm vor der Tafel stand, aber nichts hinschrieb.

Sie konnte so nicht weitermachen, sonst würde man sie noch in eine Anstalt sperren. Andererseits hörte sich eine Gummizelle gut an. Keine Erinnerungen.

«Fang an zu trinken, Chica.» Gerta nippte an dem Gebräu, das Brent für sie gemixt hatte. «Das schmeckt wirklich gut.»

«Oh, vielen Dank.» Brent verbeugte sich. «Was wollen wir jetzt machen? Eine Liebeskomödie gucken?»

«Jaaaa.» Gerta setzte sich aufrechter. «Diese britische mit Colin Firth und Renée Zellweger.» Sie schnippte mit den Fingern, während sie versuchte, auf den Titel zu kommen. «*Bridget Jones – Schokolade zum Frühstück*.»

«Oh, den liebe ich.» Brent klatschte begeistert in die Hände. «*Ich hab Sie unheimlich gern, so wie Sie sind.* Beste Filmzeile aller Zeiten.»

«Total.»

Während die beiden ihre Lieblinge an romantischen Filmzitaten durchgingen, sah Miles zu Ella und formte lautlos mit den Lippen, *alles okay?*.

Sie nickte. Für jemanden, der es hasste, unaufrichtig zu sein, wurde sie ziemlich gut im Lügen.

Die Hände im Schoß dachte sie darüber nach, was Jason wohl gerade machte. War er mit Parker im Shooters? Beim Zip-Lining? Auf der Feuerwache beim Essenkochen für die Mannschaft?

Ging es ihm nur halb so elend wie ihr?

Ein Teil von ihr hoffte es, der egoistische Teil, der wollte, dass er sich vor Sehnsucht nach ihr verzehrte und sie mindestens ebenso sehr vermisste wie sie ihn. Sie hatte ihre Beziehung in Gedanken noch einmal von Anfang bis Ende durchgespielt, und obwohl es vor jenem Augenblick auf dem Friedhof viele Gelegenheiten gegeben hatte, ihm die Wahrheit zu sagen, kam sie zu dem Schluss, dass seine Mom recht hatte. Wenn sie es ihm früher gesagt hätte, dann hätte es keine Beziehung gegeben.

Parker hatte auch recht gehabt. Sie hatte auf die perfekte Gelegenheit warten müssen.

Doch all die Ratschläge und das Kopfzerbrechen waren umsonst gewesen. Er war immer noch fort und sie immer noch hier und wünschte sich etwas, das nie sein konnte.

Ein Klopfen erklang an der Tür, und sie runzelte die Stirn. «Erwarten wir noch jemanden?» Vielleicht einen Freund der Jungs?

Alle schüttelten die Köpfe.

Ella stand auf und ging zur Tür, um sie zu öffnen. «Parker?»

«Hey, Ella.» Er schob die Hände in die Taschen seiner Jeans. Er trug keine Uniform, aber das tat er ohnehin selten, selbst wenn er im Dienst war. «Wie geht's dir?»

«Gut.» Panik ließ ihren Herzschlag stolpern. «Ist Jason okay?» Falls ihm bei einem Einsatz irgendetwas zugestoßen war, bezweifelte sie, dass sie jemand war, den man informieren würde.

«Er ist ... Na ja, er ist Jason.» Parker zuckte mit den Schultern. «Alles okay.»

Sie legte eine Hand auf ihre Brust. «Oh, gut.»

Die Clique kam hinter ihr herbei.

Gerta zog die Augenbrauen hoch und schob keck die Hüfte raus. «Verdammt, du bist aber mal ein hübscher Mann. Wer bist du?»

«Das ist Parker. Er ist der Sheriff und Jasons bester Freund.» Ella warf ihrer Cousine einen finsteren Blick zu, der ignoriert wurde.

«Sind denn in dieser Stadt alle Lebensretter unglaublich heiß?»

Parker grinste. «Das ist eine Grundvoraussetzung, Ma'am. Aber danke für das Kompliment.»

«Du bist verheiratet. Und zwar glücklich», fügte Ella hinzu.

«Das heißt nicht, dass ich nicht gucken darf.»

«Wir hoffen immer noch, dass Parker auf unsere Seite überläuft», sagte Brent, dabei fächelte er sich das Gesicht. «Leider Gottes ist er so hetero wie nur was. Jammerschade.»

Parker fuhr sich immer noch gutmütig grinsend mit der Zunge über die Zähne. «Hab noch nicht die richtige *Frau* getroffen.»

«Seht ihr?» Brent hob die Hand mit der Handfläche nach oben. «Eine Affenschande, sag ich euch.»

«Oh, bitte.» Gerta warf ihre langen dunkelbraunen Locken über die Schulter. «Alle attraktiven aufmerksamen Männer sind schwul. Beweisstück A und B, ihr zwei.» Sie zeigte auf Brent und Miles.

«Ooooh. Ich mag deine Cousine, Ella. Sie muss dich viel öfter besuchen.»

Sie gaben sich die Ghettofaust.

Parker schüttelte den Kopf. «Ella, könntest du mit mir wo hinfahren?»

Mit einem Aufkeuchen zog Gerta ihr Handy aus der Tasche. «Wird sie verhaftet? Das muss ich unbedingt filmen. Dann nehmen wir es für die diesjährige Familienweihnachtskarte.»

«Nicht verhaftet.» Er warf Ella einen bedeutsamen Blick zu. «Sie hat nichts falsch gemacht. Würde es dir was ausmachen, mit mir mitzukommen?»

Verwirrt schüttelte sie den Kopf. «Nein, klar, kann ich machen. Wo fahren wir denn hin?» Und warum? Bis sie angefangen hatte, Jason zu daten, hatte Ella nicht viel mit ihm zu tun gehabt, wenn man von der ein oder anderen Schulveranstaltung seiner Nichte absah.

«Das ist vertraulich.»

Äh, okay. Was bedeutete das?

Brent klatschte wie ein aufgeregtes Kind in die Hände. «Dürfen wir auch im Streifenwagen mitfahren? Dürfen wir?»

«Äh …» Parker fuhr sich mit den Händen durch sein kurzes schwarzes Haar. «Schätze schon, klar.»

«Megacool.» Brent hüpfte auf und ab. «Ich wollte schon immer mal auf dem Rücksitz eines Streifenwagens sitzen.»

«Ich hol meine Sachen.» Ella ging in die Küche, nahm ihre Handtasche und vergewisserte sich, dass ihre Schlüssel und ihr Handy drin waren. «Kann Gerta auch mitkommen?»

«Natürlich.» Parker lächelte und bedeutete ihnen vorauszugehen.

Sie schloss die Tür ab und folgte dem Trio mit Parker an ihrer Seite. «Was läuft hier?»

«Nichts, weshalb du dir Sorgen machen müsstest. Versprochen.»

Brent schaute über seine Schulter zu Parker. «Können wir mit Blaulicht fahren?»

«Nein.»

«Mit Sirene?»

«Nein.»

«Handschellen?»

«Nein, aber ihr habt das Recht zu schweigen.»

«Ooh.» Brents Augen leuchteten auf. «Wenn ich mich weigere, kann und wird das dann gegen mich verwendet werden?»

Parker verdrehte die Augen zur Decke. «Ich geb auf.»

Sie gingen hinaus zu Parkers blauem Polizeiwagen. Auf sein Drängen hin kletterte Ella vorne auf den Beifahrersitz und ihre Cousine und die Jungs auf die Rückbank.

Parker startete den Wagen und nahm das Mikro seines Funkgeräts. «Wir sind unterwegs.» Er warf einen Blick in den Rückspiegel. «In Begleitung.»

Niemand antwortete, und als er losfuhr und sich Richtung Norden wandte, steigerte sich Ellas Verwirrung in den kritischen Bereich. Was zum Kuckuck ging hier vor? Er hatte gesagt, dass es Jason gut ging und alles in Ordnung war, also warum um alles in der Welt wollte er, dass sie mit ihm irgendwohin fuhr? Und wem hatte er über Funk gesagt, dass sie unterwegs waren?

Als spüre er ihre Besorgnis, warf Parker einen Blick zu ihr hinüber. «Es geht ihm gut. Ehrlich. Alles okay. Du wirst es verstehen, sobald wir dort sind.»

Sie nickte, war jedoch nicht beruhigt. Nervosität rumorte in ihrem Bauch, und sie knabberte an ihrem Daumennagel, während sie aus dem Fenster starrte.

Er fuhr durchs Zentrum der Stadt, und Leute hielten in ihren Aufgaben inne, als sie vorbeifuhren. Markisen vor Läden wurden mitten im Ausfahren angehalten. Blumentöpfe gingen vor Gießwasser über. Hundeleinen strafften sich jäh. Kaffeebecher verharrten auf halbem Weg zum Mund.

Scheibenkleister.

Der Himmel war bewölkt, aber die Sonne bemühte sich, die Wolkendecke zu durchbrechen. Der häufige Nebel, für den Redwood bekannt war, schwebte in der Ferne und brachte salzige Luft mit sich. Obwohl es bereits Mittag war, hielt sich die Kälte der Nacht hartnäckig.

Ella zog ihren Pulli enger um sich, während die Passagiere auf der Rückbank eine lebhafte, schiefe Version von «Jailhouse Rock» sangen.

Bei der zweiten Zugabe verdrehte Parker die Augen und hob das Funkgerät. «Du schuldest mir was. Und zwar gewaltig.»

Wer schuldete ihm was? Das hier ergab überhaupt keinen Sinn.

Wieder antwortete niemand.

Fünf Minuten vergingen, und je weiter nach Norden sie fuhren, desto flauer wurde ihr im Magen. Ältere Häuser, die eine Renovierung nötig hatten, sausten am Fenster vorbei. Hunde bellten. Sie wusste jetzt, wohin sie fuhren, und ihre Kehle schnürte sich zu.

Er bog in die Straße ihrer Kindheit ein und hielt am Bordstein vor dem leeren Grundstück, wo früher ihr Haus gewesen war. Hinter Jasons Truck.

«Ella?» Gerta lehnte sich vor zum Sicherheitsgitter, das den Fond von den Vordersitzen trennte, und Sorge ließ ihre Stimme schwanken. «Was machen wir hier?»

Ihre Cousine erkannte die Gegend eindeutig ebenfalls wieder, aber bevor Ella antworten konnte, stieg Jason aus seinem Truck, schloss die Tür und drehte sich zu ihnen um. Er schob die Hände in die Taschen seiner abgewetzten Jeans, wodurch sich der graue Pulli über seinem muskulösen Oberkörper spannte. Ein Windstoß blies ihm die Strähnen aus der Stirn, als er den Streifenwagen ansah.

«Hör dir einfach an, was er zu sagen hat.» Parker lächelte, wie um sie zu beruhigen.

«Er hat dich gebeten, mich hierherzubringen?» Wozu? Um sie anzuschreien? Ihr ihre Verfehlungen vorzuhalten? Es ihr heimzuzahlen, dass sie ihm so weh getan hatte? War das hier eine Art Rache? Denn ehrlich gesagt hatte sie sich selbst schon genug deswegen fertiggemacht. Alles, was er sagen oder tun konnte, würde nur das winzige bisschen Mut vernichten, das sie noch hatte.

Andererseits war er vor einer Woche zu aufgebracht gewesen, um irgendetwas anderes zu tun, als wegzugehen. Er hatte sieben Tage Zeit gehabt, um einen Plan für Vergeltung zu schmieden. Aber er schien nicht der Typ dafür zu sein. Genau genommen wusste sie, dass er nicht der Typ dafür war. Wenn er mit etwas fertig war, dann war er fertig. Aus und vorbei. Weiter zu größeren und besseren Dingen. Sie von Parker zu ihm bringen zu lassen, widersprach seiner Vorgehensweise.

Verflixt und zugenäht. Er sollte sie nie wiedersehen wollen.

«Geh schon, Ella.» Parker wies mit dem Kinn zur Windschutzscheibe. «Hör dir an, was er zu sagen hat.»

Mit zitternder Hand langte sie zum Türgriff.

«Moment mal. Immer schön langsam.» Gerta runzelte die Stirn. «Wird er irgendwas sagen, wofür ich ihn umbringen muss? Denn so wahr mir Gott helfe, wenn er ihr weh tut, dann werdet ihr seine Leiche nie finden.»

Parker rutschte auf seinem Sitz herum, um Gerta anzusehen. «Dem Sheriff von seinen Mordplänen zu erzählen, ist unklug. Aber kein Grund zur Sorge. Wenn er ihr weh tut, erschieß ich ihn höchstpersönlich.» Er lächelte Ella an. «Na los. Hör es dir an.»

Sie sah ihre Cousine auf dem Rücksitz an, Parker, die zwei stummen Männer mit vor Neugier großen Augen. Und dann Jason. Das Herz tat ihr weh, so sehr fehlte er ihr. Ein Blick, ein einziger Blick auf dieses attraktive Gesicht, und sie war schon wieder weich wie Wachs.

«Okay», hauchte sie und öffnete die Tür. Auf wackligen Beinen ging sie zu ihm, die Arme vor der Brust verschränkt, um die Kälte abzuwehren.

Er beobachtete sie die ganze Zeit über, mit zuckenden Kiefermuskeln. Hin und her flogen seine haselnussfarbenen Augen zwischen ihren. Schließlich holte er Luft, wie um seinen Mut zusammenzunehmen. «Vertraust du mir?»

Sie zuckte zusammen und richtete sich auf. Von allen Dingen, die sie von ihm zu hören erwartet hatte – ich hasse dich, ich will, dass du aus meinem Leben verschwindest, ich wünschte, ich hätte dich nie kennengelernt –, hatte es das nicht auf die Liste geschafft. Sie schluckte, doch das trug nur noch zu dem flauen Gefühl im Magen bei. Vertrauen war eine zerbrechliche Sache, und sie hatte sein Vertrauen in sie zerbrochen.

«Tust du es?»

«Ja.» Sie räusperte sich, um die Rauheit in ihrer Stimme zu vertreiben. «Ja, ich vertraue dir mit meinem Leben.»

Seine Schultern sanken herab, als wäre er erleichtert. Er sah zu Parkers Auto hinüber und nickte.

Der Streifenwagen fuhr vom Bordstein los und machte eine Kehrtwende, um auf demselben Weg zurückzufahren, den sie gekommen waren. Sie sah ihm nach, bis er außer Sicht verschwand, dann starrte sie auf ihre Füße.

«Komm her», sagte Jason. «Ich will dir etwas zeigen.»

Ach verflixt. Was war das hier? Eine Wiederholung des Tages, als sie das mit ihm gemacht hatte? Sie hatte ihm das, was passiert war, auf eine Weise erklären wollen, die er vielleicht verstehen konnte. Vielleicht hätte sie es mit einem anderen Ansatz versuchen sollen.

Er trat auf den aufgesprungenen Gehweg und betrachtete das leere, von Unkraut und Gras überwucherte Grundstück. Seine Hände waren immer noch in seinen hinteren Hosentaschen, seine Haltung steif, sein Blick abwesend. «Du hattest mich hergebracht, weil du sagtest, dass es hier angefangen hätte. Aber da hast du dich geirrt. Hier ist etwas Schreckliches geschehen. Drei gute Menschen sind hier gestorben. Aber unsere Geschichte hat hier nicht angefangen.»

Ohne eine Erklärung ging er zu seinem Truck und öffnete die Beifahrertür für sie. «Bitte komm mit mir.»

Unsicher, welches Spiel er spielte, zögerte sie.

«Ich werde dir nicht weh tut. Das habe ich dir in der Nacht gesagt, in der wir uns geliebt haben, und ich meine es auch jetzt so. Ich werde dir nicht weh tut.» Er wies mit dem Kopf in Richtung des Trucks. «Bitte komm mit mir, wie ich es für dich getan habe. Ich möchte dir etwas zeigen.»

Dass er ihr ihre eigenen Worte zurückwarf, trug nicht dazu bei, ihre Nervosität zu besänftigen, aber sie war es ihm schuldig. Mit einem Nicken stieg sie ein und gurtete sich an.

Er ging um die Motorhaube herum, stieg ein und startete den Wagen. «Frag nicht, wohin wir fahren. Sei geduldiger, als ich es war, und lass mich das einfach machen.»

Was genau machen?

Dennoch nickte sie zustimmend. Erneut.

Abwesend betrachtete sie Bäume und Gebäude und Leute, während er sie wer weiß wohin fuhr, um wer weiß was zu tun. Er hatte gesagt, dass er ihr nicht weh tun würde, aber es gab viele Arten, jemanden zu verletzen. Ihrer Erfahrung nach richteten Worte oder das Fehlen von ihnen den meisten Schaden an. Sie verdiente das hier, welche Strafe er ihr auch immer verpasste.

Vor dem Chaos im Kopf schloss sie die Augen und konzentrierte sich darauf zu atmen. Sie behielt sie über die Schlaglöcher und Kurven hinweg geschlossen und sogar, als er schließlich anhielt.

«Folge mir», sagte er leise mit schroffem Tonfall. «Sieh mich an, Liebling, und folge mir.»

Liebling?

Sie öffnete die Augen und sah sich um, und das Herz blieb ihr stehen. Er wiederholte tatsächlich den Tag, an dem sie ihm die Wahrheit gesagt hatte, denn hier waren sie, auf dem Friedhof, dem Ort, an den sie ihn als Zweites gebracht hatte.

«Wir müssen nicht aussteigen, aber folge mir.» Er zeigte auf seine Schläfe. «Folge mir hier oben, okay? Unsere Geschichte hat auch hier nicht angefangen. Das sind deine Eltern, die dir zu früh und auf schreckliche Weise genommen wurden. Ich wünschte, ich hätte sie gekannt. Sie haben einen ziemlich tollen Menschen in diese Welt gebracht, und ich hätte gern die Gelegenheit gehabt, ihnen zu danken.»

Ihr stockte der Atem, und sie presste die Finger auf ihre Lippen. Tränen stiegen in ihre Augen, und sie bemühte sich mit aller Kraft, sie fortzublinzeln.

Er war nicht wütend? Das hier war keine Rache?

«Du hast einmal gesagt, dass du Angst davor hattest herzukommen. Ich denke nicht, dass du noch Angst haben solltest. Du hast sie stolz gemacht.»

Sie zog die Knie an, schlang die Arme um sie und drückte sie an ihre Brust. Ihr Herz setzte einen Schlag aus, und sie gab sich im Kampf gegen die Tränen geschlagen.

Schnell schaute er fort, als verursache ihr Weinen ihm Kummer. Einen Moment später legte er den Gang ein und fuhr langsam um die Kurve, um beim Grab seines Vaters anzuhalten.

«Unsere Geschichte hat auch hier nicht angefangen, deshalb können wir im Truck bleiben.» Er kniff sich in den Nasenrücken und schloss seufzend die Augen, dann öffnete er sie wieder. «Ein Teil von mir ist an jenem Tag mit ihm gestorben. Ich dachte, es wäre der beste Teil gewesen, aber ich habe mich geirrt. Seine Erinnerung und was er mir beigebracht hat, ist geblieben. Ich musste nur jemanden finden, der meinen Verlust verstand und der wirklich mein wahres Ich sah, um mir zu zeigen, wo ich es versteckt hatte. Es war unter einem Berg von Trauer vergraben, und jetzt, endlich, kann ich leben, anstatt zu existieren.»

Sie lächelte leicht und wischte sich die Tränen fort. Wie weit er es in so kurzer Zeit gebracht hatte. Es hatte immer in ihm gesteckt.

Er schluckte und sah ihr in die Augen. «Er kannte die Risiken, und er würde sich jedes Mal wieder dafür entscheiden, dich zu retten, wenn er die Wahl hätte. Ich weiß nicht, ob es Schicksal oder Bestimmung war oder ob es diesen Mist überhaupt gibt, aber ich finde es auf unheimliche Weise ironisch, dass die Frau, die mich dazu gezwungen hat, der Mann zu sein, zu dem er mich erzogen hätte, dasselbe Mädchen ist, für dessen Rettung er starb.»

Sie bekam keine Luft mehr. Sauerstoff einzusaugen war unmöglich. Hoffnung, schwach und zerbrechlich, umgab sie. Erfüllte sie. Hüllte sie einmal mehr ein, bis der Zweifel beiseitegedrängt wurde.

«Bedeutet das, du verzeihst mir?»

«Ach, Ella. Da gibt es nichts zu verzeihen.» Er lächelte und hob die Hand, um ihr übers Haar zu streicheln. «Wir sind noch nicht fertig. Komm mit.»

Machte er Witze? Sie war so was von fertig. Schniefend lächelte sie, weil Sprechen unmöglich war.

Er legte den Gang ein, dann griff er nach ihrer Hand und verschränkte seine Finger mit ihren, um sie in einer stummen Geste der Unterstützung zu drücken.

Er fuhr, und sie beobachtete ihn. Sie hatte keine Ahnung, wohin er sie brachte, und es war ihr auch egal, solange sie nur bei ihm war. Sie war in dieser Woche ohne ihn nur eine leere Hülle gewesen. Nie hätte sie je angenommen, dass er ihr verzeihen würde oder darüber hinwegkommen würde, was sie getan hatte. Und wenn doch, dass er über die Vergangenheit hinwegsehen könnte, die sie auf schlimmste Weise miteinander verband.

Aus schrecklichen Anfängen konnten dank Liebe und professioneller Hilfe immer noch wunderbare Dinge erwachsen. Sie hatten beide liebevolle Menschen gehabt, die sie großgezogen und unterstützt hatten. Von ihrem Verlust einmal abgesehen, hatten sie verflixtes Glück gehabt.

Er parkte vor ihrem Apartmentkomplex. «Jetzt müssen wir aussteigen.» Er zwinkerte ihr zu und öffnete seine Tür, um zu ihrer herumzukommen.

Sie dachte, dass er sie in ihre Wohnung bringen würde, aber er hielt ihre Hand und führte sie ums Gebäude herum zu dem Weg in den Park. Feucht-warme Luft hatte die Kälte des Morgens nun doch vertrieben, und die Sonne gewann ihren Kampf mit den Wolken. Der Duft von frisch gemähtem Gras und Zypressen hing in der Luft. Schweigend gingen sie über das Gras zum Spielplatz.

Unvermittelt blieb sie stehen und riss staunend die Augen auf. Blinzelte gegen die Sonnenstrahlen. Und der Atem stockte ihr.

Neben den Schaukeln standen seine Mutter, Lou, Parker, Gerta, Brent und Miles. Sie alle sahen ihnen aufmerksam entgegen.

«Jason?», flüsterte sie.

«Hier hat unsere Geschichte angefangen, Liebling. Genau hier, mit dir auf dieser Schaukel und mir in der Hocke vor dir.» Er führte sie ein paar Schritte zu derselben Schaukel und ermutigte sie, sich zu setzen. Genau wie in jener Nacht ging er vor ihr in die Hocke und legte die Hände um ihre an den Ketten. «Du hattest dein Haar hochgesteckt und ein rotes Kleid an, das zu deinem Lippenstift passte. Ich habe mit meinem Handy ein Foto von dir geschossen. Du warst so bezaubernd, dass mir die Brust weh tat. Ich wusste es einfach. Irgendetwas in mir erkannte, dass du anders warst, dass das, was ich fühlte, tiefer war als alles, was ich zuvor empfunden hatte. Wir diskutierten über ein Missverständnis, und ich habe dich geküsst.»

Sie grinste. «Es war phantastisch.»

Er lachte. «Ja, das war es.» Unvermittelt wurde er ernst und runzelte die Stirn. «Unsere Geschichte hat nicht mit einem Brand oder einer Tragödie angefangen. Sie hat mit einem Kuss angefangen.»

Er ließ seinen zärtlichen Blick über sie gleiten. «Du bist kein Fan von Überraschungen, darum verrate ich dir meinen Plan schon vorher, okay? In meiner Tasche ist ein Ring.»

Ach du heilige Scheibengardinenstange. «Was?»

Er holte tief Luft. «Ich wollte nie heiraten oder Kinder haben. Der Gedanke, dass mir etwas zustoßen und ich sie zurücklassen könnte, wie es Mama und mir ergangen ist, war undenkbar. Ich kann nicht versprechen, dass ich nicht genauso enden werde wie mein Vater, aber ich kann dir versprechen, dass ich keine unnötigen Risiken eingehen werde und dass ich alles tun werde, was in meiner Macht steht, um nach Hause zu dir zurückzukommen.»

Sein Grinsen ließ die Welt um sie herumwirbeln. «Ich brauche keine Abenteuer mehr, weil du von Anfang an recht hattest, Ella. Liebe ist das größte Abenteuer. Hier bin ich und springe ohne Sicherheitsnetz. Ich liebe dich.»

Verflixt, würde sie je aufhören zu weinen?

«Ich liebe dich auch.» So sehr und so heftig, dass nichts ohne ihn Sinn machte. Er hatte ihr eine völlig neue Seite von ihr gezeigt und von der Welt und wie man in ihr lebte. «Ich liebe dich auch», wiederholte sie. Komisch, dass sie während des größten Teils ihrer Beziehung ständig geplappert hatte und sie jetzt kaum sprechen konnte.

«Wir haben gerade erst angefangen. Ich weiß, es ist noch früh, und wir sind erst seit kurzem zusammen, aber es kommt mir anders vor. Es ist mir egal, ob es fünf Minuten oder fünf Monate oder fünf Jahre sind. Du bist die Richtige für mich, und es hat keinen Sinn zu warten.»

Er ging aus der Hocke auf ein Knie und griff in seine Tasche. Dann hielt er einen Ring hoch. Keine Schatulle, nur den Ring. Ein eleganter Diamant im Princess-Schliff. Der Reif war aus Gold mit zwei kleineren Diamanten neben dem größeren. Er war so schlicht und herrlich, dass er perfekt war. Einfach nur ... perfekt.

«Das war der Ring, mit dem mein Vater meiner Mutter seinen Antrag gemacht hat, und sie wollte, dass ich ihn bekomme. Aber er war nicht für mich. Er war für dich bestimmt. Ich möchte, dass du ihn trägst. Heirate mich, Ella Sinclair. Sag ja. Bitte sag ja.»

Sie schlug sich eine Hand vors Gesicht, lachend, weinend. Ihr Herz war so voll, dass es sein maximales Fassungsvermögen überschritt.

«Hör auf damit.» Mit sanften Fingern an ihrem Handgelenk

nahm er ihre Hand herunter. «Versteck nicht dein schönes Gesicht. Außerdem brauche ich eine Antwort, bevor ich noch durchdrehe.»

Lachend nahm sie seinen Kopf in beide Hände. «Ja.»

«Zu welchem Teil? Das musst du schon präzisieren.»

«Zu allem. Ja.»

Aus den Augenwinkeln sah sie, dass Parker die Arme zu einem stummen Halleluja hochriss, Jasons Mutter sich die Hand aufs Herz drückte und Lou eine Siegerfaust machte.

Brent hingegen quietschte. «Und wieder beißt einer ins Gras.»

Jason schloss die Augen und lachte. Dann legte er eine Hand in Ellas Nacken, zog sie an sich und küsste sie. Sanft, süß und mit all dem Gefühl, das er nicht mehr unterdrückte. «Ich liebe dich so verdammt sehr.» Seine Lippen streiften über ihre. «Du bist gütig und witzig und klug und schön. Alles, wovon ich nicht wusste, dass ich es schon immer wollte. Ich liebe dich.»

«Ich liebe dich auch.»

«Okay, Platz da.» Gerta quetschte sich zwischen sie, um Ella zu umarmen, von der Schaukel zu ziehen und im Kreis herumzuwirbeln. «Ich hab's dir doch gesagt, nicht wahr, Chica?»

«Ja, ich schätze, das hast du.»

«Ich darf deine Brautjungfer sein.»

«Natürlich.»

«Was mich zum Trauzeugen macht.» Parker hielt Jason seine Hand hin und zog ihn auf die Füße. Sie umarmten sich und klopften sich auf den Rücken. «Gut gemacht, Mann. Vergiss nur nicht, ich hab das schon vor langer Zeit prophezeit. Ich hab dir gesagt, dass du dran glauben würdest.»

«Weißt du, was rot ist und schlecht für deine Zähne?»

Parker kam nicht dazu, auf den Seitenhieb zu antworten, weil Lou sich räusperte, den Arm um Mary gelegt.

Wartend sahen ihn alle an.

Nachdem er Jason mit schmalem Blick in die Augen gesehen hatte, nickte er schließlich. «Ich hab auf dich gewartet, Junge. Ich hab immer auf dich gewartet.» Er nahm Jasons Hand, drehte sie um und legte etwas hinein. «Wurde aber auch Zeit. Betrachte das als meine Kündigung.»

«Was?» Jason starrte auf seine Hand, wo ein goldenes Captainsabzeichen im Sonnenlicht glitzerte. «Jetzt? Du machst das jetzt? Zehn verdammte Jahre bin ich Feuerwehrmann, und du suchst dir ausgerechnet den Tag, an dem ich einen Heiratsantrag mache, aus, um in Rente zu gehen?»

Lou zuckte mit den Schultern. «Jep.»

«Ignorier es einfach. Gratuliere.» Mary lächelte mit feuchten Augen. «Ich freue mich so für dich.» Sie sah Ella an. «Danke, dass du ihn nicht aufgegeben hast.»

Ella öffnete den Mund, um zu antworten, aber Jason kam ihr zuvor.

«Mein Mädchen gibt niemals auf.» Er schlang einen Arm um ihren Rücken und hob sie hoch. «Gott sei Dank.» Er küsste sie, schnell und fest. «Sie hat mich dasselbe gelehrt. Das verspreche ich, Liebling. Du und ich von nun an.»

Dann wurde er wieder ernst und sah sie an. «Der Tod reißt Löcher in deine Seele, und Liebe füllt sie wieder auf. Das hast du zu mir gesagt. Es hat mich berührt und ist hängengeblieben.» Er stellte sie wieder auf die Füße und legte seine Hände auf seine Brust. «Keine Löcher mehr, Liebling.»

Sie lächelte unter Tränen. «Keine Löcher mehr.»

LESEPROBE

TESSA BAILEY

Duty & Desire

Vorsätzlich verliebt

Roman

Aus dem Englischen von
Christiane Meyer

Erscheint am 28.01.2020
KYSS by Rowohlt Polaris

Die Polizeiakademie bereitet sie auf alles vor. Nur nicht auf die Liebe …

Der Auftakt zu einer sexy Trilogie um drei Polizeirekruten in New York.

Charlie und Ever sind Freunde mit gewissen Vorzügen. Für Charlie ist dieses Arrangement perfekt. Als angehender Cop investiert er fast jede Minute des Tages in sein Training. Er geht in seinem Beruf auf, eine Beziehung würde immer nur an zweiter Stelle stehen. Deshalb lässt er sich erst gar nicht auf etwas Ernstes ein. Ever ist daher das Beste, was ihm passieren konnte. Nur leider streicht sie plötzlich die gewissen Vorzüge, um nach dem Richtigen zu suchen. Verdammt! Irgendwie muss sie sich doch überzeugen lassen, dass sexy Nicht-Dates mit Charlie besser sind als echte Dates mit irgendwelchen langweiligen Schnöseln. Notfalls auch mit kreativen Mitteln …

«Tessa Baileys Bücher machen einfach Spaß.»
Happy Ever After blog, USA Today

Weitere Informationen unter
www.endlichkyss.de und www.rowohlt.de

Auszug aus Kapitel 6

Ever

Oh mein Gott. Ich bin so nervös. Dating ist der reinste Kannibalismus – da bin ich mir sicher, und ich bin noch nicht einmal im Gebäude. Eine ganze Traube von Leuten wartet, um hineinzugehen. Als hätte das Ensemble von *Hamilton* sich wieder zusammengetan und würde nur eine einzige Show spielen. Alle mustern sich gegenseitig von Kopf bis Fuß. Teils wohlwollend, teils ablehnend. Ich habe den Drang, auf dem Absatz kehrtzumachen und mich in die nächste Kneipe zu begeben. Wo die Leute sich ganz normal treffen und nicht versuchen, den perfekten Partner zu finden. Wo sie einfach bloß jemandem begegnen wollen, mit dem sie sich gut unterhalten und vielleicht den einen oder anderen nach Bier schmeckenden Kuss tauschen können.

Alle Frauen in der Warteschlange sehen so businessmäßig aus, als wären sie bei Ann Taylor LOFT eingekleidet worden. Ich dagegen trage zerrissene Jeans, ein verwaschenes Wilco-Tanktop und Flipflops, denn – Hallo? – es ist eine Bullenhitze. Ich habe bei diesem Wetter echt nichts für Blazer übrig. Ich dufte allerdings nach Zimt und Schokolade, und das sollte doch wohl ein Pluspunkt für mich sein, oder?

«Scheiße», murmele ich und hebe meine Haare an, damit ich kühle Luft in meinen Nacken wedeln kann. «Das wird grauenvoll, stimmt's?», sage ich zu der Frau, die vor mir steht. Ich hoffe auf ein bisschen Mitgefühl.

«Mit der Einstellung? Bestimmt», antwortet sie mir, ohne sich auch nur umzudrehen.

Toll.

Ich atme die warme feuchte Luft ein und wieder aus. Ein Fahrzeug des NYPD rollt durch den Abendverkehr auf der Third Avenue, und da haben wir es wieder: Ich denke an Charlie. Was wäre, wenn er in diesem Moment vorbeikommen würde? Was würde ich tun? Wahrscheinlich etwas Böses. Etwas sehr Böses. Ich hatte seit einer Woche keinen Sex mehr. Das ist beileibe keine lange Zeit. Es gab schon Phasen, in denen ich bis zu einem Jahr ohne Sex ausgekommen bin. Doch wenn es so gut ist wie mit Charlie, kommt einem eine Woche wie ein Jahrhundert vor. Wie ein Jahrtausend. Gott, wenn er seinen Mund eingesetzt hat ... Als hätte er den ganzen Tag darüber nachgedacht, was genau er mit seiner Zunge anstellen würde. Mit einem Vibrator bekommt man so etwas überhaupt nicht hin. Ich muss es wissen, schließlich habe ich es die ganze verfluchte Woche lang versucht.

Also, ja – wenn er mir jetzt auf dem Bürgersteig entgegenkommen würde, dann würde ich in Versuchung geraten. Vor allem, wenn er die Uniformhose tragen würde. Wenn ich ihm jetzt eine Nachricht schicken würde, würde er sich mit mir treffen. Ich würde von ihm Adam-Levine-Sex bekommen, und er würde keine Fragen stellen und mir auch nichts vorlügen.

Aber dummerweise vermisse ich auch sein Lachen und die Art, wie er so süß mit den Augenbrauen wackelt. Also werde ich ihm keine Nachricht schicken, weil das nichts bringen würde. Er ist wahrscheinlich schon auf der Suche nach einer anderen Bekannten, mit der er ab und zu in die Kiste steigen kann. Vielleicht hat er sie sogar schon gefunden.

Dieser unangenehme Gedanke zwingt mich dazu, mich wieder auf das Wesentliche zu konzentrieren. Ich bin hier, um der

Sache mit dem Daten eine echte Chance zu geben. Wie die Frau vor mir in der Schlange. Sie weiß offensichtlich, was sie will.

Morgen früh habe ich vielleicht tatsächlich mal einen Grund, meine Mutter anzurufen. Solange ich das nicht vergesse, solange ich nicht vergesse, dass ich das hier tue, weil es sie stolz machen und uns verbinden könnte, kann ich mich dem Scheiß stellen.

Weiter vorn in der Schlange scheint es einen kleinen Aufruhr zu geben. Ich beuge mich zur Seite, damit ich sehen kann, was los ist. Eine Gruppe von jungen Männern in meinem Alter ist aufgetaucht. Sie stehen dicht zusammen und sehen – ähnlich wie ich – nicht so aus, als würden sie in diese Warteschlange gehören. In der Anzeige für dieses Speed-Dating-Event war von jungen Berufstätigen die Rede, und ich wette, dass diese Typen da nicht den Mindestanforderungen entsprechen. Alle tragen Sonnenbrille und Chucks. Bürstenschnitt oder rasierten Kopf. Ernste Miene. Sie wirken, als befänden sie sich auf einer wichtigen Mission für Ray-Ban. Vielleicht nimmt die kleine Schwester von einem von ihnen heute Abend am Speed-Dating teil, und sie sind gekommen, um sie im Auge zu behalten. Wenn das so sein sollte, dann herzlich willkommen, Jungs.

Die Leute setzen sich in Bewegung, und das Team Sonnenbrille drängt sich langsam in die Schlange. Die jungen Männer werfen ab und zu einen Blick über die Schulter, als wollten sie die Konkurrenz abchecken. Oder das Angebot. Jedenfalls vermute ich das, als ein paar der Kerle mich anstarren. Ich werfe einem von ihnen, der mich ein bisschen zu lange anglotzt, einen finsteren Blick zu. Er grinst mich an und flüstert seinen Kumpels etwas zu.

Was zur Hölle ist hier los?

Ich habe nicht viel Zeit, um über das Team Sonnenbrille nachzudenken, weil wir, als wir das Gebäude betreten, sofort von einer gehetzt wirkenden Frau wie Schlachtvieh mit Schildern gekennzeichnet werden – Namensschildern. Die Frauen bekommen zusätzlich noch eine Tischnummer. Während ich in den schwach beleuchteten Raum gehe, höre ich durch ein geöffnetes Fenster, wie sich auf dem Gehsteig einige Männer beschweren. Ich kann nicht genau verstehen, was sie sagen, aber als ich Platz genommen habe und beobachte, wie die Männer den Raum betreten, verstehe ich, in welche Richtung die Beschwerden gehen. Die Typen, die zuerst da waren und geduldig auf ihre Chance gewartet haben, die Frauenwelt zu beeindrucken, sind von den heißen Neuankömmlingen verdrängt worden. Nur ein paar der ursprünglichen Schlangesteher haben es hineingeschafft.

Jemand kommt vorbei und stellt ein Glas Rotwein der Hausmarke auf meinen Zweiertisch. Ich nehme ein paar Schlucke und hoffe, damit meine Nerven beruhigen zu können. Denn das ist wirklich nötig. In der Ecke des Raumes steht eine gigantische digitale Stoppuhr, die mich wie ein elektrischer Vampir anstarrt. Sie ist auf fünf Minuten eingestellt. Okay, ich schaffe es, fünf Minuten mit jedem dieser Kerle durchzustehen. Kein Problem, oder? Ich muss auf Catering-Events auch regelmäßig Smalltalk machen – vor allem, wenn ich einspringen und selbst mit Tabletts herumgehen muss. Es sollte also ein Kinderspiel für mich werden.

Einer von ihnen könnte der Richtige sein, Ever.

Das ist der Teil, den ich noch kapieren muss. Ich date hier nicht, um es möglichst schnell hinter mich zu bringen, damit ich nach Hause gehen und mir ein Schaumbad einlassen kann.

Ich suche wirklich nach jemandem. Ich muss mir das ins Gedächtnis rufen, wenn ich den Drang verspüre, die Sache halbherzig anzugehen. Das Bild von Charlie, der mir durch den Spalt meiner Wohnungstür hindurch zuzwinkert, taucht vor meinem inneren Auge auf, aber ich schiebe das alles beiseite.

«Okay.» Die Frau, die uns die Namensschilder verpasst hat, steht mitten im Raum unter einem verstaubten Kronleuchter. Sie macht das hier offensichtlich schon eine Weile, und für sie hat die Angelegenheit ihren Zauber verloren. Abwesend frage ich mich, ob sie offen dafür wäre, diese Events mit Catering etwas aufzupeppen. Es kann jedenfalls nicht schaden, ihr eine Visitenkarte zu geben. «Die Herren haben eine Zahlenreihenfolge bekommen. Sie setzen sich bitte zu den jeweiligen Tischnummern und haben dann jeweils fünf Minuten Zeit, sich kennenzulernen. Die Stoppuhr stellt sich automatisch neu und fängt von vorn an, nachdem die fünf Minuten abgelaufen sind. Hat das jeder verstanden?» Ein zustimmendes Murmeln erklingt. «Phantastisch. Ich gehe nach draußen und rauche eine.»

Auf dem Weg nach draußen haut die Dame auf die Stoppuhr, der Countdown beginnt. Es kommt mir vor, als hätte jemand einen Schalter umgelegt. Die Männer laufen kreuz und quer durch den Raum und setzen sich an die Tische. Sie strecken den Arm aus und schütteln die Hand ihres ersten Opfers. Als sich niemand an meinen Tisch setzt, werde ich nervös. O Gott, meine erste Erfahrung mit Dating, und dann passiert so was. Ich bin am Versagertisch.

Aber ... nein. Zwei Männer stehen mitten im Raum und streiten. Sie reden so leise, dass ich nichts verstehen kann. Einer von ihnen trägt eine Sonnenbrille. Der Wortwechsel dauert ungefähr dreißig Sekunden, ehe Ray-Ban die Schlacht für sich entscheidet und der andere Typ aus dem Raum stürmt. Als Ray sich mir gegenüber auf den Stuhl setzt, bin ich sehr misstrauisch. Ich sage nichts, sondern nippe nur an meinem Wein und warte ab.

«Na, du?», meint er irgendwann. Ich kann praktisch dabei zusehen, wie seine Selbstsicherheit schwindet – wahrscheinlich weil er nicht von seinen Sonnenbrillen-Buddies umgeben ist. «Ever.» Er liest meinen Namen von dem Schildchen ab. «Das ist ein cooler Name.»

«Danke.» Ich stelle mein Glas ab und beuge mich vor. *Versuch es. Du musst es versuchen.* «Meine Mutter wollte mich eigentlich Esther nennen. Aber als die Schwester sie gefragt hat, welcher Name auf die Geburtsurkunde soll, stand sie noch immer unter Schmerzmitteln und hat so genuschelt, dass Ever dabei rauskam.»

Er lacht, nur um plötzlich innezuhalten und schnell wieder ernst zu werden. Sehr seltsam. «Äh ... Was machst du so beruflich?»

«Ich bin Mitbesitzerin eines kleinen Catering-Services.»

«Wow, und ich esse gern. Da haben wir schon mal etwas gemeinsam.» Wieder hält er inne, als müsse er sich zurückhalten. Was ja eigentlich das Gegenteil dessen ist, was hier passieren soll, oder? «Ich meine, klingt doch gut.»

«Ja ...» Verstohlen werfe ich einen Blick zur Stoppuhr. «Und was machst du so?»

«Ich bin arbeitslos», antwortet er schnell, «aber auf der Suche nach einer Stelle. Was sich allerdings ein bisschen schwierig gestaltet.» Er wirft einen flüchtigen Blick zum Nachbartisch. «Ich bin in einem Wiedereingliederungsprogramm für Ex-Häftlinge, also sehen meine Chancen nicht gerade rosig aus.»

«Wow. Das ist das Letzte, was ich erwartet hätte.» Und mit

einem Mal ist der heutige Abend interessant geworden. «Darf ich fragen, warum du gesessen hast?»

Er trommelt mit den Fingern auf dem Tisch. «Ich habe einen Juwelier überfallen. Ich schätze, damit ist unser Kennenlernen beendet, oder?»

Gott, er sieht dabei fast hoffnungsvoll aus. Was in mir ironischerweise den Wunsch weckt, ihm eine Chance zu geben. «Na ja, ich weiß nicht.» Ich lehne mich auf meinem Stuhl zurück und versuche, mir den adretten Kerl vor mir in gestreifter Sträflingskleidung vorzustellen. «Wenn du mir sagst, dass du einen Verlobungsring für deine große Liebe geklaut hast, könnte ich vielleicht darüber hinwegsehen. Oder wenn du die Ladenbesitzer gefesselt, dich aber tausendmal entschuldigt hast, während du sie ausgeraubt hast. Vielleicht hast du ihnen ja sogar einen Becher Wasser an die Lippen gehalten?»

Mir fällt erst jetzt wieder auf, dass er noch immer seine Sonnenbrille trägt, weil er dahinter die Augenbrauen so weit hochzieht, dass ich sie sehen kann. «Mann, jetzt verstehe ich es.»

«Was verstehst du?»

Das Signal erklingt, der Typ steht allerdings nicht sofort auf. Tatsächlich sieht er so aus, als wollte er noch etwas sagen, aber dann erhebt er sich doch. Und ein weiterer Mann mit Sonnenbrille nimmt seinen Platz ein. «Na, du?»

Ist das die typische Begrüßung beim Speed-Dating?

«Hi», erwidere ich und frage mich, wann und ob sie das Weinglas noch einmal auffüllen werden. Fünf Minuten reichen nicht aus, um auch nur die wichtigsten Dinge über jemanden zu erfahren, oder? Ich habe bloß an der Oberfläche des Juwelenräubers gekratzt, und jetzt unterhält er sich schon mit der Nächsten. Bilde ich mir das nur ein, oder sieht er noch immer zu mir rüber? «Äh ... Bist du auch im Wiedereingliederungsprogramm für Ex-Häftlinge?»

Der neue Kerl verschluckt sich beinahe an seinem Lachen. «Hat er dir das erzählt?»

«Ja», entgegne ich langsam. «Ihr seid zusammen gekommen, also habe ich angenommen ...»

Ray-Ban Nummer zwei legt lässig den Arm über die Rückenlehne seines Stuhls. «Das war bloß eine Alibigeschichte.»

O Mann. «Und wofür braucht er ein Alibi?»

«Wir sind Experten für paranormale Phänomene. Wir sehen uns dieses Gebäude für eine zukünftige Ermittlung an.» Er legt den Kopf in den Nacken und sieht zur Decke – offenbar ist er auf der Suche nach Casper. «Vielleicht hast du uns schon auf YouTube gesehen. Das *Buh-Team*? Einfach googeln, es gibt jede Menge Treffer.»

«Und einer davon ging versehentlich auf deinen Hinterkopf?» Mir wird klar, dass ich das tatsächlich laut ausgesprochen habe, und ich hebe beschwichtigend die Hand. «Es tut mir leid. Das war nicht nett.»

Unterdrückt er da gerade ein Grinsen?

«Aber mal ehrlich: Experte für paranormale Phänomene klingt besser als Ex-Häftling. Du solltest deinem Freund raten, beim nächsten Mal einfach ehrlich zu sein.»

Das Signal erklingt, und ich vergrabe das Gesicht in der Hand. Das ist doch lächerlich. Ich habe das Gefühl, diese Typen verarschen uns alle, und das macht mich wütend. Als wäre es nicht schon schwer genug, sich Fremden und ihren Urteilen auszusetzen, machen die sich jetzt auch noch über uns lustig?

Als der dritte Typ mit Sonnenbrille sich hinsetzt und «Na, du?» sagt, starre ich ihn bloß wortlos an. Er hustet und rutscht auf seinem Stuhl hin und her. «Um es gleich offen und ehrlich zu sagen: Ich bin hier, um mit dir über eine mögliche Hausratsversicherung zu sprechen.»

«Ach leck mich.» Demütigung und Wut breiten sich in mir aus. Ich trinke den letzten Schluck Wein aus, schnappe mir meine Tasche und springe auf. Nina hat mich vor Speed-Dating-Veranstaltungen gewarnt, und sie hatte recht damit. Sie hat mir gesagt, dass es die reinste Folter ist, doch selbst meine mit allen Dating-Wassern gewaschene Freundin hätte das hier nicht vorhersehen können. Wahrscheinlich bin ich für eine Internet-Verarschungsshow gefilmt worden und muss jetzt nur noch auf den YouTube-Link warten. Unglaublich.

Als ich den Raum verlasse, glaube ich zu hören, wie man sich hinter meinem Rücken abklatscht. Ich wirbele herum und sehe mich mit leicht zusammengekniffenen Augen um, aber anscheinend hat sich niemand gerührt.

Als ich auf die Third Avenue hinaustrete, fühle ich mich, als wäre ich gerade aus einem Paralleluniversum zurückgekehrt. Meine Haut ist klamm, und mein Herz rast. Ich spüre einen Kloß im Hals. Ich brauche sofort einen Ort, an dem ich meine Wunden lecken kann, also marschiere ich in Richtung des Guinness-Zeichens, das ich in der Ferne erkennen kann. Ich will einfach nur den ersten grandios gescheiterten Versuch vergessen, jemanden kennenzulernen, mit dem ich eine ernsthafte Beziehung beginnen kann. Beim nächsten Mal werde ich klüger sein. Und es wird ein nächstes Mal geben. Ich kann mich vom Speed-Dating-Fiasko abschrecken lassen. Oder ich kann diese schreckliche Erfahrung annehmen und daraus gestärkt hervorgehen.

Ja. Das werde ich machen.

Mit erhobenem Kinn schlängele ich mich zwischen den Menschen auf dem Gehsteig hindurch. Die Leute gehen zum Hot Yoga oder strömen in Restaurants. Vielleicht schicken sie heimlich ein Stoßgebet zum Himmel, dass das Date an diesem Abend kein Schwerverbrecher sein möge. Oder jemand, der vorgibt, ein Schwerverbrecher zu sein. Wie seltsam. Ein Speed-Date, und ich sehe die Welt mit ganz anderen Augen.

Als ich Charlie entdecke, wie er sich gerade bei einem Straßenverkäufer ein Wasser kauft, dauert es einen Moment, bis ich glaube, dass er es tatsächlich ist. Meine Schritte auf dem heißen Asphalt werden langsamer, und auf meinen Armen breitet sich eine Gänsehaut aus.

«Charlie?»

Er dreht sich um, und der Blick aus seinen blauen Augen haut mich fast um. Durch das Licht der Leuchtreklame des Restaurants, vor dem er steht, wirken sie noch strahlender als der Sommerhimmel. Wow. Ich habe ganz vergessen, wie außergewöhnlich er aussieht. Die leicht krumme Nase, die winzige Kuhle in der Mitte seiner Unterlippe, die Energie, die er verströmt. Es knistert. Charlie Burns ist einzigartig. Stark, charmant, sexy und kompetent – alles zugleich.

«Ever.»

Der Verkäufer stößt ihn an, um ihn daran zu erinnern, dass er noch sein Wechselgeld entgegennehmen muss. Charlie steckt das Geld ein und wendet sich mir wieder zu. Er mustert mein Gesicht. Tritt näher. So nah, dass ich unwillkürlich einen tiefen Zug von der heißen sommerlichen Stadtluft nehme.

«Was machst du so weit im Norden von Manhattan?» Er zieht einen Mundwinkel hoch. «Du steckst doch nicht in Schwierigkeiten, oder?»

Ich habe diesen destruktiven Drang, ihm zu erzählen, wie

blöd der heutige Abend war. Dass er recht hatte und ich die Unkompliziertheit des täglichen Telefonats, mit dem wir uns zum Sex verabredet haben, schon jetzt vermisse. Das alles will ich ihm sagen – hier, mitten auf dem Gehsteig, während die anderen Fußgänger sich an uns vorbeidrängen müssen. Stattdessen holt mich die Erinnerung an meine Mutter wieder ein. Sie ist einsam, ihre Träume unerfüllt. Wie gebrochen sie gewirkt hat. Und wie gedemütigt ich mich wegen der vergangenen zwanzig Minuten fühle. Ich habe noch nie eine liebevolle, funktionierende Beziehung erlebt, und ich habe Angst, dass ich nicht zu so etwas fähig bin, nachdem ich immer bloß kurze, lockere Affären hatte. Charlie ist der Einzige, der das versteht. Das muss der Grund dafür sein, warum ich wie versteinert bin, einfach nur dastehe und nicht weiß, was ich sagen oder tun soll. Aber ich hoffe, er umarmt mich.

Dämliche, destruktive Hoffnung.

Charlie

Scheiße. Habe ich ihr das angetan?

Meine Kollegen von der Polizeiakademie dafür zu bezahlen, Evers Speed-Dating-Event zu sprengen, kam mir in meiner Panik von heute Nachmittag wie die perfekte Lösung vor. Eigentlich war ich sogar bis gerade eben noch von der Genialität meines Plans überzeugt. Bis vor zwei Minuten, als sie mir auf dem Gehsteig entgegengekommen ist. Denn sie sieht … niedergeschlagen aus. Was zur Hölle haben sie zu ihr gesagt? Ich hätte vielleicht etwas spezifischer sein sollen als: «Lasst niemanden mit einem Penis näher als einen Meter an Ever heran.»

Ich wollte sie schützen und dafür sorgen, dass ihr nicht das Herz gebrochen wird. Deshalb hab ich das Speed-Dating sabotiert. Tja. Deshalb und weil ich wieder selbst mit ihr zusammen sein will. Doch wenn das, was ich getan habe, sie verletzt hat, dann ging der Schuss nach hinten los. Und zwar richtig. Irgendein Idiot hat ihre Gefühle verletzt – ich.

Sie steht hier vor mir und sieht in der hereinbrechenden Nacht mit ihrer blonden Prinzessinenmähne einfach nur zauberhaft aus. Genau wie ich es mir erhofft habe. Allerdings wollte ich sie nicht traurig machen. Gott, nein. Ich habe sie bisher bloß mit einem Lächeln auf den Lippen gesehen. Frech. Mein Innerstes fühlt sich an, als hätte Hulk es in den Pranken und drückte zu.

«Geht's dir gut?»

«Ja. *Ja.*» Ihre Stimme klingt heiser, und sie lacht, als wollte sie ihre wahren Gefühle verstecken. Sie wirkt fast enttäuscht, doch ich kann nicht genau sagen warum. Ich hasse das Gefühl, dass ich sie irgendwie im Stich lasse, indem ich lediglich hier stehe. Nur einmal zuvor hat eine Frau etwas von mir erwartet, etwas, das zu geben ich nie gelernt hatte. Man fühlt sich so hilflos. So unzulänglich. Ich fühle mich wohler mit Menschen, die Erfolg in der Schule oder im Job von mir erwarten. Es ist so viel leichter, sich an Erwartungen zu halten, die man auch erfüllen kann. Im Augenblick allerdings wünsche ich mir zutiefst, ich hätte mehr auf dem Kasten.

«Ich will hier bloß etwas trinken und dann wieder zurück in die Innenstadt», sagt Ever und streicht sich eine blonde Strähne hinters Ohr. «Wie geht es dir so?»

«Viel zu tun auf der Akademie.» *Ich habe mit einer Horde von Schwachköpfen zusammen geplant, wie wir dir am besten den Abend ruinieren können, bin dann wie ein Irrer die Straße hier auf und ab ge-*

laufen, um jeden zu erwürgen, der es wagt, ein oder zwei Worte mit dir zu wechseln. «Training. Für Klausuren lernen. Du weißt ja, wie das läuft.»

Sie nickt ein bisschen zu schnell. Ihre Augen weichen mir aus. «Es war schön, dich zu sehen, Charlie. Ich mach mich mal auf den Weg.» Als sie an mir vorbeirauscht, zwinkert sie. «Pass auf dich auf, Großer.»

Das ist es also?

Ich bin so erstaunt von ihrem abrupten Aufbruch, dass es einen Moment lang dauert, bis ich ganz begriffen habe, was passiert ist. Ich habe versagt. Der Plan ist nach hinten losgegangen. Ich habe Ever umsonst verletzt – was mich zu einem Schwein und einem Trottel macht. Das Schwein wiegt allerdings schwerer. Viel schwerer. Ich drehe mich um und beobachte, wie sie den Gehweg entlangläuft. Mir fällt wieder ein, dass sie gewirkt hat, als würde sie etwas Bestimmtes von mir erwarten. Was zur Hölle soll das gewesen sein?

Sie ist entschlossener, jemanden kennenzulernen, als ich ursprünglich gedacht hätte. So viel ist klar. Tatsächlich ist es mir echt unangenehm, dass ich davon ausgegangen bin, sie würde unsere kleine Affäre einfach so wiederaufleben lassen wollen. Vielleicht habe ich zu viel Zeit mit Jack verbracht.

Neuer Plan, Mann. Neuer Plan.

So viel weiß ich: Ich mag den Gong nicht, der in meinem Kopf immer lauter angeschlagen wird, je weiter Ever sich entfernt. Meine Handflächen beginnen zu schwitzen, und ich glaube, ich verschlucke gleich meine Zunge. Es gefällt mir nicht, dass sie so aufgewühlt weggeht – vor allem nicht, wenn ich derjenige bin, der für die Scheiße heute Abend verantwortlich ist. Und ich werde heute Abend nicht mit Ever in der Kiste landen.

Dieser Gedanke schmerzt wirklich.

Ein Mann mit stärkerer Moral hätte sich an diesem Punkt wahrscheinlich zurückgezogen. Er wäre entschlossen, nicht noch mehr kaputt zu machen. Er würde Ever in Ruhe lassen, damit sie ihren Studentenverbindungsgründer-Romeo finden kann. Aber ich? Es ist nicht meine Art aufzugeben. Was Ever und ich hatten, gibt es nur ein Mal im Leben – wenn man Glück hat. Und wenn ich ihr das zeigen und beweisen kann, wird sie zu mir zurückkehren. Verdammt, ich rette uns beide. Es ist buchstäblich Gottes Werk, das ich hier tue.

Allerdings werde ich keine Dates mehr sabotieren. Ich habe Ever heute Abend weh getan. Ob nun bewusst oder nicht, spielt keine Rolle. Ich kann und werde das nicht noch einmal tun. Wenn sie tatsächlich geweint hätte, dann würde ich jetzt in Embryonalstellung zusammengerollt auf dem Gehsteig liegen. Somit scheidet die Möglichkeit, ihre Dates zu versauen, aus.

Wie sieht also mein nächster Schritt aus? Soll ich ihr folgen? Mit Ever zusammen was trinken?

Helen Hoang
Kissing Lessons

416 Seiten

Stella leidet unter dem Asperger-Syndrom. Alles, was mit Zahlen und Logik zu tun hat, versteht sie mit einem Blick. Die Gefühle ihrer Mitmenschen sind für sie hingegen nur schwer zu durchschauen. Deshalb hat sie auch recht wenig Erfahrung mit der Liebe. Theoretisch wünscht Stella sich einen Partner, aber praktisch fühlt sie sich beim Küssen wie ein Hai, dem Pilotfischchen die Zähne reinigen. Doch für jedes Problem gibt es eine logische Lösung: Stella muss einfach lernen, wie man richtig küsst – und mehr. Also erarbeitet sie akribisch einen Lehrplan und engagiert einen Profi: den Escort Michael. Und von ihm lernt sie tatsächlich viel. Vor allem dass Liebe und Logik nichts miteinander zu tun haben …

MIX
Papier aus verantwortungsvollen Quellen
FSC® C083411

Das für dieses Buch verwendete Papier ist FSC®-zertifiziert.